COZARINSKY

CUENTOS
REUNIDOS

ALFAGUARA

COZARINSKY

Papel certificado por el Forest Stewardship Council®

Primera edición: septiembre de 2019

© 2019, Edgardo Cozarinsky
© 2019, Penguin Random House Grupo Editorial, S. A.
Humberto I 555, Buenos Aires
© 2019, Penguin Random House Grupo Editorial, S. A. U.
Travessera de Gràcia, 47-49. 08021 Barcelona

Printed in Spain – Impreso en España

ISBN: 978-84-204-3813-9
Depósito legal: B-17540-2019

Impreso en EGEDSA, Sabadell (Barcelona)

AL38139

Penguin
Random House
Grupo Editorial

Índice

Prólogo

Los personajes de Cozarinsky no dudan: entre atravesar una ciudad y evitarla, siempre eligen atravesarla. La ciudad es el desafío más alto con que se miden sus viajeros, sus exiliados, sus fugitivos, especímenes ilustres pero a menudo desconsolados de una raza de *outsiders* que propone enigmas, reclama investigaciones, invita a desovillar tramas secretas —en otras palabras: que desencadena horizontes ficcionales. No es el afán de conquista lo que los tienta. Los apátridas que proliferan en los relatos de Cozarinsky no son del tipo voraz. Emigrados que tocan el piano en clubes de mala muerte ("Días de 1937"), vieneses cultos varados en la Argentina del primer peronismo ("Navidad del 54"), judíos en fuga ("Hotel de emigrantes"), escritores de gira a la pesca de emociones fuertes ("Piercing"), divas europeas de segunda trasplantadas a Hollywood ("El fantasma de la Plaza Roja"), conscriptos aprensivos ("El ídolo de Beyoglu"), magos ("El número del hijo"), narradores frustrados ("Mujer de facón en la liga"), gigolós ("Grand Hôtel des Ruines"), traductores ("La dama de pique"), poetas de provincia que llegan a Michaux sin pasar por *Sur* y a Princeton salteándose Ezeiza ("Un Rimbaud de los valles calchaquíes"): son estrellas o actores secundarios, extras, héroes menores, mucho más dados a la observación que a la acción, siempre a la sombra de modelos o vidas inaccesibles, sin la voluntad de poder de un Rastignac o un Sorel. Pero cómo brillan de golpe cuando, en un efecto Zelig muy típico de Cozarinsky, esos testigos subalternos dan un paso en falso, se inmiscuyen en la Historia y por un momento se codean con sus hechos, sus lugares, sus figuras decisivas, alumbrándolos con la luz de la ficción.

La ciudad es en Cozarinsky un compuesto prodigioso de información y de intriga, historia e imprevisibilidad, archivo y futuro. Es pura cultura —más para un escritor-esponja como él, "borgeano tardío", según la definición de Susan Sontag, o mitteleuropeo cimarrón. De ahí la dificultad, por remota y recóndita que sea la ciudad, de aterrizar en ella en estado de inocencia, sin saber algo de antemano, sin poder prever los pasos a dar o los que dará la ciudad en dirección al recién llegado. Pero es también puro movimiento, y por movimiento hay que entender un principio de transformación permanente, una metamorfosis que es, a la vez, física y temporal, material y de experiencia. No atravesamos dos veces la misma ciudad. En ese sentido, decir que una ciudad es desconocida es una forma entusiasta del pleonasmo. La ciudad es por definición lo que se desconoce, aun en los casos en que, como sucede con París, donde Cozarinsky vivió entre 1974 y 1985, se trata de hogares de adopción, elegidos, incluso reivindicados contra el hogar natal. Una ciudad es lo que se desconoce siempre, aun (o sobre todo) cuando los signos que emite (lengua, paisajes, costumbres, nombres, rostros) sean perfectamente reconocibles, simplemente porque el que la pisa lleva un tiempo sin pisarla y no es el mismo que la pisó la última vez.

Se atraviesa una ciudad como se atraviesa el pasado, ese "otro país donde la gente hace las cosas de otra manera" (L.P. Hartley), donde todos fuimos otros: internándose sin más brújula que un mapa, una contraseña, una instrucción furtiva, un taxista entusiasta o venal, en un orden que es múltiple y lábil y cuyas capas, más que sedimentar, se afectan entre sí, se eclipsan y reescriben, al punto a veces de volverse irreconocibles, *tags* herméticos que aturden al protagonista de lo que narran, el único, *a priori*, competente para descifrarlos, que ahora se inclina sobre ellos como sobre un palimpsesto. La Lisboa fantasma de "Hotel de emigrantes" superpone el itinerario del abuelo del narrador con "los de tantos otros [...] todos esos refugiados centroeuropeos, o alemanes, aun eslavos, que impacientaban las salas de espera de los consulados y acosaban los mostradores de las agencias de viajes". Cruzando la capital húngara, David, el protagonista de "Budapest", avanza en taxi "lentamente por la Andrassy út (que alguna vez se había llamado avenida Stalin y también avenida de la República Popular, aunque nadie nunca había pronunciado esos nombres)". Como pasa a menudo con los nombres propios en estas historias de conversos e impostores (el Berdichevsky que intenta ocultar el Verdi-Ceschi en "El número del hijo"), conviene distinguir aquí lo que un nombre de calle designa de lo que traiciona (sin proponérselo): designa una calle; traiciona los nombres que sepultó, que intentó sepultar, pero que el ojo del detective aficionado, que es el héroe de Cozarinsky, siempre se las ingenia para sacar a la luz.

La determinación de estas figuras no tiene nada que ver con el coraje (aunque lo que hagan, en muchos casos, resulte admirable) ni con un cálculo razonado. Son más bien *actings*, impulsos instantáneos a los que el héroe se entrega cuando se descubre en alguna clase de umbral, como si seguirlos le prometiera algo más grande que la recompensa de una "vida más amplia": la evidencia de que no habrá vuelta atrás para él. "El mundo empieza cuando ya no se puede retroceder": la divisa de Gombrowicz, prófugo célebre, bien podría dictar esos saltos al vacío que crispan de vértigo estos relatos. Hay en estos héroes una inquietud, una especie de impaciencia, la misma urgencia seca, casi descortés, con que se despiden ciertos amigos que a la hora de dar bienvenidas, sin embargo, no han tenido miedo de mostrarse efusivos. La paradoja es sólo aparente, y los personajes de Cozarinsky la ponen en escena sin remordimiento alguno. Encontrarse con alguien promete novedad y es siempre una alegría; despedirse es ya de algún modo una pequeña ceremonia fúnebre, la debilidad retrospectiva que el héroe de Cozarinsky rechaza como al veneno, a tal punto teme que pueda lastrarlo en su camino hacia la próxima aventura: la "húmeda, ardiente bienvenida" de lo desconocido.

Atravesar una ciudad, desde luego, es más engorroso que bordearla: es el camino más largo y, por supuesto, más interesante. Después del *acting*, traspuesto el umbral, aparece algo así como una distensión: el personaje, antes apremiado, pasa a estar suelto, disponible, abierto a esa distracción —ese aprendizaje— que Walter Benjamin —homenajeado en el cuento "En tránsito"— cotizaba más que cualquier sentido de la orientación: extraviarse. "Importa poco no saber orientarse en una ciudad", escribe Benjamin en *Infancia en Berlín hacia 1900*. "Perderse, en cambio, en una ciudad como quien se pierde en un bosque, requiere aprendizaje. Los rótulos de las calles deben entonces hablar al que va errando como el crujir de las ramas secas, y las callejuelas de los barrios céntricos reflejarle las horas del día tan claramente como las hondonadas del monte". Cozarinsky aprendió la lección —de Benjamin pero también de Stevenson, de Henry James, de Joseph Roth, de Nabokov, de todos los escritores ectópicos que integran su panteón privado: sólo el que sabe perderse en una ciudad tropezará con sus tesoros secretos, que la mirada del viajero funcional desoirá aunque le salten a la vista: el cartel de neón que anuncia "Bailongo", en rojo, en una calle lateral camino al aeropuerto de Budapest; la leyenda *cerveza tipo München* en la etiqueta de una cerveza salteña con la efigie gaucha de Güemes; el mate y las bolas de fraile con los que alardea la pareja de porteras argentinas frente al *tout* París lacaniano congregado en el 5 rue de Lille para inaugurar la placa en homenaje al Hombre Que Volvió a Freud. Son esos hallazgos los que hacen que el turista cultural con el que Cozarinsky no teme confundirse pare la oreja, abra los ojos y se ponga a paladear, no los monumentos imponentes, ni los *landmarks* con mayúsculas, ni nada que encarne la pureza específica de un lugar o una época. Son detalles casuales, caprichos, incongruencias: gemas de un mestizaje risueño, cargado de cómica historicidad, que en alguna parte de su formidable obra ensayística Cozarinsky condensa en logotipos como *Miserereplatz* o *Mitteleuropa-am-Plata*.

Budapest, Lisboa, Viena, Tánger, Odessa, Buenos Aires, Foz de Iguazú, Estambul, París, Valparaíso: ricas o pobres, centrales o periféricas, asediadas por el turismo o soslayadas por trip advisor, las ciudades que insisten en los relatos de Cozarinsky son mercantiles, políglotas, multiculturales, abiertas "a todos los fantasmas". Tienden siempre a la extraterritorialidad de la zona franca, con un mínimo de leyes y un máximo de circulación y contagio. Su modelo es la ciudad-zona internacional que encarnaron Tánger entre 1922 y 1956, cuando era el limbo de Jean Genet, William Burroughs y los Bowles; la Viena de posguerra que aparece en el film *El tercer hombre*, repartida por los aliados en cuatro zonas, y también Foz de Iguazú y la triple frontera paraguayo-brasileño-argentina ("Tres fronteras"), menos suntuosas y por eso, para Cozarinsky, más sexis. Están tramadas de razas, lenguas, culturas e historias dispares, que no siempre conviven en paz y no siempre encuentran la mejor manera de traducirse. Pero es en esa tensión, esas trasposiciones tartamudas, traidoras, donde Cozarinsky acecha los rastros de una ficción posible. De vuelta en su Viena natal luego de años de exilio en la Argentina del primer peronismo, el oscuro escritor austríaco de "Navidad del 54" titula su último libro —el único por el que lo premiarán— *Kleine Schwarze Köpfe*, tributo a la fuerza social y sensual con que lo fascinó la Buenos Aires de los cincuenta: los cabecitas negras. Si narrar es una pulsión cien por ciento urbana, es porque no hay espacio como la ciudad para engendrar y poner en escena esas adaptaciones, apropiaciones, traducciones salvajes, *freaks* impropios que encienden al narrador y lo empujan a desovillar, reconstruir, contar. *Only connect*: el principio de Forster, citado a veces por Cozarinsky para resumir la lógica de la ficción, descansa en rigor en una conexión previa, un nudo significativo donde confluyen la *performance* de la ciudad —el enigma de sus incongruencias— y la mirada, el oído, la imaginación siempre tangenciales del narrador, que reconoce en ellas el germen de un relato.

Trasplantes culturales, injertos que no terminan de prender, traducciones literales o indolentes, irrupciones salvajes en contextos de prestigio y solemnidad, grafías que mueven a la sospecha, acentos que no se veían venir, bellezas o portes o aires o citas que contradicen o se apartan del entorno en que aparecen ("Una mujer demasiado elegante para esa gastronomía, para ese decorado [...]"): éste es el orden de anomalías que alimenta el deseo de narrar en los cuentos de Cozarinsky, la fruición del desvío que palpita en su poética. A Cozarinsky, viejo jamesiano (por ingrato que sea con *El laberinto de la apariencia*, el primer libro que publicó, un estupendo ensayo sobre Henry James que suele dejar de lado a la hora de reconstruir su prontuario de escritor), le importan mucho los mecanismos de la ficción. Su extraordinario ensayo sobre el chisme como forma narrativa (como *ur*-forma, habría que decir, en la medida en que hace derivar de ella toda lógica narrativa) debería presidir el gran corpus de textos de poética de la literatura contemporánea. Pero, a la hora de narrar, lo que le importa sobre todo es en qué momento nace una ficción, cuándo *despega*, en qué contexto, bajo qué luz, en qué condiciones algo —un dato histórico, una coincidencia de fechas, un viejo pasaje aéreo cuyo regreso nunca se usó— pierde su condición de realidad y es de algún modo enrarecido, raptado, alienado por un destino de ficción. De ahí la perspectiva siempre doble que tienen los cuentos de Cozarinsky: ficciones muy narrativas, llenas de peripecias, vueltas de tuerca, descubrimientos, reconocimientos decisivos, destinos que cambian en un instante de vértigo, que sin embargo incluyen una dimensión paralela, suerte de doble fondo o de anexo en el que el narrador nunca deja de pensar su relación con lo que está contando, evalúa la convicción o desconfianza que le inspiran sus materiales, calcula sus conveniencias en materia de distancia o proximidad y, sobre todo —punto crucial para el perspectivismo cozarinskiano—, toma decisiones de modulación, esos cambios de tonalidad que definen la "ficcionalidad" o el "documentalismo" del relato.

En "Navidad del 54" se lee: "Esta historia no tiene argumento, a menos que su argumento sea la Historia. Es apenas la huella de un instante, de una chispa provocada por el roce de dos superficies disímiles". Todo Cozarinsky está como cifrado en esta cita: la tutela de Benjamin ("Adueñarse de un recuerdo tal como éste relampaguea en un instante de peligro"), la pasión equívoca por la Historia, la hipótesis (el vértigo) de que la literatura pueda no ser más que la Historia intervenida, la idea —muy borgeana— de que todo cuento narra un instante y uno solo, pero no ése en el que el héroe conoce por fin su destino, y su identidad, y su verdad íntima, como en Borges, sino ése en el que comprende que lo que llama su vida y lleva su nombre es un híbrido inestable, provisorio, superposición de versiones no del todo confiables. Y en cuanto a las dos superficies disímiles que se rozan, ¿no es ése acaso el trabajo por excelencia de Cozarinsky, su vocación, casi su misión —de escritor, naturalmente, pero también de cineasta? En el papel como en la pantalla, contar es montar, articular dos planos que no estaban llamados a encontrarse, que incluso se repelen. En *La guerra de un solo hombre* (1982), Cozarinsky el cineasta pegaba imágenes de desfiles de moda y pasatiempos mundanos durante la Francia ocupada con fragmentos de los diarios de Ernst Jünger donde el escritor —también capitán del ejército alemán— describía con estetizado estupor el espectáculo de los bombardeos. El resultado, en las antípodas de cualquier denuncialismo de manual, era la visibilización, por un fenómeno de iluminación recíproca, de las nervaduras sutiles, a menudo paradójicas, por las que corría la sangre de la Historia, la Vida Social y la Literatura en la París de la ocupación alemana.

No hay nada que los relatos de Cozarinsky no se animen a montar, fieles a la idea de que el montaje de cine es apenas un caso particular de un principio general, ubicuo, activo en todos los órdenes de la práctica humana. Lenguas, países, imaginarios, textos, épocas, vidas, momentos de vida, rostros, gestos: todo se presta a esa operación de plegado y pegado, corte y sutura, que funde en un solo hacer al escritor, el cineasta, el historiógrafo diletante, el etnógrafo amateur, el viajero, el cronista... Cuando el narrador de "El ídolo de Beyoglu" dice "Treinta y cinco años más tarde", lo que hace es mucho más que ofrecer una referencia temporal: es compaginar de manera abrupta, brutal, dos bloques de espacio-tiempo para observar cómo el presente ilumina el pasado, volviéndolo a la vez inocente y legendario, y cómo el pasado insiste en preñar al presente, dotándolo de un valor mitológico que de otro modo nunca tendría. De algún modo, el montaje es la continuación del tráfico por otros medios. Como el tráfico —principio de circulación y de comercio— desafía fronteras y promueve intercambios, el montaje se pregunta siempre *qué hay del otro lado* (de la imagen, del yo, del lugar, de la lengua, etc.) y hacia allí se lanza, apremiado por la necesidad, a la vez artística y ética, de desclasificar todo lo que sigue preso en las jaulas de la identidad, la pureza, la homogeneidad. Montar, en efecto, es hacer que las cosas dejen de ser lo que son, lo que están "llamadas" a ser, y dejen de estar donde están; es hacer que se muevan y muevan otras cosas, que entren en relaciones nuevas, armen alianzas inéditas, se mezclen. Montar es *transmitir*, que es la deuda última que los relatos de Cozarinsky, libres como son, se desvelan por saldar, sabiendo incluso todos los riesgos, arrogancias y malentendidos que acechan en el camino. Sólo hay una cosa que contar, en el fondo: cómo algo pasa de un lado a otro, de una mano a otra, de una época a otra, de una lengua a otra. Bienes, nombres, cuerpos, pasaportes, fotografías, chismes: el testigo en sí (en el sentido de *El pase del testigo*, título, por otra parte, de un libro de ensayos de Cozarinsky) puede no decir gran cosa; puede ser simple, banal, insignificante. Su recorrido, en cambio, es aventura pura: secreto, a menudo accidentado, siempre en zigzag, comunica mundos que se ignoran o rechazan, lugares que se creen únicos, tiempos que se dan por muertos. Ese pase es todo lo que tiene que pasar para que haya relato.

Alan Pauls

La novia de Odessa

Para Alberto Tabbia

La novia de Odessa

Una tarde de primavera de 1890, un joven observaba desde las alturas del bulevar Primorsky el movimiento de los barcos en el puerto de Odessa.

En su atuendo endomingado, contrastaba tanto con la desenvoltura cotidiana de la mayoría de los transeúntes como con el exotismo de otros. Es que el joven estaba vestido para emprender una gran aventura: los zapatos de cuero barnizado se los había regalado su madre; el traje a medida, su tío, sastre de oficio, lo había terminado sólo el día anterior a su partida; finalmente, el sombrero era el que su padre había estrenado veintidós años antes, el día de su boda, y no había tenido más que cinco o seis ocasiones de ponerse.

En ese momento le faltaban tres días para emprender realmente su gran aventura, pero para él las cuatrocientas verstas que separaban Kiev de Odessa, y esta primera visión de un puerto y del mar Negro (que se volcaría en el Mediterráneo, que se volcaría en el océano Atlántico) ya era parte de la travesía que haría de él un individuo nuevo.

Sin embargo, un velo de tristeza empañaba el entusiasmo con que devoraba todos los aspectos de la gran ciudad y su puerto. Carecía de toda educación sentimental, y su primer percance amoroso le trabajaba el pensamiento hasta impedirle gozar ante la realización inminente de su proyecto más audaz. Para alejar esa pena que no sabía borrar, seguía con la mirada a cuanta persona pasaba; todas lucían algún rasgo capaz de interesarle: un aya pulcramente uniformada empujaba a desgano el landó del que asomaba, entre profusas puntillas, un bebé malhumorado; dos hombres de vientre opulento, rubricado por las cadenas de oro de invisibles relojes, caminaban sin prisa discutiendo los precios del trigo y el girasol en distintos mercados europeos; un marinero negro, la primera persona de ese color que veía, observaba, tan curioso como él, todo lo que lo rodeaba; otro marino, que más bien parecía un actor vestido de marino, lucía un aro dorado en la oreja y en el hombro un papagayo, que intentaba sin éxito vender.

Sobre el granito rosado de la escalinata Potemkin, pocos metros más abajo, descubrió a una muchacha absorta en el paisaje, con una mirada no menos triste que la suya. Se había sentado en un escalón y había posado a su lado dos grandes cajas redondas, superpuestas; cada una estaba ceñida por una cinta de raso azul y las mantenía juntas un simple piolín; impreso en el cartón podía leerse, en caracteres latinos, "Madame Yvonne. Paris-Wien-Odessa".

Una brisa refrescaba el aire y, a lo lejos, sobre el mar, desplazaba de este a oeste nubes de formas veleidosas, dragones y arcángeles que parecían propiciar un encuentro feliz. El joven, a quien llamaremos Daniel Aisenson, no conocía palabras ni expresiones propias para abordar a una desconocida. Se acercó a la muchacha y permaneció a su lado, sonriéndole en silencio. Cuando a ella le empezó a incomodar fingir que ignoraba su presencia, le dirigió una mirada severa, que inmediatamente suavizó: había en él algo que declaraba su inocencia, algo ausente en tantos seductores, groseros o melifluos, que había aprendido a reconocer en la gran ciudad.

Nunca sabremos cuáles fueron las primeras palabras que intercambiaron ni quién las pronunció, pero no es incongruente que haya sido ella quien venció la timidez del joven. Daniel había nacido en un *stetl*; a los cinco años sus padres se habían instalado en un suburbio de la ciudad, santa entre las santas, de Kiev, de la que conocía poco más que el mercado llamado de Besarabia, y en él el negocio de pasamanería de la familia. Más de una vez, adolescente, se había detenido a admirar los oros y volutas de la catedral de Santa Sofía, las cinco cúpulas resplandecientes de la colegiata San Andrés y, más alto aún, el campanario del monasterio de Petchersk.

No podía impedirse comparar ese esplendor con la modesta sinagoga que frecuentaban, sin gran devoción, sus padres, adonde lo obligaban a acompañarlos. Y esa comparación lo hacía sentirse culpable. Una injusticia divina —sentía— lo había privado de una religión lujosa y protectora, lo había condenado a otra, austera, cruel, cuyo corolario natural parecía ser el peligro siempre latente de un pogrom: a su abuelo los cosacos le habían cortado las piernas de un sablazo cuando se acercó a rogar piedad ante el *hetman*; casi todos sus tíos habían visto arder sus casas, señaladas con esa estrella de seis puntas que a pesar de ser un símbolo sagrado, en vez de protegerlas, las había marcado para la masacre.

Ella, cuyo nombre nunca sabremos, era en cambio una hija de Odessa, donde griegos, armenios, turcos y judíos eran tan comunes como los rusos. No hablaba el ucraniano sino un ruso elemental, al que se habían prendido algunas palabras de idish: no era judía pero vivía y trabajaba entre judíos. Entre judías, más bien: la temible Madame Yvonne, cuyo verdadero nombre era Rubi Guinzburg, y las tres asistentes que bajo sus órdenes confeccionaban sombreros en un taller de la calle Deribassovska. Todas ellas venían de la Moldavanka pero hacía años que, con esfuerzos denodados, habían logrado simular una distancia con ese barrio que apenas diez calles separaban del taller. En ausencia de clientes o proveedores estallaba el idish, vehículo de reproches e insultos de Madame Yvonne a sus empleadas como de críticas de éstas a las señoras que se probaban una docena de sombreros y partían sin haber comprado ni uno.

En ese taller, aquella muchacha era la *shikse*, palabra atroz que designaba a la vez a la sirvienta y a la no judía, a la goi. A la *shikse* correspondía limpiar el taller, preparar el té, llevar a domicilio los sombreros comprados y ejecutar diversos mandados y menudos servicios. Su retribución era un lecho en la cocina, una comida frugal y la ocasional propina en la puerta de servicio de una clienta.

* * *

El atardecer del día siguiente los encontró sentados en un banco, bajo las acacias del parque Tchevchenko. El rumor de la ciudad les llegaba apaciguado y a lo lejos podían entrever el mar y los barcos, promesa indefinida que cada uno de ellos entendía a su manera.

Ella le confesó que era huérfana, que estudiando las revistas francesas de donde Madame Yvonne copiaba sus modelos había aprendido que la vida es la misma en París, en Viena o en Odessa, que sin dinero sólo se puede ser sirvienta, y que el mundo se divide entre los que tienen y los que no tienen. Él le explicó que eso es cierto en Europa pero que del otro lado del océano hay una tierra de pura posibilidad, un país joven donde un judío como él puede llegar a poseer un pedazo de tierra. Atropelladamente, le habló del barón Hirsch, de la colonización, de Santa Fe, de Entre Ríos. Ella oyó, por primera vez, cosas cuya existencia había ignorado: que un judío podía querer cultivar la tierra, que podía temerles a los cristianos como ella les temía a las judías del taller, que podía hablarle a ella de otra cosa que del regalo que le haría si consintiera en acompañarlo una noche a cierto hotelucho de la plaza Privakzalnaia.

¿Fue durante ese segundo encuentro cuando él le reveló el motivo de la tristeza, en apariencia inexplicable, que lo dominaba en vísperas de cruzar el Atlántico hacia una nueva vida? Ese motivo tenía nombre: Rifka Bronfman.

Sus familias los habían presentado cuando cumplieron catorce años, ya los habían prometido antes que se conocieran y los habían casado cinco días antes que él dejara Kiev. Se habían visto a solas no más de diez veces antes de la boda, y siempre con padres o hermanos en el cuarto de al lado o en la ventana que supervisaba el magro jardín entre la casa y la calle.

Hacía un año que Daniel había empezado a jugar con la idea de emigrar. La delegación de la Argentina para la Colonización Judía, de paso por Kiev, había organizado reuniones vespertinas en la Asociación Mutual Israelita, donde un conferencista elocuente, con la ayuda de una linterna mágica y una docena de placas de vidrio, les había mostrado los campos fértiles, interminables, que los esperaban en la Argentina. En un mapa había señalado la ubicación de esas tierras y su distancia de las metrópolis: Buenos Aires y Rosario, que otras placas les habían descubierto. También había agitado en la mano un delgado volumen encuadernado en color celeste y blanco sobre cuya tapa —había explicado— estaba impreso (en español, por lo tanto en caracteres latinos) "Constitución de la República Argentina"; de ese volumen les había leído, traduciendo inmediatamente al idish, los artículos que prometían igualdad ante la ley y libertad de cultos para todos quienes quisieran trabajar esa "tierra de paz".

Estas palabras Daniel las había repetido a Rifka, esas imágenes se las había descripto detalladamente. Su prometida no compartía tanto entusiasmo. Aceptó seguirlo, acatando el precepto según el cual el lugar de la mujer está al lado del marido, pero ese mundo nuevo no la hacía soñar. Cuando él llenó los papeles necesarios, no expresó ningún reparo particular, pero cuando volvieron aprobados y sellados por el consulado argentino, y leyó en ellos su nombre, su fecha de nacimiento, el color de su pelo y el de sus ojos, prorrumpió en sollozos vehementes, renovados cada vez que el cansancio prometía extinguirlos. Las familias creyeron que se trataba de un estado de agitación provocado por las vísperas del casamiento; un primo, que había hecho vagos estudios de medicina, declaró que se trataba de una afección a la moda, llamada neurastenia. Vagamente halagada por ese diagnóstico, Rifka enfrentó dignamente la ceremonia en la sinagoga, bajo la peluca ritual que cubría su cráneo recién afeitado.

Esa noche, Daniel debió vencer su inexperiencia y ella su miedo. Descubrieron, en medio de la sangre, él el placer, ella el dolor. A la mañana siguiente, él despertó solo en medio de las sábanas manchadas; de lejos le llegaban gritos, llanto, reproches, quejas. Encontró a Rifka en brazos de su suegra, cuyo consuelo rehusaba. Mientras la señora repetía incesantemente "Se le va a pasar, se le va a pasar", tratando de cubrir la voz de la joven esposa, ésta lograba hacerse oír no menos incesantemente y cada vez más fuerte: "No voy, no voy, no voy". Cuando Rifka recobró cierta serenidad, pudo unir algunas palabras, formar frases:

—Tengo miedo, mucho miedo. Aquí conozco a todos, aquí está mi familia, tu familia, mis amigas; está la sinagoga, el mercado, todo lo que conozco. ¿Con qué nos vamos a encontrar allá? ¿Víboras? ¿Indios? ¿Plantas carnívoras?

Daniel intentaba explicarle que ahora ella tenía un marido para protegerla, pero Rifka parecía impermeable a todo argumento. Cuando logró secar sus lágrimas, aceptó, junto con un vaso de té con más azúcar que limón, la sugestión, nada optimista, casi desesperada, de su madre: viajar un año más tarde, tal vez sólo seis meses, cuando él hubiese escrito confirmándole que ella estaría a salvo de tantos peligros con que las novelas de Emilio Salgari la habían amenazado.

Daniel no la tocó en las noches siguientes, que precedieron su viaje. Rifka, tal vez aliviada, no se lo reprochó.

* * *

La muchacha lo ha escuchado en silencio. Del parque han caminado lentamente en dirección al escenario de su primer encuentro. El cielo rosado del crepúsculo ha cedido gradualmente a un azul cada vez más profundo. Ya es de noche cuando él termina su relato, abrupto, desordenado, que los párrafos anteriores intentan resumir.

Pasan ante cafés y pastelerías con nombres franceses e italianos, donde no pueden permitirse entrar, y tras la cortina de encajes de una ventana, ella reconoce las flores de trapo, el pájaro embalsamado y remendado y las cintas de seda de un sombrero que vio armar, pieza por pieza, y ahora corona una cabeza invisible. Llegan a la estatua del duque francés cuyo nombre no les dice nada; pálidamente, intermitentemente, la ilumina el resplandor de las ventanas del hotel de Londres. A lo lejos, los barcos anclados en el puerto también conceden algún reflejo al agua negra, susurrante.

Cuando ella habla no es para comentar el relato que ha escuchado con atención.

—¿Cuándo te embarcas?

—Mañana. El barco parte a las seis de la tarde pero los pasajeros de tercera clase deben estar a bordo antes de mediodía.

Ella lo mira, esperando palabras que no llegan. Tras un instante de silencio, insiste.

—¿Y piensas viajar solo?

Él la mira, entendiendo y sin atreverse a creer en lo que entiende.

—Solo... Qué remedio tengo...

Ella lo toma por los brazos con fuerza, plantada ante él. Daniel siente que esas manos pequeñas pueden apretar y tal vez golpear, que no están hechas para sostener solamente una aguja.

—¡Me llevas contigo! ¡Yo soy casi rubia, tengo ojos claros si no celestes, mido poco menos de un metro sesenta y cinco y tengo dieciocho años! ¿Acaso hay una fotografía en el salvoconducto?

—Pero... —él atina a balbucir— no estamos casados...

La carcajada de ella resuena en la plaza desierta, parece rodar por la escalinata y despertar un eco en el puerto.

—¡Cómo podríamos estar casados si yo soy ortodoxa y tú judío! Necesitaríamos meses para que un rabino aceptase mi conversión... Además, ¿no dices que en ese país nuevo no importa nada de todo lo que aquí nos esclaviza? ¡Vamos!

Ante la mirada estupefacta de Daniel, ella empieza a girar sobre sí misma, con los brazos extendidos, como un derviche de Anatolia. Sin dejar de reír, repite como una invocación los nombres que ha oído mencionar hace un momento por primera vez.

—¡Buenos Aires! ¡Rosario! ¡Entre Ríos! ¡Santa Fe! ¡Argentina!

Se ríe cada vez más fuerte y no deja de girar.

—¡Yo soy Rifka Bronfman!

* * *

Ciento diez años después, el bisnieto de esa pareja, convaleciente en un hospital de París, recibe una carta de su tía Draifa, de Buenos Aires. "Sintiendo cada día más cerca la hora de partir", la anciana le cuenta esta historia, secreto de familia que se transmitieron las mujeres, la mayor de cada generación a la mayor de la generación siguiente. Si la tía lo ha elegido a él es porque la lejanía geográfica le parece contribuir a preservar el secreto sin dejar de cumplir la promesa de la transmisión.

Mientras espera los resultados de una segunda biopsia de sus vértebras, deja vagar su memoria hacia las pocas cosas que oyó de niño sobre aquel bisabuelo que nunca conoció, cuyos diez hijos nacidos en la Argentina tuvieron por madre a esa muchacha que una tarde de primavera de 1890 miraba con tristeza los barcos que partían del puerto de Odessa.

Del bisabuelo había heredado una imagen pintoresca de mujeriego, más bien de inconstante, derivada —ahora comprende— de aquel episodio que la tía Draifa le ha revelado con su carta. Pero ¿acaso no era un simple reflejo de sensatez olvidar a una mujer que no se atrevía a cruzar el Atlántico y reemplazarla por otra cuyos coraje y audacia él necesitaba?

De esa bisabuela Rifka, cuyo verdadero nombre ya nadie nunca conocerá, sabe que no le faltaban coraje ni audacia. En 1902, con dos certeros pistoletazos, había bajado a una pareja de gitanos que rondaban la chacra, conocidos como ladrones de niños en la región de Gualeguay. En 1904, después de haber parido un hijo por año, había aceptado un décimo embarazo, contra los consejos del doctor Averbuch, que la había atendido en todos los partos. Dio a luz una niña rubia como ella, con ojos celestes como los suyos, y murió horas más tarde, de fiebre puerperal.

De pronto su bisnieto entiende por qué las mujeres de la familia, al menos las depositarias del secreto, en vez de sentirse orgullosas de esa antepasada, habían transmitido su historia como un saber peligroso, tal vez prohibido. Ninguna noción ridícula, de ilegitimidad o superchería, las había inquietado; pero, según la ley talmúdica, la condición de judío se hereda por la madre, y por lo tanto los diez hijos de aquella unión no lo fueron...

El paciente del hospital, que cuarenta y ocho horas más tarde sabrá cuál puede ser su expectativa de vida, piensa en su padre, en su madre. ¿Dónde se había extinguido, dónde se había recuperado la pertenencia a la raza "elegida"? (La palabra le suena más que nunca rodeada de un halo sombrío, siniestro). Para él, criado fuera de toda religión, esa continuidad no se había expresado en ningún lazo místico, en ninguna tradición consoladora, apenas en ocasionales excursiones gastronómicas. Y, desde luego, en el "rusito de mierda" escuchado en la escuela primaria y en la frecuencia de guardias y limpieza de retretes durante el servicio militar.

Está demasiado cansado como para apiadarse de sí mismo. Su sentimiento va a una persona sin rostro, a aquella Rifka Bronfman, la verdadera, la que prefirió la seguridad ilusoria de su familia y sus amigos. Si había tenido unos veinte años en 1890, habría estado alrededor de los setenta en 1941... ¿Habría muerto en Babi Yar? Si aún vivía en el momento de la invasión alemana, saludada como una liberación del yugo soviético por la mayoría de los ucranianos, ¿habría sido liquidada por un *einsatzgruppe* de la Wehrmacht, por los SS, o por un grupo nacionalista, tal vez por sus vecinos, tan sonrientes, tan amables, súbitamente enemigos, justicieros celosos de erradicar la mala hierba semita del jardín de la patria?

Piensa también que no tiene hijos, que no conoce a los lejanos hijos de tantos primos dispersos por distintos países, llevados por nuevos vientos de rigor o de miedo. Se le ocurre que nadie le pedirá que rinda cuentas por no haber transmitido la historia. Sin embargo, dos días después obedece a un impulso que no sabría explicar y empieza a escribirla en forma de cuento.

Literatura

Mi tía Ignacia solía empezar la lectura del diario por los avisos fúnebres. Durante años, con suficiencia de adolescente, sonreí ante esa costumbre. Su vida me parecía tan poco novelesca que le negaba la posibilidad de haber adquirido los enemigos cuya desaparición, se supone, es la recompensa siempre postergada, casi siempre frustrada, de ese ejercicio cotidiano.

Muchos años más tarde me descubrí una mañana buscando entre esos anuncios el desmentido de un sueño: la noche anterior había hallado dos veces mi nombre en esa sección, entre los difuntos y, en el mismo aviso, como único deudo. No lo hallé, pero mi alivio fue pronto eclipsado por otro nombre, el de Natalia Safna Dolgoruki.

Esta combinación de sílabas en sí anodinas me produjo el efecto de un acorde con resonancias innumerables. Más allá de las facciones, ya borrosas, de la persona, se me apareció un atropello de imágenes: la mía, todavía joven, las de amigos y lugares de un Buenos Aires difunto, que había creído sepultado más allá de mi memoria, cicatriz apenas visible entre tantas banales arrugas trazadas por el tiempo.

El aviso anunciaba que un servicio religioso conmemoraría esa tarde los diez años de su muerte en la iglesia ortodoxa de la calle Brasil, la misma cuyas cúpulas, tan exóticas en Buenos Aires, veía asomarse entre el follaje como enormes cebollas doradas cuando mi madre me paseaba por el parque Lezama en los primeros años de mi vida.

Así que medio siglo más tarde iba a penetrar por primera vez en una penumbra perfumada por inciensos lejanos, iba a entrever a la luz rojiza de las lámparas colgantes las expresiones ausentes de santos desconocidos, entre los oros del iconostasio...

Al llegar, desde Paseo Colón, ya advertí una incongruencia: las cinco cúpulas coronadas por cruces, una mayor y central, cuatro menores en las esquinas del techo, estaban pintadas de color celeste. ¿Siempre lo habían estado, y yo había superpuesto a su imagen otras más lujosas, que luego conocí? ¿Acaso se trataba de un tratamiento reciente, económico, para reparar el desgaste del dorado original? En el atrio, sobre la pared izquierda, una composición de cerámicas multicolores celebraba el milenio del "bautismo de Rusia (988-1988)"; la fecha reciente de su confección tal vez explicara que, a pesar de respetar la ausencia de toda perspectiva renacentista, esa escena multitudinaria me recordara el arte de las tapas de latas de galletitas.

Al entrar, elegí mantenerme a una distancia que me pareció respetuosa de los únicos tres asistentes que ocupaban la primera fila: a la izquierda, un matrimonio de edad indefinida, vestido con empeñoso decoro; a la derecha, un señor de edad incalculable, menos cuidado en su atuendo, pero con un detalle espléndidamente anacrónico que me lo hizo, de inmediato, un personaje: un *pincenez*, sostenido como se debe sobre el hueso de la nariz y del que colgaba una cinta de terciopelo negro. En una segunda inspección, la señora de la pareja que tal vez me había apresurado en considerar un matrimonio también lucía lo suyo: uno de esos pequeños sombreros que los ingleses llaman "pastilleros" (*pillbox hats*) del que pendía un corto velo, ambos de color violeta.

Bastó que el pope invisible empezara a salmodiar su rezo para que la ausente recobrase la única vida que mi memoria podía devolverle. "La rusa", como la llamábamos con tanta familiaridad como respeto entre sus amigos argentinos, había sido durante años mi referencia inagotable para una literatura que me apasionaba sin que pudiera abordarla en su idioma original. (¿Tal vez porque no podía abordarla en su idioma original?). Tres tardes por semana, en su minúsculo "dos ambientes" de Caseros y Piedras, yo leía en voz alta, comparándolas, traducciones al castellano, al francés y al inglés, de novelas rusas que ella releía silenciosamente en el original. De vez en cuando emitía una carcajada: los errores, las cautas aproximaciones del traductor merecían, invariablemente, su benevolencia, expresada en un sonoro "¡Pobrrrecito!", cuya ere se enrulaba gozosamente en su garganta. Procedía, luego, a rectificar la versión sin pedantería; reconocía la dificultad y perdonaba a los culpables con un "tratarrron pero no pudierrron". Lo más frecuente era que se embarcase en una explicación de contexto que abría insospechadas ventanas sobre la vida de ese continente imaginario que para mí era Rusia.

Podía tratarse del color exacto de la calza que viste el príncipe Hipólito en el capítulo tercero del primer libro de *La guerra y la paz*, que Tolstoi define como "cuisse de nymphe effrayée", en francés, tal vez un inasible matiz entre el rosado y el durazno. Podía tratarse de un breve aparte para recordar que los dos perros de Chéjov en la residencia de Melikhovo se llamaban Bromuro y Quinina. También podía ser una sucinta clase de geografía para explicarme dónde estaban Osetia, Daguestán y Chechenia, casi inabordables regiones del Cáucaso, que por entonces eran para mí sólo escenarios del exilio de Pushkin o del "héroe de nuestro tiempo" de Lermontov, sin sospechar que a fin de siglo ganarían notoriedad por sus guerras civiles, mafias rivales y emigración clandestina.

Supongo que los modestos billetes que en la primera reunión de cada mes yo dejaba en un sobre, bajo la bandeja del té que no interrumpía la conversación, sólo alcanzarían para redondear los difíciles fines de mes de esa mujer solitaria que parecía no haber tenido más familia que Turguéniev, Chéjov, Tolstoi, Dostoievski o, como antepasado intocable, Pushkin. ("No se le ocurra intentar leerlo en traducción, sólo se lo puede saborear en ruso"). Natasha Safna no ignoraba a autores más recientes: un día citó a Biely, otro mencionó a Nabokov llamándolo Sirín, el seudónimo con que publicaba en Berlín y París, cuando, entendí, ella lo había conocido por intermedio de su amiga judía Vera Slonim.

El pasado de "la rusa", aunque tácito, no era impenetrable. Bastaba con no intentar indagar para que dejase filtrar algún atisbo por la prieta trama de la literatura. Una foto que me detuve a mirar sobre la biblioteca suscitó un breve "No es nadie, apenas un primo". Y, en voz más baja: "Il faisait le danseur au Touquet, en 1932...". Otra vez corrigió mi noción de Estambul como ciudad cálida: "En invierno nieva mucho sobre el Bósforo..." y para justificar ese conocimiento agregó: "Vivimos allí entre 1920 y 1926".

Me intrigaba particularmente en ella una tenaz animadversión hacia Inglaterra. Ese encono no le impedía, desde luego, admirar la poesía de Donne y de Keats, que frecuentemente citaba en el original con pronunciación exacta, ni las iglesias de Hawksmoor o la pintura de Gainsborough; pero con igual frecuencia se refería a la "pérfida Albión" con fruición que no atenuaban los cambios de idioma: "la perfide Albion", "perfidious Albion"... Un día me dijo, con cierto reproche burlón en el tono: "Anglófilo, como tantos argentinos...". Nunca supe explicarle, aun puerilmente, que para mí la anglofobia era sinónimo de un país de pericón, achuras y divisas punzó que me amenazaba con el "alpargatas sí, libros no" oído en la infancia: un territorio inhóspito sometido a la delación de jefas de manzana, lejos, muy lejos, digamos, de la prosa de un Julio Irazusta.

Fuera de la Rusia impresa y leída, aun en traducciones infieles, sustento de nuestra relación, latía una Argentina que se me antojaba monótona e incolora. En ella se preparaban años terribles, pero su realidad me parecía incomparablemente inferior a aquella ficción. En sus diarios aturdían canallescos militares, crapulosos sindicalistas y dementes guerrilleros, sin que lograsen dejar huella en mi imaginación.

Poco a poco me dejé distanciar de "la rusa" por pequeñeces que hoy me avergüenzan. Su sordera, por ejemplo. Indisimulable, ella creía remediarla con un arcaico audífono cuyas pilas guardaba en un estuche de metal plateado, prendido a modo de joya sobre sus blusas. Por mi parte, me reconozco culpable de embeleso ante una actualidad cuyas figuras y ocasiones hoy me parecen de una desoladora trivialidad. Me enteré de su muerte al volver a Buenos Aires después de un viaje; nunca supe dónde estaba enterrada, qué había sido de sus libros rusos, de sus pobres íconos descascarados.

Una vez terminado el servicio, donde fui el único en no comulgar, ya en la calle, merecí miradas severas, tal vez reprobatorias, en todo caso breves, de los otros tres asistentes. Era claro que para ellos yo era, más que un desconocido, un intruso. Tras despedirse sumariamente, la pareja madura se alejó hacia la calle Defensa, subiendo la cuesta con paso esforzado pero regular; en cuanto al viejo señor, desplegó insospechada energía para atraer la atención de un taxi donde luego se introdujo con cautela. Dos minutos más tarde habían desaparecido de mi vista, volviendo tal vez a la existencia fantasmal de esos *émigrés* "cuya única esperanza y profesión es su pasado" (Nabokov).

Enfrente, el parque Lezama me pareció menos verde, más polvoriento que en mi recuerdo. Sobre sus graderías de piedra, ahora pintadas de colores chillones, una familia de tez oscura y expresión castigada compartía trozos de pan y rodajas de fiambre, con el papel que los había envuelto por mantel. Más lejos, bajo los árboles, me asaltó un olor dulzón a podredumbre vegetal. Sólo al distinguir a un grupo de hombres y mujeres ya no jóvenes, ataviados con trapos a la vez multicolores y desteñidos, reconocí en ese efluvio la mezcla de patchuli y cannabis tan popular en tiempos de la secta hippie. Estos patéticos sobrevivientes exhibían abalorios que parecían de alambre, vidrio y lata, supongo que para reunir los requisitos que alguna autoridad municipal debía exigir a las llamadas ferias artesanales. Faltaba, eso sí, el necesario interlocutor: alguien dispuesto a comprar tan desganados objetos.

Se me ocurrió que yo había podido pasar una hora entre personajes de otro tiempo y lugar, sí, pero éstos al menos me habían permitido intuir alguna semilla de ficción. No suscitaban compasión sino curiosidad.

Dos días más tarde, los fantasmas golpearon de nuevo a mi puerta: el correo me trajo un pequeño paquete que contenía una carta y un libro. La primera, firmada con un garabato indescifrable, estaba escrita en un francés sumamente formal. Su autor me explicaba que, poco antes de morir, "nuestra amiga Natasha Safna" le había pedido que, si yo llegaba a manifestarme en algún momento, me entregara ese libro. Diez años habían pasado, mi ausencia y mi silencio habían sido indiscutibles hasta dos días antes...

¿Quién era ese hombre que no sólo sabía mi nombre y mi dirección, que también conocía mi cara como para haberme identificado en la iglesia de la calle Brasil? ¿A cuál de los personajes entrevistos aquella tarde correspondía la primera persona, masculina, singular, que redactaba esas líneas?

El libro era la edición de la Everyman's Library de las poesías de Keats, recuerdo de una época que por haber sido la de mi juventud yo me obstinaba en no considerar lejana, años en que una edición popular inglesa podía ser un volumen encuadernado en tela y con una cubierta digna. El libro se abrió inmediatamente en la página de la "Ode on a Grecian Urn", bajo la presión de varias hojas dobladas de ese delgado papel que solía usarse en otro tiempo para las cartas enviadas por vía aérea. Estas páginas estaban cubiertas por una letra minúscula, escritas en ruso, y fechadas en el año 1946. Mi modesto conocimiento del alfabeto cirílico no me permitió ir mucho más allá del "Daragoia Natasha Safna". Por otra parte, el papel, traslúcido y frágil como alas de mariposa, parecía a punto de desintegrarse en contacto con mis dedos. Decidí guardarlo entre hojas de plástico transparente y hacerlo fotocopiar. ¿Quién podría ayudarme? Me atreví a recurrir a Alejo Florín.

Pocos días más tarde, recibí la fotocopia que le había enviado y la traducción siguiente, acompañadas por una tarjeta donde mi amigo me confesaba su temor de no haber sabido captar en castellano "el tono profundamente conmovedor" del texto ruso.

Plattling, en Baviera
Febrero de 1946

Querida Natasha Safna:

Es posible que ésta sea la última carta que escribo y no lo hago por placer. Me la ha pedido mi mejor amigo: su hermano Piotr Aleksandrovich. Ayer se lo han llevado y no creo que lo vuelva a ver. Hemos pasado por distintos campos de prisioneros desde la rendición de Alemania, sin que nadie se atreva a explicarnos cuál es nuestra situación. La conocemos, sin embargo. En febrero del año pasado, en la conferencia de Yalta, Churchill y Roosevelt se inclinaron ante Stalin y no sólo le entregaron la mitad este de Europa sino que le prometieron nuestras vidas... Nada tan dramático ha sido dicho, desde luego. La operación se llama "Repatriación", a pesar de que ninguno de nosotros, no necesito decírselo, ha sido ciudadano de la Unión Soviética. Algunos, los mayores, peleamos bajo las órdenes de Krasnov cuando Inglaterra y Francia entraron en Rusia por el puerto de Murmansk en 1919. (¡Murmansk! Cinco meses de noche y 50° bajo cero...). Esa primera derrota hubiese debido enseñarnos algo. Pero no fue así. ¿Cuántos hemos sido, cien mil, ciento cincuenta mil, los que en 1941 seguimos a la Wehrmacht creyendo que íbamos a liberar a nuestra patria de los bolcheviques? Parece que Stalin demostró en Yalta un apetito particular por recuperarnos...

Usted no imagina, Natasha Safna, lo que ha sido el éxodo de rusos y ucranianos que siguieron la retirada del ejército alemán: familias enteras, a pie, por los caminos nevados, a veces llevando a una anciana en una carretilla, gente que nunca tomó las armas, como nosotros lo hicimos, que nunca "colaboró con el invasor" como dicen los americanos... (¡Los americanos! Que nunca fueron invadidos ni ocupados, que siempre pelearon guerras en casa ajena...). Gente con una sola meta, escapar de la Unión Soviética en esta oportunidad única, última que se les ofrecía... No me hago ilusiones sobre lo que nos espera. Primero estuvimos cerca de aquí, en Dachau.

Cuando nos llevaron allí nos llamó la atención que a pesar de que no había árboles en el campamento el suelo estaba cubierto de hojas amarillas... levanté una. Era de tela, en forma de estrella, y tenía la palabra "Jude" impresa en caracteres góticos... Dos semanas antes habían liberado a los judíos internados allí... Ahora nos han traído a Plattling y hace cinco días que no dormimos. Todas las mañanas, antes que salga el sol, entran en el galpón soldados americanos con palos de *baseball* y golpean las patas metálicas de las camas superpuestas mientran gritan en mal alemán *Mach schnell!* hasta tenernos reunidos en el patio, en medio de la nieve; entonces cargan a cuarenta o cincuenta prisioneros por día, en camiones que los llevan a la frontera checa, donde espera una división del Ejército Rojo... En Dachau se suicidaron ocho de nuestros oficiales, aquí el comandante Samoilov se abrió el pecho frotándose contra el alambre de púas... Los norteamericanos, por toda reacción, lo filmaron antes de llevarlo a la enfermería... Yo seré de los últimos porque me necesitan como intérprete... En esto terminaron nuestras lecturas... *Lyrisches Intermezzo*, *Tom Brown's Schooldays*... Ayer un suboficial americano, al volver de la frontera checa, cruzó su mirada con la nuestra y tuvo un acceso de llanto. Parecía una criatura. Balbucía sin cesar "árboles cubiertos de ahorcados, allí mismo, en el bosque...". El general Krasnov, siempre vieja escuela, le envió un mensaje a Churchill, recordándole que sir Winston lo había condecorado en 1918 con la British Military Cross... ¿Esperará una respuesta? ¿Creerá que es posible? ¿De los ingleses? Los ingleses que a principios del año pasado bombardearon Dresde, que no era un blanco militar, y destruyeron la más hermosa ciudad alemana y mataron a cientos de miles de refugiados del Este que habían podido llegar hasta allí... (De los americanos se dice aquí que han hecho estallar en una ciudad japonesa un arma nueva, una bomba cuya capacidad de destrucción es inimaginable). *You have been spared!* *Vous avez été épargée*, querida Natasha Safna, y no es para ensombrecer los días que imagino serenos en ese extremo del mundo, al abrigo de tantos horrores de este siglo, que escribo estas líneas. Me pregunto si más allá de comunicarle la suerte de nuestro Piotr Aleksandrovich no he querido dejar una huella, más bien echar una botella al mar (¿Le llegará esta carta? Se la confiaré al suboficial americano, el único que nos ha demostrado cierta simpatía). Somos los grandes perdedores, los únicos. No le importamos a nadie, nadie nos necesita. Los alemanes son indispensables para Europa, los Estados Unidos y la Unión Soviética les curarán las heridas, los reeducarán, los usarán hasta el día en que vuelvan a ser los más fuertes y se sacudan de encima a esos padrinos proxenetas... Dicen aquí que los servicios secretos americanos, que como los hombres de negocios saben antes que los políticos de Washington lo que ocurrirá mañana, ya están reclutando a los jefes del espionaje nazi para apoderarse de sus ficheros sobre las redes de agentes soviéticos; los tendrán un tiempo en Canadá, bajo otro nombre, y luego los acogerán en ese Eldorado de *hot dogs* y coca-cola. (Se trata de un jarabe oscuro y empalagoso, que nos convidaron al llegar, como si se tratase de una *delikatessen*; parece que del otro lado del océano es muy popular entre los jóvenes). En cuanto a los judíos, usted sabe que nunca los detesté, como tantos de los nuestros para quienes se merecían los campos de concentración por haber hecho la revolución rusa... Si algo he aprendido en estos años terribles es que no existen culpas colectivas, apenas crímenes individuales que algunos nos permiten, otros nos prohíben, y tal vez sólo cometemos para protegernos... Los judíos, decía, los que han sobrevivido al infierno, tratan por cualquier medio de llegar a su Tierra Prometida. Hoy la ocupan los ingleses, los mismos que por boca de ese atolondrado de Lord Balfour les prometieron un territorio nacional (*a national homestead!*) en Palestina, en aquel trágico 1918... La marina de Su Majestad hoy bloquea los puertos palestinos para impedirles desembarcar... ¿Por cuánto tiempo? El futuro será de los americanos y de los soviéticos, y el Imperio Británico tiene los días contados... Como nosotros... Tanto tiempo soñé con volver a ver Rusia, y en esos sueños era de nuevo el niño que jugaba en la nieve de Tsarskoie Sielo... A veces me pregunto si alguna vez fui ese niño o si lo soñé, si no es *a figment of my imagination*, mala literatura porque no escrita ni leída sino buscada en la vida... Si no me fusilan antes, volveré a ver mi tierra prometida, la nuestra, pero por muy poco tiempo... ¿Me perdonará, querida Natasha Safna, por haberle enviado estos pensamientos desordenados, este mezquino desahogo, por derramar sobre usted mi amargura y mi miedo? Que Nuestro Señor la bendiga, que San Basilio la proteja hasta el fin de sus días.

Suyo, siempre
Andrei Dimitrovich

La lectura de la carta, más bien de su traducción, me dejó insensible, como anestesiado, durante unos minutos. Hubiese querido leer más. Intenté releer esas páginas pero después de las primeras líneas las abandoné. ¿Apatía, fatiga, miedo? Dejé la traducción y las fotocopias y fui a buscar el original, como si necesitase cerciorarme de que había existido. Bajo su cubierta plástica, esas páginas transparentes parecían a punto de desvanecerse, como si un nuevo contacto con el aire pudiese serles fatal. Intenté imaginar el rostro de quien las había escrito: ejercicio fútil, que sólo me devolvió, una vez más, las facciones borroneadas de Natasha Safna.

No pude impedirme pensar, con una sonrisa desplazada, que "nuestra amiga" habría gozado, dondequiera que este fin de siglo pueda hallarla, con la decadencia, menos sórdida que banal, del país que había elegido detestar. Tal vez habría desviado la mirada, en un gesto de elegancia moral, para no ver, en medio del esplendor financiero urdido por la baronesa Thatcher, los raídos retazos de su realeza, sólo capaces de conmover al pueblo con la muerte accidental de una princesa adúltera y cocainómana y de su ocasional macho egipcio.

El volumen de la Everyman's Library seguía en mis manos, aún abierto en la "Ode on a Grecian Urn". Alguien, ¿la rusa?, había subrayado con lápiz los dos últimos versos:

"'Beauty is truth, truth beauty' —that is all
Ye know on earth, and all ye need to know".

Muchos años antes, yo había aprendido de memoria esos versos, había creído comprender su sentido. Ahora los releí como por primera vez. Me parecieron irónicos, con una ironía que Keats nunca buscó y la historia había depositado arteramente sobre ellos, como una delgada capa de cenizas, destinada a mí y solamente a mí.

Bienes raíces

Mi hermano no se me parece. En nada. Sé que debería decir mi "medio hermano" pero la expresión me resulta cómica: me recuerda al mago que, de chico, vi serruchar por el medio la caja donde una muchacha poco vestida, de muslos generosos y sonrisa invitante, se había acostado sin temor ni vacilación. (Y por cierto que pocos minutos después, tras los esfuerzos muy sonoros de su cómplice transpirado, había emergido más sonriente, más invitante aún, para inclinarse ante los aplausos del público). Ni yo ni mi hermano, por más "medios" que seamos para la jerga jurídica, hemos sido una sola, única persona en ningún pasado imaginable, ni siquiera en el útero de esa madre que nos concibió, de padres diferentes, a ocho años de distancia. Lo llamo hermano por cortesía, aunque no estoy seguro de que a él le importe. Tal vez lo hago como un vago gesto, cuyo sentido se me escapa, hacia esa mujer que iba a desaparecer de su vida del mismo modo en que pocos años antes había desaparecido de la mía.

Lo miro cebar el mate, espesar la yerba, no dejar enfriar el agua. Está sentado en un banquito, ante el brasero; a mí me ha señalado una silla plegadiza, de lata, que me parece precaria y, adivino, no es usada a menudo. A la sombra del alero posterior de la casa, el calor de la tarde parece soportable aunque el sol sigue castigando el pastizal descuidado, qué digo: salvaje, que ha invadido lo que en algún tiempo debió ser un huerto. Pero en este momento es él quien me interesa. Insisto:

—¿No cambiaste de idea?

Se ríe, bajito, como si mi pregunta no fuera en serio, o como si requiriese una réplica graciosa.

—¿Para qué preguntás si sabés que no?

Y es cierto, sé que no quiere dejar esa tapera que para él no puede tener sentido, si no lo tiene siquiera para mí. Mi propuesta, sin embargo, es muy razonable: vender el terreno, por más devaluado que esté, con la casa incluida, ruina que sólo él es capaz de considerar habitable; ocuparme de todo, no cobrar la comisión que me correspondería, y dividir por partes iguales el resultado. Intento conmoverlo por la franqueza.

—Hay algo que no entiendo. ¿Sos cuánto menor que yo? ¿Ocho, diez años? Sos joven todavía. Está bien: entiendo que no querés ejercer de ingeniero. Pero... enterrarte aquí... ¿No hay nada que te interese en el mundo? No te hablo de trabajar, te hablo de elegir un lugar menos triste, menos abandonado...

Ahora su sonrisa crece, aunque ha dejado de reír. Se queda en silencio, y la sonrisa se le hace mueca.

—Qué querés que te diga... Así es la vida.

* * *

Al llegar a Gualeguay esa mañana, Ariel Verefkin había creído posible encontrar un taxi que lo llevase hasta la casa; estaba a sólo veinte kilómetros de la ciudad y el día se anunciaba seco.

(Recordaba un viaje frustrado al que su padre lo había arrastrado de chico, en el decrépito Chrysler 1938 del que en los años cincuenta se obstinaba en no separarse. "Qué querés, mejor un auto viejo y bueno que esas latas que ahora fabrican en el país". Su intención era hacerle conocer el lugar donde se habían instalado los abuelos cuando llegaron de un país inimaginable llamado Besarabia. Ariel, que por entonces consumía novelas de la colección Robin Hood y films en CinemaScope de la Fox, no veía en ese proyecto nada novelesco capaz de seducirlo. Apenas salidos de Gualeguay, la lluvia transformó el camino de tierra en un barrial; el noble Chrysler se empantanó y una camioneta debió arrastrarlo con cadenas hasta devolverlo al pavimento en las afueras de la ciudad).

Pero esta mañana la ciudad estaba aturdida por un encuentro nacional de motocicletas: unas quinientas se habían dado cita frente al balneario municipal y él había pasado cuarenta minutos en un bar, el Monte Carlo, donde le prometieron llamar a un taxi o conseguir alguien que lo llevase. Pero ningún vehículo salvador se había materializado. Su instinto comercial le hizo suponer que lo demoraban para instigarlo a consumir, pero pronto debió rendirse a la evidencia de que se habían olvidado de él: tanto el dueño como los mozos se habían unido a los pocos clientes para dialogar ante la puerta con los desconocidos que estacionaban sus vehículos, rugientes apariciones minutos atrás, súbitamente convertidos en silenciosas esculturas metálicas.

Poco a poco se dejó contagiar por la curiosidad ajena. Su propia falta de reticencia lo sorprendió: él, que no se permitía fácilmente distraerse de sus intereses profesionales (y éste, se repetía, era un viaje profesional), empezó a interesarse en el espectáculo que se organizaba espontáneamente. El cine norteamericano le había enseñado a asociar este tipo de festivales con el terror de bandas apocalípticas: obesos veteranos de Vietnam, sucios, tatuados, calvos e hirsutos a la vez, con hembras ávidas y sumisas que se adherían a sus espaldas forradas de cuero, todo bendecido por la abundancia de drogas y alguna cruz esvástica. Ahora, en cambio, tenía ante él a muchachos afables, de barbas decorativas y orejas perforadas por aros nada amenazantes; hasta sus tatuajes proponían criaturas mitológicas más fantásticas que letales. El tono de su reunión, se dijo, no era demasiado diferente de esas excursiones a Bariloche que los graduados del llamado ciclo medio suelen organizar...

Entre esa multitud sonriente y locuaz que rodeaba a los forasteros debía estar su taxista, o el particular deseoso de hacerse unos pesos extra, cuyos servicios se había apresurado en descontar... De pronto, un vocerío convocó todas las miradas hacia un extremo de la plaza. Varias motos se pusieron en movimiento y acudieron para formar la escolta de honor de una Toyota polvorienta que hacía su entrada triunfal. La conducía, saludando con una mano en alto, una silueta alta y delgada.

—¡La abuela Toyota! —exclamaron voces jóvenes.

Acogida por una ola de afecto evidente, la moto se vio forzada a detenerse, rodeada por muchas Nissan y Harley Davidson, por Hondas Rebel y Hondas Varadero, aun por modestas Gilera. El casco, al alzarse, reveló la cara bronceada, surcada, y el pelo blanco, cortísimo, de una anciana risueña.

* * *

No, mi hermano no se me parece. Se llama Hugo Acuña y creo que no ha trabajado un día en su vida, si no es para inventar estratagemas que le permitan vivir sin trabajar. Algún dinero en el banco debe tener este niño mimado, de otro modo no podría comprar la yerba para el mate que se pasa el día tomando ni darle de comer al caballo en el que sale a dar una vuelta todas las mañanas. ¿Qué hace que un hombre de treinta y cinco años, educado en Europa, con un título universitario, venga a enterrarse en este campo de donde mi abuelo y sus hermanos no veían la hora de escapar?

Pero no estoy aquí para analizar su conducta sino para evaluar la casa, la propiedad donde alguna vez hubo un huerto, donde se intentó cultivar girasol y aun más tarde, cuando el campo se anegó, arroz. Parece que la visita anual de las langostas, que en pocos minutos ennegrecían el cielo, y dejaban pelados los árboles más rápido aún, y los golpes de mi abuela y sus hermanas sobre cuanto tacho tenían a mano, estruendo que hubiese debido espantar a las langostas y pocas veces lo lograba, bastaron para que toda una generación eligiera la ciudad. Es lo único, la ciudad, que me emparienta con todos esos médicos, contadores públicos y dentistas que tantos diplomas le dieron a la satisfacción de sus padres. Yo compro y vendo propiedades. Aunque en la agencia la secretaria me llame doctor, no tengo ningún título.

Miro la casa, el cuerpo principal de adobe, que se había procurado adecentar con un revoque del que poco queda, y el otro cuerpo de ladrillos, el que hubo que construir años más tarde después del cuarto hijo. En ambos el piso era, es, de tierra apisonada. La cocina está al fondo, abierta sobre el campo. A unos cien metros, una garita esconde el retrete. El registro catastral menciona una hectárea, pero aun si esta tierra, inculta desde hace tanto, pudiese ser resucitada, aun si la tapera fuese demolida para construir una verdadera casa, aun si el camino, que ya no es de tierra, como en mi infancia, sino de ripio, estuviese asfaltado, el golpe de gracia para la evaluación lo da, a un lado, a unos ciento cincuenta metros pero lindando con la propiedad, lo que fue la vieja escuela Barón Hirsch, que ya no tenía alumnos hace muchos años: dos pabellones que el ministerio provincial de Salud Pública había recuperado para instalar el asilo psiquiátrico Doctor Marcos Trachtenberg. Dicen que al caer la tarde, cuando sacan a los internados al patio para que estiren las piernas, de atrás de la alta tapia llegan sus voces, sus insultos, sus risas obscenas. Y es esta propiedad invendible la que las leyes de la herencia me han hecho compartir con Hugo Acuña, al que tengo la deferencia de llamar hermano.

* * *

Ariel Verefkin no se da por vencido. Sentado ante una cerveza, en el fresco relativo del Monte Carlo, pasea la mirada sobre las motocicletas que cubren el predio llamado Planta de Campamento: cucarachas gigantes, inmóviles, que sus dueños y esclavos han lavado para el desfile en el corsódromo de Gualeguay; libres del polvo del camino, relucen al sol de la tarde. En una mesa vecina, la "abuela Toyota" les explica a dos jóvenes barbudos, que lucen en los dedos de la mano derecha idénticos cintillos, la necesidad de viajar con un teléfono celular, sobre todo por caminos tan azarosos como los de Chubut y La Pampa.

Pero estos personajes y su conversación no lo distraen. Más de una vez ha pensado que debería olvidarse de la propiedad: aun si apareciese un comprador, el precio que podría obtenerse sería ridículo, y "el cincuenta por ciento de lo ridículo es lo patético", como decía su padre. Pero también piensa que sería una manera de evacuar definitivamente de su vida a Hugo Acuña, cuya mera existencia le recuerda que su madre los dejó, a Ariel y a su padre, para seguir a un tal Acuña, conocido en el casino de las termas de Río Hondo; que poco después lo había seguido a España cuando los negocios del tal Acuña lo llevaron a instalarse en Barcelona; que allí había dado a luz un hijo, ese Hugo que años más tarde, desaparecida su madre quién sabe en qué circunstancias, había elegido instalarse no sólo en la Argentina sino en ese rincón de Entre Ríos que no le correspondía, que no era su historia, ese Hugo Acuña que ahora calzaba alpargatas y tomaba mate: tan ridículo como esos vástagos de la clase media que hace unas décadas se rapaban, se envolvían en túnicas color azafrán y andaban cantando "Hare Krishna" por las calles...

Una noche de verano, cuando Ariel era muy chico, su padre había desocupado la mesa del comedor después de cenar y llamó a su hijo para que presenciara una ceremonia privada. Durante media hora, tal vez más, procedió a cancelar cuanta efigie de su esposa encontró en el departamento. Minuciosamente, la tijera separaba su imagen de quienes podían compartir con ella la fotografía; una vez aislada, la cortaba en todos los sentidos, verticalmente, horizontalmente. Ariel veía emerger ya una sonrisa, ya una mirada, ya un ademán de la mano. La falta de contexto entregaba esos recortes al juego de interpretaciones innumerables, los cargaba de nuevos sentidos; son esos fragmentos de un cuerpo, su variada, múltiple mutilación más que una presencia, un calor, una voz cada vez más borrosos, lo que Ariel recuerda de su madre: sin nostalgia, ya casi sin rencor. Si la casa y el terreno se vendieran, quiere creer, nada me la recordaría, ni siquiera las boletas de los impuestos inmobiliarios que cada doce meses, como un cumpleaños malvenido, llegan a mi escritorio.

Decide insistir por última vez. Entre los más entusiastas que festejan a los visitantes reconoce al propietario del Renault que pocas horas antes ha sido su chofer. No le cuesta convencerlo, por el mismo precio, de repetir el trayecto, de esperarlo ("no más de media hora, estoy seguro") y traerlo de vuelta a Gualeguay antes que anochezca.

Las nubes rosadas han empezado a enrojecer, se deshilachan en un cielo cada vez más azul, cuando el automóvil estaciona al borde del camino, a pocos metros de la casa. Un perro cansado se asoma a recibirlo, se le acerca hasta husmear los zapatos embarrados; tiene cataratas en el ojo izquierdo y se queda a su lado, acompañándolo mientras él entra en la casa vacía y la recorre con la mirada, sin llamar a Hugo. Finalmente emerge de esa penumbra fresca a la cocina abierta, que el alero de lata ya no protege del calor acumulado durante el largo día de verano. La silla y el banquito están donde estaban tres horas antes, la pava y el mate también. El perro sigue los movimientos de Ariel, resignado a su ir y venir. A lo lejos, la puerta abierta del retrete declara que allí no hay nadie. El caballo, atado flojamente a un sauce, parece ignorar la presencia de un visitante.

Ariel escucha como por primera vez el rumor de la brisa en el pastizal, una brisa que trae las voces discordantes de pájaros invisibles, que promete refrescar el aire. A esa hora en que el día acelera su partida y la luz regala colores cambiantes al paisaje más familiar, Ariel siente que para él el tiempo se ha detenido. Esa casa en ruinas, esa parcela de tierra estéril ya no lo amenazan como el testimonio de un pasado que ha querido erradicar; al contrario, entiende que pueden tener un encanto, aunque él aún no lo perciba y sólo empiece a aceptar su existencia.

Mezclada a las voces de los pájaros, cree reconocer una voz humana, aunque la distancia, y tal vez el llanto, la desfiguran. Busca con la mirada y distingue a lo lejos una mancha que parecería agitarse en su sitio, contra el paredón encalado del asilo. Al fijar en ella la atención, esa mancha resulta ser un hombre, por momentos de pie, por momentos en cuclillas; sus manos arañan la pared; dirige la voz hacia lo alto pero no debe esperar que llegue al cielo, se contenta con que pase por encima de esa pared y sea oída del otro lado. A Ariel le llegan sólo ráfagas de lo que dice, y ahora comprende que sí, la interrumpen la distancia y los sollozos.

—Mamá... ¿me oís? Estoy aquí... Soy tu hijo, Hugo. ¿Me oís, mamá? Yo no te abandono, yo estoy aquí, a tu lado...

* * *

No quiero pasar la noche en Gualeguay. No bien llegue voy a buscar la manera de irme, y si a esta hora no la hay encontraré un auto, éste u otro, con ganas de ganarse unos pesos, que quiera llevarme de vuelta a Buenos Aires. Ya al entrar a la ciudad veo por todos lados que los motoqueros festejan, tienen latas de cerveza en la mano, alguno ha sacado una guitarra y empieza a entonar "Salamanqueando pa' mí". A la "abuela Toyota" los chicos la llevan en andas alrededor de la plaza.

Estoy esperando al chofer: ha ido a avisarle a su mujer que no estará de vuelta antes de la madrugada. Lo espero sentado en una mesa al fondo del Monte Carlo. Todos están en la calle. Nadie me ha preguntado qué quiero tomar. Mejor así. Bastante tiempo y dinero ya gasté en este viaje, total para no arreglar nada, a lo sumo para enterarme de que mi madre, como lo había predicho mi padre, iba a terminar mal, que Acuña sin duda la había plantado, como ella a nosotros.

Lo que no podía imaginar es que al final se la iba a guardar mi hermano, él solo, él, el buen hijo, el gallego, el goi, el otro.

Días de 1937

El pianista de la confitería Boston culminó su interpretación de "Smoke Gets in Your Eyes" con la infalible cascada de arpegios que obtenía aplausos menos distraídos que los habituales entre su público nocturno. Los agradeció con una sonrisa y con una inclinación de cabeza, *urbi et orbi*. Antes de retirarse, introdujo el pulgar y el índice de la mano derecha en un pequeño bol colocado sobre el piano para llevarse a la nariz un pellizco de la cocaína amablemente puesta a su disposición por la casa. La *prise* —como las chicas de Les Ambassadeurs, usaba la palabra francesa— pareció reponer inmediatamente las energías claudicantes a esa hora avanzada de su actuación.

Era un lunes, casi a medianoche. Habían quedado atrás las señoras con sombreros decorosos de la hora del té, locuaces y cautivas del servicio de sándwiches y masas "con devolución", que les permitía vacilar ante diferentes motivos de gula para finalmente consumirlos en forma sucesiva. Atrás, también, habían quedado las parejas de la hora del cóctel: mujeres de sombreros menos sensatos, a menudo con velitos que habrían debido prestar cierto misterio a sus miradas ávidas; hombres lustrosos, en quienes fomentos y gomina deletreaban intenciones sin sorpresa. A esa hora consumían sin prisa los "ingredientes" presentados en bandejas cromadas, y las bebidas alcohólicas de colores fantasiosos eran sorbidas parsimoniosamente; el humo de los cigarrillos, unas veces dulzón, otras acre, impregnaba la atmósfera hasta bien pasadas las nueve.

Para tan diferentes públicos el pianista tenía repertorios apropiados, que matizaba según su intuición: solía acertar pasando de "Ramona" a "The Man I Love" y sabía para qué momento reservar un arreglo propio, que había merecido elogios, de "In a Persian Market". Después de las diez de la noche todo se volvía imprevisible, tanto los personajes como su conversación: había ocurrido que alguien elevase el tono o que de un susurro se filtrasen palabras comprometedoras. Algunas mujeres, para no ser rechazadas al intentar entrar solas (la Boston velaba celosamente sobre su reputación), apelaban a la compañía de una amiga, tal vez improvisada pero de apariencia irreprochable, cuando no de un *chevalier servant* a quien no interesase el género femenino.

Ese lunes el salón estaba poco concurrido. El pianista no reconoció ninguna cara, no cruzó ninguna mirada de aprobación ante el estreno de un popurrí francés que había puesto a prueba: "Smoke Gets in Your Eyes" había estado precedido por "J'attendrai", que se volcaba en "Parlez-moi d'amour" y éste en "Mon coeur est un violon". La ráfaga fría, vivificante, que corrió de su nariz a su cerebro le permitió descartar toda sospecha de indiferencia. Iván, el barman, le tendría preparado el habitual whisky *sour*; con él comentaría las noticias contradictorias, desalentadoras, que llegaban de Europa.

Pero esa noche Iván había sido reemplazado —en fin, siendo irreemplazable había que decir: en su lugar estaba— por un joven de tez oscura y acento dulzón, ¿correntino?, ¿acaso paraguayo?, que —pensó el pianista— normalmente no habrían dejado salir de la cocina. El desconocido le preparó un "séptimo regimiento" en lugar del cóctel habitual, y de las noticias del día no pudo disimular una ignorancia perfecta. El pianista se dijo que la buena educación no lo obligaba a conversar con él; tras el saludo y algunos monosílabos correctos le dio la espalda y llevó su cóctel a una mesa que tal vez no le estaba reservada aunque su ubicación ingrata, entre el bar y la cocina, solía mantener libre.

Sentado ante ella, lleno de entusiasmo sin dirección y recuerdos en desorden, vio acercarse al barman de esa noche sola. Venía a entregarle un papelito doblado. Lo recibió con un "gracias" apenas audible y leyó, no sin incredulidad, "Por favor, maestro: 'Allein in einer grossen Stadt'". Inmediatamente buscó con la mirada a un remitente posible; no habría sabido explicar por qué buscaba a una mujer sola, cuya presencia allí no era verosímil; luego buscó a un hombre solo, pero los pocos que pudo observar le parecieron imposibles de asociar con esa canción; las parejas, finalmente, no prestaban atención a nada de lo que las rodeaba. Se dijo entonces que la autora del pedido (había decidido que era una mujer de unos cuarenta años, rubia, triste e irónica, con la mirada ausente de la Dietrich) había previsto su curiosidad y se había eclipsado momentáneamente para escapar a su mirada.

Esta situación, inventada apresuradamente, lo satisfizo. Sí, el próximo trago del cóctel no deseado sería el último, poco importaba si sacrificaba diez minutos de su pausa autorizada, volvería al piano para lucirse con esa melodía que muy de vez en cuando tocaba, sin público, para su propia tristeza, seguro de que ningún oyente accidental la reconocería.

* * *

A la mañana siguiente, al despertar, abrió rápidamente la ventana del cuarto de pensión, como para que el barullo de la esquina de la calle Tucumán, frente a esa mole amenazante conocida como Palacio de Tribunales, disipase toda modorra. El episodio de la noche anterior sólo volvería a su memoria media hora más tarde, bajo la ducha, cuando se sorprendió canturreando la melodía que le habían pedido. Se preguntó si no había soñado el mensaje de caligrafía esmerada así como sus arreglos sucesivos de la canción, que no parecieron disgustar ni entusiasmar al público menguante, taciturno, a la espera de quién sabe qué avieso milagro antes de dar por concluida la jornada. ¿Por qué no había pedido al barman que le identificase quién le había confiado el papelito de color indeciso? ¿En qué momento el encargado, desde la caja, había decidido que era hora de cerrar? Su mirada inexpresiva, el movimiento apenas esbozado de la cabeza, eran los mismos todas las noches; él solía encadenar la pieza que interpretaba, cualquiera fuese, con "These Foolish Things", cuyos compases finales desgranaba en un *ralenti* gradual hasta dejar las últimas notas vacilando en el aire, mientras levantaba el pie del pedal y permitía que el silencio resultase audible antes de cerrar la tapa del Steinway.

No, no había interrogado al barman suplente, y una última mirada a las pocas mesas aún ocupadas sólo le había confirmado la ajenidad de esas anónimas aves nocturnas a todo lo que para él sugería esa canción. Pero no quería revisar una vez más el álbum de recuerdos berlineses. Se empeñaba en desterrar todo sentimiento nostálgico: en la ciudad abandonada había tocado el piano durante los ensayos de las revistas en el Theater des Westens y en el Metropol, para ser puntualmente reemplazado, tres días antes del estreno, por una orquesta no siempre a la altura de la Lewis Ruth Band; había acompañado a imitadoras de Fritzi Massary, "die deutsche Mistinguette", en discos siempre anteriores al momento de su consagración. Nunca había actuado como solista en locales como la Boston o el Copper Kettle, locales "de categoría". (La expresión, adquirida al poco tiempo de instalarse a orillas del Plata, ya había perdido para él todo dejo de ridícula pretensión y la usaba habitualmente, como tantos habitantes de la ciudad junto al río inmóvil).

Sin embargo, la angustia que lo visitaba puntualmente hacia las nueve de la noche, y no lograba mitigar los convites farmacéuticos de la dirección, era algo que sólo había conocido en esta ciudad. Fantaseaba con la mujer solitaria y distinguida que su piano sabría conmover, viuda de "buen pasar" que podría asegurarle un futuro menos incierto; con el director de cine que descubriría en él al colaborador providencial, capaz de conferir una atmósfera europea a sus ficciones cimarronas. Terminaba por reconocer que en esta sociedad nueva, a la vez transparente y herméticamente compartimentada, en cuyos márgenes actuaba, iba a envejecer sin jubilación ni obra social, sin ninguno de los consuelos llamados "conquistas sociales" obtenidos por sus compatriotas gracias a los nazis. Estas consideraciones prácticas solían exigir una dosis doble de inhalación reconfortante; en vez de la ráfaga habitual era una mariposa helada la que aleteaba entre sus ojos para revolotear un buen rato entre sus sienes y permitirle postergar el cuarto de pensión, las vecinas transitorias y la inamovible doña Pilar, su vigilante patrona.

De esas vecinas había entendido inmediatamente que la profesión de coristas era un eufemismo. En su compañía se había resignado a tomar por desayuno los almuerzos a base de guisos que heredaban las sobras de días anteriores. Veía llegar alrededor de la mesa a "las chicas", mal despertadas, flojamente envueltas en batas desteñidas, con restos borroneados del maquillaje de la noche anterior; la mayor solía surgir impregnada en los efluvios del éter que pocas horas antes le había permitido eludir el insomnio; algunos días ese olor acre era demasiado intenso y no faltaba la joven colega que la instara a "no abusar de las botellitas"; la respuesta, que ninguna mirada acompañaba, era un susurrado "bataclanas..." que por alguna razón incomprensible para el testigo extranjero resultaba despectiva para quienes se declaraban coristas. Un día él les explicó que en Broadway se las llamaba *chorus girls* y poco después había sorprendido a una de ellas utilizando la expresión por teléfono, tal vez ante un empresario escéptico ("está usted hablando con una *chorus girl* reconocida"). Eran estas mismas anécdotas amables y presencias coloridas las que se volvían amenazantes cuando se imaginaba entre ellas diez años más tarde.

¿Y diez años antes? Se recordaba incalculablemente rico en expectativas y proyectos. Estaba habituado a escuchar entre sus relaciones que el triunfo de los nazis lo había arruinado todo, como si fuera una catástrofe caída de un cielo inescrutable y no la respuesta demasiado previsible de un mundo que durante más de una década esos mismos individuos habían vivido ignorando, desechando, marginando. Eran ellos, eran más bien aquellos amigos famosos cuya frecuentación les confería cierto prestigio reflejado, quienes se creían Berlín, o Alemania, o lo único que en ellas importaba. Fuera de esa órbita latían masas oscuras, postergadas, a las que no parecía valer la pena dirigir la mirada sino para lamentar su incultura política.

Tuvo que admitir, al margen de toda hipótesis histórica, que el ciclo biológico individual imponía su rigor: ya había cumplido cuarenta y ocho años y no había acumulado el capital de prestigio necesario para vislumbrar un ocaso sin penurias, pero tampoco le temía a una decrepitud demasiado patética; era más bien la incógnita pura, la ausencia de todo futuro representable, lo que algunas noches, al terminar su actuación, lo llevaba a bajar por Cangallo, por Viamonte, a cruzar el Paseo de Julio para acercarse en las sombras a esos límites donde la ciudad se agotaba en cafetines cuya sordidez ni siquiera era pintoresca, en pensiones supuestamente vinculadas con el puerto vecino.

Ese puerto invisible lo atraía: muelles, barcos, apenas insinuados por un olor a herrumbre que las primeras brisas tibias de la primavera volvían particularmente evocador. Agua y embarcaciones permanecían obstinadamente fantasmales: era imposible acercarse a su presencia; para los controles de aduana y policía era sospechoso un paseo nocturno por esos márgenes oscuros y desolados de la ciudad. Imaginaba, sin embargo, los reflejos escurridizos, incesantemente deshechos y rehechos del alumbrado público en esa agua negra. Oía, o creía oír, el chapotear mecánico, indiferente, del agua contra quillas despintadas, los murmullos promisorios de máquinas ahora en reposo pero que en cualquier momento podían ponerse en movimiento y conducir esos edificios flotantes hacia Europa. Porque el Río de la Plata, como el océano Atlántico con que se confundía, era para él sólo la distancia que lo separaba de Europa; inútil habría sido recordarle que en línea recta hubiese podido llegar desde ese punto a Cape Town: en el mapa de su imaginación sólo existía un punto cardinal, el Nord-nordeste.

Por esos periplos nocturnos, condenados a no alcanzar el objeto de su deseo, desechaba a los amigos reunidos en el Viejo Luna alrededor de un chucrut meramente nostálgico, o a la dócil Inesita, cuyos senos pequeños eran tan sensibles a sus dedos ("eine andere Partirur") y de la que recordaba, sobre todo entre las sábanas, un perfume agreste, a yuyos y arroyo, cuya capacidad de excitarlo ya empezaba a menguar.

* * *

El segundo mensaje le llegó casi un mes después del primero. Al volver al piano después de una visita al toilette lo encontró, doblado sobre la madera negra y lustrosa del Steinway, y reconoció antes de abrirlo el color entre naranja pálido y rosado, ¿durazno?, del papel. La letra clara, dibujada sin afectación, era la que recordaba. Esta vez la canción pedida era "Frage Nicht Warum".

Su sorpresa no fue menor que ante el primer mensaje, pero una coincidencia impidió que repercutiera en su imaginación: había pedido interrumpir su actuación a las once y media pues a medianoche lo esperaba un compromiso importante, inusitado. Se contentó con mirar, impaciente, a la escasa concurrencia mientras interpretaba esa melodía que, sin la voz de Richard Tauber, le pareció poco memorable; adornó su final con unos acordes patéticos y cerró la tapa del piano sin haber ejecutado su sólita "cortina musical". En su mente se agolpaban otras incógnitas y la apresurada inhalación con que se despidió de otra jornada cumplida atravesó esta vez su cráneo como una larguísima aguja que lo exaltaba hacia una aventura imprevisible.

En la esquina de Diagonal Norte esperaba un taxi. Le dio una dirección de la calle Parera mientras aspiraba afanosamente, prolijamente, como para no desperdiciar ningún resabio que hubiese quedado adherido a sus narinas. Por primera vez iba a tocar en un *souper* en casa de "gente bien". Había repasado mentalmente su repertorio para desechar temas que podrían desentonar con ese público, sin duda exigente, sofisticado, y ahora vacilaba entre empezar por "You and the Night and the Music" o con "Orchids by Moonlight". Llevaba anotado en un papel, junto a la dirección, el prestigioso apellido doble; al llegar quiso volver a mirarlo, para confirmar que lo sabía de memoria, y junto con ese papel salió del bolsillo otro, plegado, color durazno, donde alguien, que en ese momento no podía detenerse a imaginar, le había pedido una canción alemana que él creía olvidada.

El mucamo que lo hizo pasar (¿sería un mayordomo, ese personaje tan solicitado por el cine nacional?) tomó su sobretodo y su sombrero para entregarlos inmediatamente a una mucama y conducirlo hasta el piano, estratégicamente colocado entre dos salones donde unas seis o siete mesas pequeñas esperaban a los invitados. Locuaces, sonrientes, copas de champagne en mano, entraban por una puerta tras la cual entrevió una biblioteca. Sin pensarlo dos veces, atacó "Just a Gigolo" mientras observaba, duplicando su sonrisa, al elenco que descubría sus nombres en minúsculas tarjetas apenas visibles entre la platería, la porcelana y los bordados del mantel. Le pareció que se preparaban para una representación cuyo argumento conocían. Un hombre alto, de cráneo descubierto y bigote tusado, le dirigió una inclinación de cabeza a modo de saludo; se dijo que debía ser el dueño de casa.

Pronto entendió que nadie lo escuchaba. A él mismo le resultaba difícil hallar el volumen justo entre el vocerío entusiasta que reverberaba a su alrededor. Cuando un mozo depositó una copa de champagne sobre la tapa del piano, esperó pudorosamente unos minutos antes de probarla. Desde su puesto de observación, sin descuidar la música, seguía las etapas del servicio: a modo de entrada los mozos trajeron unos túmulos de hojaldre de donde asomaban langostinos; el plato siguiente parecía ser carne, tal vez ave, rodeada por verduras recortadas, todo bañado por una salsa clara. De vez en cuando la mirada de una mujer cruzaba la suya y no se retiraba como él lo hubiese esperado; con una mezcla de indiferencia y descaro lo estudiaba como lo que allí era: un meteorito vestido de smoking. Se le ocurrió que alguna curiosidad sexual podía animar esas miradas, pero también pensó que era mejor no hacerse ilusiones: esas costosas criaturas impregnadas de Guerlain no podían sino rozarlo brevemente, distraídamente, y sólo con los ojos.

—¿También tocás tangos?

La pregunta lo sobresaltó. La mujer que había pronunciado esas palabras sobre su hombro era de edad madura, delgadísima, y sonreía sin temor a descubrir dientes excesivos. Entre el pulgar y el mayor de la mano derecha sostenía una boquilla inquieta. Sin esperar respuesta insistió:

—¿Sabés "La muchacha del circo"?

Él asintió con una sonrisa y abordó esa canción, que, como tantos otros tangos, conocía de oídas, sin que formaran parte de su repertorio.

—Esperame, no seas apurado.

La mujer se dirigió a los comensales que en ese momento terminaban lentamente un *bavarois* y los conminó:

—Escuchen a la Quiroga.

Tras dos intentos fallidos, él acertó con la clave apropiada para acompañarla. Satisfecho, se descubrió capaz de seguir la melodía sin notas falsas, capaz incluso de anticipar o rubricar los efectos paródicos, el ceceo, los dejos canyengues de la imitación. Los aplausos que la saludaron, aunque exagerados, parecían sinceros, apenas burlones.

—¡Dale, hacé a la Lamarque!

Entre carcajadas, varios invitados habían dejado las mesas para seguir furtivamente a los primeros desertores, visibles en la biblioteca con tazas de café en la mano. La mujer parecía divertirse aún más que su público, ya decreciente.

—No sean guarangos, escuchen a la única, a la gran Mercedes Simone.

Le ordenó tocar "Cantando". Él no tardó en comprender que esta imitación no era paródica. La mujer podía carecer de la musicalidad espontánea, infalible del modelo, pero se entregaba al canto con un sentimiento evidente.

"Cantando yo nací,
cantando yo viví,
como no sé llorar
cantando he de morir".

Esta vez los aplausos fueron menos entusiastas, más breves. Todo el mundo respondía al tácito llamado de la habitación vecina y en pocos minutos las mesas quedaron desiertas.

—Bueno, che, me parece que una artista tiene que reconocer cuando le llega la hora de retirarse —dijo la mujer entre risas, con un ademán teatral de la boquilla—. Gracias, maestro.

La palabra "maestro" lo sobresaltó. Estaba habituado a aceptarla como una forma convencional, poco frecuente pero libre de toda ironía; ahora, en la voz de esa mujer que se alejaba sin mirarlo, esa mujer que parecía hablar entre comillas, como si se riera de sí misma, la palabra le recordó los pedidos anónimos donde la había leído: cita de un texto cuyo sentido se le escapaba.

El mismo mucamo circunspecto que lo había recibido se acercó para entregarle un sobre. Él no necesitó abrirlo para reconocer el espesor crujiente de varios billetes.

—Por aquí, por favor.

Lo siguió, echando una última mirada a los ramos opulentos, cuyas flores estaban combinadas en contrastes inesperados. En dos retratos, que le parecieron imitaciones de Winterhalter, reconoció, menos calvo, al hombre cuyo saludo distante le había sugerido que se trataba del dueño de casa, y a la mujer tan delgada, de mirada burlona, en cuya sonrisa el pintor había mitigado la dentadura petulante. El mucamo lo condujo a la antecocina. Sobre una mesa de bridge, cubierta con un mantel liso, lo esperaba una selección de la comida que había visto servir en los salones; a un lado, una botella de vino reemplazaba al champagne. Se dijo que sería digno partir sin probar esos posibles manjares, pero la curiosidad y, en una visión fugitiva, el recuerdo de los guisos de doña Pilar desplazaron todo reflejo de orgullo. Se sirvió un vaso y pudo comprobar que el vino era muy superior a los que podía frecuentar.

—¿La señora que cantó es la dueña de casa? —se animó a preguntar después de un momento. Sólo dos muchachas habían quedado en la cocina, ocupadas con la vajilla. Se consultaron con la mirada y fue la mayor quien respondió con un "sí" cortante antes de desaparecer. La menor se acercó a él; hablaba rápidamente, a media voz.

—Al señor no le gusta que empiece con las imitaciones, pero cuando bebe no la para nadie. Dicen que antes de casarse con el señor cantaba en el...

El regreso de su compañera, con una bandeja precariamente cargada de platos y cubiertos sucios, interrumpió las confidencias. La seguía el mucamo, asomándose detrás de un ramo de iris y azucenas que le escondían la cara; al comprobar que él ya había comido y bebido le preguntó si quería un café, con el tono de quien anuncia que una visita debe terminar. Él pronunció un "buenas noches" sin destinatario preciso. El abrigo y el sombrero ahora lo esperaban junto a la puerta de servicio.

Al abrir la puerta de calle respiró hondamente. Buscó en el bolsillo el papel color durazno y volvió a leer: "Por favor, maestro: 'Frage Nicht Warum'". Pero sus pensamientos flotaban en otra dirección y postergó toda trama que su imaginación pudiese urdir sobre el remitente. Volvió caminando a la pensión. En las calles vacías, silenciosas, le pareció despertarse de un sueño que lo hubiese fatigado con imágenes y sensaciones confusas. Sin mucha esperanza de hallar algún resto consolador inhaló con aplicación, pero el único frío que subió por su nariz fue el del aire de la noche.

* * *

Durante meses la idea de un tercer mensaje lo visitó con frecuencia. La tradición exigía que fueran tres los llamados del destino: los tres deseos, los tres golpes para salir a escena. Una tarde, al levantar la tapa del Steinway, encontró un papelito doblado, color durazno, evidentemente introducido por la angosta ranura que, una vez cerrado el piano, sólo permitía deslizar una hoja tan delgada como ésa. Al abrirla, con expectativa, con aprensión, se encontró ante una hoja en blanco; la dio vuelta pero no halló escrita ni una palabra, siquiera un trazo. Con un gesto mecánico, la guardó en un bolsillo y esa tarde empezó su actuación con "Es gibt nur einmal", una melodía vienesa cuyo aire de marcha siempre lo había irritado por su nostalgia imperial; irracionalmente, pensaba replicar a quien había dejado ese papel en blanco. La velada transcurrió sin signos del infame bromista, sin duda un vienés que se burlaba de su condición de emigrado berlinés...

En medio de un popurrí latino, entre "Frenesí" y "Perfidia", advirtió la llegada del subdirector de Radio Belgrano que le habían presentado meses atrás. Le dirigió una sonrisa amplia y una inclinación de cabeza, que el recién llegado retribuyó. Lo acompañaba una mujer jovencísima, de pelo castaño y tez transparente. Durante la pausa, aceptó la invitación a reunirse con ellos y besó la mano de la desconocida. Sabía que el gesto, insólito en esas latitudes, seguramente inesperado para una joven sencillísima, solía valerle cierta aureola distinguida, que una vez había oído calificar como propia de un "galán europeo". Pero esta vez la homenajeada lo miró sin sonreír; si alguna expresión pudo leer en su rostro no era de halago sino más bien de desconfianza. De los minutos que pasó en la mesa iba a guardar la impresión de una muchacha callada, tal vez tímida, en cuyos ojos ocasionalmente brillaba un destello al que no eran ajenos ambición ni rencor.

Habituado a antesalas y postergaciones, debió dominar su incredulidad ante la propuesta que le traía ese conocido de quien no cabía esperar un gesto amistoso: animar como solista, los lunes a las 23 horas, un programa cuyo título provisorio sería "Nostalgias de Europa". No pretendió disimular su entusiasmo. A esa hora temprana, el bol amistoso aún no había aparecido sobre el piano; sus reacciones espontáneas no conocían el énfasis del estímulo químico. Agradeció la ocasión que le ofrecían de "alcanzar un público más amplio" con su repertorio. El subdirector de la popular emisora le explicó que sus interpretaciones estarían enmarcadas por glosas ("evocaciones románticas, pintorescas, emotivas de las grandes ciudades europeas") declamadas por la joven actriz que lo acompañaba.

—Una promesa —le diría al día siguiente, en su oficina—. Magaldi la conoció durante una gira y la trajo a la Capital... En teatro no se ha lucido mucho que digamos, pero Chas de Cruz le ha prometido un papelito en la película que va a hacer con Quartucci. Veremos qué da en la radio...

El contrato que le presentó, y él se apresuró a firmar, era por un solo mes. Le permitiría, sin embargo, devolver dinero prestado por amigos, renovar parcialmente su guardarropa y aplacar la desconfianza de doña Pilar; más allá de tan modestos objetivos, sólo podía aspirar a que los anunciadores, satisfechos con su actuación, prolongaran el contrato. Pero no tardó en comprender que la música era algo meramente secundario en esa producción: se trataba ante todo de darle una oportunidad a esa muchacha a la vez arisca y complaciente, en la que intuía un carácter fuerte apenas disimulado. Lejos del micrófono, lucía una frescura que no habían empañado penurias y humillaciones tempranas; ante el temible objeto metálico perdía sus cualidades naturales y, huérfana de toda dirección, liberaba reservas incalculables de cursilería.

Él se habituó a que un automóvil la esperase todos los lunes a medianoche, al salir de la radio. Hubo un lunes, sin embargo, en que no vio, estacionado a pocos metros de la puerta, el vehículo negro, reluciente, y se atrevió a preguntarle si podía acompañarla mientras esperaba.

—No espero —fue la respuesta tajante; como para corregir ese atisbo de despecho, agregó con una risita forzada—: Ya no va a haber más auto con chofer para mí.

Él la invitó a comer ("si no le resulta demasiado pobretón") al restaurante, que por pudor llamó "boliche", donde recalaba las noches en que no tocaba en la Boston. Ella aceptó de buen grado.

—Cuando llegué a Buenos Aires no me podía permitir ni un boliche como éste —dijo, imitando la pronunciación de la palabra "boliche" que le había oído a él.

Se rieron y por primera vez una corriente de franqueza circuló entre ambos. Él supuso que el percance sentimental, y sin duda profesional, representado por la ausencia del automóvil le había hecho deponer, tal vez por unas horas, algo de la cautela que se había impuesto en el trato con otros hombres.

Terminaban la botella de vino cuando inesperadamente la oyó preguntar:

—¿Qué va a hacer cuando se acabe el programa?

Él preguntó a su vez si estaba segura de que el programa no iba a continuar. Durante un instante, que le pareció muy largo, ella lo miró con resignada certeza.

—A fin de mes se acaba. No hay vuelta que darle.

No quiso preguntarle de dónde provenía esa seguridad, pero intuyó que la ausencia del automóvil con su uniformado chofer la explicaba.

—Usted toca el piano con mucho sentimiento. —Ella cambió de tema y su tono parecía sincero, sin afectación—. Se nota. Pero, cómo decirlo, su música no es para todos... No quiero decir que sea sólo para extranjeros como usted, pero... En fin, me dolería que se encontrase en una situación difícil, a su edad...

Incrédulo, entendió que esa criatura, que le había suscitado un impulso de compasión, había estado compadeciéndose de él. Más aún: que los casi treinta años que los separaban, a los que se había habituado a no prestar atención, ocupaban visibilísimos el primer plano de la atención que ella le concedía. Entre los sentimientos contradictorios que en ese momento lo sacudieron, y se esforzaba en vano por controlar, cruzó como una corriente eléctrica la necesidad del socorro farmacéutico, otras noches al alcance de sus dedos sobre el piano de la Boston. Supo que iba a ser incapaz de continuar representando, aun sin convicción, al hombre de mundo que consuela a una debutante desdichada. Con sus ojos despejados, sin ilusiones, esta debutante lo había visto más allá del personaje que creía encarnar. Sintió que debía decir algo, cualquier cosa. Logró, con mucho esfuerzo, esbozar una sonrisa, que seguramente resultó amarga; pero ya no le importaba disimular. Se oyó decir:

—No sé, a lo mejor me vuelvo a Alemania...

* * *

El 22 de julio de 1937 zarpó de la Dársena C de Buenos Aires, con destino a Bremen, la nave de pabellón alemán *Gonzenheim*. En su lista de pasajeros de tercera clase figuraba "Jürgen Rütting, profesión: músico".

Para algunas mitologías la muerte no es un acontecimiento súbito, el tránsito abrupto de un instante en que aún hay vida a otro en que ya no la hay. La representa más bien un viaje, simbólico, que puede entenderse como un despojamiento y un aprendizaje.

Es posible imaginar que durante ese tránsito subsisten, islas a la deriva en un mar nocturno, fragmentos de conciencia, recuerdos, voces e imágenes de la existencia que se apaga, transitorio bagaje al que el viajero se aferra por un tiempo breve, impreciso, que nuestros instrumentos no saben medir.

Nada sugiere que en esas islas perduren los momentos que el viajero hubiese considerado decisivos en su vida: tal vez sólo se adhiera a ellas la resaca de un naufragio. De esas ruinas que se dispersan en el momento mismo de nombrarlas sería vano esperar el retrato de un individuo que desaparece. Tal vez es su condición de añicos, de desechos, lo que cautivaría la atención del improbable espectador que a ellos pudiese asomarse: fragmentos de un relato mutilado, piezas aisladas de un rompecabezas que ya nunca podrá completarse.

Vista del amanecer sobre un lago

La mujer abrió la puerta con tanto sigilo como había cerrado la de su cuarto y dejado atrás un pasillo, y después un piso de escaleras también iluminadas por la débil lámpara que velaba toda la noche.

Entró pisando con cautela. No se encontró en un cuarto como el suyo sino en la antesala de una suite. Una arcada permitía ver un pequeño salón, despojado de toda huella personal; una puerta entornada postergaba púdicamente el cuarto donde debía dormir el paciente. Vaciló antes de empujarla suavemente.

Una luz grisácea, palpitante, iluminaba la cama donde yacía el cuerpo casi descarnado. Provenía de un televisor encendido pero sin voz. Muchos cables y tubos comunicaban ese cuerpo con bolsas colgantes de altos pies de suero, de donde fluían parsimoniosamente, gota a gota, las sustancias que debían prolongar una frágil vida; en medio de esa maraña, la mujer no advirtió inmediatamente los auriculares en las orejas del paciente, sus hilos indistinguibles.

En la pantalla figuras maquilladas pesadamente gesticulaban sobre un fondo de brumas que parecían elevarse de la superficie de un lago. La mujer buscó los ojos del paciente. En el fondo de sus cavidades sombrías, casi cubiertos por membranas rugosas que habían sido sus párpados, no estaban cerrados. Desprovistos de toda expresión, estaban fijos en la pantalla del televisor.

La mujer avanzó hasta ocupar una silla. El paciente no pareció advertir su llegada. Un largo momento de silencio pasó antes que él articulase unas palabras, con voz inesperadamente firme.

—¿Usted es la nueva enfermera?

La mujer no respondió. Buscó la pantalla, donde monstruos tal vez mitológicos surgían y desaparecían en la bruma, alrededor de las figuras enjoyadas cuyos rasgos subrayaba un maquillaje de ópera. Comprendió que debían ser cantantes, que una música y un canto debían justificar lo que ella veía como una grotesca pantomima. Pasó otro largo momento antes que el paciente preguntase:

—¿La conozco?

En ese instante, por primera vez, sus miradas se encontraron. Ella no respondió inmediatamente. Cuando lo hizo, su voz, menos firme que la del paciente, era sin embargo la de una persona viva, que buscaba palabras y las pronunciaba con dificultad.

—No sé. Tal vez. Marcia, Enrique, Marcos, Mercedes, Clara... ¿Le dicen algo esos nombres?

La mirada del paciente volvió a la pantalla muda. Tardó en responder con otra pregunta.

—¿Por qué me habla en español?

Ella esbozó una sonrisa: no se había dado cuenta de que el hombre, hasta ese momento, había hablado en francés.

—Porque sé que lo entiende. Porque lo hablaba. Hace veinticinco años, en Buenos Aires.

Una risa, inmediatamente borrada por la tos y los espasmos, sacudió al paciente.

—¿Y quién era yo hace veinticinco años?

El silencio siguiente fue incómodo. Habían hablado, algún contacto había sido hecho, ahora un silencio sólo podía significar la voluntad de no hablar. Se refugiaron, los dos, en la contemplación de los personajes abrumados por joyas, postizos y brocados, que en la pantalla movían los labios en vano.

Al rato la mujer sintió que los ojos del paciente ya no estaban fijos en la televisión sino en ella. Devolvió la mirada y la asombró la dureza, la intensidad de que eran capaces unos ojos fatigados, como la voz clara de ese cuerpo que era un despojo.

—¿Viene de la Argentina?

—No. Hace años que vivo en Ginebra.

—Y ahora, de pronto, cree reconocer en mí... ¿a quién?, ¿un amor de juventud?

Ella suspiró antes de responder.

—No es tan simple. Usted no se deja fotografiar. Y he leído que cada tres años cambia de cara.

—Tengo mucha suerte. Sé olvidar. Con cada cara nueva se limpia mi memoria. Debería intentarlo.

Las palabras denotaban seguridad pero la voz que las decía era mecánica, inexpresiva. Prosiguió:

—¿Dónde ha leído esas cosas? Soy un individuo rico pero oscuro, casi anónimo. Nadie me entrevista, nadie se molesta en escribir sobre mí.

La mujer no supo disimular cierta satisfacción.

—Pagué a una agencia de investigaciones para que averiguase quién estaba detrás de una producción de *Alcina* de Händel en el lago de Constanza.

El paciente no pareció impresionado.

—¿Y se enteró de algo que valga el precio que pagó?

—No estoy segura. Tal vez. Que el señor Ronald Duparc obtuvo la naturalización suiza tras sólo cinco años de residencia en el cantón de Vaud en vez de los diez que exigen las leyes de la Confederación. Que al llegar aquí en 1977 lo hizo con un pasaporte panameño. Que el secreto bancario protege las sumas que entonces depositó en la Union de Banques Suisses y en el Crédit Suisse. Que hace dos años creó, bajo otro seudónimo, una fundación para producir festivales de ópera, cuya primera aparición pública es la de este verano.

El paciente no habló inmediatamente. Parecía esperar nuevas informaciones, que no llegaron.

—¿Eso es todo?

—Me bastó. El secreto bancario, los nombres falsos, los documentos de identidad comprados pueden ser insuficientes. La gente suele traicionarse por detalles que les parecen sin importancia, o demasiado privados como para revelar la cara borrada por cirugías sucesivas.

—Y esa cara sería la de alguien que usted conoció, que buscaba...

—No lo buscaba. Pensaba haberlo olvidado. Lo conocí, o creí conocerlo, en un tiempo en que yo también era otra.

Sonrió sin alegría y agregó:

—No necesité cirujanos. Los años se encargaron solos del trabajo.

El paciente volvió a esperar palabras que no llegaron. Insistió:

—Y a esa persona, supongo, usted le reprocha algo grave.

—No sabría explicarlo. Había logrado olvidarlo. Hace mucho tiempo le habría podido responder con exactitud. Cosas como: haber desaparecido con el rescate de un secuestro que debía entregar a un grupo de... ilusos; enterarme de que el secuestrado era su cómplice, que el rescate pagado por una empresa multinacional lo iban a compartir. Pero ya nada de eso importa. Tal vez lo odié porque nos había demostrado que no era un iluso como nosotros. Y hoy, al reconocerlo, quiero odiarlo porque lo odié en mi juventud y odiarlo ahora me hace sentir joven de nuevo.

Cuando volvió a hablar, la voz del paciente había perdido algo de su sonoridad impersonal de locutor.

—Usted se analiza como si fuera un personaje de novela. No me extrañaría que teja a su alrededor novelas con personajes reales. Conmigo, por ejemplo.

—Es posible. Pero confío en el azar. El personaje que conocí hace tanto tiempo tenía, al margen de arrebatos ideológicos que entonces nos parecían sinceros, una pasión, no sé si secreta pero en todo caso privada. Una noche de festejos y entusiasmo se descuidó. Habló de una ópera, más bien de su sueño de hacer representar una ópera entonces casi olvidada, pero no en un escenario sino en medio de la naturaleza, en una isla o al borde de un lago. Hace dos meses vi el afiche de un festival de verano y reconocí el título, el nombre del compositor, la vieja idea que dormía quién sabe en qué fondo de mi memoria.

—Eso es absurdo. ¿Un militante aficionado a la ópera?

—Yo no pronuncié la palabra "militante".

—Está implícita en todo lo que dijo, en su nostalgia, en su desilusión, en su ceguera empecinada. Y ahora quiere que yo haya sido ese traidor. ¿Para matarme? ¿Cree posible recuperar su juventud matándome?

—La agencia me dio las fechas de su internación. Elegí esta clínica para tener la posibilidad de acercarme a usted. No sé si pensaba matarlo.

—Usted vive en un melodrama que corresponde a su visión del mundo. Desdichadamente, la vida suele ser irónica. Hago creer que estoy aquí para una enésima cirugía facial. La verdad es que estoy muriéndome, y de un cáncer convencional.

Esperó un instante antes de añadir:

—También en esto, como todos los suyos, llega usted tarde, se equivoca, no logra dejar una huella en la realidad.

De nuevo la risa le provocó un acceso de tos, más espasmos. Ella lo observaba agitarse sin curiosidad.

—Matarlo no saldaría una vieja deuda: si esa deuda existió ya estaba olvidada. Pero siempre quise matar. Si nunca lo he hecho es por no ir a la cárcel. Ahora siento que me quedan pocas razones para seguir en lo que este mundo se ha convertido. Tal vez sea el momento de permitirme ese lujo.

—¿Sin coartada? ¿Ya no se trata de parir un hombre nuevo, una sociedad más justa, todo lo que autorizaba a matar con buena conciencia? Admiro su coraje. No creo que usted tenga hijos, o haya tenido hijos que empujó, como tantas mujeres, a tomar las armas por ellas, hijos cuya muerte ahora le permita una notoriedad periodística... Usted se atreve a aceptar su odio, sus ganas de matar, sin una coartada emotiva. La admiro.

Con un ademán inesperadamente enérgico el paciente se arrancó los auriculares y apretó una tecla del control remoto. La música y el canto los hicieron callar.

"Verdi prati, selve amene,
Perderete la beltà".

—El dinero con que se pueden comprar armas también permite hacer esto —sentenció—. Le dije que llega tarde. Mataría a un moribundo, un mecenas discreto, sin relación con esas viejas historias que ya no interesan a nadie.

Volvió a reír o a toser.

—Dios se le adelantó.

La mujer permaneció un momento inmóvil. Cuando se incorporó parecía vencida por un cansancio inmenso. Se dirigía hacia la puerta del cuarto cuando se detuvo para volverse hacia el paciente, como si una idea tardía la hubiese rozado.

—Pero... yo nunca creí en Dios...

Sin prisa pero sin vacilar, con precisión, desconectó cuanto tubo y cable ligaba las venas del paciente a sus fuentes de supervivencia. El hombre observaba sus gestos sin reaccionar. En esos ojos minerales ella no reconoció miedo ni rencor. Permaneció unos minutos mirándolo, como si esperase un indicio de que la vida lo abandonaba, pero ninguna mueca, ningún quejido le anunció el momento esperado. Finalmente, con dos dedos, bajó los párpados helados sobre unos ojos que la enfrentaban sin verla.

De vuelta en su cuarto, abrió las ventanas que permitían salir a un estrecho balcón. Empezaba a clarear. El precoz día de verano despertaba con una brisa fresca donde le llegaba el perfume de tilos y madreselvas. Respiró profundamente. Por primera vez en meses, tal vez en años, se sintió en paz consigo misma. Cerró el abrigo que había echado sobre los hombros del camisón reglamentario y se quedó observando el lento amanecer. Sobre el lago, en medio de la bruma, vio pasar a un remero silencioso. Reconoció los graznidos de patos y gaviotas. Volvieron a su mente imágenes y voces de la infancia, un pasado que, estaba segura, no la había visitado en mucho tiempo. No le trajeron tristeza ni revelaciones. Se refugió entre ellas como en un regazo tibio, donde tal vez pudiese descansar.

Budapest

El conductor del automóvil de alquiler que lo esperaba en el aeropuerto echó una rápida mirada a la dirección que David Lerman, incapaz de pronunciarla, le mostró escrita en una tarjeta. Por todo comentario, preguntó si prefería atravesar la ciudad o evitarla. David prefirió atravesarla. La segunda pregunta fue si prefería bordear el Danubio o pasar por la Plaza de los Héroes. Esta vez David eligió la segunda alternativa. "Schön!", murmuró sonriente el conductor. En el alemán rudimentario que les permitía comunicarse, explicó que era un camino más largo, tal vez menos pintoresco, pero mucho más interesante.

El conductor no podía tener más de treinta años de edad, pero evocaba episodios anteriores a su tiempo con mirada de testigo adulto, sin duda heredada junto con el relato de sus padres. David no quiso revelarle que su madre había nacido en esa ciudad, que la había abandonado en 1938, llevada por sus padres a la Argentina, donde ella se casaría y David iba a nacer. Así fue como descubrió el paisaje urbano, pálidamente iluminado por un invisible sol de febrero, filtrándolo a través de imágenes superpuestas: un palimpsesto donde los rayos x de su memoria le devolvían en silencio los recuerdos de infancia de una emigrada y, simultáneamente, el conductor leía en cada calle, en cada plaza, la turbulenta historia posterior.

—¡Allí! ¡A la izquierda, detrás de las columnas! Allí estaba la estatua gigante de Stalin. La derribaron en el levantamiento del 56. Sin embargo, cuando llegaron los tanques soviéticos, a pesar de la represión, nadie se atrevió a poner de vuelta en ese lugar al padrecito de los pueblos... ¡Stalin en la Plaza de los Héroes! Era demasiado...

David, en cambio, identificaba a la derecha la pomposa arquitectura habsbúrgica de los baños Széchenyi, que su madre había frecuentado de niña, jugando en las piscinas con olas artificiales. ¿O había sido en la isla Margarita? En sus relatos también había otra piscina donde luces doradas y burbujas mecánicas buscaban la ilusión de bañarse en champagne... David recordó haber leído que muchos de los mayores directores y productores de Hollywood habían sido de origen húngaro, y le pareció normal que hubiesen crecido en este territorio en otros tiempos tan dotado para la invención decorativa, para infiltrar la ficción en lo real.

El automóvil avanzaba lentamente por la Andrassy út (que alguna vez se había llamado avenida Stalin y también avenida de la República Popular, aunque nadie nunca había pronunciado esos nombres). Las fachadas no limpiadas, no renovadas, preferían lucir los impactos de octubre de 1956. Algún balcón mutilado, los fragmentos de mayólicas multicolores en la Kodaly körut o en Oktogon le parecían a David elocuentes ejemplos de la virtud de asumir las cicatrices, de no borrarlas mediante una epidérmica cirugía, como lo había impuesto el ya lejano "milagro" alemán.

El conductor logró llegar a un puente y cruzar el Danubio sin pasar por ninguno de los hoteles internacionales cuyas moles de acero y vidrio habían surgido, forúnculos prestigiosos, en la última década. Por la Teréz út, sin embargo, David creyó ver un McDonald's instalado en un pabellón *art nouveau*, vecino a una estación de ferrocarril.

—Era el buffet de la estación del Oeste —informó, infatigable, el conductor—. Estaba en ruinas y no había dinero para reconstruirlo. La ciudad se lo cedió a McDonald's con la obligación de dejarlo en su estado original.

Con la excepción de la enorme letra amarilla, iluminada por dentro, que es la inicial de la cadena, pensó David. Pero sabía que ciertas cosas es mejor callarlas. Al cruzar el río, miró los muelles, dormidos entre restos de nieve, las siluetas de los árboles desnudos, trazadas en blanco y negro, y también guardó para sí el recuerdo (¿leído dónde?) de los judíos liquidados al borde del agua para que la corriente arrastrase sus cuerpos. ¿Había sido a fines de 1944? Se dijo que él también era un depositario de historias ajenas, historias que tal vez el conductor ignoraba o relegaba al margen borroso de un pasado que no le concernía.

Subían hacia las alturas de Buda. Más allá de la fortaleza, no sólo Pest sino la ciudad entera apareció ante David como una *maquette*, la de un decorado rico en jardines, palacios y puentes inventados, que no correspondían a ningún período histórico preciso, y una vez más volvió a su mente la genealogía oculta que vinculaba a esa ciudad con Hollywood.

* * *

Tres semanas antes había recibido en su atelier de Clamart una de las periódicas visitas de J.-M. Henriot, cuya actividad visible era la dirección de una galería de arte en Neuchâtel, propiedad de una empresa sirio-colombiana.

Al principio nada había diferido de otras ocasiones: el saludo estentóreo en la puerta, el abrazo teatral, el paso inmediato a la cocina para tomar la botella de cognac y el vaso que el visitante sabía dónde hallar. Luego, J.-M. solía echarse sobre un sillón y, en un orden variable, servirse un trago generoso y extraer de un bolsillo interior, con gestos de prestidigitador, un sobre que dejaba caer, enfáticamente, a los pies de David. También era habitual que éste no se inclinara a recogerlo ante el visitante: lo haría más tarde, a solas, y casi nunca había tenido motivo de reclamo: el recibo del depósito en una cuenta suiza solía mencionar la cifra convenida.

A continuación, J.-M. pedía noticias del trabajo: la copia de un original en tránsito, original que permanecería en Suiza, copia que sería devuelta al dueño del original. (David no podía evitar sonreír al recordar la primera vez que había oído hablar de ese tipo de estratagemas: habían sido especialidad de un mecenas de la izquierda literaria rioplatense, cuya colección de Figari se había formado según esa receta). Hacía años que David ya no pintaba su pintura... Un día había creído advertir en las miradas de sus personajes, de sus criaturas pintadas, una desconfianza, un temor ausente en los modelos que posaban ante él. La ambigua distancia, tan cara a Henry James, que el arte introduce entre la realidad y su representación parecía en su caso aportar solamente una expresión de recelo, y ésta volvía inaceptables sus retratos, les contagiaba una inquietud solitaria, callada: la suya.

Este reconocimiento, que hubiese halagado a artistas menores, hirió a David, le quitó fuerzas para imponer esa diferencia como firma, marca personal, rasgo de estilo. Creyó huir de ella refugiándose en las copias, y éstas lo llevaron a la falsificación. Nunca había obtenido, por su propia pintura, las sumas que ahora le procuraban falsos Utrillos, falsos Vlaminck, aun falsos Van Dongen. Su dominio, sin discusión posible, era el de un segundo nivel, pero en éste era incomparable. Tal vez inspirado por el desprecio hacia quienes pagaban por su trabajo, se superaba en la ejecución aplicada de esos simulacros. En su atelier, rodeado por tantas telas vueltas cara a la pared, una sola pintura suya enfrentaba al visitante, lo interrogaba: el retrato de una joven. J.-M. nunca había podido arrancarle su identificación, pero era evidentemente esa tela la que, en cada visita, le suscitaba un "¿Y cuándo te decides a volver a exponer?", que David entendía menos como cortesía que como síntoma de expectativa ante un filón posiblemente rentable.

Esa tarde, tras inspeccionar sumariamente el paisaje que David había ido depositando sobre una tela, siguiendo líneas y colores proyectados por una diapositiva (y cuya semejanza, calculaba, sería completa y aceptable dentro de pocas semanas), J.-M. había pronunciado la frase imprevista.

—¿Te tienta un viaje a Budapest?

Ante la mirada sorprendida de David, continuó.

—Nada más sencillo. Se trata de ir a ver un Friedrich.

Pasó a contar, desordenadamente, atropelladamente, una historia que podía resumirse así: una condesa húngara había logrado guardar en su granero, no lejos de Budapest, un Friedrich durante los cincuenta años del comunismo.

Durante ese medio siglo la casa, como toda propiedad privada que a la muerte de su habitante pasaría a manos del Estado, había ido sumiéndose en una decrepitud más sórdida que pintoresca. Pero la Historia, a pesar del afán legislador de quienes la explican, suele aceptar una dosis de azar: el régimen colectivista quebró antes que la salud de la señora, y a los ochenta y tres años de edad ésta recuperó la propiedad indivisa de sus bienes. Con ella también conoció el rigor de impuestos multiplicados, del costo inabordable de un mantenimiento aun sumario de su propiedad.

Entre sus pocas relaciones sobrevivientes, alguien le aconsejó que confiara a galerías de Múnich y de Zúrich la venta de muebles y tapices, más algún óleo de un maestro centroeuropeo menor. Del Friedrich no había querido separarse. Ahora que la necesidad tan temida parecía inexorable, se dijo que no podía recurrir a los intermediarios habituales. Esa tela había pasado por manos de un general del Ejército Rojo, que la había tomado de un castillo alemán y había omitido consignarla en el inventario comunicado a la Academia de Bellas Artes de Moscú.

(Sobre esta omisión existían hipótesis variadas: la más insólita, la formación por parte del General de una colección privada para su deleite personal; la más realista, la formación por parte del General de una colección privada que, de espaldas a las autoridades soviéticas, le garantizara cierta solvencia en sus proyectados viajes por el mundo capitalista, o en un futuro, inescrutable aun en la URSS, para su instalación definitiva en esa otra mitad del mundo).

Ese Friedrich ¿lo había confiado a la Condesa para ponerlo a salvo de reclamos o expoliaciones rivales? Lo cierto es que, una vez incluido en las listas de obras "desaparecidas" (*missing works of art*) durante la Segunda Guerra Mundial, su venta pública resultaba impensable. Es en casos como éste que la experiencia de J.-M. podía ser útil. La misión de David se limitaría a visitar a la Condesa, a verificar para sí mismo la autenticidad de la tela, a inspirarle a la anciana la confianza necesaria para que encargase a la galería de Neuchâtel su venta confidencial. David sabía cuál sería la continuación: una vez en Suiza, la tela sería examinada por expertos "del más alto nivel y fiabilidad", éstos la declararían una mera copia de época, y gracias a su propia diligencia una copia sería devuelta a Hungría en lugar del original, para consuelo de la Condesa en sus días crepusculares.

David había aceptado.

Esa misma noche, sentado ante el retrato de la joven cuya identidad se reservaba, se preguntó si había asentido impulsivamente sólo para abreviar la visita del insoportable J.-M., si quería enriquecerse con un nuevo grado de vileza (pero Dostoievsky no estaba entre sus autores preferidos) o si lo había distraído cierta curiosidad por visitar la ciudad donde había nacido su madre.

El retrato, como era habitual, le concedía miradas indescifrables. Variable como esos ojos que se dicen "color del tiempo", pasaba de la ironía al desprecio, a la piedad, al miedo. David sabía que estos sentidos eran ficciones que él deducía de un pliegue del ceño, de un ángulo de la boca, pero no se cansaba de jugar con ellos e interrogaba a su criatura en busca de una revelación siempre elusiva.

Solía quedarse dormido ante la tela.

* * *

El Friedrich no podía ser más reconocible: una figura de hombre, de espaldas al espectador, enfundado en una levita negra, el pelo desordenado por el viento que torcía árboles y encrespaba torrentes, sobre un fondo de despeñaderos y cielo amenazante. Y sin embargo, de esa naturaleza exaltada se desprendía un silencio consolador, cierta incongruente serenidad, como si, al representarla sobre una tela, el trabajo de la pintura le hubiese conferido una lejanía apaciguadora, la de la pasión evocada desde la serenidad.

A cierta distancia de David, la Condesa lo observaba estudiar el cuadro. Su ansiedad contenida, su desconfianza, David las reconoció de sus propios retratos; llegó a preguntarse si, de pintarla, se invertiría el proceso habitual y el rostro de la anciana perdería esa expresión para emerger con una inédita candidez. En su pelo mal teñido, algunos mechones blancos traicionaban al color caoba del resto. Un vestido negro y la ausencia de toda joya realzaban las arrugas finísimas, apretadas, que le cubrían la cara. Ningún exceso de carne desdibujaba el espléndido trazado de los huesos. Los ojos, encendidos, alertas, eran los de una joven ave de rapiña.

Estaban de pie en un amplio salón cuyos ventanales revelaban un jardín raquítico. La tarde de invierno no bastaba para iluminar la tela pero David prefería esa luz menguante a las pocas lámparas visibles, que adivinaba amarillentas.

—Puede descolgarlo y acercarlo a la ventana —sugirió la Condesa, más imperiosa que solícita; su francés parecía el de un personaje de otra condesa: la de Ségur.

David obedeció. La pátina había depositado sobre los colores originales una serie de veladuras difíciles de imitar; sería necesario inventar una limpieza reciente para justificar su ausencia. Pero no eran consideraciones profesionales las que se agolpaban en su mente. El silencio era tan perfecto, el polvo tan quieto sobre los pocos muebles, que imaginó a esa mujer, sin familia ni sirvientes, sola en esos espacios que alguna vez habían sido imponentes, si no acogedores. ¿En qué ocuparía sus horas? No le parecía inclinada a la nostalgia.

—Es el cuadro que estuvo en el castillo del duque de Erfurt hasta 1945 —dijo, por volver a la circunstancia de su visita—. Después se perdieron sus rastros.

—"Se perdieron sus rastros"... Habla usted como un rematador —la risa de la Condesa sonaba como un graznido—. Supongo que necesita, aunque no vaya a publicarlas, algunas informaciones.

David se sintió cansado, sin ganas de representar su papel.

—No me diga nada, si no quiere. Siento que este Friedrich significa algo, tal vez mucho, para usted. Siento que no quiere venderlo.

—Ahora habla usted como una criatura. ¿Nunca aprendió que verse obligado a hacer lo que no se quiere es lo propio de la edad adulta? ¿Que lo ha sido en todas las épocas, bajo cualquier gobierno?

David volvió a colgar el cuadro. En la pared, lejos de la ventana, la penumbra confundía sus azules, grises y marrones. Se escuchó hablar, como si su voz no le perteneciera.

—No lo venda. Hay museos que podrán adelantarle una suma interesante si usted se los lega. Puedo ponerla en contacto con ellos, o con coleccionistas dispuestos a aceptar las mismas condiciones. Pero no se separe de él.

La Condesa guardaba silencio. En su mirada apareció un destello nuevo, un atisbo de curiosidad que moderaba la dureza. Pasó un momento antes que hablase.

—Usted no es la persona que yo esperaba recibir.

—Tal vez yo no sea la persona que enviaron a verla...

La fatiga que un momento antes le pesaba tanto se había disipado súbitamente. Como un paciente al descubrir que su diagnóstico no menciona la enfermedad tan temida, David se sentía recuperar una energía casi olvidada.

* * *

Media hora más tarde, en el salón apenas iluminado por la última luz del día, observaba el perfil aguileño de la Condesa: recortado contra la ventana, se iba borrando lentamente. La voz quebrada, áspera de la anciana había contado (pero no era seguro que se dirigiera a él, aunque estaban solos) de una niña que en un castillo cerca de Erfurt jugaba sola, en una habitación donde esa pintura la inquietaba. Más de una vez, subida a una silla, con las fuerzas de que era capaz, separaba de la pared el cuadro para espiar la cara del hombre de espaldas, sin lograr entrever en la sombra más que una trama oscura, sucia. Pocos años más tarde se enteró de que ella y su madre vivían en un departamento del castillo, que los salones principales y la entrada de honor les estaban vedados; el título que un día iba a heredar era el fruto, sin duda legítimo, de una unión morganática... "Pero los chismes del Gotha hoy no interesan a nadie".

Muchos años y una guerra más tarde, ya instalada en la misma casa donde iba a envejecer, se disponía a comer con los sirvientes la sopa de nabos y repollos cultivados en el jardín hoy decrépito, cuando un estruendo de motores los distrajo: varios vehículos del Ejército Rojo se habían estacionado en el camino, tras la verja. Un general bien educado, en un alemán correcto, le explicó que "el palacio" debía ser requisado para alojar a las tropas. Bastó una breve conversación —"el General era un poco snob, mi título lo impresionó y en aquellos años yo era joven, tal vez bonita"— para que las tropas fueran enviadas a buscar otro alojamiento y el General se quedara a comer con la Condesa. Los sirvientes continuaron con su sopa en la cocina mientras la dueña de casa y su huésped, en el mismo salón donde ahora David escuchaba el relato, abrieron dos latas de caviar que él extrajo de un maletín con una enseña militar; el pan fresco, del que sus subordinados se habían incautado en la ciudad, le supo a ella mejor que cualquier recuerdo de gastronomías lejanas. "Como el azar no existe", resultó que ese militar soviético "tan presentable" había hecho estudios de historia del arte y estaba encargado por la Academia de Bellas Artes de Moscú de compilar una lista de obras "disponibles" en las zonas ocupadas.

—El resto no es interesante. Años más tarde, el General era agregado militar en alguna república sudamericana cuando "eligió la libertad", como se decía en aquellos tiempos. Su colección privada terminó en Zúrich. Este Friedrich nunca figuró entre sus tesoros: había quedado aquí desde 1947. No me había sido difícil convencerlo.

David se puso de pie. Al despedirse, besó la mano de la Condesa y le habló en voz baja.

—Esa tela tiene que permanecer aquí mientras usted viva. Y aun después: en algún museo de Europa central; por favor, que no termine en los Estados Unidos ni en Japón...

Reiteró su promesa de contactos y creyó ver asomarse al rostro ya indescifrable de la anciana una sonrisa escéptica, casi benévola.

La sensación juvenil de expectativa no había abandonado a David mientras el automóvil cruzaba la ciudad, esta vez en dirección al aeropuerto. A pesar de la oscuridad y los carteles luminosos que la surcaban eran apenas las cinco de la tarde y parecía posible alcanzar el vuelo de las siete hacia París. En algún momento del trayecto detuvo al conductor, ahora cansado y silencioso. Había creído ver una palabra en letras de neón y quería verificar si no la había soñado. El automóvil dio vuelta por una calle lateral para volver al lugar indicado por David. Tras un instante de incredulidad, éste bajó sin una palabra y cruzó una puerta cochera flanqueada por atlantes negros de hollín para perderse bajo una palabra cuyas letras rojas se encendían y apagaban rítmicamente: Bailongo.

* * *

Como si su entrada sonara los tres golpes que en la tradición teatral llaman a escena, David alcanzó a vislumbrar las dimensiones modestas y el decorado envejecido del salón antes que se extinguiese una iluminación banal, inmediatamente reemplazada por varias luces laterales, dirigidas hacia la inevitable esfera cubierta por fragmentos de espejo. Ésta empezó a girar, tal vez animada por el contacto con esos delgados haces luminosos, y sus reflejos acuáticos, fugitivos, convocaron a su vez a parejas surgidas de entre bastidores invisibles, que empezaron a bailar y pronto cubrieron la pista. Algún reflejo perdido llegaba a los rincones donde esperan los tímidos y los orgullosos, los solitarios y los violentos. David decidió postergar las preguntas que lo asaltaban y avanzó hasta acodarse en un mostrador de estaño. El barman le sonrió bajo un casco engominado. En los estantes de espejo, multiplicadas vertiginosamente, reconoció botellas con etiquetas descoloridas: caña Legui, whisky Old Smuggler. Antes que pudiese inventar una explicación, o entender que no la había, la música —una especie de foxtrot al estilo de Harry Roy— se fue perdiendo a lo lejos y las parejas quedaron inmóviles, a la espera de una nueva pieza.

La pausa fue breve. Cuando David reconoció los primeros compases de "Los mareados" en la versión de la orquesta de Atilio Stampone se entregó a lo que esa noche pudiera depararle sin oponer incredulidad alguna ni esperar respuestas. Ya no pudo sorprenderle distinguir a la distancia, a contraluz, la silueta de una muchacha que se dirigía hacia él. Cuando ella estuvo en sus brazos, las parejas dejaron libre la pista y ellos bailaron sin decirse una palabra. En ese rostro jovencísimo, David no encontró ninguna de las expresiones dolorosas que solía leer, que no podía impedirse leer en el retrato póstumo, pintado de memoria tantos años atrás. La apretó contra su pecho y sintió, bajo el vestido negro, los pezones que se endurecían; se apretó contra ella, para hacerle sentir la urgencia de su deseo. Tal vez la música no terminaría nunca, tal vez ella seguiría en sus brazos toda una larga noche.

* * *

Ningún diario francés consideró interesante publicar la noticia. Sólo la revista *El Cachafaz*, de Buenos Aires, le concedió unas líneas. Bajo un título laborioso ("Último tango en Budapest para el pintor fantasma"), la nota consignaba la muerte de David Lerman: "fuentes privadas" habrían asegurado que el deceso se produjo en un local nocturno de la capital húngara ("el infarto lo sorprendió en brazos de una copera"). Se recordaba al lector que Lerman había sido un nombre importante de la "nueva figuración" de los años sesenta, que había dejado de exponer muchos años atrás, que residía en Francia, en un lugar desconocido.

Navidad del 54

El hombre de letras se detuvo a observar los nuevos, gigantescos, retratos del presidente y de su difunta esposa. Habían sido colocados a ambos lados del alto tablero cuyas letras y cifras giratorias anunciaban de qué andenes partirían los trenes suburbanos. A la vez augustas y benévolas, esas efigies presidían la agitación sonámbula de la estación. Hacía tiempo que el presidente había desechado para sus epifanías fotográficas el uniforme militar que lo había llevado al poder; aun el frac, difundido brevemente por la crónica de recepciones oficiales y funciones de gala, había sido archivado; el traje y la corbata indistintos lo proclamaban un ciudadano más entre tantos oficinistas y pequeños funcionarios que pasaban presurosos bajo la autoridad de su imagen. La señora, como correspondía a una difunta adulada con asiduidad, lucía en la mirada y en los labios un atisbo de sonrisa candorosa. Ya no le pesaban los oros y visones que alguna vez había expuesto imprudentemente al objetivo de una reportera foránea.

Estas presencias no suscitaban en el hombre de letras devoción ni animosidad. La razón de su indiferencia, más allá de su condición de extranjero, aun más allá de un escepticismo político caramente pagado con la incertidumbre de su vida cotidiana, estaba en la curiosidad que le provocaban casi todos los aspectos del paradójico país donde se había exiliado, que ahora no se decidía a abandonar. La Segunda Guerra Mundial había dejado a su Viena empobrecida, desorientada, dividida entre cuatro ejércitos supuestamente vencedores. Sus viejos amigos no emigrados subsistían en los repliegues de un mundo nuevo cuyas reglas intuían sin poderlas asimilar. En las cartas que le enviaban latía, implícita pero nítida, la invitación a no volver. Sus vidas parecían reducidas a unos pocos signos de vida: un breve texto aceptado por un suplemento literario, la mención de un autor ignorado por los toscos ídolos de los jóvenes, una anécdota compartida como un guiño cómplice entre sobrevivientes bastaban para permitirles sentir que no habían caducado.

En el hall ensordecedor de la estación de ferrocarril, en cambio, se sentía palpitar una humanidad vivificante porque contradictoria, a la vez elemental e imprevisible. La decaída arquitectura británica, abandonada como el imperio que la había sustentado, ahora cobijaba el interminable aluvión de provincianos de tez bruñida y ojos desconfiados que buscaban en la Capital una pobreza diferente, una desilusión más prestigiosa. Y, como en todas las estaciones que el hombre de letras había conocido en dos continentes, también en ésta vagaban jóvenes indecisos, ávidos, disponibles.

Sólo algunos de ellos practicaban el robo franco, la extorsión más o menos meliflua. La mayoría aceptaba el "regalito" variablemente sugerido, la invitación a un bar por encima de sus frecuentaciones habituales. Aunque no se atreviesen a admitirlo, solían apreciar sobre todo la conversación de esos desconocidos, a cuyo mundo se asomaban brevemente; allí descubrían retazos de experiencias para ellos inaccesibles, y los menos ingenuos comprendían que sólo su juventud y una explícita promesa de virilidad les permitían, la duración de un parpadeo, vislumbrar otra vida.

Entre ellos, con ellos, el hombre de letras había descubierto (más allá del ocasional servicio erótico, que sus magros ingresos no le consentían a menudo) una familiaridad más rica en matices y sorpresas que la amistad de sus compatriotas nostálgicos, prisioneros de una Europa más añorada que recordada, o la indiferencia cortés de los pocos intelectuales nativos que habían advertido su presencia en el país. Si aquéllos comentaban la nueva novela de Alexander Lernet-Holenia, que él no había leído, éstos pedían noticias, que él no podía dar, del "gruppe 47".

Esa noche calurosa, húmeda, asfixiante de diciembre, en una primera recorrida por el hall se cruzó con dos o tres conocidos. Uno estaba acodado en la barra de un "cafecito al paso" junto a una taza hacía tiempo vaciada; otro parecía interesarse en algún crimen reciente ilustrado en la tapa de *Así* o *Hechos en el Mundo*. Les dirigió una sonrisa o una inclinación de cabeza leves, casi imperceptibles, como para no interrumpir alguna transacción en curso. Pero fueron los enormes retratos, que suplantaban a otros menos avasalladores, los que retuvieron su atención.

Reflexionó una vez más sobre los oscuros vínculos que unen a las masas a quienes creen manejarlas, esa impalpable circulación del poder entre sus polos. En Viena, en 1938, había visto a una multitud de individuos, apáticos días antes, convertidos en una hidra unánime en el delirio para aclamar la llegada de un führer insignificante. Ahora, en este país joven, también sentimental y cínico pero huérfano del pasado imperial que en su tierra alimentaba la ironía de los ilustrados tanto como el resentimiento de la plebe, las relaciones familiares le parecían servir de modelo a las políticas: padres alternadamente bonachones y despóticos, tan aptos para el soborno como para el castigo; madres que en la leyenda amamantaban después de muertas, o en la realidad, sin hijos del vientre, declaraban hijo suyo a cuanto desheredado las aclamase.

Se había dejado distraer por estas divagaciones y lo sorprendió una mano que se posó sobre su hombro. Volvió la cabeza y reconoció a Carlitos, un norteño terroso, de pómulos tallados y ojos dormilones. Casi un año antes, otra noche de verano, lo había introducido subrepticiamente en su cuarto de pensión; como esta noche, ya entonces lucía el uniforme de conscripto que ponía de relieve el encanto de una adolescencia tardía, sometida al rigor de disciplinas ajenas a su temperamento. Pero ahora el tono de su voz había cambiado.

—Disculpe, profesor, pero le conviene irse de aquí, ahora mismo. La policía está abajo y tiene orden de llevarse por lo menos a cien...

El sustantivo no pronunciado quedó vacilando en el aire con la elocuencia fantasmal de lo tácito: una muestra más de la delicadeza silvestre del muchacho, que un año antes había preguntado, con su acento tan encantador para un oído vienés, "¿El señor quedó contento?" antes de guardar en el bolsillo del uniforme unos billetes con la efigie del general San Martín. Esta noche, antes de perderse entre la multitud, el hombre de letras le apretó la mano con gratitud intensa, muda, la de alguien que ha escapado a otras redadas bajo otros cielos y sabe, aunque aun no conozca un éxito reciente del teatro norteamericano, que también él siempre ha dependido de la bondad de extraños.

* * *

Carlitos lo había aprendido todo del Boneco da Silva. Se habían conocido en el tercer regimiento de infantería, el día en que se presentaron para cumplir con el servicio militar. Mientras eran rapados con celeridad y descuido, el Boneco echó una mirada indiferente a los rizos dorados que caían alrededor de sus pies; "en un mes están de vuelta", le comentó a su vecino de esquila y para asombro y admiración de Carlitos agregó: "Y en dos meses yo estoy afuera... Conozco gente...".

Entre ambos la amistad tomó forma en los primeros días de cautiverio compartido. En la salida del sábado, deambulando por una plaza polvorienta y deshojada, el Boneco había indicado con un movimiento de mentón a un hombre obeso que transpiraba a la sombra de la estatua de Garibaldi. "Ese, por veinte minutos, me da para comer tres días...". Carlitos no había entendido el sentido de estas palabras, pero cuando apenas media hora más tarde vio reaparecer al Boneco con una sonrisa y la frase "Vení, te invito" su admiración creció impetuosamente.

Ante una pizza y un litro de cerveza, la lengua del Boneco se destrabó. Carlitos se enteró de que un mundo novelesco, apenas encubierto, operaba en los intersticios, bajo la superficie de esa capital que sólo empezaba a explorar. El Boneco "se las sabía todas": sus ojos de un gris cambiante, la aureola de rizos de un rubio veneciano, la nariz aplastada por un penal que no había sabido atajar, le habían permitido acceder a los dieciséis años a una invitación al carnaval de Río; volvió seis meses más tarde, ya olvidado el padrino inicial, usando el apelativo afectuoso que guardó como *nom de guerre* y con ahorros suficientes como para abandonar la pieza de la azotea en casa de una tía. Más importante aún era la experiencia ganada, que su inteligencia natural y un carácter jovial no tardaron en invertir provechosamente. Un modisto que trabajaba para la Sono Film quiso lucir su hallazgo llevándolo a una "fiestita", y de allí emergió acompañando a un secretario del subsecretario de Información. Un traspié banal interrumpió este *cursus honorem* que parecía destinado a no hallar obstáculos hacia glorias cada vez mayores: una afección mal curada, de las que entonces se llamaban venéreas, le ganó las iras de un funcionario del régimen y en cuestión de días los números de teléfono atesorados en una libretita azul sólo le comunicaron con vagos secretarios de gente ocupada, de viaje, o que no reconocía su nombre. Así fue como nunca se materializó la invitación, prometida y tan esperada, a una velada íntima en honor del deportista norteamericano Archie Moore.

En ningún momento Carlitos puso en duda que ese fénix espurio resurgiría de sus cenizas. Lo convencían la seguridad con que el Boneco hablaba del mundo y sus personajes, la suficiencia con que se proclamaba siempre más allá de toda ficción que supuestamente debiera impresionarlo. Era, además, un maestro generoso: le aconsejó a Carlitos no devaluarse frecuentando estaciones de ferrocarril ni cierto café de una esquina céntrica, tan activo después de medianoche pero conocido en "el ambiente" como Saldos & Retazos. Carlitos no siempre se sintió a la altura de estos consejos. Su tez oscura, su ropa barata, su timidez de provinciano le vedaban el Frisco Bar, tan mentado por su amigo. Mientras éste soñaba con un espléndido *comeback* en Río, Carlitos, sin confesárselo, merodeaba por los lugares que el Boneco vetaba; en ellos conocía a individuos que por cierto no podían contribuir a su ascenso social ni retribuir principescamente sus servicios, pero con ellos el huérfano se sentía a gusto, los escuchaba y veía que su atención era apreciada.

Un día el Boneco le advirtió que la policía (se lo había anunciado "alguien que sabe") había recibido órdenes de organizar redadas espectaculares para inculcar en un público crédulo la idea de un peligro para la salud moral del país. El señor Presidente (ignorando que pocos meses más tarde sería "el mandatario depuesto" para los mismos diarios que en ese momento controlaba), en un delirio de omnipotencia o (las versiones discrepan) en un rapto de senilidad precoz, había decidido librar campaña contra la Iglesia Católica, que una década antes había apoyado su irresistible ascenso.

Un aspecto de esa campaña era la reapertura de los prostíbulos, largo tiempo ilegales; la excusa: contribuir a la educación sexual de la juventud, rescatarla de una castidad perniciosa. En un noticiero de exhibición obligatoria en todos los cinematógrafos del país, se había hecho incluir una "noticia policial" donde una fogosa rumbera de sexo no operado era denunciada como amante y presunta instigadora de un ratero epiléptico. El periodismo amarillo abundó en notas gráficas ricas en criaturas espeluznantes, exhibidas como corruptoras de "nuestros hijos".

Una noche de diciembre, protegido por el uniforme, Carlitos vio a agentes de policía que golpeaban, escupían y luego arrestaban a varios hombres que gastaban algunas horas cotidianas en los mingitorios subterráneos de una estación de ferrocarril. Se dijo que la amistad del Boneco con el comisario de la seccional 19 no era mera jactancia. Al volver a la superficie, reconoció al profesor —como tal lo conocía, así lo llamaba—, ese señor que hablaba con acento tan cómico y palabras rebuscadas.

Una noche del verano anterior, al no poder reunir la suma necesaria para retribuirlo, el profesor lo había invitado a cenar en un restaurante cercano a la estación, en una calle que subía bordeando una plaza distinguida. A Carlitos el lugar le pareció algo que sólo había visto en el cine: paredes recubiertas por maderas oscuras, astas de ciervo dispuestas simétricamente a modo de trofeos, pinturas que representaban paisajes con lagos y montañas. Allí, otros extranjeros, amigos del profesor, se acercaron a saludarlo y éste les presentó a Carlitos respetuosamente, sin sorna ni incomodidad. Todos esos señores estrecharon su mano prodigándole sonrisas amistosas. Muy pronto, ayudado por un vino blanco que el profesor llamaba Mosela, Carlitos se sintió admitido en un mundo donde no necesitaba avergonzarse de sus modales aproximativos ni de su falta de conversación. Al final de la velada, el dueño del restaurante rehusó presentar la cuenta, murmuró algo así como "los amigos del profesor son nuestros amigos" y palmeó con un gesto viril, apenas sensual por la demora, el hombro del soldado. "Vuelva cuando quiera, joven. Es nuestro invitado".

Tal vez fuera el recuerdo de esa noche, surgido al ver tan solo al profesor, tan a la deriva en el hall central de la estación, lo que impulsó a Carlitos a advertirle que en el subsuelo acechaba el peligro.

—Disculpe, profesor, pero mejor váyase de aquí, ya mismo. La policía está abajo con órdenes de llevarse por lo menos a cien...

Vaciló. Ninguna de las palabras que conocía le parecía apropiada para los oídos de un hombre tan educado. Dejó que los puntos suspensivos dijeran lo que no sabía expresar como hubiese deseado, que su mano en el hombro del profesor transmitiera con fuerza su simpatía.

* * *

Esta historia no tiene argumento, a menos que su argumento sea la Historia. Es apenas la huella de un instante, de una chispa provocada por el roce de dos superficies disímiles. Acaso el destino ulterior de las figuras que la encarnan pueda hacer las veces de desarrollo narrativo.

Del Boneco da Silva nada se supo después que, dado de baja en el servicio militar y no tan rápidamente como lo anunciara, emigró hacia el escenario carioca de sus tempranos triunfos. Pero su papel había sido sólo el de un intermediario servicial. El instante que este relato aspira a rescatar tuvo sólo dos personajes.

Carlitos, aconsejado una vez más por el Boneco ("creeme, con el uniforme pegás fuerte, de civil no pasa nada"), había omitido devolver su ropa de conscripto el día de la baja y la había seguido luciendo en sus circuitos nocturnos, hasta que un policía de civil le ordenó que se identificara. Condenado por "portación ilegítima de uniforme" y "usurpación de grado militar", fue despachado hacia una comisaria de su provincia, lejos de los espejismos de la Capital.

Su buena conducta lo hizo aceptable para una carrera en la Fuerza. Estimado por su dedicación, tal vez menospreciado por flojo, se lo eximió del empleo de la picana eléctrica y de la participación en interrogatorios de tercer grado. Esto no impidió que a los cuarenta y un años de edad, con algún diente menos en la sonrisa, ya perdido el destello juvenil tan apreciado durante su breve carrera ciudadana, alcanzara tardíamente el grado de sargento. Con los años se habían borrado de su frágil memoria la amistad del Boneco, sus lecciones profanas y sobre todo los muchos señores que gracias a ellas había conocido. A fines de 1975 lo volteó una ráfaga de ametralladora durante el ataque de un grupo armado a la comisaría donde prestaba servicio.

El hombre de letras nunca se enteró de este final. Había cumplido setenta años cuando un grupo de jóvenes escritores austríacos, impacientes ante el incestuoso mundillo literario donde actuaban, tal vez curiosos por redescubrir algún nombre menor del pasado que aun estuviese vivo, apelaron a la municipalidad de Viena para obtenerle un departamento en un edificio destinado a artistas de edad avanzada y medios escasos. Fue así como recibió un pasaje de ida y dejó la ciudad donde había pasado veintiséis años de estrechez y oscuridad, para comprobar que la metrópolis del imperio donde había nacido era ahora la capital de una pequeña república.

En su nuevo, modestísimo, domicilio suburbano tenía por vecinos a un bailarín jubilado de la compañía de Kurt Joos, que convenía evitar en el ascensor si no deseaba oírle repetir la denuncia de las modificaciones impuestas a la coreografía original de *La mesa verde*, y a una artista plástica dipsómana, dedicada en su senectud a hirsutas tapicerías de inspiración étnica inidentificable.

A menudo le ocurría evocar los años pasados del otro lado del Atlántico y en esas ensoñaciones volvía regularmente el nombre de Carlitos, aunque sus facciones empezaban a confundirse con las de otros jóvenes de encanto igualmente exótico para él. En la Viena apagada donde iba a morir poco más tarde, esos recuerdos de una sensualidad nostálgica se fueron depositando casi insensiblemente en un volumen de prosas que por primera (y casi póstuma) vez le obtuvieron un premio literario: en 1981 *Kleine Schwarze Köpfe* mereció el Café Havelka Preis.

Por la ventanilla del automóvil, conducido por un chofer de uniforme enviado a buscarlo para la ceremonia, vio desfilar barrios de Viena que no visitaba desde antes del exilio. Así descubrió, a dos pasos del follaje dorado en la cúpula de la Secesión, un mercado de inmigrantes turcos, desparramado al pie de las fachadas con mayólicas de Otto Wagner. Ese espectáculo lo asombró primero para agradarle inmediatamente después. En medio de la excitación y la fatiga anticipadas del festejo, recordó haber oído en la radio que el incomprensible mundo donde le tocaba envejecer había acortado las distancias y favorecido las migraciones.

Con estos lugares comunes improvisó fantasías consoladoras que lo acompañaron hacia su tardío momento de gloria. Quién sabe si Carlitos no estaría presente entre el público que lo esperaba... Tal vez se acercase a agradecerle que le hubiese dedicado ese libro que no podía leer. Cerró los ojos y vio una vez más las palabras impresas: "Für Carlitos, Columbus meiner Amerika".

Oscuros amores

Place Saint-Sulpice

Las altivas torres de la iglesia Saint-Sulpice ya habían sonado la medianoche y el rectángulo de la ventana —un entrepiso de la rue Servandoni— seguía iluminado. El hombre apoyado contra la vidriera de la librería mantenía fijos los ojos en esa escueta escena desde hacía más de dos horas. Había visto ir y venir dos siluetas, altas, delgadas, ágiles, jóvenes, meros recortes negros, sombras chinescas que la luz interior proyectaba sobre la cortina clara; cuando se acercaban a ésta sus contornos se hacían más precisos y el negro más intenso. Cuando se alejaban hacia el interior esos contornos se ampliaban y diluían a la vez, el negro se hacía más y más grisáceo. Esos movimientos, esas ocasionales visiones, no le revelaban nada de lo que ocurría en el estudio minúsculo que alguna vez había visitado, con la placa eléctrica para cocinar en un hueco de la pared, el baño a la entrada y un colchón de dos plazas en el piso. En algún momento la luz se apagaría y no necesitaría ver que las dos siluetas salían del cuadro por abajo para saber que se acostaban. Esperaba, tal vez, ver algún gesto de intimidad que borrase de su imaginación las caricias y los besos que lo perseguían cuando cerraba los ojos. "Lo real puede ser horrible", había pensado más de una vez, "pero nunca lastima tanto como lo imaginado".

Permanecía inmóvil en su puesto de observación, sin sentir el frío, sin mirar a los transeúntes cada vez más escasos que pasaban presurosos en la noche de enero. Una extraña quietud, un silencio expectante parecían anunciar que en cualquier momento empezaría a nevar. Fue cuando una voz quebró esa espera que sus ojos dejaron la ventana.

—¡Ralph! ¿Dónde te has metido?

Tardó un momento en distinguir al hombre que había hablado y parecía acercarse. Cuando esa silueta pasó bajo un farol advirtió el brillo demasiado juvenil de la peluca, incongruente sobre la piel reseca, surcada.

—¿Vio pasar a mi Ralph?

El individuo se había parado a pocos pasos de él. Pudo ver que la peluca era de un color caoba intenso; bajo los faroles relucía tanto como las uñas, barnizadas sin color. El desconocido no le dio tiempo a buscar una respuesta.

—Mi Ralph es un cocker spaniel gris plateado. Debe tener unos cuatro años. No sé qué le pasa pero desde hace un tiempo cada vez que lo saco de noche se me escapa y se esconde. Como si se burlase de mí. Luego aparece cuando ya no puedo contener las lágrimas, o me espera, muy alegre, en la puerta de casa.

Era evidente que los ojos del amo de Ralph estaban enrojecidos. Él se disculpó: no había prestado atención, no había visto pasar al perro. El desconocido miró en torno a la plaza: ningún movimiento, ningún ruido delataban al fugitivo.

—Cada noche me digo que es la última. No doy más. Usted no sabe todo lo que yo hice por él. Cuando lo encontré era un vagabundo que husmeaba las sobras en el *marché* Saint Germain. Le compré los mejores alimentos. Gracias a mí creció sano y fuerte. Más tarde le di de comer carne de la mía, cortes de primera calidad, y Dios sabe que con mi jubilación no estoy para lujos. Y, usted no me lo va a creer, apenas sale a la calle se pone a olisquear el primer sorete que encuentra... Y ahora esto...

Él buscó palabras de consuelo, que le salieron torpes, inconvincentes, mientras sus ojos sorprendieron un nuevo paso, en el rectángulo iluminado, de una de las dos figuras, sin que pudiera reconocer a quién pertenecía.

—No trate de consolarme, no vale la pena. Si yo fuera una persona razonable hace tiempo que lo hubiese puesto en la calle. Se lo merece. Pero soy un pobre tonto, demasiado blando. Un sentimental, eso. Para su último cumpleaños ¿qué hice? Tomé dos collares que habían sido de mi madre, nada extraordinario, no se crea, uno de azabache y otro de cristal de roca, y los hice coser sobre su collar de cuero. ¿Se cree que me lo agradeció? El domingo siguiente, en misa de once, se pavoneaba delante de las perras del barrio y a mí ni me hacía caso...

Sin dejar de hablar, el desconocido lloraba en silencio, sin que el llanto se reflejase en su voz. Como si sufriera un súbito espasmo de frío, se cerró el cuello de una de esas chaquetas tan populares en la segunda posguerra que en Francia habían sido bautizadas montgomery y en Inglaterra *duffle coat*. Por lo raída, la suya debía ser un original.

—Usted me dirá que cuando uno llega a cierta edad lo mejor es resignarse. Lo sé, pero no puedo. Lo entiendo con la cabeza, pero el corazón me sigue pidiendo un poco de cariño. ¿Qué quiere que haga? ¿Que me pase las noches mirando televisión? Ahora ahogó un sollozo audible. Él extendió una mano y la posó sobre el hombro de ese individuo cuya cara ajada, de pronto, le pareció que resumía toda la desdicha del mundo. Pero no pudo decirle ni una palabra. El desconocido le sonrió brevemente mientras hacía con la mano un gesto que podía significar "no se moleste" o "no vale la pena".

Él lo vio alejarse, sin una palabra más. Al rato volvió a oír, entre las sombras, un "¡Ralph!" lejano.

Cuando levantó los ojos hacia la ventana, ésta ya estaba oscura. El momento en que habían apagado la luz se le había escapado, como tal vez había perdido también la tan probable y temida sombra de los dos cuerpos enlazados bajando hacia ese colchón que, lo sabía, estaba junto a la ventana.

Permaneció inmóvil aun un instante. Hacía tiempo que ya no le hacía gracia que la librería contra cuya vidriera se apoyaba durante esas guardias nocturnas se llamase La Joie de Connaître. Pensó, sin estar seguro de que fuese un consuelo, que una de las dos sombras podía estar recordando en ese mismo momento que esa mañana había encontrado en su buzón un sobre, y en ese sobre una tarjeta con las palabras "feliz cumpleaños" impresas en colores chillones, y dentro de esa tarjeta un pañuelo doblado, y en ese pañuelo el semen que al despertarse él había volcado en ese pedazo de tela por no poderlo dejar donde hubiese deseado.

Conyugal

Primero se cubrió la cara y el cuello con una sustancia blanca, menos grasa que láctea, más líquida que sólida, y la distribuyó regularmente con movimientos circulares; luego, aplicadamente, la retiró sirviéndose de un papel absorbente que pasó sobre toda esa superficie, una, dos veces si advertía en algún sitio un resto de maquillaje, borroneado, desplazado por la crema; cuando consideró que el rostro ya había sido limpiado, ayudándose con un copo de algodón lo cubrió de un líquido nutritivo, reconstituyente.

El resultado fue un brillo parejo, que acentuaba la expresión de fatiga al concederle un reflejo afiebrado.

Desde el dormitorio le llegaba, inexpresiva, la voz de su marido.

—Estoy muy cansado.

—Apagá la luz. Me falta poco. ¿Qué hora es? Yo también estoy cansada.

—Deben ser las tres...

—Los demás van a quedarse toda la noche. Me dijo Estela que a las siete sirven un desayuno.

—¿Cuánto creés que gastaron los chicos?

—En todo caso, menos de lo que gastamos nosotros cuando se casaron. Ellos son tres para dividir la cuenta. Y nosotros festejamos las bodas de oro una vez en la vida.

Del dormitorio le llegó un gruñido de aprobación.

—¿Qué me contás de los Muñoz? Nunca creí que se iban a atrever a aparecer...

—Fue idea tuya invitarlos...

—Para que no nos creyeran resentidos. Pero nunca, ni en sueños, se me ocurrió que fueran a aparecer. ¡Qué tupé!

Esta vez le llegó un solo suspiro, muy largo.

—Y el hijo de Lidia, quién lo hubiera dicho, con novia... Parece que tuvo razón el doctor Allende cuando decía que era sólo una fase... Lo aliviada que estará la madre...

El suspiro se hizo más profundo, casi un gemido.

—Ya terminé, dejá de quejarte.

Apagó la luz en el cuarto de baño y pasó al dormitorio. Acostado sobre la espalda en su lado de la cama, su marido ya se había dormido.

Al acercarse advirtió que sus ojos estaban abiertos, y en ellos algo parecido a una interrogación. Lo llamó, varias veces, luego le tocó el pecho, se inclinó sobre su boca sin lograr percibir si respiraba o no. Permaneció un momento inmóvil, sin saber qué hacer; luego, con movimientos casi automáticos, se dirigió al teléfono, descolgó e inmediatamente volvió a colgar. Por su mente desfilaron imágenes amenazantes: trámites, buscar papeles que nunca están donde se creía, hijos y nueras y nietos invadiendo la casa, peor aún: parientes, amigos, un velorio, la interminable vigilia y ella condenada a decir una palabra o dos a cada uno, siempre cansada, sin dormir, obligada a vestirse, a asistir a la misa, al entierro, antes de poder quedarse sola, en silencio, en la cama...

Miró la hora. Eran casi las cuatro. Puso el despertador para que sonara a las nueve y media. Diría que él murió mientras dormían, que ella no se dio cuenta de nada.

Se acostó al lado del cuerpo inerte, le alzó un brazo, lo pasó bajo su nuca y apoyó la cabeza contra ese pecho que —ahora resultaba evidente— ya no respiraba. Apagó la luz y cerró los ojos. Sí, con unas pocas horas de sueño podría enfrentar la pesadilla por venir: otra reunión, como la que había soportado esa noche, pero sin música, sin risas, ahora con voces bajas y con expresiones serias, si no tristes, en las mismas caras.

Se movió para estrecharse contra su marido, para sentirse protegida por ese abrazo que, después de todo, no era demasiado diferente del que la había rodeado todas las noches, durante tantos años.

La segunda vez

Absortas o ausentes, suspendidas entre impaciencia y fatiga, las expresiones en las caras de los pasajeros del metro nunca habían dejado de interesarle. (Seguía pensando "metro" en vez de "subte" quince años después de haber vuelto de Madrid). Que fijasen la mirada en las puntas de sus zapatos o en el itinerario impreso encima de las puertas, que la posasen sobre un libro o la dejasen errar en el espacio sin hallar objeto para su atención, en esas caras él leía un intervalo, una pausa involuntaria en la puesta en escena de sí mismos a la que esos pasajeros estaban condenados. Entre el punto de partida y el de llegada del trayecto subterráneo, bajo una luz polvorienta e indiferente, se hallaban momentáneamente libres de jefes y clientes, de cónyuges e hijos. Aun su ropa, el peinado o el maquillaje, marcas de identidad social, parecían abandonados sobre sus cuerpos, en espera del llamado que habría de devolverlos a un escenario perentorio.

En ese limbo, él se sentía un observador impune, como ante pacientes sobre quienes la anestesia aun no ha perdido su efecto, intruso sigiloso en una morgue... El castigo de ese rapto de vanidad no tardó en llegar: en unos ojos oscuros, demasiado pintados, en un atisbo de sonrisa irónica, descubrió que su mirada era objeto de otra mirada, y esa mirada lo relegaba al anónimo pasaje del que, entre dos estaciones de la línea Constitución-Retiro, él se había sentido superior.

La mujer era de edad indefinida o, como sabe decirlo una frase piadosa, no tenía edad. El maquillaje pesado se limitaba a los ojos y, si se quiere, al rojo fuerte de los labios; su palidez, el pelo teñido con descuido de un negro inconvincente no indicaban coquetería alguna. Había en ella, en cambio, cierto curioso énfasis teatral, como destinado a un espectador distante. La mirada, que seguía clavada en él, le pareció de pronto no menos irónica que la sonrisa esbozada. ¿Acaso esa mujer lo conocía y esperaba que él la reconociera?

Ella lo había seguido desde la mañana sin hallar una ocasión que le pareciera propicia para manifestarse.

A las nueve él había dejado el departamento de Olivos para tomar el tren hacia Retiro; en el centro había hecho trámites en un banco y una oficina pública; su almuerzo había sido un sándwich y una cerveza en un café de la calle Reconquista antes de dirigirse a Constitución para tomar un tren hacia Lomas de Zamora; allí había pasado casi dos horas discutiendo, negociando en una agencia inmobiliaria antes de tomar el tren de vuelta hacia Constitución.

Ese ir y venir no podía sorprenderla. Hacía años, lo sabía, que él había ido aceptando una existencia práctica, previsible, muy lejos de los sueños que en otro tiempo habían creído compartir. De lejos, ignorada por él, ella lo había visto perder gradualmente el tono impetuoso de la voz, el destello entusiasta en la mirada, la sonrisa franca.

Ella ya estaba en el vagón cuando él subió. Primero la vio distraídamente, luego notó el pelo renegrido, el rojo demasiado intenso del lápiz labial, la mirada fija en él, como a la espera de un reconocimiento que tardaba en llegar. "Se le parece tanto", pensó; también: "Quién sabe cómo estaría hoy, con veinte años más y tantas cosas que pasaron...".

En la estación San Juan subió mucha gente y durante un momento la mujer quedó oculta por tantas expresiones anónimas de fatiga e impaciencia. Cuando volvió a verla parecía estar mirándolo con la misma concentración ausente, sin curiosidad ni reconocimiento. Varias personas que tenía delante bajaron en Independencia y pudo acercársele. Una leve sonrisa volvió a los labios de la mujer. En ese momento, contra toda razón, supo que era ella.

—No me mirés tan asombrado. Ni que me hubieses creído muerta...

Se rio, con la misma espontaneidad que él recordaba de tantos años atrás. Como entonces, se sintió obligado a dar explicaciones. —No soy tan vanidoso. Porque yo no vea a alguien durante años no por eso voy a pensar que ha muerto... Pero me impresiona que el tiempo no haya pasado para vos: tenés en los ojos el brillo de siempre. Yo, en cambio...

—Te hubiese reconocido. Qué sé yo, hasta en el subte de Estocolmo te hubiese reconocido.

—¿Dónde estuviste todos estos años? No me digas que en Buenos Aires...

—¡Dónde no estuve! Estuve viajando. Mucho.

Quedaron callados. La sorpresa del reencuentro se había agotado en preguntas generales y ahora descubrían la ausencia de una trama compartida que pudiese alimentar el diálogo. Él observó sin mucho interés a la sanjuanina llorosa que subió, como siempre, en Avenida de Mayo; llevaba un cartel colgado del cuello: con letra laboriosa y ortografía errática la declaraba refugiada de Kosovo, el marido y tres hijos masacrados por el terror serbio. En Diagonal Norte bajaron mujeres con los brazos cargados de flores y subieron otros mendigos: el hombre del muñón en el brazo derecho y el de la lengua cortada, exhibida con un gruñido triunfal.

—¿Hace mucho que estás en Buenos Aires? ¿Pensás quedarte? —preguntó él, mecánicamente.

—Yo siempre estuve aquí. Fuiste vos el que se fue.

Él insistió, más irritado porque ella se contradecía que ansioso por la respuesta.

—No entiendo cómo no me enteré, por qué nunca nos encontramos.

—Tal vez porque nunca pensaste en mí...

Ahora ella sonreía francamente. "Es increíble la vanidad de las mujeres", pensó él, como tantas otras veces en su vida. Esta idea y otros recuerdos lo distrajeron brevemente. Cuando llegaron a San Martín se dio cuenta de que ella estaba hablando casi con nostalgia.

—Siempre me acuerdo de ese cuento maravilloso que una vez me contaste. El del chico que al atardecer recoge en la playa una moneda de muy poco valor, juega un rato con ella y luego la tira en la arena. Poco más tarde, en la última luz del día, ve surgir del mar una ciudad. Su arquitectura le parece fantástica, le recuerda las ilustraciones de los cuentos de hadas. Se interna por calles bordeadas de negocios; ante las puertas lo asedian mercaderes impacientes, le ofrecen sedas bordadas en plata y oro, joyas, reliquias, todo por una moneda, aun la más ínfima. Uno de ellos le explica que esa ciudad, la más rica de su tiempo, fue castigada por la codicia de sus habitantes, condenada a hundirse con sus tesoros y a resurgir del mar una vez cada cien años para ofrecer esos tesoros por una moneda. Sólo cuando alguien los compre podrán descansar en paz. El chico busca en su bolsillo la moneda, recuerda que la arrojó en la arena, que despreció su valor. Verá desaparecer en el mar esa metrópolis fabulosa y sabe que estará muerto cuando resurja.

"Me confunde con otro", pensó él; también: "Si no la he visto todos estos años es porque debe haber estado encerrada en un loquero". Subían las escaleras hacia la estación de tren en Retiro cuando halló una excusa que le pareció verosímil.

—Llamame, estoy en la guía. Ahora tengo que alcanzar un tren. ¡Hasta pronto!

Echó a correr en medio de la multitud. Sin detenerse, se volvió para agitar una mano hacia ella: estaba mirándolo, siempre con esa sonrisa apenas esbozada, que iba a quedar en su memoria: una polaroid de esta nueva separación, que lo acompañaría durante todo el viaje hasta llegar a su casa.

Es esa imagen la que lo distraerá horas más tarde, poco antes de medianoche, la que le hará interrumpir la lectura tardía de un diario que dentro de minutos será de ayer, lleno de presuntas noticias que pronto serán de anteayer. Se asomará a la ventana y no verá la quieta calle y sus follajes silenciosos sino un rostro pálido, el pelo tan negro, la boca muy roja.

Saldrá a caminar, confiando en que la tibia noche de primavera disipe su inquietud. Se detendrá de pronto al recordar o comprender algo: "Yo nunca le conté esa historia, nunca le hablé de Nils Holgersson. Estoy seguro. Ella no podía saber cuánto me impresionó de chico". Inmediatamente recordará haber leído, no recuerda dónde, que en Santiago del Estero, o en el Chaco, creen que en el día de los muertos éstos pueden volver a la tierra por veinticuatro horas para buscar a sus seres queridos e intentar llevárselos al otro mundo.

El reloj de la pequeña estación suburbana marcará las 23.56, pero todos saben que casi nunca funciona, y cuando lo hace es entre atrasos, apuros y síncopes. Él verá del otro lado de las vías la luz de un bar abierto y se prometerá una ginebra, siempre eficaz en momentos difíciles. No oirá llegar el tren de las 23.58 y la sorpresa del impacto borrará toda sensación de dolor. La imagen de un rostro de mujer, fiel, tenaz, tal vez enamorada, volverá durante... ¿un segundo? Pero ni los cronómetros más sutiles saben medir lo que ya está fuera del tiempo.

"Love is lovelier
The second time around..."
Cahn & Van Heusen, en la voz de Pearl Bailey

Hotel de emigrantes

1

Al anochecer del 3 de octubre de 1940, el *Nea Hellas*, vapor de pabellón griego, zarpó del puerto de Lisboa para cruzar el Atlántico hacia Nueva York. Una vez extinguida la última luz del cielo parecieron aún más brillantes las de la ciudad que se alejaba y, al pasar frente a Belem, sobre cuya Praça do Império se había inaugurado pocas semanas antes una gran exposición, estalló en la oscuridad un último vivísimo resplandor, que pareció fantástico a quienes observaban ese espectáculo desde la cubierta.

Ese momento habría sido pintoresco o festivo un año antes. En octubre de 1940 se cargaba de duelos y presagios para los pasajeros del *Nea Hellas*. Algunos de ellos han dejado escrito su sentimiento: "En la oscuridad el barco se puso en movimiento, lentamente empezó a navegar y dejó atrás el Tajo. Como surgida de un cuento de hadas brillaba la Exposición. Sus luces mágicas fueron las últimas que vimos de Europa, hundida en la desdicha" (Alfred Döblin). "Una notable exposición colonial había sido construida al borde del agua. [...]. La última mirada hacia Lisboa me mostró el puerto. Iba a ser lo último que viera cuando Europa quedase atrás. Me pareció increíblemente hermoso. Una amada perdida no es más hermosa" (Heinrich Mann). "A medianoche vimos las últimas luces de Europa, color rojo sangre, hundiéndose en el mar" (Hertha Pauli).

El *Nea Hellas* era uno de los pocos barcos que se animaban a esa travesía. Dos semanas antes, la nave holandesa *City of Benares* había sido torpedeada por un submarino alemán y en el naufragio desapareció, junto a su marido, Monika Mann, cuyo hermano Golo y su tío Heinrich estaban a bordo del barco griego. La idea de una embarcación que llevaba a los Estados Unidos no sólo a los escritores citados sino también a Franz Werfel y a Leon Feuchtwanger con sus esposas, a Alfred Polgar y a Frederike Zweig, en medio de un pasaje menos notorio pero igualmente ansioso por escapar de la Segunda Guerra Mundial, puede resultar en cierto modo cómica. En su reclusión forzosa, en el vecinazgo no buscado, se rozaban vanidades y recelos que en tiempos de paz, aun relativa, no hubiesen necesitado convivir. La efímera, ambigua coincidencia del antifascismo con los fondos necesarios para pagar el precio extravagante de una litera en esa modesta embarcación, los había llevado, actores de repertorio en una gira improvisada, a representar el papel de vástagos, o emisarios, o sobrevivientes de la cultura europea, bajo el reflector involuntariamente burlón de un nombre como *Nea Hellas*... ¿Un avatar tardío de la medieval nave de los locos? *¿Ein neue narrenschiff?*

Las últimas luces de Europa que se extinguen en la noche es una de esas metáforas fuertes que la experiencia suele regalar: la noche de aquel 3 de octubre y la del nazismo triunfante, Europa como hogar, o madre, abandonada en la hora del peligro, por un tiempo imprevisible pero que todos, íntimamente, deseaban no definitivo... Incertidumbre, ansiedad, alivio, nostalgia, remordimientos: el catálogo de emociones se ofrece generoso al lector que pretenda evocar ese momento de una aventura colectiva.

La ironía de la situación surge del hecho de que esas "últimas luces", que para los emigrantes se alejaban dolorosamente, adiós a un mundo que había sido suyo y que veían súbitamente convertido en pasado, irrecuperable, inaccesible, eran las de la Exposición del Mundo Portugués con que el Estado Novo de Salazar festejaba los ocho siglos de vida independiente de la nación portuguesa. Esta lujosa asamblea de artesanías y botánica, de indígenas y gastronomías de Angola, Mozambique, Goa y Macao tenía por divisa "Si más mundo hubiese, allí llegábamos", inscripta en un frontón *art déco* no menos autoritario que el estadio olímpico de Berlín, la Place du Trocadéro en París o los monumentos prodigados por el estalinismo a las capitales de sus satélites. El derroche de electricidad, insignia de la neutralidad portuguesa, celebraba no sólo una efeméride patriótica sino la prudencia, aun la astucia, de un gobernante de quien, en 1940, no era fácil reconocer los matices que sesenta años de distancia permiten apreciar: era entonces un fascista y del fascismo huían quienes, conmovidos ante lo enorme de la pérdida que en ese momento sellaba el abandono de Europa, no podían sino conmoverse ante los destellos de una exhibición triunfante de poder imperial.

2

Estoy sentado en la terraza de la pensión Ninho das Aguiais. Tengo abierto ante mí un plano de Lisboa, que para esta primera visita me había parecido indispensable. Así puedo comprobar que esta terraza permite dominar la ciudad: la colina de Nossa Senhora de Graça está casi frente a mí, a la derecha; más lejos distingo las alturas menores del parque Eduardo VII y de São Pedro de Alcántara; abajo reconozco el tablero de la ciudad pombalina y la elegante geometría del Terreiro do Paço al borde del agua; a mis espaldas, sé que está el castillo São Jorge, sobre cuya colina se encarama esta pensión; a mis pies, por la ladera, desciende lo que la guía denomina el "laberinto morisco" de Alfama.

La verdad es que no necesitaba el plano. También sé dónde está lo que no puedo ver: más allá del Bairro Alto, Lapa; más allá aún, el camino que lleva a Belem. Durante el mes que visité cotidianamente el Leo Baeck Institute en Nueva York aprendí a colocar todos esos nombres en la *maquette* imaginaria que me permitieron construir otros planos, algunos de ellos vetustos, y sobre todo tantos relatos ajenos. Puedo señalar, en la Baixa, esa vía Aurea donde mi abuelo se cruzó una tarde de 1940 con Annette Kolb, que buscaba un joyero a quien venderle sus anillos para poder pagar el precio triplicado de un pasaje de avión (que se llamaba "clipper") a Nueva York; también esa rua Duque de Palmela en cuya librería alemana fue testigo involuntario de la irritación de Heinrich Mann al no encontrar un solo título suyo en estantes llenos de libros de su hermano.

Son los papeles de este abuelo lo que fui a estudiar en el Leo Baeck Institute. En cinco grandes cajas de cartón grueso dormían cuadernos de notas, cartas y muchos originales, fragmentos en su mayoría, copiados a máquina en casi evanescentes hojas de papel "piel de cebolla". También hay sobres marcados "miscelánea" donde yacen tarjetas de visita, fotografías de gente que no sé identificar, pasajes y horarios de trenes con destinos que no me dicen mucho (el más frecuente: Lisboa-Estoril-Cascais), un programa del cine Politeama del 17 de mayo de 1945 correspondiente al estreno local de *Casablanca*.

Mi abuelo no fue un escritor reconocido y dudo que la fortuna póstuma le reserve una revaluación. Sus papeles no son frecuentados como los de, digamos, Joseph Roth, pero si el Instituto aceptó el depósito de esas cinco cajas debe ser porque mi abuelo conoció a muchos escritores menos olvidados que él. Con ellos compartió la huida del Tercer Reich hacia asilos que iban a revelarse precarios y como tantos otros llegó a Lisboa en 1940, de donde esperaba poder tomar un barco, más riesgoso pero menos oneroso que un avión, hacia América.

Sesenta años más tarde, en la penumbra silenciosa, acogedora, del Instituto, puntuada por nítidos círculos de luz sobre las mesas, uno frente a cada asiento, he examinado esos papeles todavía enteros, la escritura en tintas no descoloridas. Tarde tras tarde, al emerger al ruido, a los transeúntes malhumorados y las altivas fachadas de la calle cincuenta y tres, no me parecía volver a mi mundo, a mi tiempo. Más allá de una historia familiar que hace dos años aún no me interesaba, que hace sólo meses entendí que podía procurarme una beca, Lisboa y 1940 se habían apoderado de mí casi inmediatamente. Gracias a esa historia y a esta beca llegué ayer a la ciudad. Pienso quedarme un mes.

Esta mañana de principios de primavera, antes de tomar el desayuno, descubrí esta terraza y he decidido que será mi lugar de trabajo cotidiano. En el cuarto dejé mis cuadernos y las carpetas donde tengo ordenadas, sin duda precariamente, cientos de fotocopias. En Nueva York quedó la computadora; llevo en el bolsillo una libreta de notas y dos lapiceras, que se me ocurren más apropiadas para mi trabajo. En esta primera mañana me desperté tempranísimo, lleno de impaciencia, ávido de los misterios y tesoros que para mí, y sólo para mí, guarda esta ciudad que miro desperezarse lentamente mientras se disipa la bruma dorada sobre las aguas del Tajo.

3

Mi abuela se llamaba Anne Hayden Rice y para espanto de su familia, gente de dinero viejo y jardines a orillas del Hudson, al norte del estado de Nueva York, a los veintiocho años de edad, tras haber manifestado un franco desinterés por casarse, se había enrolado en la brigada Lincoln, una de las varias divisiones internacionales que pelearon por la República en la Guerra Civil Española. Al volante de una ambulancia recorrió el frente y la retaguardia. En Valencia y en Barcelona fue testigo de las intrigas con que los estalinistas procuraban expulsar del frente republicano a socialistas y anarquistas, sin vacilar ante delaciones y ejecuciones sumarias. Su conciencia puritana empezaba a descubrir el asco ante las maniobras de la *realpolitik* cuando conoció a una pareja de voluntarios alemanes con quienes debía anudar su vida: Theo Felder y Franz Mühle.

Tenían pocos años menos que ella, habían sido estudiantes de arte en Berlín antes que el acceso al poder del nacionalsocialismo hubiese empujado a la familia de Theo a instalarse en Basilea. Franz no era judío y pudo permanecer en la "Atenas del Spree" sin más inconveniente que el disgusto ante la proliferación de cruces gamadas, de botas petulantes sobre aceras urbanas, de carteles en la puerta de cinematógrafos y cafés que los declaraban *judenverboten* y le hacían pensar, con simultáneos espasmos de vergüenza y alivio, en el amigo salvado, lejano y a la vez presente, infatigable corresponsal del lado suizo de la frontera del Rin. La Guerra Civil Española, con su entusiasmo difuso de sentimientos más que de ideas antifascistas, iba a ofrecerles la posibilidad de un reencuentro en el marco de una aventura digna de sus sueños. Ineficaces, indisciplinados, se reunieron en Barcelona y allí conocieron a Anne, tal vez la única mujer capaz de trazar un puente entre (lo que yo adivino como) sus deseos tácitos. ¿Eran tal vez (lo que yo adivino como) los deseos tácitos de ella los que le permitieron ser ese puente entre dos hombres a los que no hubiese podido amar individualmente?

Tras la derrota de los leales, Anne no halló obstáculo para viajar y pudo volver a la residencia familiar de Albany; si antes le había resultado estrecha, ahora la asfixiaba como un sanatorio para convalecientes. Theo y Franz cruzaron los Pirineos sólo para ser prestamente internados por las autoridades francesas. La Segunda Guerra Mundial iba a durar poco para el ejército francés; para ellos, la derrota y la ocupación de Francia sólo podían significar un cambio de rótulos: de extranjeros indeseables a extranjeros enemigos a alemanes bolcheviques destinados a algún campo de prisioneros menos permeable que los organizados por franceses. A principios del verano de 1940 compraron la distracción de unos guardias; volvieron a cruzar a pie los Pirineos, semanas antes que esa misma travesía se hiciera negocio rentable de cuanto conocedor de sendas y desfiladeros iba a reclamar el título de *passeur*; por caminos secundarios, bajo cielos nocturnos, protectores, atravesaron Cataluña, Valencia y Andalucía hasta llegar un amanecer a Ayamonte y cruzar el Guadiana en transbordador hacia Vila Real de Santo Antonio: el piloto, halagado al recibir reiteradamente el grado de capitán en la conversación de esos extranjeros fatigados y sin embargo dispuestos al esfuerzo necesario para hablar castellano, los escondió, a espaldas de la Guardia Civil, en un automóvil donde pasaron acurrucados, abrazados, los interminables veinte minutos de la travesía. Un llamado telefónico les trajo, después de carraspeos, chirridos, susurros indistintos y truenos lejanos, la voz de Anne: les daba cita en Lisboa y les anunciaba una suma de dinero que llegaría "a la brevedad posible" al consulado de los Estados Unidos.

Todo esto lo sé. Son hechos documentados en cartas, en los cuadernos de notas de mi abuelo, en historias que oyó mi madre y años más tarde me transmitió. Sólo he imaginado algunas disposiciones afectivas, tal vez banales, como toda clave que pretenda explicar la conducta humana; sirven para acercarme a esos seres de un pasado que sólo puedo entender a través de la literatura. Un centro de misterio, sin embargo, subsiste. Un día de 1940, Anne y Theo se casaban en el consulado norteamericano y partían inmediatamente hacia Nueva York. Franz se quedaba en Portugal.

Mis preguntas se hacen innumerables, cada una suscita muchas otras. ¿Hubo una elección por parte de mi abuela? ¿Hubo una decisión por parte de sus amigos? ¿Fue un matrimonio de circunstancias? ¿Tal vez de amor? ¿Qué fue de Franz, de quien las cajas hospitalarias, mudas, del Leo Baeck Institute, sólo contienen dos cartas enviadas desde Portugal durante la Segunda Guerra Mundial, y ninguna posterior? ¿Qué podía ser de él, sin papeles o con documentos de identidad inválidos, peligrosos, en ese país no elegido, cuya blanda neutralidad podía temer que no durase eternamente? ¿Cómo vivieron los amigos la separación? ¿Cómo habían llegado a ella? ¿Qué se rompió entre ellos? Habían intercambiado, día por medio, cartas exaltadas entre Basilea y Berlín; para tener la ocasión de reencontrarse se habían apropiado de una guerra ajena, con la ilusión de impugnar la idea misma de nacionalidad; habían compartido no sé qué intimidad, qué complicidad con esa norteamericana intrépida y desafiante que iba a ser mi abuela...

Algo se había roto entre ellos, de eso no tengo duda.

4

Albany, 3 de septiembre, 1940

Queridos:

No necesitan padecer la estrechez de la pensión que me describen en la carta. El hallazgo en el fondo de un placard de una chaqueta de cuero, raída y raspada, y en su bolsillo interior de un pasaporte húngaro cuya fotografía había sido despegada, es un excelente punto de partida para una novela, si algún día Franz se aburre de jugar a la política y decide dedicarse por entero a algo que sabe hacer mejor... Sin embargo, ese hallazgo, que supongo irrepetible, no justifica quedarse entre paredes impregnadas de olor a sardinas a la parrilla, cuando no del tanto más tenaz del bacalao.

El vicecónsul que lleva esta carta a Lisboa también lleva la carta de crédito que les permitirá vivir, y comer, sin problemas en el Palace Hotel de Estoril. Me aseguran que es el mejor y si no les parece demasiado frívolo hasta pueden animarse a la playa vecina. ¡Naden con prudencia, chicos!

Después de la buena noticia, la menos buena, aunque no es todo lo funesta que podíamos temer. En este momento las visas de inmigración a los Estados Unidos son muy difíciles de obtener, aun con todas las influencias que mi padre —en este asunto, excepcionalmente, del todo solidario conmigo— puede poner en juego. Aun un matrimonio, contraído en estas fechas y entre cónyuges como nosotros (esto significa yo y uno de ustedes: las autoridades norteamericanas no tolerarían ninguna fantasía aritmética), resulta sospechoso y exigirían al marido extranjero, sobre todo si se le ha quitado la nacionalidad de su país de origen, un plazo de espera antes de autorizar su ingreso a este paraíso... En cambio muchas instituciones se movilizan para salvar a judíos en peligro...

Franz: sé que esto no será fácil de aceptar, pero en estas circunstancias Theo tiene una ventaja. (¡Quién habría dicho que ser judío pudiese resultar un privilegio!). Lo hablaremos más detenidamente apenas llegue. Por el momento quiero que sepan cuál es la situación aquí, que entiendan cómo se presentan las posibilidades de inmigrar.

Nunca olvido aquella noche en Valencia, el apagón, las alarmas antiaéreas, la media botella de chinchón que encontramos en un armario del comité socialista abandonado y mi promesa de no intentar separarlos: seríamos tres pero nunca dos más uno. Les pido que lo piensen. Si hay una decisión que tomar, que la elijan ustedes sin que yo intervenga.

Dentro de dos semanas, tres a lo sumo, estaré allí, con ustedes de nuevo. Hay momentos en que todo me parece un desastre, Europa, esta guerra, todo lo que quisimos... En fin, si el mundo tiene que acabar, pasemos juntos un momento antes del fin; si debe seguir girando, el futuro lo deciden ustedes.

Los quiero, chicos.
Anne

5

—Cualquier cosa... Fíjese qué ropa, qué modales... ¡Y los cuerpos! Ya es cualquier cosa... Hay días en que extraño el hotel, pero el de antes; no crea que me gustaría seguir trabajando en lo que hoy se ha convertido Estoril.

Don Antonio Carvalho hizo un gesto impreciso con la mano derecha, tal vez para abarcar al público plebeyo que cubría la arena del balneario, o para indicar a sus espaldas la mole, aun imponente, recientemente revocada, del hotel Palácio; tal vez quería sencillamente ahuyentar el humo del cigarrillo Craven A, el segundo o tercero que fumaba desde que nos encontramos media hora antes.

Eran las cinco de la tarde, pero en esta primera jornada calurosa de abril, que anticipaba el verano, una multitud entusiasta, ruidosa, se había lanzado a las playas cercanas a Lisboa con el propósito de exponer al sol la mayor extensión autorizada de su cuerpo.

—En aquel entonces un balneario como el Tamariz era un recreo elegante, se estaba entre gente de buena compañía. Con decirle que a nosotros, el personal de los hoteles, se nos prohibía la entrada... Los señores no se codeaban con la gente de servicio. Amigos que todavía trabajan en el Palácio me dicen que una familia holandesa hace sentar a su mesa a la niñera que se ocupa de los chicos y que ésta elige lo que va a comer... Todo es así: el casino está lleno de máquinas tragamonedas y en la única sala de juegos de azar, donde puede entrar cualquiera, hay mujeres en pantalones...

Era difícil orientar la conversación, más bien el monólogo. Como otros ancianos, don Antonio estaba seguro de lo que interesa al interlocutor, y no se dejaba desviar si éste se atrevía a manifestar interés por temas y personas que él no consideraba dignos de atención. Le pregunté si "en aquella época" se sabía hacia dónde se orientaban las simpatías políticas de los pasajeros.

—Qué quiere que le diga... Si una pareja de médicos vieneses, de apellido Becker, esperaba visas de entrada a los Estados Unidos dejando rara vez su cuarto, no había demasiadas dudas. Los que estaban desesperados por llegar a América ya se habían ido a principios del 41; los que quedaron, o los que vinieron más tarde, eran personajes menos claros. Me acuerdo de un comerciante, Tólnay, representante de una compañía de *export-import*, que a menudo iba por unos días tanto a Dublín como a Berlín... Otro, rumano con pasaporte argentino, que dormía toda la tarde y se despertaba a la hora de apertura del casino; un buen día desapareció sin dejar más rastro que las deudas de juego y del hotel; las pagó más tarde la embajada del Reich. ¿Usted es norteamericano?

No quise contradecirlo. No tenía ganas de contarle a un desconocido la historia de mi familia, donde ni siquiera en la misma generación habían coincidido las nacionalidades y todos habían manejado más de un pasaporte. Por otra parte, le había explicado que hacía un trabajo para una fundación norteamericana. Pero antes que pudiese mentir don Antonio siguió hablando.

—Conocí por aquel entonces a un escritor compatriota suyo que pasó meses en el hotel: el señor Prokosch. Ya sé que el nombre es alemán, pero él era norteamericano. Escritor: tomaba notas de todo. Muchos lo creían espía, yo pienso que un espía disimula, ¿no le parece? A veces llegó a pagarme, nada especial, buenas propinas solamente, para que le contase algo sobre los pasajeros. Pienso que buscaba material para sus novelas. Un caballero, en realidad: siempre impecable, hablaba varios idiomas. Irónico, también. Me decía: "Esta guerra la están ganando ustedes". Se refería a que todo el mundo en Portugal aprovechaba la presencia de tantos extranjeros. La temporada de verano de 1939, con el estallido de la guerra, había sido un desastre, pero aun antes de empezar el otoño de 1940, que fue el momento más alto del negocio, en Estorial se pagaban fortunas por un sillón donde dormir. El hotel Atlántico habilitó cuartos en el altillo y puso camas en los baños. Hasta las pensiones más pobres lucían orgullosas el cartelito "completo" en la puerta...

De pronto el señor Carvalho me pareció cansado. Su voz se había hecho pastosa y vacilaba ante palabras que no exigían una busca especial. Observé el decoro intemporal de su vestimenta, el cuidado con que estaba recortado el bigote, discretamente asistido para borrar las canas que su cráneo, ya desprotegido, no podía exhibir. El calor no había cedido y ese cráneo brillaba. Lo invité a tomar un oporto, pero prefirió un whisky (dijo scotch); le propuse elegir entre el English Bar y el bar del Palácio y prefirió volver al escenario de sus recuerdos. Antes de entrar, con toques leves, se pasó un pañuelo color turquesa sobre la frente.

El bar del hotel me impresionó como un decorado suficientemente discreto como para quedar libre de toda sospecha de pretensión. El señor Carvalho, sin embargo, mientras sorbía lentamente su alcohol, recorría el lugar con mirada indiferente, donde yo sentía latir la reprobación. Me anticipé a sus reservas.

—¿No es como era entonces?

—Fíjese usted mismo: el terciopelo de las cortinas es sintético. Esta mesa es de madera, lo sé, pero la fórmica acecha.

6

Me resulta difícil no sonreír cuando leo que la insufrible Alma Mahler (en Lisboa, 1940, Alma Werfel, previamente Alma Gropius) arrastraba en su accidentado aunque nunca lastimoso exilio más de una docena de baúles de pertenencias que consideraba indispensables, buena parte de los cuales extravió en trenes franceses entre Burdeos, Saint-Jean-de-Luz y Marsella, víctima de visas y pasajes cuyas fechas no coincidían. Para ella Lisboa fue apenas un paréntesis. Si Döblin o Mann prestaron alguna atención afectuosa a esa ciudad que estaban demasiado angustiados como para observar en su vida propia, ajena al paso de tantos refugiados, la temible musa conyugal sólo recordaría de ella el robo de unas libras inglesas por un estafador vienés y la ayuda providencial de un portero de hotel. Tal vez lamentara, tanto como la abominable comida en el *Nea Hellas*, la ausencia de un escenario apropiado para lucir la personalidad del marido de turno. Había aprendido con los previos que se trataba de la única luz que podía rescatar de la sombra, conceder la ilusión de existir a sus propios hipotéticos talentos.

7

Ningún diario portugués parece haber registrado la desaparición de Berthold Jacob el 25 de septiembre de 1941, en Lisboa. Descubrí este nombre, apenas una mención la mayoría de las veces, en esos registros (*Emigration, Exil* y tantos otros) frecuentes en la investigación académica de las difuntas repúblicas alemanas, en tiempos en que tanto la federal como la llamada democrática competían por hacer el balance de un pasado común.

Tal vez sea justo que en su momento la desaparición de Jacob no dejara rastros. Su vida de periodista estuvo dedicada a publicar lo que los diarios callaban, a proclamar "el otro lado" de las noticias. Había nacido en Berlín y tenía diecinueve años en 1917 cuando, como tantos judíos bien asimilados en el imperio prusiano como en el austro-húngaro, se enroló como voluntario en la Primera Guerra

Mundial. Un año más tarde, volvió de ella como militante pacifista. Trabó amistad con Kurt Tucholsky y Carl von Ossietzky, hombres de letras volcados a la política. En 1929 fue condenado a ocho meses de prisión por "traición a la patria" en uno de los muchos procesos a los que lo expusieron sus artículos: su blanco preferido era el rearme clandestino de Alemania, financiado por la industria pesada, a espaldas del tratado de Versalles. En 1933, la llegada al poder del nacionalsocialismo lo obligó a emigrar. Eligió instalarse en Estrasburgo, lo más cerca de Alemania que podía estar en Francia, desde donde continuó escribiendo, dirigiendo periódicos bilingües, agitando las conciencias contra el régimen ya triunfante en su país, tal vez más tarde en toda Europa.

En 1935 le llegó un mensaje irresistible: dos compatriotas recién exiliados en Basilea querían entregarle documentos confidenciales sobre el rearme alemán. En la estación suiza de la frontera lo recibió un emisario, encargado de conducirlo al refugio de sus camaradas. Tal vez Jacob ignoraba que los suburbios de la ciudad, en un ángulo del Rin entre Francia y Alemania, desbordan sobre los países vecinos. El automóvil al que subió dio muchas vueltas, cruzó varios puentes sobre el río, finalmente dejó al desorientado pasajero del lado alemán de una frontera indetectable, donde lo esperaban agentes de la Gestapo para despacharlo rápidamente a Berlín.

Por única vez en la historia de esos años, el gobierno suizo hizo un reclamo formal por una violación de su territorio y por única vez en la historia de esos mismos años el Tercer Reich cedió. De vuelta en Francia, maltrecho pero no intimidado, Jacob continuó con la misión que se había elegido hasta que en septiembre de 1939, al estallar la nueva guerra tan temida, fue internado por el gobierno francés, como todo extranjero de origen "enemigo". Huidas, refugios clandestinos, falsos documentos, peregrinaje de Marsella a Madrid y, en agosto de 1941, la llegada a Lisboa fueron, como para tantos otros, los capítulos de su aventura.

La Gestapo no podía tolerar que una presa se le hubiese escapado, menos aún por vía legal; un mes más tarde, sus agentes volvieron a secuestrar a Jacob, esta vez en Lisboa, y lo llevaron a Berlín vía Madrid, donde los servicios aéreos eran monopolio de la Deutsche Lufthansa. Las celdas de la Alexanderplatz, un proceso-espectáculo, la internación por "razones de salud": la historia de Jacob se pierde entre fuentes tangenciales. Las cierra una anotación en el libro de entradas del Hospital Judío de Berlín, que registra su muerte en febrero de 1944.

¿Por qué este personaje me cautiva? Ni la militancia política ni el periodismo "de denuncia" han sido mi vocación y a menudo, aun en la coincidencia de opiniones, me irrita la superioridad moral que exhiben quienes lo ejercen como un sacerdocio. ¿Será que tantos detalles entrelazan este destino patético con la historia casi frívola de mis abuelos? La ciudad de Basilea, opulenta y patricia, con sus misterios encubiertos y sus fronteras porosas, albergaba a la familia de Theo Felder cuando Jacob fue secuestrado. ¿Se habrán enterado de este episodio? Franz Mühle había conocido a Tucholsky en sus días de estudiante y había llegado a cantar letras del poeta... En ese corto mes que Jacob alcanzó a respirar en Lisboa ¿se habrá cruzado alguna vez con él?

Detrás de todas estas ficciones ociosas, reconozco una vez más mi afecto por los personajes oscuros. "Como en el cine, también en la vida hay estrellas y actores secundarios". "Toda vida está hecha del entrecruzamiento de otras vidas". Estas citas ajenas me ayudan a preferir a mis abuelos, y a Jacob, antes que a tantos famosos que coincidieron con ellos en Lisboa.

8

Algunas noches me asalta una sensación desconocida, que sólo puedo definir como náusea cultural.

Me sorprendo deseando ignorar todo lo que se refiere a esta ciudad, sobre todo a quienes por ella pasaron en esos días de 1940, días que parecían no tener mañana. El nombre de una calle, aun el de una confitería o el de un hotel, llaman al escritor, a un personaje histórico o un episodio novelesco, siempre dispuestos a acudir a mi memoria.

Esta Lisboa que visito por primera vez en la primavera del año 2000 aparece ante mí como una ciudad comparativamente próspera, satisfecha de su pertenencia a la comunidad europea. Por otra parte, intuyo una ciudad atávica dentro de su indolencia, que aquella actualidad no logra banalizar: una antigua capital, orgullosa y ofendida, escondida en los repliegues de una topografía de cibercafés, droga accesible y *techno music* ubicua. La percibo como esas súbitas barrancas que surgen entre dos edificios, heridas largas, profundas, que a veces revelan el río a la distancia y a menudo están refrendadas por las vías de un vehículo llamado ascensor, que tiene tanto de tranvía como de funicular.

Como toda ciudad que a fines del siglo XIX decidió rentabilizar su historia en decorado, Lisboa hace hitos turísticos de sus glorias difuntas. El visitante que se fotografía junto a la estatua de bronce de Pessoa, sentados ambos ante una mesa exterior de la Brasileira do Chiado, posiblemente no lo ha leído; aun si en un artículo del suplemento literario de su periódico habitual algo ha leído sobre los heterónimos, es probable que no sospeche hasta qué punto la extrema singularidad de esa obra es típica, por lo excepcional, del destino del país que vio nacer a su autor, de la ciudad donde vegetó oscuramente. Para mí Lisboa es un palimpsesto donde el itinerario de mi abuelo se entrelaza con los de tantos otros, sólo algunos de los cuales conoció... Pienso en todos esos refugiados centroeuropeos, o alemanes, aun eslavos, que impacientaban las salas de espera de los consulados y acosaban los mostradores de las agencias de viajes. ¿Qué sabían de Portugal? ¿Qué era para ellos Lisboa? Apenas un punto de partida, tal vez pintoresco, por cierto no buscado, una ciudad sin racionamientos, donde se podía comer como en los buenos tiempos y admirar el despliegue nocturno de electricidad que ya no se podían permitir las capitales de donde habían huido... ¿Habrán conocido a algún portugués durante su estadía?

Son ellos, sin embargo, el tema de mi trabajo. Muchas noches, al salir del Antigo Restaurante 1º de Maio: Cozinha Caseira, en la rua de Atalaia, ansío desterrarlos de mi conciencia y poder entregarme sin pensar a la suavidad de la brisa; me trae por ejemplo un olor a sardinas frescas doradas sobre una parrilla de carbón, no menos encantador para mí que el de jazmines y madreselvas. Pero es una ilusión pensar que me puedo entregar a puras sensaciones, que éstas puedan arrebatarme. Mi Lisboa es una ciudad fantasma y basta un letrero despintado (¿Pensão Velha Praga?) para devolverme a mi conversación con las sombras.

9

Lisboa, 15 de octubre de 1941

Queridos amigos:

Más de un año ha pasado desde nuestra separación y a menudo me pregunto si la idea amorosamente sacrílega de Anne dio el fruto esperado. Nueve meses bastaban para saber si una doble paternidad es posible, si la criatura traiciona con sus rasgos a un factótum o a otro... Pero esto significaría iniciar una correspondencia y no deseo, por el momento al menos, revelar mi nombre y dirección a los servicios de censura postal. Pienso que en el fondo un nombre y un documento no es todo lo que puede regalarse por amor. Antes de hundirme en el sentimentalismo más irritante para la sensibilidad anglosajona de Anne —capaz por otra parte de iniciativas tan poco tradicionales como la que menciono— prefiero ignorar el resultado, si lo ha habido, del pacto de la habitación 215. ¿Por qué escribirles, entonces? Tal vez por el gusto de decir que estoy vivo. Creo que, a pesar de tantas dificultades e incertidumbres, me siento bien aquí. Espero no escandalizarlos, pero siempre confié más en la cultura que en la política. Me permito citarles al licenciado Wennerström, que conocimos en el hotel y sabía de qué hablaba: "Antes Portugal con fascismo que Suecia con democracia".

Hasta pronto, tal vez.
L' Anonimo Berlinese

10

Los Archivos Históricos Municipales de Cascais conservan unas quince mil fichas de extranjeros, provenientes de hoteles de Estoril y Cascais. Por ellas me entero de que Franz Mühle y Theo Felder compartieron la habitación 213 del Palácio del 10 de septiembre al 2 de octubre de 1940; Anne Hayden Rice ocupó la 215, del 26 de septiembre al mismo 2 de octubre. Ella está inscripta como de nacionalidad norteamericana, Franz como alemán, Theo como *statenlos* (¿apátrida?).

El 3 de octubre zarpaba de Lisboa con destino a Nueva York el *Nea Hellas*...

La directora de los Archivos, que no imaginaba accesible, habla fluidamente inglés y castellano. Me escucha con tanta amabilidad como si fuera su única ocupación. En su despacho, las persianas filtran el sol casi estival de esta tarde de abril y en esa penumbra fresca podría quedarme horas escuchando sus relatos. A pesar de su edad, se refiere a esa época lejana con autoridad serena, como si la hubiese vivido.

—Así como no todos los alemanes registrados eran partidarios del Reich (piense que sólo a los judíos se les había quitado por decreto la nacionalidad), es comprensible que en el clima de neutralidad impuesto por el gobierno portugués, y que la dirección de los hoteles tenía el mayor interés en respetar, se produjeran contactos inimaginables en otro sitio.

—¿Podría hablarse de simpatías o antipatías políticas particulares de cada hotel?

—No exactamente. En el Palácio, aunque los directores eran portugueses, actuaba como supervisor un inglés: George Black. De ahí tal vez la fama de proaliado que ganó el hotel. Esto no impidió, o tal vez inspiró, como desafío, a Von Hüne, el embajador de Alemania, a organizar en el Palácio el banquete con que celebró las victorias de Rommel en el norte de África. La verdad es que el embajador cenaba allí a menudo.

La directora sonríe levemente antes de agregar:

—Prefería un espumante portugués, el São Miguel, de Mealhada, al champagne francés.

—¿Y los otros hoteles?

—El Atlántico tenía fama de germanófilo, tal vez porque en los años treinta paraban allí los oficiales de la marina alemana que hacían escala en Lisboa. En 1941, un alemán de quien se dijo que era secretario privado de Hitler estuvo tres días en el hotel; después se rumoreó que llevaba por misión encontrarse con emisarios de Roosevelt para concertar una paz bilateral. La verdad es que por el Atlántico también pasaron en esos años Ribbentrop, el conde Ciano, el almirante Canaris...

Una pizca de ironía matiza su imperturbable objetividad.

—Creo que para equilibrar las cuentas habría que recurrir a la ficha de Stefan Zweig, que se hospedó allí en 1938...

—¿Podría decirme si, después del 2 de octubre de 1940, aparece registrado en otro hotel que el Palácio el nombre de Mühle o el de Felder?

Las fichas pueden ser de cartón ajado y estar manuscritas, pero su contenido ya ha sido confiado a la memoria inmaterial de las computadoras. La directora busca en la pantalla, púdicamente ubicada sobre una mesa baja, a un lado de su escritorio. Tras varias manipulaciones y un instante que me parece larguísimo me mira sin sonreír. Entiendo entonces que yo soy para ella un objeto de curiosidad no menos insólito que las fichas conservadas en sus archivos lo son para mí.

—El 2 de octubre de 1940 Felder y Mühle dejan el hotel Palácio. Es la última mención de esos apellidos que tenemos registrada.

11

"Al amanecer del 23 de marzo de 1941 tímidos haces de luz atravesaban la bruma suspendida sobre el Tajo mientras la policía de Lisboa rescataba el cuerpo de un hombre no identificado de las aguas monótonas, desganadas, que golpeaban el muelle vecino al Terreiro do Paço. Ese hombre (unos cuarenta años, alto, delgado, pelo castaño menguante, ojos rasgados, pómulos prominentes) podía resultar inidentificable; apenas si una etiqueta, cosida al forro de su traje, proponía una pista: J. Druskovic, *tailleur*, Zagreb. Sus bolsillos, sin embargo, guardaban un pequeño tesoro de identidades ajenas: dieciséis pasaportes, emitidos por la embajada de la República Argentina en Berna, con sellos y firmas verosímiles, y una sola, capital, omisión: la fotografía de la persona cuya identidad se suponía que ese cuadernillo atestiguaba".

(Este fragmento, escrito a máquina en una página suelta, no corresponde a ninguna noticia periodística de la fecha, ni se relaciona con ninguna nota en los cuadernos de mi abuelo. Pienso que puede tratarse de la obertura de una novela no escrita, tal vez perdida. ¿La habría enviado a Theo o éste la habría llevado consigo al emigrar? ¿Y si fuera Franz Mühle el hombre que llegó casado con Anne Hayden Rice a Estados Unidos, con un pasaporte a nombre de Theo Felder?)

12

Esta tarde decidí faltar a la Biblioteca Municipal, donde no creo que añoraran mi visita los enormes volúmenes encuadernados de los diarios de 1942. Ya he llegado al sitio de Stalingrado y sé que sus siete meses serán fatídicos para las tropas alemanas; ya siento —aunque tal vez sea sencillamente la luz que mi lectura, más de medio siglo después de los hechos, arroja sobre noticias anodinas— que el viento cambia. Tal vez los vendedores de *Signal*, semanario gráfico alemán publicado en distintos idiomas para difundir imágenes épicas, optimistas de una Europa rescatada de la corrupción parlamentaria, ya no voceen su periódico entre las mesas exteriores de la Pastelaria Suiça. Apoyados sobre sus pilas de rotograbados que exaltan la gesta de la Nueva Europa en construcción, tal vez ahora aguarden al cliente fiel a unos metros de distancia, en el centro de la plaza Rossio, entre lustrabotas estropeados y mendigos no profesionales, al pie de la estatua de ese Pedro IV que iba a ser Pedro I una vez exportado a Brasil como emperador...

Brasil... En febrero de 1942 Stefan Zweig se había suicidado en pleno carnaval carioca. Se me ocurre que pocas semanas más tarde, en Europa, se podía empezar a respirar; pero inmediatamente me corrijo: esa esperanza, si existió, fue falaz. Los reveses de fortuna sólo exacerbaron en el Tercer Reich la vocación teatral por poner en escena un apocalipsis en decorados reales. ¿La pasión de

Oberammergau en negativo? (Me pregunto si se necesitaban generaciones de intérpretes rurales que encarnasen cada diez años su propia historia sacra para hacer posible otra representación, venganza y exorcismo de aquélla, traspuesta de un Tirol idílico a un campo de pesadilla, revelación de un rostro inmemorial para la industria y el trabajo modernos: esclavitud de vidas descartables). ¿Fueron Auschwitz, Maidanek y Treblinka el reverso de una reluciente medalla, recuerdo turístico de Oberammergau?

En 1940, entre Lisboa y Estoril, el más refinado prosista francés de su tiempo había observado el caos del exilio con mirada a la que se adherían residuos de un racismo estético, mundano: "Los judíos son los que hablan más fuerte, los que se interpelan en portugués, los que exclaman en portugués '¡Qué tiempo hermoso! ¡Qué buen vino verde!', sin duda para hacer creer que están en casa, que ocho días en Lisboa los han transformado en esos judíos lusitanos, la nobleza de los judíos, los que no votaron la muerte de Jesucristo. Pasan apurados ante el ómnibus que trae a los judíos de Suiza por un itinerario clandestino que evita, al precio de cincuenta leguas, un cruce de caminos donde jóvenes labriegos arrojan piedras contra las ventanillas; del que descienden, mirada turbia, pelo sin vida, seres postrados que aún hablan francés, inglés, alemán. Ellos sí votaron...".

En julio de ese mismo 1942, en París, Heydrich ordenaba a René Bousquet organizar la *razzia* del velódromo de invierno. En 1944, en Hungría, el almirante Horthy, blando fascista, iba a ser reemplazado por un gobierno títere; su hijo había sido secuestrado e internado en Mauthausen como arma de chantaje si el anciano regente no autorizaba al ejército alemán a pasar por territorio húngaro, en una última, vana resistencia al avance del ejército soviético; de paso, ese régimen de última hora deportaría hacia campos de exterminio a los judíos hasta ese momento hacinados en guetos, excluidos del ejercicio de toda profesión, pero aún no entregados a la "solución final"; en enero de 1945, en Budapest, impacientes ante las demoras de la burocracia alemana, los militantes locales de la Cruz Gamada arrojaron a las aguas heladas del Danubio a cuanto judío identificaban por la calle.

No, la retirada de Stalingrado no anunciaba más que una derrota militar. Los últimos años del infierno serían los más crueles para quienes habían sido condenados a él.

En vez de la penumbra de la biblioteca esta tarde he elegido el destello enceguecedor del sol sobre el agua del estuario. Estoy en el mirador de Santa Lucia, sentado ante una mesa sobre cuya superficie se ha grabado un tablero de ajedrez. Los ancianos habituales no tardarán en llegar, unos arrastrando los pies en pantuflas bajo pantalones de piyama, otros en trajes oscuros tan impecablemente planchados como las blanquísimas camisas, sin que esta diferencia de estilo les impida compartir una jugada que sólo el crepúsculo podrá interrumpir. Esta tarde de mayo el aire es tibio y la brisa difunde el perfume de las glicinas que cubren las pérgolas del mirador. A lo lejos, los barcos se desplazan lentamente entre ambas orillas del Tajo o hacia el Atlántico. Esta primavera del año 2000 se me borronea con la de 1942, cuyo rastro amarillento debería estar revisando esta tarde en la biblioteca: la misma luz, sin duda los mismos jugadores de ajedrez y el mismo exceso de glicinas.

¿Sólo son diferentes algunos nombres propios, algunas precisiones geográficas, sobre todo la identidad de las víctimas?

13

Lisboa, 25 de noviembre, 1942

Querida Anne, querido... ¿Franz?:

Espero que estas líneas les lleguen antes de Navidad. Yo también la festejo, no crean que para cumplir con mi nueva identidad. Ya en Berlín la familia, no tan asimilada como para instalar un abeto decorado con guirnaldas de papel multicolor y estrellas de latón en el living de la Bleibtreustrasse, acataba distraídamente esa fecha, en todo caso menos exótica que una Hannuka de la que sólo me enteré por los libros. Curioso cómo un sello en el pasaporte, gruesas letras góticas que componen la palabra *jude* y te cancelan la nacionalidad alemana, pueden identificarte con una precisión que nunca me había interesado... En fin, este sobre parte por vía aérea pero nadie sabe con certeza cuándo se anima un avión a sobrevolar el Atlántico Norte y si habrá en él lugar para una bolsa de correspondencia.

Prefiero no decirles mi nombre ni mi dirección —tengo ambos, no se inquieten— hasta que esta guerra termine, y sólo si tiene un *happy end*. Confío en que la sensatez de Salazar prevalezca sobre cualquier veleidad de Franco y que entre ambos convenzan a los alemanes de que a la Wehrmacht le conviene quedarse del otro lado de los Pirineos. Se trata de una mera postergación, desde luego: si el Tercer Reich ganase la guerra nadie podría impedirle dominar Europa desde el Atlántico hasta los Urales. Por el momento, la neutralidad parece asegurada en toda la Península.

Muchos refugiados se han quedado en Portugal. No pocos Wolff ahora se llaman Lobo y algún Mandelbaum circula como Almendros. Nada de esto detona en un país donde los "marranos" sobrevivieron a la Inquisición con los candelabros de siete brazos envueltos en chales de seda, escondidos en arcones relegados a sótanos o altillos... Creo que nunca podrán implantarse en Portugal leyes raciales. Más aún que en España, la Inquisición, con sus conceptos de pureza de sangre, de cristianos nuevos y viejos, se encargó hace siglos de borronear hasta tal punto toda distancia posible que los sabuesos de la arianidad tendrían que cruzar el estrecho de Gibraltar para encontrar, en Tánger o en Tetuán, indiscutibles descendientes de Sem.

Todo esto para decirles que no lloro el exilio o el destierro o como quieran llamar a mi permanencia en este país que fue "de navegantes y poetas" y ahora vive, a pesar de las peroratas triunfalistas de ese Estado llamado nuevo, un interminable crepúsculo, con orgullo, mirando siempre hacia el Atlántico y dándole la espalda a Europa. Mi portugués empieza a ser aceptable. Mis lecturas ya no se limitan a los diarios y he logrado terminar, con mínimas consultas al diccionario, una novela muy menor de Eça de Queiroz, *El misterio de la ruta de Sintra*. Seguiré con *El crimen del padre Amaro*.

Mi descubrimiento mayor es la cocina portuguesa. Recuerdo con piedad y algún desprecio a todos esos *echte mitteleuropäre* que añoraban las toscas marmitas de Leipzig o Praga cuando tenían al alcance de sus platos y sus bolsillos tantas preparaciones diferentes del bacalao, o una modesta y sabrosísima *açorda de mariscos*. Se merecen lo que encuentren en los Estados Unidos.

No quiero hablar de dinero ni de trabajo, temas aburridos si los hay. No puedo pretender noticias de ustedes, ya que rehúso darle un remitente a esta carta. Tal vez sea mejor así: los imagino (¿tal vez con una criatura?) en esos idílicos paisajes a orillas del Hudson que Anne describía, a una hora prudente, si no más, de Manhattan, esa isla, me dicen, llena de judíos.

Hasta pronto, tal vez.
L'Anonimo Berlinese

14

Si es cierto que Theo Felder cedió su identidad a Franz Mühle para facilitarle la inmigración a los Estados Unidos, mi abuela se vio agraciada, sin buscarlo, por un apellido que muchos habrán considerado ingrato... ¿La habrá divertido irritar a sus parientes, tal vez aferrados a raíces en New England, convirtiéndose en Mrs. Felder? En todo caso, su hija Madeleine Felder, que iba a ser mi madre, pareció haber heredado junto con el apellido un destino: a los dieciocho años, en Woodstock, conoció al que iba a ser mi padre, un tal Aníbal Cahn, nacido en la Argentina. Lo siguió, atolondrada, a un kibbutz del que, disipado todo espejismo, emergieron para abrir en Tel Aviv la pizzería Calle Corrientes. (Parece que mi abuela se refería a su yerno como *the kosher pizzaiolo*). No tardaron en emigrar: la tierra prometida rehusó cumplir las promesas que sólo ellos le habían escuchado.

Mis padres se separaron cuando yo tenía diez años. Los recuerdo en Buenos Aires, impregnados por ese sentimiento de fracaso sólo accesible a los hijos de gente acomodada, embarcados muy jóvenes en aventuras de las que regresan sin gloria y sin madurez. Mi padre, siempre proclive a la caricatura, se volvió a casar, esta vez con una psicoanalista que me he cuidado de frecuentar; mi madre, con quien viví hasta los dieciocho años, se dedicó a una serie de actividades relacionadas, creo, con la prensa o la publicidad, que la obligaban a frecuentar peluquerías y estrenos; si no colmaban sus aspiraciones, por lo menos ocupaban sus horas.

Llegué a los Estados Unidos demasiado tarde como para conocer a mis abuelos, muertos en un accidente de automóvil cuando aún no se me podía ocurrir interesarme en ellos. Mi abuela, poco crédula ante las esporádicas misivas afectuosas de su hija, me hizo el único heredero de sus bienes, con la condición de que me doctorase en una universidad norteamericana. De esos bienes provienen las sumas que ocasionalmente envío a mis padres, víctimas recurrentes de devaluaciones, inflación y otras plagas argentinas, cuando no de su propio carácter.

Pronto he de cumplir treinta años. Mi vida, lo sé, es menos interesante que la de los personajes que estudio. Ni el activismo político ni la exploración sexual me prometieron emociones fuertes, como a los jóvenes de generaciones previas. A veces se me ocurre que mis abuelos, en clave seudoheroica, y mis padres, en remedo casi grotesco, agotaron para mí toda curiosidad posible por vivir aventuras que he preferido leer.

En Lisboa, por primera vez, he conocido un sentimiento nuevo. Me ha ocurrido quedarme sentado ante una mesa de café contemplando la lenta extinción de la luz del día, el espectáculo urbano que cambia de actores, sin leer, sin tomar notas. He percibido mi respiración, mi mera presencia en ese anónimo lugar, entregado a una vaga sensualidad para mí desconocida, abandonándome a la conciencia feliz de estar vivo.

15

El *New York Times* del 14 de octubre de 1940 consigna que el día anterior atracó en el muelle de la calle cuatro de Hoboken, New Jersey, el vapor griego *Nea Hellas*. Según el prestigioso matutino, la nave rescataba a un destacado ramillete de la intelectualidad europea. Entre los nombres dignos de la adulación que los norteamericanos acuerdan a la celebridad, accedió a la noticia periodística el de Golo Mann, "hijo del célebre escritor Thomas Mann", a quien acompañaba su tío Heinrich, "también escritor"... tal vez una advertencia de que se puede cambiar de continente sin por ello escapar a una maldición.

Intactos de toda mención, se hallaban entre los pasajeros mis abuelos Anne Hayden Rice y Theo Felder. Pero ahora sé (¿creo?, ¿espero?) que Theo Felder (¿bajo qué nombre?) se había quedado en Potugal y que el hombre que usaba su identidad era Franz Mühle.

El verdadero Theo Felder —escribo "verdadero" pero no sé muy bien qué significa el epíteto aplicado a alguien que había cedido su identidad (y lo que en la Europa de 1940 era tal vez más valioso aún: su pasaporte) en un gesto de amor por el amigo que iba a usarla durante el resto de su vida, que iba a legar ese apellido ajeno a mi madre... Recomienzo: el Theo Felder que se perdió, quién sabe con qué nombre, en el confuso y para mí novelesco Portugal de la Segunda Guerra Mundial estaba seguramente en la platea del cine Politeama de Lisboa ese día de mayo de 1945, apenas una semana después de la caída de Berlín, fecha esperada con admirable cautela por la censura portuguesa para autorizar el estreno de *Casablanca*, film que pocos días antes habría atentado contra la neutralidad escrupulosamente respetada por el Estado Novo. Leo en el *Diário de Notícias* que el público lisboeta, sin duda compuesto en su mayoría por adversarios del Eje, había entonado *La Marsellaise* a coro con la exótica y olvidada Corinna Mura.

(Me cuenta un amigo argentino que en el cine Ópera de Buenos Aires había asistido a la misma reacción: audacia mayor, ya que el 16 de mayo de 1943, cuando se estrenó el film, el contexto de neutralidad simpatizante con el Tercer Reich, aunque menos arriesgado geográficamente, era más siniestro en términos del juego político local. Lo confirma el golpe de Estado triunfante menos de un mes más tarde).

¿Quién sino Theo pudo enviar ese programa a mis abuelos? Ninguna nota lo acompañaba... ¿Llegó sin una tarjeta, sin una línea de comentario? Tal vez esa omisión lo hiciera más elocuente, dijese a la vez la supervivencia del hombre que se había llamado Theo Felder y su recuerdo y ¿por qué no? la alusión irónica a la historia de los tres amigos sugerida por la anécdota del film. En una de las cajas del Leo Baeck Institute entre borradores sucesivos de una biografía inconclusa de Rosa Valetti y un horario de trenes entre Estoril y Lisboa, ese programa del cine Politeama me parece cargado de sentido, extraviada nota a pie de página cinco años después de la separación, tres después de las dos únicas cartas que surcaron esa ausencia.

16

La librería alemana mencionada en las notas de mi abuelo aún existe. No sé si ha pasado a otras manos o si los jóvenes que hoy la atienden son nietos del propietario original; lo cierto es que acogieron mis preguntas con reticencia, aun con desconfianza. No, no conocen memorias de escritores portugueses que cubran los años de la guerra; cuando menciono *Schicksalsreise* de Döblin o *Ein Zeitalter wird besichtigt* de Heinrich Mann advierto que nunca habían oído esos títulos, cosa comprensible, pero también el hecho de que yo los mencione me hace sospechoso. Me pareció inútil prolongar el diálogo y me despedí sin haber revisado hasta el fondo esos estantes donde parecían reinar los best sellers de la semana.

En la calle me abordó una mujer que dejó la librería detrás de mí. La había entrevisto hojeando las novedades de la mesa central. Habló en inglés, con un acento más centroeuropeo que portugués.

—No pude evitar oír su conversación con esos hijos del video... Le convendría dar una vuelta por Sintra y visitar la librería del viejo Campos. Creo que allí han ido a parar muchas bibliotecas de exiliados que se quedaron en Portugal, gente que él conoció.

Apenas había balbuceado mi agradecimiento y ya mi benefactora, sonriente, se perdía hacia la rua Herculano.

¡Sintra! El escenario de Lord Byron... Mi guía hablaba del microclima, de especies botánicas inhallables fuera de sus bosques, de un castillo de moros... El tren de la estación del Rossio me dejaría allí en menos de una hora.

* * *

En Sintra me esperaba un cielo plomizo, amenazante, que no se decidía al chaparrón siempre inminente. Me sentí lejos, muy lejos del suave sol de Lisboa. En la distancia vi bosques de verdes cambiantes según el paso de las nubes en el viento. El perfume de los eucaliptus dominaba el aire. En las alturas, casi ocultos por la vegetación, creí reconocer algunos caprichos arquitectónicos.

Seguí las indicaciones de un vendedor de lotería y en una calle abrupta, sobre una ladera, entre una exposición de artesanías y una repostería ("as autenticas queijadas de Sintra"), encontré la minúscula librería. La vidriera me desanimó inmediatamente:

Paulo Coelho e Isabel Allende compartían el lugar de honor, entre horóscopos y un álbum de fotografías de Lady Di. La penumbra interior no parecía esconder nada más invitante. Entré, a pesar de todo, con la impresión de estar solo en ese local largo y angosto. A medida que se alejaban de la calle los estantes adecentaban su carga; también se hacía más denso el polvo que los cubría. Ya casi en la oscuridad alcancé a descifrar nombres tranquilizadores: Auden e Isherwood, *Journey to a War*.

Una bombilla eléctrica, sin pantalla, se encendió sobre mi cabeza, enceguecedora por el súbito contraste.

—Mire cuanto quiera. Si necesita ayuda, pídala.

La voz era la de un anciano instalado, más bien hundido, en un sillón profundo donde bien podía haber estado durmiendo. Sus ojos, muy claros, alertas, parecían mucho más jóvenes que la cara y se imponían a manchas y arrugas.

—¿El señor Campos? —pregunté, sin que necesitase revelar los límites de mi portugués básico—. ¿Habla inglés?

—Inevitablemente —suspiró.

Le expliqué que buscaba testimonios sobre los refugiados de la Segunda Guerra Mundial en Portugal. No mencioné mis lazos familiares con el tema de la investigación.

—Ya no queda nadie —replicó apresuradamente—. En Torres Vedras vivían hasta hace dos años unos profesores que habían frecuentado a Hannah Arendt durante su paso por Lisboa. Eran los últimos. Ya no queda nadie.

Era difícil insistir ante esta reiteración. Me pareció más útil abordar el tema por otro flanco: cómo había llegado a conocerlos.

—Hablo alemán: estudié en Alemania. Años más tarde, durante la guerra, conocí en Lisboa a unos refugiados que me presentaron a otros y así, poco a poco, me fui vinculando con distintos grupos. Mucha gente no logró llegar a los Estados Unidos ni a México ni a la Argentina. Se quedaron en Portugal y al poco tiempo dejaron de lamentarse: el país les gustó. Años más tarde, cuando uno de ellos murió, compré sus libros: memorias, historias, literatura, nada que pudiese interesar a sus hijos. Fue el principio de esta librería.

Me pareció, al escucharlo hablar con rapidez y seguridad, que había repetido a menudo este resumen un poco simple y francamente parcial de su vida. ¿Ocultaría otra versión, tal vez menos límpida? Sentí que me ofrecía la posibilidad de convertirlo en personaje de ficción... Al mismo tiempo, se me ocurrió que en algún momento terminaría revelándole la historia de mis abuelos. No se la había contado a nadie y tuve miedo de la simpatía que este ambiguo desconocido podía suscitar en mí. Para eludir el riesgo me apresuré a preguntarle si había visitado el hotel Palácio entre 1940 y 1945.

—Por supuesto. No se le ocurra creer todas esas historias de espionaje que se han tejido a posteriori. Malos guiones de cine, nada más. Claro que había espías, pero eran todos conocidos. Muchos eran agentes dobles. No había misterio, créame, apenas gente pagada por diferentes gobiernos, que sólo querían prolongar todo lo posible su estadía en un país neutral, con alimentos no racionados y sin peligro de bombardeos.

De nuevo, mientras lo escuchaba, me dejé llevar a urdir intrigas alrededor de su persona. ¿Un espía retirado, que por esta razón insiste en minimizar la importancia del espionaje? ¿Su librería un centro de contactos para espías pretéritos, aun vinculados por quién sabe qué antiguas lealtades o traiciones?

—Hay algo que no entiendo. ¿Cómo es que un joven como usted se interesa en esas antigüedades... Lisboa en 1940... No tenía nada romántico, nada novelesco para quienes vivían allí, entonces...

Hubiese querido explicarle que sí lo tenía, y mucho, que tal vez fuera necesario no haber vivido "allí, entonces", haber nacido mucho más tarde para poder reconocer, desde un mundo radicalmente cambiado, todo lo romántico y novelesco que un mero nombre y una fecha, Lisboa y 1940, podían suscitar en la imaginación de alguien como yo. Pero sólo atiné a preguntarle si conoció, u oyó hablar, de Franz Mühle y de Theo Felder. Tardó un momento en responder. Su mirada, impenetrable, escrutaba la mía.

—No. ¿Quiénes eran?

Le hablé sumariamente de dos voluntarios alemanes en las brigadas internacionales de la Guerra Civil Española, de sus éxodos sucesivos hasta que uno, uno solo de ellos, partió hacia los Estados Unidos casado con una rica heredera.

—¿Y por qué le interesan?

Estuve a punto de seguir confiándome a él, pero recuperé a tiempo mi reserva. Dije, sin mentir, que en una biblioteca de Nueva York había encontrado documentos que los mencionaban.

—Estoy muy cansado —susurró después de otro silencio. Su voz parecía haberse apagado—. Suelo abrir la librería dos horas por día, no más, lo necesario como para no sentirme retirado. De vez en cuando pasa un amigo a visitarme, pero perdí la costumbre de conversar.

Con una sonrisa que evitaba cuidadosamente separar los labios y revelar quién sabe qué desastre dental, agregó:

—Soy viejo.

Pensé una última vez que mentía, como si fuese posible que fingiera su vejez. Pero era difícil no obedecer a la tácita orden de retirarse. Le agradecí su buena voluntad. Ya estaba camino de la puerta, y del presente resumido en la deprimente vidriera, cuando me alcanzó su voz.

—Llévese un libro, cualquier libro, un recuerdo de su visita.

Estas palabras me conmovieron más allá de lo que hubiese creído posible. Sentí que el señor Campos había reconocido en mí a un miembro de la antigua tribu de gente de libros, no un bibliófilo avaro de costosas primeras ediciones sino sencillamente un individuo para quien las palabras impresas y guardadas entre dos tapas pueden valer mucho mundo y más vida.

Miré a mi alrededor, desorientado, inerme. Tal vez para no prolongar la visita volví al ejemplar de *Journey to a War* que había reconocido al entrar. Apenas lo tuve en mis manos se apagó la luz eléctrica y desde la oscuridad me llegó la voz, casi al borde de la risa, del viejo librero.

—Esos también se buscaron una guerra.

* * *

Más tarde, en el tren que me llevaba de vuelta a Lisboa, y esta mañana en la terraza de la pensión, he vuelto a escuchar en mi memoria la última frase del señor Campos. No sé si dice todo lo que en ella yo creo entender. Si lo dijera, me vería obligado a aceptar conclusiones a las que temo llegar.

Esta incertidumbre, lejos de inquietarme, empieza a formar parte de un proyecto literario. ¿Me atreveré a intentarlo?

No tengo apuro en volver a Nueva York. La validez de mi pasaje expiró anteayer. En los próximos días iré a la sede local de la compañía aérea para averiguar si es posible una prórroga. Pero no es algo que me quite el sueño.

Esta tarde volví a detenerme en el mirador de Santa Lucia y uno de los ancianos jugadores de ajedrez me saludó con una muda inclinación de cabeza.

NOTA:

Para "Hotel de emigrantes" me fueron muy valiosos los aportes de Lucrecia de Oliveira Cézar, Antonio Rodrigues y Karsten Witte.

El párrafo transcripto en la página 107 es de Jean Giraudoux: *Portugal*, Grasset, 1958.

Tres fronteras

Para esa luna que iluminó
más fuerte que el sol

Piercing

Él pensó que ella mentía cuando había dicho la verdad.

Ella sólo había mentido cuando entendió que a él lo asustaba la verdad.

* * *

La había visto por primera vez, volviendo al hotel después de medianoche, una chica entre varias que conversaban ante la puerta de una disco. Un neón se reflejaba con colores irisados en el metal del piercing que ella lucía en el ombligo, sobre esa delgada franja de piel muy lisa, a la vez brillante y oscura, que separaba la remera blanca de la falda negra.

Ella se dio cuenta de que él se había detenido: un hombre mayor (había aprendido que debía evitar la palabra "viejo") con los ojos clavados en su cintura y una leve sonrisa que le iba invadiendo el rostro.

Cuando él levantó la mirada se encontró con los ojos de la chica. Lo encaraba francamente y dio dos pasos para separarse de sus amigas y hablarle.

—¿Y? ¿Qué te parece la ciudad?

Él no se molestó: sabía que la condición de extranjero, si no de turista, estaba inscripta en cada centímetro de piel pálida, en cada mirada curiosa que dirigía a los balcones techados de madera tallada, cubiertos por cascadas de buganvilias (que él llamaba Santa Rita).

—Menos bonita que tú —respondió inmediatamente. Más tarde, mientras tomaban, él (como buen turista) un mojito, ella una coca-cola, le contó del congreso al que había venido a asistir, del aburrimiento que le provocaban las reuniones de colegas, de sus ganas de ver bailar salsa.

—Oye, salsa verás bailar en cualquier lado. Pero no es del Caribe, viene de la costa del Pacífico. Lo propio de aquí es el vallenato y, si buscas algo que no vas a encontrar en otro lado, pues tienes la champeta.

Él nunca había oído esa palabra. Su ignorancia le hacía llamar cumbia a cuanto son, joropo, merengue escuchaba. Cuando le pidió a la chica que lo llevase a ver bailar champeta, ella se rio con ganas: dientes blanquísimos y un destello burlón en la mirada.

—Para eso tienes que venir a mi barrio, al Nelson Mandela.

* * *

Una hora más tarde entraban en un galpón, acaso un garage, brutalmente iluminado, aturdido por un equipo de audio más propio de una fiesta al aire libre que de un lugar cerrado. Ella lo conducía, tomándolo de la mano. Ante algún comentario que él no llegaba a entender, y las miradas irónicas que no podía dejar de entender, ella se limitaba a sonreír y repetir "No se toca, está conmigo". Allí, en medio de la pista donde las parejas se agitaban sin salir de la superficie de una baldosa, moviendo apenas los pies pero adhiriendo pelvis y muslos con las piernas entrelazadas en un golpeteo insistente, como si mimaran un coito interminable, ella lo obligó a bailar.

—A ver el argentino, no se achique...

Él descubrió muy pronto que, en vez de intentar aproximarse a la inimitable soltura de los demás bailarines, podía adaptar a ese ritmo el traspié del tango, más bien de la milonga. Ella quedó sorprendida ante la novedad, pero lo siguió sin esfuerzo y muy pronto le dio un beso que él entendió como un reconocimiento: no se había achicado. Lo que "el argentino" no podía lograr, a su edad, era la resistencia de los demás bailarines. A los veinte minutos pidió una tregua y ella se la concedió.

Fue entonces cuando le propuso invitarla a su hotel.

—Pero qué te crees, que te van a dejar entrar con una mulatica... ¡Esto no es Cuba y yo no soy una jinetera! Trabajo por mi cuenta, no para el Estado.

Le propuso en cambio ir "a casa de una amiga". Él intuyó una celada pero a esa altura de la noche y de la aventura ya no le importó: no llevaba reloj, sus zapatos eran viejos, sólo tenía cien dólares en el bolsillo y ya se había animado, contra las indicaciones de los organizadores del congreso, a atreverse fuera del centro histórico, a ir a un barrio llamado nada menos que Nelson Mandela.

Ella le pidió cincuenta dólares. Él aceptó.

Cuando la vio desnuda se dio cuenta de que era muy joven, más de lo que había pensado. Le preguntó la edad.

—Catorce.

* * *

Entre diciembre y marzo los vientos alisios soplan sobre la costa y alivian el calor y la humedad que en otros meses son asfixiantes para quien no está habituado a ellos. Para él habían sido una referencia puramente literaria, un vestigio de sus lecturas de infancia, historias de piratas, vientos propicios para las naves en las novelas de Salgari o para las muy reales con que Sir Francis Drake saqueó la ciudad.

Ahora está apoyado en el reborde de una ventana, en una casucha de hormigón con techo de hojalata, ante una calle de tierra donde muchos vecinos se han asomado aun después de medianoche, sentados en silencio a la espera del sueño difícil o de la primera luz del día. Cierra los ojos para sentir mejor la caricia de ese viento que mitiga la pesadez del aire nocturno.

Ella lo espera en la cama, con los ojos cerrados pero sin dormir. Había percibido inmediatamente que él tuvo miedo cuando ella le dijo su edad. Viejos de mierda, pensó, primero se excitan con una chica porque la ven tan joven y cuando se enteran de que es joven de veras se asustan.

Después de un momento se decide a llamarlo.

—Vamos, ven, no me digas que te lo creíste. Soy menuda y tengo los pechos pequeñitos, pero la verdad es que ya cumplí diecinueve.

Él reconoce en esos pechos el gusto del agua clorada de cualquier piscina. Ella reconoce en el súbito, inesperado vigor de la erección, el auxilio farmacéutico.

* * *

Más tarde, antes del amanecer, el dejó el billete de cien dólares en la mesa de luz, mientras ella dormitaba o se desperezaba sin dormirse ni despertarse del todo. Cuando lo vio vestido, se incorporó sin vacilación.

—No se te ocurra salir a la calle si yo no te digo con quién puedes volver.

Se cubrió rápidamente con una sábana y por la ventana llamó a un tal Jacinto, que no tardó en asomarse a una puerta de la vereda de enfrente. Fue entonces cuando él le dijo que quería volver a verla.

—Mañana a las once en el Café del Mar.

Habló casi automáticamente y a él no se le ocurrió preguntar dónde estaba ese café.

Desde el taxi que lo llevaba de vuelta a la ciudad vieja, que otros preferían llamar centro histórico, a esa fortaleza amurallada por los conquistadores españoles que hoy protegía a los turistas y nativos que podían permitirse vivir dentro de ella, vio niños negros jugando en el barro de un pantano, un caserío sin límites, de materiales precarios, elementales, luces apagadas que anunciaban almacenes, alquiler de videos, dispensarios médicos. El cielo pasaba del azul al gris. Amanecía.

* * *

El Café del Mar ocupa un nicho en lo alto de las murallas. Desde sus mesas se puede ver, de día, el horizonte marino y de noche las finas guardas de espuma donde se reflejan las luces del malecón: llegan regularmente a la orilla y se derraman en medio de una oscuridad que borra límites entre cielo y agua.

El hombre que espera desde hace más de una hora, sentado ante una mesa donde le sirven su tercer mojito, evita dirigir la mirada hacia la mesa donde ríen y beben otros participantes en el congreso que lo ha traído a la ciudad. Tiene la mirada perdida en esa oscuridad surcada por intermitentes, desparejas, ondas blancas, que rompen sobre las piedras de la orilla con un ruido que la música del café le impide oír.

Abajo, desde el malecón, si una muchacha alzase la vista no podría verlo, ni a él ni a ninguna otra persona de las que están en el café. De lejos le llegaría la música, apenas audible bajo el ruido de las olas que rompen contra las piedras de la orilla.

Un mozo se acerca al hombre y le entrega un papel doblado. "Lo trajeron para usted", dice antes de ir a atender otras mesas. ¿Quién? ¿Cuándo? No lo ha dicho y el hombre se guarda sus preguntas. Despliega la hoja y no halla un mensaje escrito sino una fotocopia, la de un documento de identidad. Reconoce inmediatamente la fotografía de la muchacha. Su nombre ha sido tachado en esa hoja, y de todos modos nada le diría pues nunca lo ha sabido. Lee, sí, la fecha de nacimiento: 2 de enero de 1993, trece años antes de la noche pasada.

En tránsito

Cruzó las piernas para poder afirmar mejor, sobre la rodilla, el cuaderno de tapas blandas que se doblaba si pretendía escribir teniéndolo en la mano. Hubiese necesitado un pupitre, y el estrecho borde de madera que sobresalía de los respaldos en la fila de asientos delantera estaba demasiado lejos como para que, aun inclinándose, pudiese escribir sobre él; para usarlo hubiese debido arrodillarse sobre el listón que, a pocos centímetros del suelo, esperaba la devoción de los fieles, así como aquel borde esperaba el misal de los domingos.

¿Alguna vez había escrito de rodillas? Lo había hecho de pie y acostado, sentado ante un escritorio, en un tren, en un café; de rodillas, nunca. Hacía varias semanas que había adquirido la costumbre de refugiarse del bochorno estival en las iglesias, siempre desiertas en las primeras horas de la tarde. El día anterior había llenado la última página del último cuaderno de tapas duras, de los que había llevado consigo al dejar Viena, y esa mañana, en la papelería cercana al hotel, sólo había encontrado estos delgados fascículos, ideales sin duda para deslizarlos doblados en un bolsillo interior de la chaqueta, mucho menos para escribir en los parques, museos o iglesias a los que se veía condenado: la validez de la tarjeta de lector, que le hubiese permitido instalarse largas tardes en la Bibliothèque Nationale, había expirado dos semanas después del *permis de séjour* necesario para renovarla.

La ventana abierta sobre el jardín de Luxemburgo permitía algunas tardes llegar una brisa ocasional, cierto perfume indistinto de follajes hasta su cuarto en el Hôtel des Principautés Unies, pero desde que no había podido renovar el *permis* prefería dejar el hotel sin desayunar y sólo volver para dormir. (Sabía, sin embargo, que la policía visitaba los hoteles durante la hora que precede la salida del sol; pero, como tantos otros datos de la realidad, prefería no tomarlo en cuenta, vencido por un inmenso desgano ante las decisiones que podría exigirle). Hasta diez días antes había podido contar con la hospitalidad de Madame Garmendia, en cuya antecocina, si lo deseaba, podía almorzar cotidianamente, y también escribir. Pero el primero de agosto esa errática mecenas había partido hacia Biarritz con mucama y cocinero, y el piso de la *avenue* de Saxe quedó cerrado.

A pesar de "la situación" (como solía decir la gente, no entendía si para minimizar púdicamente los hechos o para exorcizar su gravedad, cuyos menudos pasos hacia el desastre seguía por radio, llamada por los franceses TSF, iniciales de "telefonía sin hilos") ninguno de sus conocidos había renunciado a irse de vacaciones y el vagabundeo urbano al que se sometía durante los largos días de agosto parecía exagerar el calor, que muy de vez en cuando aliviaba una tormenta breve, teatral.

Escribió: "Nadie te pide documentos en una iglesia o en un museo". Inmediatamente se arrepintió. La frase sonaba fácil y le pareció inexacta. No había razón para que la policía considerara vedado a sus redadas el espacio laico de un museo; en cuanto a las iglesias, podía esperar en la calle, sin pisar el atrio, al sospechoso que se demoraba injustificadamente en el interior, con incongruentes cuaderno y lápiz en la mano. Sin embargo, en un banco del jardín o en la vereda de un café se había sentido expuesto cada vez con mayor frecuencia a un "control de identidad". Algo en su cara, en su ropa, aun en el corte de pelo, delataba su condición de refugiado sin documentos válidos, en una ciudad donde más de la mitad de quienes cruzaba por las calles no parecían poder aspirar a la libertad, igualdad y fraternidad prometidas por las enseñas que presidían las oficinas públicas.

Lo distrajo la irrupción de una luz eléctrica detrás del altar. Con un ruido metálico, abrupto, se encendió para iluminar una columna torsada en el centro del ambulatorio. La coronaba el mismo huso de curvas que se abrían en la cima de las demás columnas, vago énfasis vegetal surgido de la piedra; pero el tronco de ésta estaba envuelto por esos mismos relieves de piedra que en las otras eran simples estrías verticales: en ésta las aristas se enroscaban para florecer casi inevitablemente en el ramo superior. "Cuando vuelva al hotel voy a consultar el Baedeker", se dijo, "seguro que hay varios renglones sobre esta columna entre los dedicados a la iglesia Saint-Séverin".

Inmediatamente se le ocurrió que recurría cada vez menos a esa guía, tan fatigada diez años antes, en su primera visita a París. En aquel entonces se sentía joven y la prestigiosa capital del siglo XIX le parecía guardar tesoros secretos para su avidez de turista cultural;

hoy, apenas envejecido, ya sabía que París era una vasta sala de espera, rica en monumentos y librerías y conspiraciones, encuentros ya venales, ya providenciales; pero la ciudad ocupaba sólo el territorio entre dos estaciones de tren: aquella adonde había llegado desde un país adonde no podía volver, y la que podría llevarlo, si reunía las visas, cartas de crédito y otros innumerables documentos cuya exigencia se multiplicaba a medida que los obtenía, a otro país, de donde podría tal vez partir hacia un tercero, sin saber nunca cuál sería refugio, cuál cárcel.

Tachó la frase que no lo convencía y escribió: "Por alguna razón se siente protegido en los museos y las iglesias, a salvo del calor agobiante de agosto, de las miradas inquisitivas de transeúntes que pueden detenerse, pasar ante sus ojos un documento que no alcanzará a descifrar pero que, lo sabe, los autoriza a pedirle el suyo, a llevarlo a una comisaría si no lo tiene en regla, y de allí a la Gare de l'Est, donde lo harán subir a un tren que parta hacia Alemania".

* * *

Pasaba frente al café de la Place Saint-Sulpice cuando una voz de acento vienés lo llamó por su nombre.

Precavido, no se detuvo y dio unos pasos más antes de fingir que consultaba la hora en su muñeca izquierda, donde ya hacía varias semanas que faltaba el reloj pulsera. (Una vez más el lenguaje, si no la literatura, lo rescataba de la sordidez cotidiana hacia un limbo de asociaciones: la casa de empeño, pensó, se llamaba en francés *mont-de-pitié* como en italiano *monte pio*...). Al girar la cabeza con mirada estudiadamente distraída se tranquilizó: sentado ante una mesa en la vereda estaba Manfred H., uno de sus compañeros de estudios en Lemberg. (Rehusaba llamar Lvov a esa ciudad hoy polaca; para él y para todos los suyos seguiría siendo parte del Imperio Austro-Húngaro). Próspero, mujeriego, experto en desentenderse de situaciones en apariencia inextricables, Manfred también podía ser un amigo generoso: a Joseph Roth, que lo despreciaba o envidiaba por su éxito, le había saldado las cuentas del Hôtel du Sénat y, mayores aún, las del bar que ocupaba la planta baja de ese hotel.

Ahora Manfred lo invitaba con un *kir*. Luego, con tanta delicadeza como perspicacia, transformaba ese *apéritif* en preludio de un almuerzo. ¿Cómo resistir a la posibilidad de una comida decorosa, cuando sus pasos solían llevarlo todos los mediodías al *bouillon* (interesante metonimia, pensó), un estrecho mostrador vecino al mercado Saint-Germain, donde se servía por pocas monedas un caldo que heredaba verduras y restos de carne de los restaurantes del barrio? Con el pretexto de conocer las especialidades de la casa, Manfred eligió por él, sin la timidez que lo habría maniatado: a una entrada suntuosa de *foie-gras* ("aquí se lo puede pedir con confianza: *le patron est landais*") siguió un *steak au poivre* y a éste una selección de quesos con ensalada; cuando rehusó acompañar a su amigo con una segunda botella de Puligny-Montrachet, Manfred simuló ofenderse. Finalmente, aceptó un aguardiente (*une poire* Williams) con el café. Se sentía vagamente entusiasta y a la vez incómodo ante la perspectiva de una digestión para la que no estaba preparado.

—¿Adónde vas a ir?

La pregunta de Manfred lo sumió en una angustia súbita. Su sentido no podía sino ser el que intentaba postergar, cada día con más dificultad. Aunque sabía que no podría quedarse en París indefinidamente, aun cuando la guerra no fuera declarada, esa certidumbre, que su conciencia relegaba casi automáticamente, resultaba inescapable ante la serenidad del amigo para quien París, en agosto de 1939, podía ser otra cosa que una escala.

No se le ocurrió una mentira convincente y prefirió confesar, con una sonrisa que se quería despreocupada pero resultó sólo pueril, que no tenía planes. Manfred no pareció escandalizado pero lo que pasó por sus ojos fue casi un atisbo de compasión.

—No esperes el último momento. Éste es el último. Yo tengo una reserva para la próxima travesía del *Normandie*. No necesito decirte que Nueva York es donde tenemos más compatriotas, más posibilidad de llegar a instalarnos y encontrar algo que hacer. También podría ser Montevideo o Buenos Aires, a pesar de la distancia; aun en México y en Cuba podemos contar con ayuda.

No ignoraba nada de lo que Manfred le decía. ¿Qué podía responder? ¿Que no tenía dinero para el pasaje? ¿Que aun de tenerlo no tenía documentos en regla que le permitieran viajar? ¿Que demorarse en París, hundirse día tras día en la incertidumbre, era lo único que podía contemplar? Se le ocurrió, aun sabiendo que a su amigo le parecería absurdo, decir que le quedaban varias consultas por hacer en la Bibliothèque Nationale y en la del Arsenal.

El silencio de Manfred le pareció interminable. Lo vio encender un cigarrillo y mirar sin atención hacia la calle. Comprendió que para su amigo no había diálogo posible con alguien como él, tan huérfano de todo instinto de supervivencia. Hubiese querido agregar algo que mitigase esa impresión pero no se le ocurrió. De un bolsillo sacó el pastillero donde esperaban dos comprimidos que prometían la salida de todas las guerras por venir y, mejor aún, de todas las marañas burocráticas que lo acosaban. Lo puso sobre el mantel y lo abrió sin énfasis.

—También tengo esto...

La mirada de Manfred, inescrutable, pasó del diminuto objeto a su cara, donde había aparecido una sonrisa incierta. Después de un momento que le pareció muy largo, lo vio meter la mano en el bolsillo y extraer una cantidad de billetes que le pareció obscena.

—Paga la cuenta y guárdate el vuelto —le oyó decir mientras lo veía dejar la mesa, salir del restaurante, desaparecer en la calle.

Sobre la mesa, los billetes le prometían una semana, tal vez más, de dos buenas comidas diarias. Pero en el rechazo de toda insistencia por parte de su amigo entendió que lo daba por perdido, que no esperaba convencerlo ni verlo reaccionar ni poder empujarlo hacia alguna forma de salvación.

* * *

Se había quedado dormido, víctima de la digestión indócil, en un banco de Saint-Julien-le-Pauvre. En un sueño confuso había visto desfilar, como caricaturas, a los conocidos más notables de Viena, Berlín y Frankfurt. A estos escritores y filósofos que no se toleraban entre sí, y a quienes él observaba con la distancia incrédula autorizada por el hecho de permanecer inédito, los clasificaba en ese sueño no por sus convicciones ni según sus variables grados de presunción o afabilidad sino según lucían caspa o proferían mal aliento. Entre los judíos monárquicos que festejaban a Otto de Habsburgo en su exilio de Londres y los judíos marxistas que pretendían rescatar del rigor estalinista algún margen de legitimidad para su comunismo, volvía a comprobar su ineptitud profunda para sumarse a cualquier grupo que proclamase una idea, un programa. Le parecía que, por el hecho mismo de compartirla, esa idea, ese programa se deshacían en innumerables, insignificantes retazos.

Para alejarse de tantos fantasmas prestigiosos se arriesgó a salir al sol aun severo de la media tarde, a recorrer los muelles cuyas piedras guardaban el calor acumulado desde la mañana. Los *bouquinistes* parecían dormitar al lado de sus accesibles tesoros. A él se le ocurrió, como tantas otras veces, que en sus arcas abiertas lo esperaba, en la forma de un libro, algún mensaje personal. No le pareció absurdo gastar una pequeña parte del dinero que Manfred le había dejado en esa pasión tan ajena a las estridencias del sexo y las drogas, alimento de tanta mala literatura. Revisaba un volumen de la colección *Les Cahiers Verts* cuando entre sus páginas halló un rectángulo de cartón que no reconoció inmediatamente. Tardó unos segundos en advertir que era una tarjeta de lector de la Bibliothèque Nationale y poco más en consultar, con una esperanza que no osaba admitir, la fecha de vencimiento. La fotografía, decidió, no sería un problema; con el pelo más corto y una vez afeitado el bigote, podría parecérsele. ¿O le convendría conservar el bigote, como si una diferencia pudiese concentrar y resumir toda discrepancia con ese rostro ajeno? Finalmente, con estupor, con gratitud, comprobó que al documento le quedaban dos meses de validez.

En ese mismo instante se desvanecieron de su mente las amonestaciones de Manfred y sus propios postergados temores. En dos meses tal vez pudiera terminar su trabajo sobre las estaciones de tren como único monumento perdurable del siglo XIX. La promesa de frescura y penumbra en la alta sala de lectura de la rue Richelieu alivió el agobio de la interminable tarde de agosto. Al pagar por el libro, preguntó la hora para ver si aún era posible aprovechar ese mismo día el providencial hallazgo.

* * *

Sesenta años más tarde, al estudiante argentino que revisa los archivos del Leo Baeck Institute, en Nueva York, le resulta difícil desprender la mirada de esa tarjeta de lector de la Bibliothèque Nationale, ínfimo añico de un planeta desaparecido. ¿Es realmente la fotografía de un desconocido, aquel cuyo nombre figura en el documento? El parecido con las pocas imágenes sobrevivientes del escritor es tan asombroso que lo inquieta. ¿Habrá tenido éste la habilidad necesaria para sustituir una fotografía propia por la del documento hallado? Su educación positivista le impide jugar con la hipótesis de una coincidencia milagrosa, de un (aparente) azar benévolo movido por fuerzas superiores, desconocidas.

Ha viajado a Nueva York para terminar su tesis sobre la obra magna, inconclusa, de ese escritor: una serie de apuntes aforísticos, de digresiones poéticas sobre las estaciones de tren del siglo XIX. Está trabajando en los últimos días del siglo XX y piensa, con el auxilio de la mirada retrospectiva, que esa obra ha quedado perfecta en su inconclusión, que los abordajes parciales, a partir de una constelación de posiciones menos estratégicas que lúdicas, constituían su forma ideal, imprevista por el autor, acaso inaccesible para su comprensión, ciegamente realizada por un destino adverso.

Conoce el trayecto de los papeles que estudia. Al volver de Biarritz, y no recibir noticias de su ocasional protegido, Madame Garmendia se dirigió una tarde al Hôtel des Principautés Unies. Allí se enteró de que el escritor no había vuelto después de salir, tempranísimo como era su costumbre, una mañana de principios de septiembre. La *patronne*, con mirada respetuosa para el automóvil con chofer de uniforme que esperaba ante la puerta, preguntó si tal vez la señora podría llevarse los efectos personales del escritor, que ocupaban en el sótano un espacio que ella necesitaba. Una vez descartadas las prendas de vestir, que a pesar de su estado la *patronne* agradeció efusivamente, Madame Garmendia partió con una valija llena de cuadernos, libros y carpetas en el baúl de su Packard.

En esa misma valija llegaron semanas más tarde a otro sótano, el de una librería de la rue de l'Odéon, donde iban a dormir sin sobresaltos durante los años aun más difíciles que siguieron. En 1946, al visitar un París oscuro y helado, un profesor de la New School for Social Research de Nueva York se enteró de su existencia y decidió organizar la mudanza a un continente que el autor nunca había sentido curiosidad por conocer. La notoriedad póstuma de su nombre, más que la de su poco abundante obra, lo habrían sorprendido y no es seguro que, en la aurora del tercer milenio, lo hubiese escandalizado que la ciudad de Berlín, tras cincuenta años de división impuesta por los vencedores de la última "guerra mundial", al volver a ser capital de una Alemania reunida, reclamase los archivos del Instituto, como una herencia a la que sus gobernantes de doce años (que se habían anunciado como de mil) la habían obligado a renunciar.

Estas ideas visitan al estudiante y lo distraen de su trabajo, que se quería académico y ahora descubre impaciente por despegar hacia la ficción. Mira los grabados y fotografías de estaciones de tren guardados en una carpeta. Sabe que una de las más imponentes, la Gare d'Orsay en París, ya ha sido consagrada como museo de ese mismo siglo XIX que perseguía al autor como un modelo de transformaciones sociales y fantasmagorías novelescas, donde creía que se podían leer las raíces de su aciago presente. Es obvio que entre esas imágenes no están las de estaciones ínfimas (Beaune-la-Rolande, Drancy, Auschwitz), las últimas que conoció.

El ídolo de Beyoglu

La mujer de la fotografía era una rubia dudosa, indisimulablemente opulenta, de cejas depiladas y sonrisa calculadora. El atuendo lucía reminiscencias orientales: chaqueta corta bordada, amplios y lánguidos pantalones abombachados. Ese conjunto le descubría el abdomen y estaba cargado de ornamentos no demasiado diferentes de los que yo había visto en la calle Canning, en negocios cuya vidriera anunciaba "accesorios para odaliscas". Aunque al pie de la fotografía, en caracteres blancos (sin duda escritos en negro sobre el negativo), podía leerse el nombre impronunciable del fotógrafo, y en caracteres más pequeños "Istanbul 1934", se desprendía de esa imagen algo inauténtico.

—Zozo Dalmas... —murmuraba con golosa lentitud el Turco (nadie lo llamaba Selahatim)—. El ídolo de Beyoglu en la época de oro...

Ninguno de nosotros sabía entonces que ese nombre designaba al barrio "europeo" de Estambul, que a veces el Turco distinguía, con laboriosas explicaciones, de Pera.

—Qué voz, qué encanto, qué distinción... Una diva de la ópera, aunque no desdeñaba cantar operetas. A pesar de ser griega, a veces se animaba a unas estrofas en turco. El repostero más reputado de la ciudad se había vuelto loco por ella y le enviaba al camarín las tortas más caras. Sin embargo, ella aceptaba mis invitaciones al Biergarten.

Bajaba la voz para agregar:

—Alguna que otra noche la pasó conmigo...

La mujer del Turco, una sanjuanina sufrida, sin duda amargada, nos dirigía una sonrisa cómplice. Más de una vez, cuando su marido sucumbía al anís y debía acostarlo temprano, nos hacía confidencias que parecían menos inspiradas por los celos que por el resentimiento.

—Esa mujer... si es que existió, nunca le dio ni la hora. Debía ser una puta. Fíjense si una actriz de la época le iba a hacer caso a un mocoso que no tenía ni para comprarse un par de pantalones decentes...

Para corroborar el desprecio por su marido, abundaba en detalles: entre otros, que el Turco había pedido plata prestada, que nunca devolvió, para comprar el pasaje a Buenos Aires, en la tercera clase de un barco.

La diva cuya fotografía presidía el mostrador del bar no podía ser atractiva para aquel grupo de conscriptos de la clase 1939, cuyas masturbaciones preferían a Sophia Loren. Recibía, en cambio, la atención regular del patrón, su verbosidad inagotable. Se me ocurre, hoy, que le dedicaba la devoción que los creyentes reservan para las estampitas de una santa protectora. Corrían días sonámbulos de 1960. Ninguno de nosotros sabía que las promesas de democracia y desarrollo económico que inundaban los diarios eran espejismos, acaso de buena fe, pero condenados por esas mismas fuerzas armadas cuyo uniforme llevaríamos durante doce meses, acaso catorce, y cuya disciplina fingíamos acatar, como antes nos habíamos inclinado ante nuestras familias. El servicio militar era, en realidad, el último refugio de la infancia; no sabíamos que al emerger a la vida civil, supuestamente convertidos en adultos, nos confrontarían desafíos menos pintorescos.

El bar del Turco estaba en el Paseo Colón, a dos cuadras del Ministerio de Guerra. Nosotros, vistos como privilegiados por los compañeros que habían quedado en los cuarteles, cumplíamos en oficinas nuestra condena cívica. El Turco solía convidarnos con café y "panchos"; rehusaba cobrarnos, a pesar de que ninguna ventaja podía derivar de esa dádiva; no era el caso de los bifes "a caballo" que la policía del barrio devoraba antes de partir sin pagar: era y, supongo, sigue siendo la costumbre de esa fuerza cuya protección nunca pudo desdeñar ni el más humilde despacho de bebidas. De nosotros, habíamos entendido muy pronto, el patrón esperaba oídos jóvenes, sin cinismo, acaso credulidad. No es necesario aclarar que para nuestra imaginación, educada por el cine, Estambul en los años treinta era algo de lo que no teníamos imagen alguna. Escuchábamos el nombre de Zozo Dalmas, reiterado con insistencia, conteniendo la risa ante esas sílabas que nos parecían ridículas.

—Usaba polvo de arroz para preservar su blancura y perfume de Chipre, auténtico —murmuraba el Turco entrecerrando los ojos.

Un buen día encontramos el bar "cerrado por duelo": lo leímos en el cartel pegado a la cortina metálica. Días más tarde, cuando reabrió, la sanjuanina estaba detrás de la caja con una autoridad que no le conocíamos.

—Se acabó, muchachos. Ahora van a tener que pagar lo que consumen. Mi marido era un blando: así le fue en los negocios...

Una rápida inspección en la que iba a ser nuestra última visita al bar nos permitió comprobar que la fotografía de la rubia otomana había desaparecido. El negro Palacios se atrevió a preguntar por ella.

—¡Por favor! Esa mujer nunca existió. La inventó el Turco, para jactarse de aventuras que nunca pudo vivir, pobrecito... Quién sabe de dónde sacó esa foto, no me extrañaría que fuese de una película... Toda su vida fue víctima de su amor propio: no le bastaba una mujer de veras, fiel, trabajadora; necesitaba haber tenido historias con una rubia, una rubia teñida que según él había sido famosa...

El tiempo, inevitablemente, iba a borronear en mi recuerdo la imagen del Turco y su acento dulzón. Treinta y cinco años más tarde visité por primera vez Estambul y debo admitir que en ningún momento el rostro o la voz del generoso anfitrión de mis ya lejanos días castrenses visitaron mi memoria. Una tarde en que distraía el ocio por las calles que descienden en pendiente de Galatasarai hacia el Bósforo, entré a tomar un jugo de cerezas en un bar cuya penumbra prometía alivio del calor. En una pared, tras el vidrio sucio de un marco tallado, me atrajo una selección de memorabilia de tiempos caducos. (Es decir, debo admitirlo, anteriores a mi infancia: apenas una década más recientes, ya hubiesen sido, simplemente, de tiempos pasados...). Me asaltó un espasmo breve cuando reconocí, sonriendo desde una fotografía, a la rubia oxigenada, de cejas finísimas y redondeces que no prometían firmeza. Un garabato ilegible rubricaba la imagen.

En un alemán rudimentario (que, había podido comprobarlo, me permitía ir más lejos en ese país que mi inglés más pulido) le pregunté al patrón quién era esa mujer. Entendí algo así como "die berühmte operasängerin Zozo Dalmas" y cuando pedí que me tradujera las palabras manuscritas, le oí decir, ya inequívocamente, "Für Selahatim, im zärtlich gedänchtnis".

Compré la foto por la suma ridícula que, incrédulo, excitado ante mi interés, se animó a pedir. Mientras volvía al hotel me pregunté la razón de mi impulso. Yo sabía que no podría llevársela a la sanjuanina aviesa, si no muerta para esa fecha seguramente desmemoriada; también sabía que el bar del Paseo Colón había sido demolido en algún momento de los años setenta. De mis compañeros de servicio militar ignoraba qué había sido. Tampoco me importaba que el nombre Selahatim no fuera raro en Turquía, que una coincidencia fuese probable.

Pero le debía al Turco, lejano benefactor de mi juventud, esa ofrenda. Tal vez me liberara de las sospechas de inautenticidad que alguna vez habían podido trabajarme ante una fotografía que (para un joven de veinte años, más de tres décadas atrás) había parecido más antigua de lo que en ese momento aparecía ante un adulto fatigado.

En todo caso me gustaba pensar que estaba vengando al Turco de tantas humillaciones conyugales, que le confirmaba, acaso fraudulentamente, el módico orgullo de una vida amorosa que ya nadie podría desmentir.

El fantasma de la Plaza Roja

La última vez que vi a Enrique Raab me anunció la muerte de Franziska Gaal.

Alberto Tabbia y yo estábamos invitados a comer en su casa, el departamento de Viamonte al 300 de donde lo iban a secuestrar a principios de 1977. Intento en vano ponerle una fecha a esa noche. Me mudé a París en abril de 1974, y pienso que no debió ser mucho antes. Sin embargo, cuando busco información sobre Franziska Gaal en las falaces páginas de Google, encuentro diferentes fechas para su muerte: 1972, 1973, 1974. Creo que debió ser a principios de 1974.

Enrique había preparado un gulash cocinado en cerveza. Su familia era vienesa, y él mismo había nacido en Viena, pero cuando visité por primera vez Hungría, en 1995, y descubrí la existencia de un río llamado Raab, dada la propensión toponímica de la onomástica judía europea pensé que probablemente la familia tuviera origen húngaro. Ahora se me ocurre que ese gulash poco frecuente podía ser una receta heredada.

Franziska Gaal en todo caso era húngara y judía: Fanny Silveritch, de Budapest. Aquella noche Enrique contó que un cable con la noticia de su muerte había llegado al diario. (Esto puede darme un indicio sobre la fecha: ¿trabajaba todavía como periodista en *La Opinión*?). Sólo para Enrique y Alberto el nombre significaba algo. Para mí era un vago eco cinéfilo, lejano, indistinto. Para Daniel Girón, que estaba con nosotros y era el menor, nada.

Fue en mayo de 1977, en una proyección de mi primera película francesa, *Les Apprentis-sorciers*, que Paulina Fernández Jurado, de paso por París, me dio la noticia de que Enrique había "desaparecido". Llamé por teléfono a Alberto, a Buenos Aires, algo que en aquellos tiempos de discado no directo exigía paciencia y sobre todo extrema prudencia en los temas abordados; no recuerdo con qué eufemismo o circunloquios me confirmó la noticia. Al cortar traté de recordar detalles de aquella velada, que de pronto se me convertía en la última vez que había visto a Enrique. Intenté recordar los muebles de épocas dispares, la colección de discos de ópera y cabaret alemán, la biblioteca. Me di cuenta de que no les había prestado mucha atención. La conversación, en cambio, había quedado presente en mi memoria.

Enrique recordaba a Franziska Gaal como la pizpireta cantante de los años treinta cuyos discos escuchaban sus padres, cuyas películas musicales vienesas habían sido dirigidas por otro judío húngaro, Hermann Kosterlitz, emigrado a Hollywood con mejor fortuna que ella. La Gaal iba a eclipsarse después de tres intentos de imponerla al público norteamericano; él, rebautizado Henry Koster, conoció una extensa carrera y llegó a realizar en los años cincuenta el primer film en CinemaScope, una fábula cristiana titulada *El manto sagrado* (*The Robe*). Alberto recordaba una de las películas de la Gaal en Hollywood pero no su título: una historia de Cenicienta, donde ella, con trenzas curvas armadas sobre alambres y boca pintada en forma de corazón, cantaba mientras lustraba los zapatos de los hombres de la casa donde servía, escupiendo ocasionalmente sobre el cuero para borrar una mancha.

Hoy sé que ese cuento de hadas apenas desempolvado se llamaba *The Girl Downstairs* y fue el segundo de los tres films de la Gaal en Hollywood: el primero, *The Buccaneer,* lo dirigió nada menos que Cecil B. De Mille en 1938; el último, al año siguiente, iba a ser una comedia musical con Bing Crosby: *Paris Honeymoon.* Evidentemente, Franziska Gaal "no prendió" en los Estados Unidos y se me ocurre que su contrato debe de haber sido anulado rápidamente, como el de tantos artistas importados que no conocieron la fortuna de Ingrid Bergman o Charles Boyer.

Durante los años del llamado Proceso de Reorganización Nacional, los amigos argentinos que vivían en el país viajaban al exterior con cierta comodidad gracias a un régimen cambiario artificial y benévolo. Cuando les preguntaba por Enrique confirmaban lo que yo ya sabía. Los veía incómodos, como si el solo hecho de sobrevivir en tiempos tan adversos los hiciera sentir vagamente culpables. Inútil era decirles que yo nunca había simpatizado con la lucha armada de los diferentes grupos que preparaban un futuro luminoso para sus militantes, y aciago para toda persona que no se sometiese a su evangelio redentor.

En uno de esos viajes, Alberto me contó, con emoción difícil de describir, que una mujer había interrogado dos o tres veces al portero del edificio de departamentos donde él vivía, al mismo tiempo que exhibía una vaga credencial, sobre "ese inquilino que recibía revistas y libros del extranjero". Un buen día, se decidió a poner en el baúl de un taxi dos bolsas con la colección completa del periódico uruguayo *Marcha*, y la llevó a casa de sus padres, en San Andrés, donde la quemó en el jardín. Alberto estaba lejos de compartir las posiciones que el periódico defendía, y lo había frecuentado sólo por sus páginas literarias. El hecho de que el miedo, tan difuso en esos tiempos como humillante para quien lo padecía, le hubiese inspirado un gesto que coincidía con otras hogueras, enemigas éstas, le había dejado una cicatriz que no se le borró.

Cuando empecé a volver a Buenos Aires en 1985, me iba a enterar, por fragmentos, sin que intentase averiguarlos, detalles del secuestro de Enrique: los agentes armados que habían rodeado la manzana del edificio donde vivía, el portero obligado a dirigirlos hasta el departamento, la puerta ametrallada, la sangre que había marcado un reguero desde el departamento hasta la puerta de calle. Daniel también había sido secuestrado, pero a los pocos días lo liberaron y se fue a Mar del Plata, donde vivía su familia. Su rastro se perdió y nunca intenté buscarlo. Alguien me dijo que después del "retorno a la democracia" había vuelto a Buenos Aires y trabajado como guía en el museo del Teatro Colón; no hace mucho me dijeron que también él había muerto, prematuramente.

A fines de 1995, embarcado en la preparación de *El violín de Rothschild*, pasé dos semanas viendo viejos noticieros soviéticos en la cinemateca de Moscú, la Gosfilmofond. El derrumbe del comunismo había liberado esos documentos, súbitamente accesibles para la curiosidad de quienes habían vivido lejos del régimen y sumamente rentables para quienes lo habían padecido. En uno de ellos vi imágenes del desfile de la victoria sobre el nazismo, en la Plaza Roja, el verano de 1945: frágiles aliados, Stalin y Eisenhower se codeaban en el mismo palco de honor. De pronto creí escuchar en el comentario "Hollywood star Franziska Gaal". Le pedí a mi asistente rusa que volviera atrás y me tradujera. Sí, entre los huéspedes notables que estaban en la Plaza Roja para asistir al embriagador festejo se hallaba una mujer de sombrero efusivo y maquillaje discreto, que ya no era estrella de Hollywood aunque la ignorancia de quienes vivían privados de cine norteamericano aún pudiera suponerla tal.

En ese momento pensé en Enrique. "Decime, Enrique, dondequiera que estés, qué hacía Franziska Gaal en la Plaza Roja aquel día...". Me iba a enterar poco después, mientras filmaba en Hungría, de que la Gaal había vuelto a Budapest en el fatídico 1940 (según otros en el no menos aciago 1941) para acompañar a su madre enferma. Fue uno de los pocos judíos húngaros que escaparon, no ya al gueto de los primeros años de guerra sino a las matanzas salvajes de los militantes de la Cruz Flechada, que tomaron el poder en sus últimos meses, los del invierno 1944-45. No recuerdo quién me contó que había sobrevivido escondida por un marido ocasional.

Tras años de eclipse norteamericano, Franziska Gaal había intentado valorizar su pretérito paso por Hollywood montando en el Budapest en ruinas de la inmediata posguerra una producción histórica, anunciada como espectacular, con la promesa de dólares, que probablemente nunca se materializaron, y las intactas reservas de decorados y vestuario de los estudios locales. El título era *René XIV*. Según algunos, el rodaje se habría interrumpido muy pronto por falta de medios, según otros nunca había empezado. Poco después de ese fracaso la Unión Soviética iba a imponer en Hungría un régimen estalinista. La Gaal volvió a los Estados Unidos, donde su último rastro fue un breve reemplazo, hacia principios de los años cincuenta, de una compatriota más astuta, Eva Gabor, en un espectáculo de Broadway: *The Happy Time*.

En mi visita siguiente a Buenos Aires, un estudiante muy joven me pidió una entrevista para hablar de Enrique, tema de su tesis universitaria. Sus preguntas despertaron recuerdos archivados, me obligaron a ponerlos en foco, a buscarles una cronología. Al hacerlo me di cuenta de que nunca había sabido demasiado sobre Daniel Girón. Y, por supuesto, no le iba a hablar de Franziska Gaal a un joven cuya memoria cinematográfica probablemente empezara con *Star Wars*.

Hace poco, en este 2005 en el que escribo, un historiador francés me hablaba de los gustos cinematográficos de Stalin, poco congruentes con la imagen del "padrecito de los pueblos": *Boy's Town*, una comedia de MGM sobre la redención de chicos delincuentes por un sacerdote irlandés, había sido propuesta a los directivos de la Mosfilm como ejemplo de cine didáctico; *The Great Waltz*, biografía de Johann Strauss también confeccionada en Hollywood, había sido uno de los pocos títulos norteamericanos autorizados en la Unión Soviética; finalmente, una de las películas más cercanas a su corazón había sido una comedieta vienesa de 1935 titulada *Peter*. Sentí un sobresalto. La protagonista de ese film era Franziska Gaal. ¿Habría hallado un indicio que me explicara su presencia en la Plaza Roja, entre los invitados distinguidos de ese día histórico?

La Gaal, en todo caso, murió antes que mataran a Enrique. Alberto murió en 1997 y me legó sus libros y el mandato de escribir. Es posible que Daniel haya muerto también. Yo no. Escribo e intento hilar una trama (acaso impalpable, sin duda tangencial) a partir de esas vidas, de esas muertes.

Día de 1942

Un taxi la llevó del consultorio a Harrods. De allí, después del té, llamaría a su casa para que el coche pasara a buscarla. En el consultorio había descansado un par de horas, tal vez hubiese dormido un rato. Cuando llegó el momento de vestirse, rehusó la ayuda de la enfermera: se sentía con fuerzas para incorporarse y hacer sola esa serie de gestos casi mecánicos que también en su casa, todas las mañanas, prefería repetir sin la asistencia de una mucama.

Se sentía débil, sin embargo. Cierta inestabilidad que no llegaba a ser mareo, una flojedad como la que deja la fiebre no le impidieron acercarse a un espejo poco halagador, colgado sobre el lavatorio. No exageró el maquillaje; más bien lo distribuyó de manera diferente: para compensar las ojeras, para realzar las mejillas hundidas. La enfermera cuya ayuda había rechazado la miraba desde una distancia que se quería a la vez amistosa y discreta. "Tiene miedo", pensó, "miedo de un 'accidente' que les traiga problemas...". Antes de deslizarse dentro de la falda de *tweed*, levantó la combinación para tocarse entre las piernas. Sobre el vendaje preventivo, la seda del calzón estaba seca.

El médico entró en el cuarto con una sonrisa amplia, tranquilizadora.

—Mañana ni se acordará. Una buena noche de sueño y unos días de prudencia, eso es todo.

Al verlo junto a la enfermera se le ocurrió que debían ser marido y mujer. En ella, aunque había dicho pocas palabras, reconoció el mismo acento que en él había suavizado la necesidad de una vida profesional. Ambos lucían los modales aplicados de quienes observan reglas de las que depende su supervivencia. Pensó que el consultorio prestado por un ginecólogo irreprochable garantizaba su seriedad; sin embargo, cuando abrió la pesada cartera de cuero de lagarto para extraer el sobre con la suma convenida, sintió el gesto como algo obsceno: en otras visitas, la despedida del médico, que la acompañaba hasta el ascensor, no estaba precedida por ninguna transacción; la factura llegaba a su casa a fin de mes, a nombre de su marido, y éste enviaba un cheque sin que ella necesitase enterarse de honorarios ni poner billetes en un sobre. La confitería de Harrods estaba poco concurrida esa tarde. Había empezado a llover, una lluvia tenue, desganada, que podría continuar durante horas sin desanimarse, y las gotas que resbalaban sobre las altas ventanas proyectaban sombras en movimiento sobre el piso, más fuertes que las luces eléctricas tamizadas por tulipas con festones de cristal.

En una mesa apartada reconoció, antes de desviar rápidamente la mirada, al marido de una amiga. Se decía de él que una manicura astuta, con quien se había encamotado, le había dado allí una cita sin fecha: "No sé qué día podré ir, apenas pueda me escapo a la hora del té y paso a verte". Y desde luego que cada tanto aparecía, como para que él no renunciase a la espera, para alimentar el deseo con palabras menos neutras que las susurradas en la peluquería del club, donde todos los jueves él se hacía recortar el pelo, adonde ella le había suplicado que no apareciese más a menudo para que no la "comprometiese".

Miró a su alrededor distraídamente, para que sus ojos pasaran sobre él sin que necesitase reconocerlo. Ese hombre le inspiraba un desprecio que por momentos rozaba el asco, por el mero hecho de saberlo sometido a una mujer, sin que la inferioridad social de ésta contribuyese a agravar ese sentimiento. Había aprendido de su madre que sólo es respetable la virilidad que ignora al objeto de su muy ocasional deseo, y no la habían defraudado la indiferencia de su marido ni la manera expeditiva de amantes poco asiduos.

El té, el dulce de guindas sobre una tostada, la miel sobre otra, la reconfortaron. Lentamente, pacientemente, empezó a reunir las fuerzas necesarias para volver a su casa, para decirle al mucamo que no la molestasen antes de la hora de comer, para explicarle más tarde a su marido que le dolía la cabeza y prefería esa noche dormir temprano, y sola.

* * *

La lluvia no parecía haberse desatado sino prolongar, apenas más intensa, la humedad grisácea, la cerrazón de esa tarde de invierno. Desde su mesa apartada, el hombre observaba la sombra de las gotas que resbalaban lentamente sobre los ventanales, proyectadas sobre el mantel donde yacía, intacta, una taza de café. No había querido pedir un whisky: era demasiado temprano, y si ella fuera a llegar interpretaría esa bebida como un signo de impaciencia, de incertidumbre, y se sentiría halagada.

No se arrepintió de esa decisión cuando vio entrar a una amiga de su mujer. Le pareció pálida bajo el maquillaje insólitamente vívido, como si en vez de disimular una ausencia la subrayase señalando la distancia entre semblante y cosmética. Nunca le había tenido simpatía. Su marido era un abogado nacionalista que militaba por el acercamiento del gobierno a las potencias del Eje; además, se decía de ella que andaba con un poeta inédito... Fingió no verla, como sin duda fingía ella no verlo.

¿Hasta qué hora esperaría? No se hacía ilusiones sobre la estrategia de la muchacha, pero tampoco le temía. La veía demasiado inteligente como para que esperase de él una separación y un casamiento, cualquiera fuese su valor legal, en Montevideo. Sin embargo, en dos ocasiones ella había dejado escapar una alusión a los campos que él había heredado cerca de Paysandú. ¿Pensaría poder echarles mano? Rehusaba en todo caso aceptar el "nidito de amor" y la mensualidad nada desdeñable que él le había ofrecido: táctica dilatoria, sin duda, aunque el orgullo le dictaba que, si tanto le atraía esa muchacha, no podía tratarse de una vulgar aventurera. Entre entusiasmo y escepticismo, entre la vanidad de no dejarse engañar y la avidez de autorizarse a creer, ese combate mudo lo desgastaba todas las tardes desde hacía meses. ¿Hasta qué hora esperaría hoy?

La amiga de su mujer comía con visible apetito las tostadas que acompañaban su té. La miraba de lejos, con un principio de curiosidad. Se había acostado, años atrás, con dos de sus hermanas, que no le habían dejado un recuerdo imborrable; con ella, no recordaba si la ocasión no se había presentado o si la habían dejado pasar. Siempre había intuido en esa mujer un temperamento dramático, que lo disuadía con implícitas amenazas de desbordes emocionales; por otra parte, tuvo que admitir, las mujeres que no prometen problemas lo habían hecho víctima de su presunta sensatez: aquí estaba, en la confitería de Harrods, esperando como todas las tardes a una manicura infrecuente; esa noche volvería a su mujer, tan rica, tan elegante, cuya conversación generosa de opiniones vehementes y juicios de valor a la vez tornadizos e inapelables lo hartaba desde las primeras palabras.

En algún momento, absorto en estas reflexiones morosas, la amiga de su mujer se había ido sin que la viera salir. Mientras seguía los movimientos del mozo que retiraba el servicio de té, pensó que había perdido aun esa modesta distracción. Un primo le había preguntado un día, muy serio, qué hacer para pasar las tardes, entre el almuerzo del club y la vuelta a casa una hora antes de comer. Él le había recomendado, muy serio también, leer alguna novela, y he aquí que ahora se demostraba incapaz de seguir aun su propio, modesto consejo. (Más tarde se había enterado de que su primo, nada seducido por la lectura, había descubierto el tranvía 26, que iba de Retiro hasta Quilmes en poco más de una hora; dos idas y vueltas bastaban para distraerlo y permitirle volver a pie desde la terminal hasta la calle Arroyo, con un discreto cansancio y la satisfacción de una tarde ocupada).

Eran las seis y media pasadas. Dejó la mesa casi con apuro, como si temiese no obedecer a ese impulso de irse que, de pronto, le prometía aliviarlo de tanta insignificante desdicha acumulada.

* * *

La lluvia, tenaz, se había vuelto menos plácida. Sentada en una silla junto a la puerta de entrada del estudio, la secretaria del abogado esperaba con el sombrero puesto la tregua que le permitiese salir. Esa mañana, a pesar del cielo plomizo, no le había parecido necesario llevar impermeable; ahora, a las siete de la tarde, no quería empapar el *tailleur* que había lucido en pocas ocasiones.

Tampoco podía quedarse ante su escritorio, leyendo cómodamente la nueva *Para Ti*. Era día de reunión con colegas para el doctor y éste prefería que en esas ocasiones los dejase solos. Ella solía apresurarse en satisfacer ese pedido, poco frecuente de parte de alguien que a menudo recordaba a último momento, cuando ella ya estaba cerrando con llave la tapa curva del archivo, la urgencia de una carta que debía dictarle para que partiese esa misma tarde. Pero no podía evitar un sentimiento casi maternal, entre divertido y protector, hacia esos adultos tan imbuidos de la importancia de sus conspiraciones. Los veía como niños que juegan a ser espías.

Bajo el golpeteo monótono de la lluvia sobre los paneles de un tragaluz, llegaba hasta su silla del vestíbulo la voz del doctor: "Judíos aborteros, eso es lo que son: judíos aborteros", insistía. Podía imaginar la vena de la frente y otra del cuello, hinchadas como solían ponerse en momentos de indignación. El estudio era pequeño para contener esas reuniones informales de colegas unidos por un mismo fervor. Esa tarde, ella había reconocido a dos hombres que asistían por primera vez: eran jóvenes oficiales del Ejército, con ropas civiles, a quienes la ausencia del uniforme no privaba de ímpetu oratorio. Uno de ellos (lo había visto fotografiado en *Pampero*, periódico al que estaba suscripto el estudio) era un capitán que volvía de una beca de estudio en Berlín; el otro, más impetuoso, firmaba artículos de *Crisol* que a ella le parecían contradictorios: no perdía ocasión de fustigar la sumisión al imperialismo inglés de sucesivos gobiernos conservadores, que acusaba de fraudulentos al mismo tiempo que rechazaba la idea misma de democracia representativa.

Pero no pretendía entender de política, cosa de hombres. La ocasión que permitía al doctor ventilar su ira era un proyecto de decreto que autorizaba una reválida simplificada de los títulos otorgados por universidades europeas, sobre todo por las facultades de Medicina. A la vez que enumeraba los peligros implícitos en esa iniciativa "liberal", pedía sanciones contra los profesionales argentinos que actuaban como intermediarios, y a veces llegaban a albergar en sus consultorios prácticas a las que no se rebajaban pero sobre las cuales aceptaban un porcentaje.

Su secretaria no podía suprimir una sonrisa. Pensaba que entre los adustos invitados que seguramente aprobaban esas palabras había quienes habían recurrido a los servicios de esos médicos clandestinos, protegidos por la discreción cómplice de un colega no desinteresado, para que remediara el descuido de una amante más o menos ocasional. También pensó que sus legítimas esposas tal vez conocieran los nombres y direcciones de quienes podían ponerlas en manos de esos profesionales no reconocidos.

Una voz joven pero autoritaria se atrevió a interrumpir al doctor para declarar que no debía permitirse que el árbol ocultase el bosque, que los "judíos aborteros" eran sólo un detalle de la decadencia moral en que el régimen representativo había sumido al país. Mencionó un escándalo reciente, en el que habían estado mezclados algunos cadetes de la Escuela Militar. El silencio que rodeaba su alocución se hizo más denso. Había algo en esa voz más que en sus palabras que inquietó a la secretaria. Tal vez fuera más prudente esperar en la puerta de calle que la lluvia amainase, y no ser testigo, ni siquiera oyente, de esa reunión; por algo le habían pedido que no se quedase.

De pronto tuvo miedo. Salió y, aferrándose a la *Para Ti*, cerró sigilosamente la puerta del estudio.

* * *

Ese lunes la compañía Freie Deutsches Bühne estrenaba en la Casa del Teatro *Die Unbesiegten*, traducción al alemán de una pieza norteamericana antinazi, *Watch on the Rhine*, que el *Argentinisches Tageblatt* anunciaba como imperdible. Para asistir a la velada, él había elegido una corbata de seda azul marino y su esposa había aireado el sombrero de las ocasiones especiales. En el elenco figuraba Liselotte Reger, a quien habían visto actuar en Praga. La promesa de este reencuentro los había atraído tanto como el contenido político de la obra.

La representación los cautivó menos que el sentimiento efímero de no estar solos. Aunque no todos quienes los rodeaban hablasen alemán, durante un par de horas se sintieron parte de un público unánime. Tal vez esa misma sensación conmoviese a gran parte de la platea, más allá de la declamación enfática de un mensaje conocido, más allá de la precariedad del decorado, donde sin embargo reconocieron, prestando verosimilitud a un conjunto aproximativo, algún detalle "auténtico", algún objeto que ellos pudieron haber tenido en el departamento hoy perdido de la Elisky Krasnohorské, 14.

Las asociaciones libres que propicia la distancia pueden ser incalculables. Mientras la obra desplegaba en el escenario su eficaz mecanismo dramático, él había partido muy lejos de la avenida Santa Fe, de esa calle Talcahuano donde horas antes, en un consultorio prestado, había debido manipular instrumentos metálicos que parecían espátulas y cucharas perversamente deformadas, como suelen estarlo en las pesadillas los objetos familiares. Así volvió a una época feliz, reciente aunque irrecuperable, cuando podían ir al teatro sin sentirse culpables de aspirar a divertirse.

Recordó haber visto, en el escenario de la ópera de Brno, a un niño y una niña que se acercaban, golosos, incrédulos, a una casita de mazapán y chocolate, con techo de caramelo y puerta de azúcar. Apenas probada esa arquitectura deliciosa, una anciana de voz dulce y ojos bondadosos los invitaba a entrar con la promesa de mayores y mejores golosinas. Una vez que los niños cruzaban el umbral, esa repostera se revelaba como una bruja y muy pronto los incautos golosos, espolvoreados de azúcar y canela, enjoyados con frutas abrillantadas, almendras y avellanas, ingresaban cantando en el horno hospitalario de ese falaz edén.

Un codazo imperioso lo distrajo de esa ensoñación. Su mujer le llamaba la atención hacia una señora muy rubia, sentada dos filas más adelante. La acompañaba un niño cuya corbata, pelo domado y traje oscuro declaraban el peso de una adultez impuesta demasiado temprano. Él no sabía quiénes eran y su mujer debió susurrarle el nombre de una princesa austríaca. Reconoció entonces a la actriz encubierta por el título nobiliario del marido, un ambiguo príncipe que había buscado unirse en Londres a las Fuerzas Francesas Libres. Se decía que el general De Gaulle no lo había recibido, acaso por la amistad que ligaba al príncipe con un notorio traficante de armas, un judío que negociaba con los nazis y mantenía en la Argentina, por razones que nadie se atrevía a imaginar, a la mujer y al hijo del príncipe.

¿Eran realmente antifascistas? ¿Sería la protección del inmencionable traficante sólo una coartada que éste, prudente sobre el desenlace de la guerra, se reservaba para un eventual descargo? ¿Necesitaban aceptarla? El tedio evidente del niño, la expresión desolada de su madre, hablaban de servidumbres y dependencias tácitas, impuestas por un exilio que otros consideraban dorado pero tal vez ellos vivieran como una humillación.

Los estudió en vano. No hallaba en sus nombres, en las anécdotas que de ellos había oído, el aura novelesca que pudiese distraerlo, que le permitiese escapar a la obra que en ese momento avanzaba ante sus ojos con esplendor biempensante en el rectángulo de luz del escenario; más bien lo hundían un poco más en la penumbra de esa existencia precaria que era hoy la suya y que, si la guerra "terminaba bien", viviría para agradecer retrospectivamente.

Había vuelto, sin remedio, a la calle Santa Fe. La interrupción había desvanecido el recuerdo de la velada en la ópera de Brno y no era la actriz, hoy princesa, ni su hijo quienes podrían autorizarle un esbozo de ficción: su infelicidad, bien vestida pero indisimulable, no le permitía olvidar la platea de la Casa del Teatro ni el consultorio de la calle Talcahuano. Cerró los ojos y vio salir del horno dos doradas figuras de pan de especias con incrustaciones de fruta. Sus caras le resultaron familiares.

Las chicas de la rue de Lille

Como de los frescos de la Capilla Sixtina o del glaciar Perito Moreno, oí hablar de Herminia y Dorita mucho antes de verlas. Sabía que eran las *concierges* del edificio de la rue de Lille donde una amiga mía alquilaba el primer piso. Que fueran argentinas, y posiblemente una pareja, no habría bastado para despertar mi curiosidad; me intrigó, en cambio, el tono agreste, cerril, con que —según mi amiga— enfrentaban a inquilinos y propietarios de esa distinguida calle, sin dejar de cumplir irreprochablemente con sus tareas.

Tras un momento inicial de desconcierto, aun de perplejidad, mi amiga había decidido defenderlas ante vecinos sorprendidos por la indolencia con que estas formidables criaturas prescindían en el diálogo del *"s'il vous plaît"* y del *"je vous en prie"*, por la vehemencia con que abordaban un ocasional trabajo de plomería, por la familiaridad con que palmeaban al anticuario que, a modo de ofrenda propiciatoria ante dioses inescrutables, les regaló un domingo una *charlotte aux poires* de Dalloyeau.

Debo aclarar que mi amiga de la rue de Lille es inglesa, nacida en Skopje y criada en Bogotá. Aunque periodista, hay en ella algo de un personaje de Rose Macaulay, un atisbo de Freya Stark. En algún momento pude sospechar que su mirada tangencial adornaba con el prestigio de lo exótico a dos inmigrantes que no dominaban los códigos de la cortesía francesa. Una anécdota, sin embargo, me impresionó como veraz, creíble más allá de todo enriquecimiento por la narración indirecta.

Un director de cine checo había pasado unas semanas en el departamento; al partir hacia Los Ángeles dejó allí cantidad de ropa que no necesitaba inmediatamente; en una carta posterior anunció que ya no volvería a usarla. Antes de llamar al Ejército de Salvación, mi amiga preguntó a Herminia y Dorita si alguna de esas prendas podría serles útil. Para su sorpresa, no fueron tanto camisas y sweaters los que merecieron el interés de las *concierges* sino dos trajes, bastante usados, cuyas chaquetas cruzadas —pensó mi amiga— tal vez autorizaran la conversión en blazers. Dos domingos más tarde vio salir de misa en la iglesia de Saint-Germain-des-Prés a Herminia y Dorita, vestidas con los trajes de su amigo, mínimamente alterados para acomodar la no prevista abundancia de pecho y muslo.

En el verano de 1992 decidí corregir, en la medida de lo posible, las modestas proporciones de mi departamento. Al enterarme de que mi amiga había sido invitada por el director checo a pasar unos meses en Los Ángeles, le propuse que me alquilara su departamento mientras el mío estuviera inutilizable. Así fue como finalmente vi, traté y ¿por qué negarlo? aprendí a apreciar a esas mujeres, aunque nunca pude recordar sin vacilar cuál era Herminia, cuál Dorita.

En un principio, el hecho de que yo fuera argentino no ayudó a nuestra relación. Entre el "usted" que mi condición de inquilino, aun transitorio, parecía imponerles, y el "vos" irreprimible que siempre terminaba invadiendo la conversación, jugaban para ellas muchos matices de recelo y desconfianza ante un compatriota desconocido, frecuentes entre quienes hemos vivido largamente fuera del país. Para ganarme su buena voluntad llegué a recurrir a un *bavarois aux fraises*, también de Dalloyeau, pero creo que le debo al mero azar de un accidente el buen entendimiento que presidió mi paso por la rue de Lille.

Una tarde, al volver al departamento, oí desde la puerta el goteo regular que anuncia una catástrofe. Me apresuré a encontrarla: me esperaba junto a la pared que separaba el cuarto de baño del dormitorio: una mancha ya se insinuaba en el cielo raso y en el piso un charco esperaba cada gota con una promesa de resonancia creciente. Por prudencia descolgué de la pared amenazada dos dibujos de Max Beerbohm, los eché sobre la cama y corrí a anunciar la mala noticia. En el cuchitril que en Francia se llama *loge de concierge*, y que había logrado transformar en un dúplex aceptable, Herminia, o Dorita, interrumpió el ajuste de una bisagra y, seguida por su colega, subió de a dos los gastados escalones de mármol cuya irregularidad imponía prudencia aun a los más antiguos habitantes del edificio. Tras un primer examen de la situación, una de las dos dictaminó: "¡Zas! El puto del segundo se bañó de nuevo...". Sobrevino un interminable momento de incomodidad en que nos miramos en silencio. Decidí que no había oído nada y pregunté: "¿Se animan a ver de qué se trata o llamamos a un plomero?". Aliviada, Herminia, o Dorita, respondió inmediatamente: "Voy a buscar las herramientas".

¿De dónde venían esas mujeres tan distintas de la mayoría de los argentinos que he conocido en París? Aunque nunca cedieron a la confidencia, alguna vez revelaron que en un pasado no demasiado remoto habían tenido una fiambrería en la estación Once. "No se crea que era una fiambrería cualquiera. Jamón del bueno, nada de paleta". Inflación, devaluaciones, regímenes militares e ilusa democracia, la interminable pauperización de la clase media que viajaba cotidianamente por ese ferrocarril, todo contribuyó a arruinarlas. Las imagino cubiertas de deudas, escuchando la ronca sirena —propongo— de una amiga que sobrevivía en París haciendo limpieza por horas. Estoy seguro de que no vacilaron en comprar dos pasajes, ya fuera con sus últimos pesos o pidiendo prestado dinero que esperaban no tener que devolver.

Sin hablar francés, sin lo que en tiempos idos las agencias de servicio doméstico llamaban "buena presencia" ¿qué impensable causalidad las condujo a esa portería? En sus horas libres planchaban "para afuera" y hacían limpieza a domicilio en el barrio. Ahorraban con pasión e ingenio. Se vestían con lo que los habitantes del edificio descartaban. Una le cortaba el pelo a la otra. Fuera de la misa en castellano de Saint-Germain-des-Prés, creo que su única salida eran, un sábado por mes, las reuniones danzantes de un círculo femenino en Montreuil, uno de cuyos boletines fue a parar por error entre mi correspondencia. "No se crea que vamos a envejecer aquí. No bien llegue la jubilación, rompemos la chanchita y ¡a España frente al mar!".

Un tórrido domingo de julio vi desde las ventanas de la sala que en la esquina de la rue des Saint-Pères la policía colocaba una barrera: miré en la dirección opuesta y comprobé que una barrera idéntica, guardada por dos agentes, ya impedía el acceso en la esquina de la rue de Beaune. Enfrente, ante la imponente puerta cochera del número 5, el sopor matinal, dominical, estival, apenas se alteraba por los obreros que levantaban un estrado y conectaban altoparlantes. Sólo entonces distinguí, sobre el muro exterior de ese *hôtel particulier*, un paño del que colgaba un hilo; comprendí que una placa, de las tantas con que las calles de París se esfuerzan por recordar un pasado prestigioso, iba a ser descubierta más tarde.

El público fue llegando antes que los dignatarios; pero tal vez público no sea la palabra apropiada: se trataba, evidentemente, de invitados, de delegaciones, que en grupos iban cubriendo gradualmente la calzada. Estaban, todos, vestidos con estudiada sencillez y los rostros trasuntaban, en distintas entonaciones nacionales, una misma ironía, una misma distancia, ese tácito "estoy aquí y al mismo tiempo me miro estar aquí" que distingue a quienes, a falta de una palabra menos gastada, llamamos intelectuales. Distintos idiomas llegaban a la ventana del primer piso desde donde yo, en short y con el torso desnudo, observaba ese espectáculo buscándole una clave, ignorado por el elenco siempre creciente que ya llenaba el improvisado escenario.

De pronto creí escuchar acentos porteños: "se va a poner verde de envidia cuando sepa que estuvimos", "que se embrome" y otras expresiones de competitividad y desdén que me eran familiares. Las voces —tardé un momento en detectar su origen— provenían de un grupo que se había ubicado en medio de la calzada, no lejos de mi ventana; los hombres parecían sabiamente despeinados; las mujeres, sin edad reconocible, lucían con la misma complacencia sus rostros ajados y el lino arrugado de su ropa. "Psicoanalistas de Barrio Norte", me dije, y en ese instante recordé que en el número 5 de la rue de Lille, donde el estrado aún vacío y la placa aún cubierta anunciaban una ceremonia inminente, había vivido, y practicado su arte durante décadas, Jacques Lacan. Como llamados por mi tardío reconocimiento, automóviles oficiales se detuvieron en la esquina, guardias los rodearon y en medio de una escolta vi acercarse al estrado al ministro de Relaciones Exteriores seguido por la hija y el yerno del homenajeado.

Escuché sin gran interés los discursos de circunstancia hasta que, recorriendo con la mirada esa asamblea informal de escuelas freudianas del mundo, sorprendí las expresiones de incredulidad, aun de espanto, de mis compatriotas; azorados, en vez de atender a los oradores, no despegaban los ojos de un punto para mí invisible, que debía estar en la puerta de la casa, bajo mi ventana. Al rato, aburrido, decidí vestirme y salir. Así pude descubrir qué había perturbado de tal modo a los "psicoanalistas de Barrio Norte": Herminia y Dorita, tan curiosas como yo ante una distracción no programada, se habían instalado en el umbral, una de pie, la otra sentada en un banquito. La que estaba de pie comía uno de esos buñuelos —¿dónde lo había encontrado en París?— que en el Buenos Aires de mi infancia, en las panaderías de barrio, eran parte de lo que se llamaba factura, conocidos indistintamente como "suspiros de monja" o "bolas de fraile". La que estaba sentada cebaba el mate, con la pava de agua caliente posada sobre las *tomettes* del siglo XVIII.

Ésta es la imagen definitiva que guardo de Herminia y Dorita, y no quiero borronearla con otra menos afectuosa.

El verano terminó, yo volví a la rue de la Grande Chaumière y mi amiga volvió a la rue de Lille, aunque solamente para levantar el departamento y volver a Los Ángeles, donde se casó con el director checo y se instaló, tal vez definitivamente. El ministro de Relaciones Exteriores, bajo un gobierno posterior, se vio acusado de tenebrosos tráficos de armas y sobornos y exacciones; una amante suya, presunta cómplice, conoció la fugaz notoriedad de los tribunales y la televisión, y procuró prolongarla con un libro de memorias, poco vendido a pesar del título de best seller: *La Putain de la République*. Parece que en esa misma rue de Lille el ministro, hombre de gusto, lector de Sade, paciente de Lacan, había puesto a nombre de esa mujer un piso de doscientos metros cuadrados y una colección de estatuas asiáticas.

De Herminia y Dorita no supe nada. Una tarde, varios años después, pasé ante la puerta del que había sido mi domicilio ocasional y se me ocurrió saludarlas. De la *loge* asomó la cabeza de una francesa irritada; "Connais pas", gruñó y cerró bruscamente su ventanuca.

Escribo estos recuerdos al volver de Los Ángeles, donde visité a mi amiga inglesa y su marido checo. Sobre un estante de su biblioteca reconocí en una foto enmarcada a Herminia y Dorita. Parecían más jóvenes que en mi memoria, aunque tal vez esto sea una ilusión debida a las sonrisas, a la tez bronceada, a las palmeras recortadas sobre el intenso azul del cielo; visten, eso sí, trajes que sin demasiada suspicacia supongo, muy adaptados, los que heredaron hace una década. Al pie de la foto, con letra aplicada, Herminia, ¿o Dorita?, había escrito: "Para nuestra inglesita querida. Las Malvinas, que se hundan. Con un beso, Herminia y Dorita. Alicante, 1999".

Tres fronteras

El hombre estudiaba por las rendijas de la persiana apenas calada a las dos mujeres que esperaban un ómnibus en la parada de la vereda de enfrente. Una era joven, bronceada, y cada tanto agitaba con impaciencia el pelo castaño rojizo que le caía sobre los hombros; usaba shorts y una remera sin mangas que terminaba poco más arriba de la cintura, descubriendo el ombligo delicado sobre una redondez apenas esbozada. La otra estaba enfundada en una túnica de color marrón, la cabeza y los hombros envueltos en un chal que sin reunir las condiciones del chador respetaba su severidad. Cuando el vehículo finalmente llegó, y las llevó hacia destinos acaso contiguos aunque sin duda contrarios, el hombre pensó una vez más que había asistido a uno de esos ejemplos de convivencia, raros en los últimos meses del siglo XX, que aun podía ofrecer Foz de Iguaçu.

Eran las tres de la tarde y hacía media hora que esperaba en ese cuarto del hotel Maravilha, bajo las aspas quejosas de un ventilador precariamente atornillado al cielo raso. A menudo se decía que podría elegir un hotel apenas más caro pero dotado de esos signos exteriores de modernidad entre los cuales el aire acondicionado, que invariablemente le producía sinusitis, solía merecer publicidad; pero tanto él como Aurelia se habían acostumbrado a ese "albergue transitorio" (a ella le hacía reír la denominación administrativa que esos establecimientos recibían en la Argentina), a mitad de camino entre la ciudad y el aeropuerto, en un barrio puramente brasileño, que parecían desdeñar tanto paraguayos como argentinos. Para el hombre había una ventaja adicional en darle cita allí: hacía varios años, recién ascendido al grado de comisario, había podido hacer un favor a un colega expulsado de la policía provincial; éste, al abrir un hotel del lado brasileño de la frontera, le había asegurado su discreción: allí él no sería el comisario Morales, de Puerto Iguazú, sino el señor Mendonça, de São Paulo, a pesar de un acento poco verosímil en las pocas frases de portugués que necesitaba pronunciar ante el conserje.

154

Como en otras ocasiones, el retraso de Aurelia lo arrastró a urdir, sin proponérselo, una cadena de hipótesis catastróficas: descartado el accidente, demasiado banal, seguía un control de identidad en la frontera, y aunque la muchacha tenía en orden sus papeles paraguayos eso suponía colas lentas, tal vez un embotellamiento de tránsito en el puente; por otra parte, a esa hora del día Aurelia no trabajaba, de modo que ninguna demora vinculada a sus tareas en el casino podía explicar el atraso; él la había llamado desde un teléfono público a las once de la mañana y era ella quien le había pedido encontrarlo a las dos y media, como de costumbre, en el Maravilha. Mientras jugaba con estas posibilidades para descartarlas inmediatamente, se iba precisando en su imaginación el rostro cobrizo de la muchacha, los ojos rasgados y el pelo renegrido, que con mínima asistencia de maquillaje le habían permitido a los dieciséis años debutar como "atracción oriental" en el show del Shanghái, en Ciudad del Este. El empresario de ese aparente *night club*, un cantonés sin nostalgia por su ciudad natal y atento al prestigio erótico que para algunos hombres mayores aun sugería el nombre de la "capital del vicio", la había bautizado Primavera Repentina, apodo, según él, de una prestigiosa cortesana de la dinastía Ming; en las vitrinas exteriores del local, bajo una foto en colores de Aurelia, ese nombre aparecía en castellano y en inglés ("Sudden Spring"), dibujado con letras salpicadas de strass.

Todas estas cosas las había aprendido en sus funciones de policía. Como cualquier empleada del Casino Iguazú, Aurelia había sido objeto de una averiguación de antecedentes en la que habían colaborado la policía argentina y la paraguaya, imponentes instituciones representadas para la ocasión por sus modestos delegados de Puerto Iguazú y Ciudad del Este. El comisario Morales sabía que no estaba "prontuariada", ni siquiera como prostituta ocasional, y en sus visitas de inspección al casino había podido apreciar hasta qué punto respondía sonriente, con cortesía profesional, a los avances de algún jugador de black jack que se sostenía difícilmente sobre un taburete mientras le enviaba un aliento perfumado por dosis generosas de whisky, sin que la amabilidad de la muchacha supusiera aceptar ningún encuentro *after hours* ni, menos aún, distracción en el manejo veloz de los naipes o el pago de las apuestas.

En esas visitas "de civil", reconocido por todo el personal del casino pero no identificable como policía por turistas ni habitués, se veía obligado, ante la interdicción de jugar, a observar largamente a los jugadores y al personal que los atendía, sobre todo a las jovencitas de minifalda escueta y piernas esculpidas que oficiaban como lo que él se obstinaba en llamar *croupier*, palabra que había guardado de una incursión juvenil en el casino de Mar del Plata. Entre todas ellas, obligadas a dominar perfectamente el castellano y el portugués, a manejar rudimentos de inglés, Aurelia lo había atraído inmediatamente por su indecisa belleza, tal vez guaraní, tal vez asiática. Morales había averiguado su dirección en Ciudad del Este, y durante un tiempo la había seguido en silencio, tal vez invisible para ella, en el cotidiano cruce del puente que la llevaba de Paraguay a Brasil, y luego en el trayecto que desde Foz de Iguaçu cruzaba el río para llegar casi inmediatamente al casino argentino.

Apenas declinaba el día, el letrero luminoso del Casino Iguazú, un enorme tucán de neones rojos, verdes y amarillos, se hacía visible desde territorio brasileño, donde los juegos de azar seguían prohibidos. Ese tácito llamado atraía charters de jugadores desde el lejano nordeste como desde la próxima São Paulo, colmaba los hoteles de Foz de Iguaçu, explicaba el desarrollo de su aeropuerto, incongruente con la importancia muy relativa de la ciudad. El comisario Morales se entretenía en adivinar, antes que abrieran la boca, si los visitantes del casino eran argentinos o brasileños, aunque debía admitir que con el paso del tiempo sus criterios de reconocimiento se mostraban cada vez más falibles, las diferencias de otrora cada vez más borrosas. Pero bastaba que Aurelia ocupase su puesto tras la mesa de black jack para que esa estentórea, abigarrada humanidad se apagase en su atención, como se debilita la luz de la lámpara que permitió leer de noche apenas surge, tras los cristales, el sol. Durante veinte minutos, ese sol iba a acaparar su mirada con los gestos más insignificantes. Jamás la muchacha se permitía cruzar con la suya esa mirada, de miedo que otros ojos vigilantes, desconocidos, superiores, estuviesen observándolos. Durante los quince minutos de descanso, desaparecida Aurelia quién sabe entre qué bastidores de ese escenario, Morales volvía a distraerse con las comparsas que cruzaban el decorado.

El azar, que le estaba vedado en términos de apuestas por dinero, había permitido al comisario acercarse a Aurelia en esa vida llamada real. Ocurrió un mediodía en que la seguía con su automóvil (prefería no usar para esas pesquisas privadas un vehículo oficial), avanzando a paso de hombre por el puente entre Ciudad del Este y Foz de Iguaçu, viéndola caminar por la estrecha vereda peatonal, tan joven, tan libre, sin las bolsas y paquetes que cargaban, infatigables, tantos paraguayos que iban a Brasil a comprar ropa barata, tantos brasileños que iban a Paraguay a comprar televisores de Taiwán o computadoras de Seúl. Estaban en la mitad del puente cuando entrevió al chico en patines que pasó como una ráfaga y arrancó la cadenita de oro que Aurelia siempre llevaba al cuello. La muchacha gritó, algunos transeúntes la rodearon, él detuvo el automóvil y se presentó como el comisario Morales de Puerto Iguazú. Sabía, como todos, que el chico había desaparecido y nunca podrían identificarlo, pero la ocasión era perfecta para que Aurelia se dejase acompañar mientras decidía si iba a perder una hora haciendo una denuncia formal. (¿Dónde? ¿En Paraguay? ¿En Brasil?). Finalmente, la muchacha desechó la idea y aceptó la invitación a almorzar de ese hombre afable, tan caballero, como correspondía a su edad, que tal vez triplicase la de ella.

En una "churrascaria" de Foz él la miró ingerir, sin prisa y sin pausa, los sucesivos pasos de un "espeto corrido". Ese apetito, el movimiento delicado pero implacable de las mandíbulas, las informaciones fragmentarias que surgían sobre su vida en Ciudad del Este y su trabajo en el Casino Iguazú, todo contribuía a enriquecer el personaje que él había empezado a construir en torno a su imagen, sin que esos toques de realismo empañaran la seducción de la mujer imaginada. Mientras masticaba, Aurelia también lo escuchaba, atenta, sonriente. Como todo viejo ante una joven, Morales sabía que es más fácil dejarse engañar por el amor propio que por cualquier intriga ajena; sin embargo, se concedía la duración de ese almuerzo, como más tarde se regalaría los encuentros que iban a venir, para pensar que la muchacha lo miraba con simpatía sincera, acaso con afecto.

* * *

Kevork preparaba una bandeja de *mezze* en la cocina del Delicias de Baalbek, en Foz de Iguaçu. Ordenaba, según el plan establecido por el chef, montículos de puré de garbanzos, de puré de berenjenas, de hojas de parra rellenas, de morrones con nueces, carne cruda molida con cebollas, minúsculas albóndigas de carne asada con trigo, perejil picado con tomate, cubos de queso de cabra marinado con especias. Ya sabía hacerlo sin consultar la ilustración que colgaba sobre la mesada, con los distintos planes según el precio y la cantidad de comensales para los cuales se destinaba esa entrada. Era prolijo y rápido, virtudes que el dueño del restaurante apreciaba tal vez más aun que el chef.

Ambos ignoraban que un mudo desprecio por esos alimentos acompañaba la eficaz tarea del asistente de cocina. Kevork había crecido en una familia libanesa afincada en el noroeste argentino, viendo a una madre y a cuatro hermanas que pasaban buena parte del día preparando comida con morteros y cuchillos de diferente grosor: el *humus*, el *mutabal* y demás delicias a las que dedicaban ese esfuerzo, que los hombres de la casa aceptaban como natural, tenían un gusto, una textura muy distintos de estos purés obtenidos gracias a un mixer y un abrelatas.

Los compañeros del restaurante lo llamaban Jorge. Traducían su nombre como una implícita manera de ponerlo a distancia: era el único cristiano maronita entre seis musulmanes. Cuando se inauguró la monumental mezquita nueva de Foz, Kevork los había acompañado como un gesto de amistad; aunque se descalzó, permaneció cerca de la puerta mientras ellos se prosternaban en la serie de inclinaciones rituales que escandían la plegaria, y mientras los miraba sintió que su presencia, en vez de acercarlo fraternalmente a los demás, subrayaba que pertenecían a mundos diferentes.

¿Era por el hecho de no ser musulmán que lo habían elegido para una misión cuyo sentido no le había sido revelado? La respuesta más modesta, llanamente razonable, era otra: tenía pasaporte argentino, documento que despertaba poca o ninguna curiosidad en la frontera, sobre todo al pasar de Brasil a la Argentina. Ese documento, que lo identificaba como Jorge Adum, había servido para que en un solo mes cinco amigos del dueño del restaurante, sirios como éste aunque se decían libaneses, cruzaran la frontera sin suscitar la menor duda de la policía ante la discrepancia entre la fotografía de un morocho bigotudo y ese otro morocho bigotudo que presentaba el pasaporte. (Algunos de los desconocidos que utilizaron el pasaporte de Kevork ni siquiera eran sirios; en el restaurante, al desatarse las lenguas con sucesivos vasos de *arak*, él los había oído balbucear en un árabe aproximativo, pobrísimo, y sospechaba que eran iraníes, que se decían los más celosos defensores del Islam a pesar de ser incapaces de recitar una sola *surah* del Corán en el original).

Finalmente llegó el día en que lo inevitable, tantas veces postergado, ocurrió: al comisario argentino de Puerto Iguazú, de visita en el puesto fronterizo, le bastó una sola mirada para advertir que el documento no correspondía a la persona que lo presentaba; la incapacidad del supuesto argentino para hablar castellano no contribuyó a allanar la situación, y el anónimo iraní terminó deportado, con fotografía e impresiones digitales en los archivos de la policía local. Desdichadamente, también quedó en esa comisaría el pasaporte, su fotocopia tal vez enviada a la lejana capital, el nombre seguramente archivado en la omnívora memoria de las computadoras.

Kevork Adum temía que nunca más pudiese tener un documento argentino a su nombre. Veía con inquietud que se acercaba noviembre, mes en que debía como todos los años visitar a su madre en el día de su cumpleaños, reencontrarse con sus hermanas, volver a gustar su comida incomparable. El dueño del restaurante le había prometido una cédula de identidad brasileña donde figuraría con el apellido materno, pero él sabía que iba a temblar cuando debiese cruzar la frontera con ese documento, aunque en él apareciera su rostro, y que esa inseguridad lo haría sospechoso, y que a alguien podría ocurrírsele verificar el posible, improbable parecido entre su rostro, ahora afeitado, y la foto de un pasaporte desde hacía meses guardado en el cajón superior derecho del escritorio de un comisario que, lo había averiguado, se llamaba Morales.

* * *

Hacía varias semanas que Morales había hecho "intervenir" el teléfono celular de Aurelia. No se consideraba celoso pero el afán de conocer, de poseer por el conocimiento, acaso de dominar por esa posesión, era en él una pasión más fuerte que el deseo. Podía pasar días sin penetrar el cuerpo firme, dócil, perfumado de la muchacha, pero todas las noches, antes de dormirse, escuchaba la grabación de sus llamados hechos o recibidos en un minúsculo lector de cassettes colocado sobre la almohada.

Cuando Aurelia finalmente llegó esa tarde a la habitación 203 del Maravilha él no le reprochó los cuarenta y cinco minutos de atraso: ya sabía que ese día la muchacha querría mantenerlo todo el tiempo posible en el hotel, lejos de la comisaría, sobre todo lejos del puesto fronterizo. En un primer momento esta certeza lo había entristecido; luego se resignó, como lo había hecho a su propio abdomen, a la calvicie; finalmente comprobó que el resentimiento hacía más intenso su deseo. La muchacha no opuso resistencia cuando la derribó sobre la cama y se echó sobre ella omitiendo los gestos de ternura y las palabras susurradas con que solía conducirla gradualmente al placer. Esa violencia, nueva para él, despertaba en Aurelia una sumisión también desconocida.

Morales se hundía en ella, trataba de llegar lo más hondo posible dentro de esa carne húmeda que no lo rechazaba, que lo recibía con aplicación, mimando los movimientos del placer, imitando sus gemidos. No pensaba, más bien no quería pensar, pero los pensamientos se atropellaban en su conciencia, arrastrados por una corriente incesante que la agitación del cuerpo no parecía estorbar. ¿Sería ésta la última vez que ella se le entregaba? Si su amante lograba cruzar la frontera ¿nunca más lo llamaría al teléfono celular para darle cita en el Maravilha? Pesaba la posibilidad de que Aurelia prefiriese no malquistarse con un policía del país donde trabajaba; pero, inmediatamente, esa hipótesis hacía aparecer como en un espejo su imagen inversa: si él pretendiese abusar de su posición, ella podría denunciarlo por complicidad. Habría sido algo ridículo, inverosímil meses antes, pero en momentos en que Washington presionaba a Buenos Aires, exigiéndole que mostrase culpables para los atentados antisemitas, se volvía insidiosamente plausible. Acaso el futuro no le reservara más que silencio y miradas huidizas ante una mesa de black jack en el casino.

—Más, más, rompeme, lastimame...

La voz de Aurelia enronquecía, no era la que él había oído en el casino, pidiendo apuestas, pagándolas; tampoco la que le había contado su vida en un suburbio de Asunción, los seis hermanos, la madre a menudo ausente, el padre desconocido, un argumento que podía ser cierto o derivar de tantas ficciones baratas que copian la realidad. No importaba. No le había importado en la sobremesa de la "churrascaria" que, después de aquel primer almuerzo, se había convertido en el restaurante habitual de los encuentros a mediodía, cuando no se citaban directamente en el hotel, a la hora de la siesta. Tampoco le importaba ahora. Sólo importaba mantener el ritmo sin fallar. Sabía que a su edad "a la erección hay que cuidarla", que si se salía ya no podría volverla a meter, y quería acabar pronto, tal vez menos por el placer que para detener ese aluvión que le inquietaba el pensamiento, donde ahora aparecía un rostro que sólo conocía por una fotografía de identidad, el de Kevork, joven, seguramente hábil, capaz de satisfacer a Aurelia más de una vez por encuentro, y de hacerse rogar.

Esa imagen, que no podía despertar su deseo, lo excitaba por el rencor. Ahora se hundía en Aurelia con la furia y el desconsuelo de su erección menguante. A último momento, cuando ya creía que no podría proseguir, casi sin darse cuenta, eyaculó. Durante una fracción de segundo dejó de pensar, su conciencia se nubló pero no del todo, lejos, muy lejos de la pequeña muerte que había conocido en su primer orgasmo de adolescente. Se separó del cuerpo de la muchacha y quedó jadeando, sin hablar, a su lado; luego ella corrió al cuarto de baño.

Extendió una mano. Sintió la tibieza de las sábanas, un resabio del perfume francés que él le había regalado semanas antes. Se había quedado solo, ahora durante unos minutos, pero como lo iba a estar, sin duda, en ese futuro tan fácil de imaginar que era el resto de su vida.

Un Rimbaud de los valles calchaquíes

Un minúsculo gaucho de Güemes, silueta negra y poncho colorado sobre caballo negro, adorna la etiqueta de la cerveza Salta. El hombre que la observa con atención procede a despegarla de la botella gradualmente, con cuidado de no romperla, y a adherirla a una página del cuaderno que lleva consigo. Está sentado ante una mesa del restaurante La Carreta de Don Olegario, en Cafayate, y tiene ante sí un plato vacío donde hubo locro.

Ignora que esa etiqueta lo atrae porque está de visita, y por primera vez, no sólo en la provincia de Salta sino en la Argentina. No lo inquieta demasiado que bajo la efigie del héroe local, jefe de gauchos y caudillo americanista, se lea "cerveza tipo München". Tampoco se le ocurre pensar que en epidérmicas contradicciones como ésta la realidad histórica del país visitado está más presente que en cualquier escrupuloso festejo folklórico.

Está en Cafayate de (innecesario) incógnito. Se hospeda en el hotel Salta de la ciudad de Salta, donde al día siguiente verá al gran poeta oriundo de Cafayate, quien ha preferido viajar a la capital de la provincia en vez de recibirlo en *su* ciudad. El visitante se llama Lewis Crewe y es profesor de literatura hispanoamericana en la universidad de Nevada. En realidad no esperaba esta ambigua cortesía de parte de su autor estudiado: hubiese preferido verlo en su hábitat —piensa esta palabra— cotidiano.

Como ha sentido la necesidad de visitar Cafayate, de ver los paisajes donde Rémy Varas, conocido de una selectísima minoría, nació y ha vivido como Remigio Usandivaras, contrató una excursión de la agencia La Veloz del Norte, que partió al alba de la puerta de su hotel. Tras la visita de una bodega y la inevitable degustación de vinos, se ha separado de los demás turistas para recorrer por su cuenta, hasta la hora de volver al polvoriento minibús, el prestigioso centro de los viñedos salteños.

El centro de Cafayate no puede sino decepcionar a un visitante ávido de revelaciones: la sede local del Banco de la Nación, arquitectura de piedras de colores parecidas a trozos de mazapán a la espera de improbables Hansel y Gretel indígenas, explica su incongruencia por un mero error administrativo: ese proyecto premiado estaba destinado a Calafate, en la provincia de Santa Cruz, cerca del glaciar Perito Moreno; así se entiende su incongruente techo a dos aguas, a más de cuatro mil kilómetros de distancia de las nieves patagónicas que lo justificarían... Pero la ignorancia porteña, o el mal oído de algún burócrata, no agotan las modestas promesas de color local. Frente a ese edificio y a la iglesia vecina, en medio de una plaza deshojada, está plantado el anuncio de una heladería cuyo propietario se declara inventor y único fabricante de helados de vino, e invita a gustar sus especialidades: helado de cabernet sauvignon y de torrontés.

No son estos atisbos pintorescos de una capacidad de equivocación o de inventiva lo que, al día siguiente, retiene de su excursión, mientras espera con impaciencia y cierto temor la llegada del poeta. Son más bien las formas fantasiosas que la erosión volcánica y el viento esculpieron a orillas del camino: un obelisco que está transformándose en lobo de mar, un barco hundido, un cajón de muerto, ventanas, castillos y hasta un cementerio de barcos. También ha visto rocas, que la mica ha pintado de azul plateado, y un valle llamado chino porque sembrado de promontorios en forma de pagoda.

De pronto, reconoce la silueta que ha aparecido en otro extremo del salón.

* * *

Recordaba de una única fotografía publicada la crin hirsuta y el mechón rebelde; más abajo, ojos encendidos, pómulos que delataban lejana sangre indígena, labios petulantes. El anciano que apareció en el bar del hotel, erguido, apenas lento en el andar, podía lucir pelo blanco, y el exceso de piel floja tal vez conspirase para disimular los pómulos; pero una mirada altiva acompañaba sus modales de otro tiempo y el rictus, acaso despectivo, podía ser borrado por una sonrisa casi adolescente cuando evocaba sus viajes.

—Fui amigo de Léon-Paul Fargue y a menudo lo acompañé en sus *ballades nocturnes* por París —informó el poeta—. No puedo pensar en París sin oír la voz amistosa e irónica a la vez de Fargue que le ponía epígrafes, anécdotas, una cita literaria a cada rincón. Supongo, estoy seguro más bien, que todo ha cambiado, pero para mí París sigue siendo el que conocí al lado de Fargue. Tal vez por eso no he querido volver.

El profesor Crewe no conoce París y apenas si lee francés. Nunca ha oído el nombre de Fargue, pero sabe que la cultura francesa dejó en décadas lejanas una huella fuerte en América Latina. De las visitas de Varas a París sólo sabe que en 1953 se vio allí con André Breton, autor del Manifiesto Surrealista de 1924 según el *Oxford Companion to French Literature*. Mientras toma nota mental del nombre oído, no puede desviar la mirada del portafolios de noble cuero raído y raspado que el poeta mantiene casi distraídamente, bajo una mano sin énfasis, contra su cuerpo. Se le ocurre que allí pueden estar las respuestas de César Moro (el maestro elegido por Varas, su interlocutor más preciado, el origen de su casi secreta reputación) a las largas cartas del poeta que ha leído en los archivos de Princeton.

* * *

"Alto, una mecha muy blanca le roza la frente sin caer sobre ella, los ojos negros e intensos, de ave avizora, contrastan con los labios que novelas baratas llamarían sensuales. Las manos, expresivas sin afectación, descansan abandonadas sobre la mesa o las rodillas, cuando no sobre el portafolios del que no se separa, pero súbitamente se agitan en un movimiento amplio, breve, decidido. Y la voz... ¡Ah, la voz! De qué profundidades puede llegar, cómo eludir esos temibles adjetivos, a menudo contradictorios y en este caso inesperadamente conjugados: cavernosa y aterciopelada... Esa voz saborea las palabras de un castellano literario, ¿me atreveré a escribir pasado de moda? ¿Quién tiene hoy ese *old-world charm*? *Alas*, nunca conocí a Bioy Casares.

"Le pregunto por la aventura de *Solo*, la revista de poesía que publicó en Cachi a principios de los años cincuenta. Había oído decir que no aceptaba colaboraciones de Buenos Aires, y que, sin llegar a prohibirlo, no había intentado distribuirla en la Capital.

"—Publiqué —me dice— a jóvenes poetas que lo merecían, eso es todo. Si los más meridionales fueron de Mendoza y Córdoba, no es porque ignorase voces de La Pampa o de Neuquén. Pero creo en las afinidades electivas. Las mías coinciden con las últimas estribaciones de una cultura ancestral que nada tiene que ver con el mercantilismo porteño —se aclara la garganta, como si el nombre de Buenos Aires, no pronunciado, amenazase con atorarlo—. Nunca necesité de la Capital. Para ir a París tomé aviones desde La Paz, desde Asunción. Leí a Michaux y a Ponge sin recurrir a *Sur*. Y si de revistas se trata, *Las Moradas*, tanto menos longeva que *Sur*, la superó en nivel. Como poeta tengo mucho que agradecerle a Moro y a Westphalen, nada a V.O.".

* * *

El visitante se ha apresurado a tomar estas notas. Lo ha hecho casi atropelladamente, todavía en el bar del hotel tradicional donde minutos antes se ha despedido del admirado, elusivo, por momentos sonriente, acaso impenetrable poeta. Está consciente, mientras escribe, de repeticiones y aproximaciones que la reflexión ha de precisar, aún omitir, pero teme perder, arena entre los dedos, las impresiones aun frescas en su memoria, los nombres que ha de buscar en diccionarios y enciclopedias. Piensa también que esa ausencia de una redacción cuidada podrá conservar, tal vez más precisamente que un vocabulario vigilado, la intensidad de la experiencia; al mismo tiempo se pregunta (no en vano se considera un intelectual) si en esta idea no palpita un prejuicio romántico, una valoración de la espontaneidad *per se*.

Está cansado, como si hubiese escalado una ladera de la "garganta del diablo" descubierta el día anterior en el camino a Cafayate. La mezcla de exaltación y aprensiva timidez con que abordó al poeta, su atención multiplicada durante la entrevista, han dejado su camisa empapada y sus piernas flojas. Decide concederse una extravagancia: una copa de torrontés, precisamente el vino típico de la provincia, en ese bar que supone nada módico. Satisfecho con esta inédita capacidad para el derroche, concede una nueva mirada, tras las ventanas del hotel, a las copas de los naranjos cargadas de fruta; otra a la foto de Borges en ese mismo bar, huésped del hotel en algún momento de los años cincuenta, y sigue escribiendo.

* * *

"En un rincón del bar, aliviadas del bochorno de noviembre por un susurrante ventilador precariamente atornillado al cielo raso, cinco octogenarias visiblemente asiduas de la peluquería, escrupulosamente bronceadas, locuaces, juegan a los naipes sin prestarnos atención. Le pregunto al poeta si se trata de señoras de la buena sociedad salteña.

"—¡Qué va! Son tucumanas, tucumanas ociosas. ¿Sabe a qué juegan? A la loba... Estoy seguro de que nunca lo oyó nombrar. Era el juego de moda anterior a la canasta. La loba hizo furor entre las tucumanas, sobre todo a la hora de la siesta, antes del té. Jugaban por dinero y perdían sumas importantes. Como llevaban bien las cuentas, a fin de año saldaban las deudas de juego con los dividendos de los ingenios, que los maridos les cedían a regañadientes.

"Una mirada más hacia las jugadoras, ¿burlona? ¿despectiva?, y me lanza:

"—Una pequeña antología bilingüe de mi obra no debería ser difícil de publicar. Moro me lo había aconsejado. Pensaba, desde luego, en una traducción francesa, pero tuvo la mala idea de confiársela a Coyné... Coyné no me perdonó nunca que el gran poeta me hubiese adoptado como su discípulo preferido, que hasta Westphalen me hubiese aceptado.

"Extrae de un bolsillo interior de su chaqueta, con ademán casi casual, una carta guardada en su sobre original, escritura dibujada, sello desteñido, y me la pasa como si respondiese a un pedido mío. Murmura:

"—En casa tengo varias carpetas de correspondencia con Moro.

"La abro. Leo: 'Querido amigo: Le agradezco el envío de su nuevo volumen de poesía. La filiación, ya visible en su obra anterior, se hace en él aun más evidente. ¿Sería usted el Rimbaud de los valles calchaquíes? Suyo, siempre, Moro'. Se la devuelvo. Antes de guardarla se cerciora.

"—No se le escapó, espero, la palabra 'filiación'... Como le decía, tengo mucha correspondencia con Moro en mis archivos personales. No deseo publicarla. Las reservo para el día en que algún investigador joven, curioso de los valores auténticos, insensible a modas y a capillas, se ocupe de mi obra.

"Los ojos se posan en mí, parecen arder en su oscuridad. ¿Carbones encendidos? (Otra vez las metáforas gastadas me parecen las únicas capaces de expresar la fuerza tranquila que se desprende de la presencia de Varas). Le explico que fue precisamente por Moro que llegué a su obra. Miro con esperanza ya menguante el viejo portafolios que aprieta entre su pierna izquierda y el brazo del sillón. Con ademán casi travieso, lo palmea. ¿Habrá adivinado mi infundado anhelo inicial?

"—Aproveché este viaje a Salta —me confía— para visitar a un escribano. Quiero desprenderme de parte de la empresa familiar, guardar sólo lo necesario para mi austera subsistencia. Quién sabe, una vez libre de obligaciones prácticas, tal vez pueda volver a escribir algún poema como los de mi juventud.

"Entrecierra los ojos. ¿Estará recordando versos para mí inolvidables? ¿Acaso 'ociosa juventud / a todo sometida / Fue por delicadeza / que yo perdí mi vida'?".

* * *

"Para quienes desde el hemisferio norte estudiamos, respetuosos y deslumbrados, el espléndido florecimiento de la poesía hispanoamericana en la primera mitad del siglo XX, la disyuntiva era clara: Moro o Huidobro. Francia, a través de la referencia común a Réverdy, imponía su presencia y obtuve que un estudiante me hiciera versiones literales de este poeta que no conocía. Pero tanto mi admirado Moro como el para mí infame Huidobro ya habían merecido tesis y monografías exhaustivas. Yo necesitaba hallar un autor, tal vez menor, pero virgen de toda atención académica. Es así como, gracias a una mención en la correspondencia de Moro con Coyné ('Rémy Varas, de quien podría decir sin ironía alguna que pasó una temporada en el infierno para acceder a sus iluminaciones, sin alejarse jamás de su Salta natal'), busqué los pocos poemas publicados por Varas, hallé alguna referencia a su obra en revistas literarias, finalmente me enteré de su larga amistad con Moro, en cuyos archivos abundan las efusiones epistolares del salteño, los poemas manuscritos que envió al maestro, alguna *plaquette* de edición numerada. El tema de mi tesis, tan buscado, se me imponía sin esfuerzo: *The Quest for Rémy Varas*.

"—Hace años que apenas escribo, algunos poemas en prosa, una nueva versión de mi 'soneto de las vocales' —se inclina hacia mí como para hacer más sensible la intimidad, la confidencia que me regala—. Me ocupo de mis viñedos. No sé si está al tanto: el torrontés, ese vino blanco frutado, apenas dulce, típico de Salta, es una cepa de origen español que se extinguió en España, víctima de la filoxera, y hoy sólo se da en esta tierra...

"Lo escucho apasionado por temas que momentos antes hubiese considerado sin interés. El que me informa sobre cepas y plagas y vinos es el inasible poeta que descubriré para el lector de lengua inglesa. Poco importa que en Francia haya merecido una nota, injustamente breve, me dicen, en el boletín de la Société des Amis de Pierre Ménard, con sede en Nîmes. Sé que me espera un desafío exigente. ¿Sabré verter al inglés heptasílabos delicados, casi evanescentes como 'Si mi mal se aliviara / si tuviese fortuna / ¿elegiría el Sur / o estas viñas del Norte? / Pero soñar no es digno / pues a nada conduce / Para el viajero de antaño / la verde hostería / nunca más se abrirá'?".

* * *

Estoy a bordo del vuelo 1450 de Aerolíneas Argentinas que me lleva de Salta a Buenos Aires. Pasaré sólo unas horas en la orgullosa capital del Plata, entre el encantador aeropuerto de vuelos nacionales, junto al río "color de mierda" como gustan decir los brasileños, y ese aeropuerto internacional apenas pretencioso, que a algunos porteños se les ocurre muy "primer mundo" aunque ni se compara con el ala menos importante del de Denver.

(Advierto no sin cierto halago que los prejuicios de Varas empiezan a prender en mí).

Sus últimas palabras, más bien su último silencio, el largo apretón de manos y la mirada que no terminaba de despegarse de la mía, no me dan reposo. Siento que me ha encomendado una misión, más allá del deseo de que sea yo quien se ocupe de la edición de sus obras completas, condición más o menos explícita para ceder sus archivos a la Nevada University. Puedo ser un pequeño profesor provinciano a quien impresiona fácilmente la sofisticación de un gran señor hispanoamericano, pero creo que la frecuentación de la literatura de este continente, lejos de sus autores etiquetados *for export*, me ha permitido acceder a la comprensión de algunos rasgos del carácter hispanoamericano que muchos de mis compatriotas no vislumbran: la mezcla de ingenuidad y astucia, la apretada trama de soberbia y resentimiento, sobre todo ese "segundo grado" casi inextricable de los aparentes raptos de sinceridad que demasiado a menudo exaltan a sus intelectuales.

Tras la hidalguía displicente de Remigio Usandivaras ¿qué debo sospechar? ¿La decadencia material, por otra parte muy relativa en estas regiones bendecidas por una naturaleza nunca mezquina, del gran señor de provincia, reacio a exhibirla ante un extranjero venido de ese norte a la vez envidiado y despreciado? ¿O más bien el pudor de un bodeguero próspero, que ha preferido mantener la empresa familiar en un "perfil bajo", al abrigo de las firmas multinacionales ya infiltradas en los viñedos de Salta? Pero no es su rechazo de mi visita a Cafayate lo que me interroga.

¿Hasta qué punto, más bien, me he ido identificando con él? Su señorío, desde luego, parece ignorarlo todo de preocupaciones como las mías: el postergado ascenso al grado de *full professor*, ni hablar ya de *tenure*. La edición crítica y bilingüe de sus poemas podría preludiar el estudio crítico que eclipsaría a tantos colegas con obra publicada insignificante... Los 1900 kilómetros que separan Salta de Buenos Aires son poco al lado de los 8000 que median entre Buenos Aires y Nevada; sin embargo, cuando rechazaron mi primer artículo en la *New York Review of Books,* no fue Bob Silvers quien se convirtió en objeto de mi odio sino la ciudad de Nueva York.

Lentamente pero con firmeza mis intereses académicos se desplazaron del siglo XIX norteamericano hacia la primera mitad del siglo XX hispanoamericano. En la poesía de Varas hallé un último destello de lo que puede haber sido el crepúsculo de la gran tradición europea, regenerada por la sangre joven de otro continente... Pero no debo anticipar, o improvisar, las conclusiones de mi tesis. Aunque ya las intuyo, debo construir sólidamente mi argumentación.

Esta visita a Salta ha sido muy importante para mí. El paisaje agreste, la vegetación retaceada, las rocas de colores sorprendentes me han ayudado a entender aspectos de la poesía de Varas que me hubiesen parecido decorativos o fantásticos si no hubiese visto el lecho de los ríos que ningún deshielo de montaña alimenta, que dependen de lluvias esporádicas. De no haber visto esos cauces resquebrajados, donde el agua ausente parecería palpitar como un fantasma ¿hubiese entendido versos suyos como "mientras yo descendía por ríos impasibles"? Si no lo hubiese oído expresar, aun con mesura, su desdén por Buenos Aires ¿hubiese apreciado el arrebato de la primera estrofa de "Orgía porteña"? "Hela aquí, oh cobardes que los trenes vomitan, / barrida por el sol con su soplo de fuego... / Por estas avenidas ayer iban indígenas. / ¡Mirad la capital que hoy sólo mira a Europa!". Los colores mismos de las montañas, rojas por el óxido de hierro, verdes por el sulfato de cobre, amarillas por el azufre, evocan para mí las asociaciones de sonidos y colores de su "Soneto de las vocales".

Cierro los ojos y me encuentro una vez más con la mirada penetrante de Varas no suavizada por la edad, sobre esos pómulos que en otro tiempo parecieron tallados. Trato de leer en ese rostro, en sus limitados cambios de expresión, una respuesta a preguntas no literarias, que no me atreví a formular durante nuestra entrevista. No la encuentro. Surge en cambio una posibilidad. ¿Y si mi tímida identificación con el poeta me la hubiese inoculado él, con esa percepción de mis pensamientos que más de una vez me sorprendió? Pero no quiero envanecerme suponiendo que el gran Varas me necesita. Estaré contento si el fruto de mis esfuerzos, que responden a cálculos profesionales y a la vez halagan mi vanidad, pudiese agradarle.

Sí, cumpliré con mi deber intelectual de rescatar una página de las letras hispanoamericanas que corría peligro de ser olvidada y, al hacerlo, le estaré enviando, si usted me lo permite, *dear* Rémy, una señal de amistad.

El número del hijo

Se alejaba sin rumbo por calles arboladas, silenciosas: Humahuaca, Mario Bravo, Guardia Vieja. Procuraba serenar su respiración inquieta, difícil, gozar de la brisa cálida: la noche de primavera le parecía tan rica en susurros de follajes como en perfumes que no sabía nombrar. Es curioso, pensaba, cómo ese barrio, imprecisa franja entre el Abasto y Villa Crespo, se había poblado en pocos años de escenarios "alternativos" (en su juventud se habrían llamado "teatros independientes"), espacios improvisados pero no necesariamente precarios donde parecían multiplicarse los espectáculos que, a falta de una palabra más precisa, él llamaba *off*. También: cómo se habían ido borrando los signos más evidentes de la población judía, en otros tiempos numerosa, del barrio: no veía ninguna *schule*, ninguna carnicería *kosher*, recuerdos vergonzantes de una infancia que había decidido cancelar hacía incontables años...

Bruno Verdi-Ceschi se alejaba de uno de esos teatros, del llamado El Arca de Fantasmas, donde había asistido a un espectáculo que no sabía definir, aunque la idea misma de una definición le parecía improcedente para esa especie ¿de revista? donde a un número musical seguía uno de magia y a éste un monólogo de tipo confesional, todo mezclado con mímica, danza y lo que a falta de una palabra precisa llamaría psicodrama colectivo. Era el número de magia lo que lo había llevado a esa sala diminuta, en un primer piso mal ventilado, donde un público cómplice había festejado chistes cuya gracia él no entendía (¿pero eran realmente chistes?) o había guardado un silencio respetuoso, acaso fascinado, ante crispaciones y arrebatos que a él le costaba observar sin reír.

El mago que había visto actuar era un joven de mirada intensa, atractivo a pesar de la nariz demasiado pequeña, más bien tímida para un rostro que no carecía de fuerza. Después de hacer algunos pases tradicionales, con naipes y pañuelos de colores y un conejo distraído que asomaba de una galera pero no parecía dispuesto a salir de ella, meros prolegómenos o aperitivos, abordó lo que era el

171

centro de atracción: un número por cierto inesperado y asombroso. Tras una serie de movimientos. tan elegantes como sin sentido evidente, de una varita que acaso no merecería ser llamada mágica, el artista se había rozado con ella la nariz, con una sonrisa cada vez más amplia y gozosa, hasta posarla francamente sobre ella y pronunciar palabras que no parecían corresponder a una fórmula incantatoria. En ese momento, sin que un cambio de luz o un giro de cabeza permitieran sospechar un truco, una nariz descomunal, ganchuda y amarillenta, apareció en medio de su cara mientras una música triunfalista (¿Elgar? *¿Pompa y circunstancia?*) surgía, impetuosa, para rubricar el prodigio. El mago se inclinó ante el público asombrado, entusiasta, y sin esperar que menguaran los aplausos salió del escenario con la sonrisa ya transformada en risa.

El vagabundeo de Bruno Verdi-Ceschi lo alejaba cada vez más de los lugares que frecuentaba habitualmente. Leía en las placas nombres de calles que no le eran familiares: Acuña de Figueroa, Rauch, Rocamora... Había abandonado el teatro durante el número siguiente: una criatura de sexo indiscernible que entonaba "Pompas de jabón", tango cuyas efusiones misóginas ("Hoy triunfás porque sos apenas / embrión de carne cansada") adquirían gracia particular en una voz alternativamente atiplada y aguardentosa, emitida por una silueta de mechones platinados que rozaban los hombros de un smoking tornasolado.

No había motivado esa salida temprana indignación ni ofensa, apenas cierta difusa resignación. Respiraba con fruición como para llenar sus pulmones con la brisa tibia de la noche de primavera, bienvenida después del aire acondicionado, seco, metálico de El Arca de los Fantasmas. Dudó un instante antes de tirar el programa del espectáculo al que había asistido. Acaso para perfeccionar una humillación secreta, volvió a leer en él el nombre del mago cuya actuación había sido tan aplaudida: Damián Berdichevsky.

Como tantos apellidos judíos askenazis el patronímico mencionaba el lugar, geográficamente lejano pero a menudo cronológicamente próximo, del origen familiar: en este caso Berdishev, como Podolia estaba en Podolsky y Chernovitz en todas las variaciones de Cherniavsky que pueblan la guía telefónica de Buenos Aires. Bruno recordó que años atrás, un crítico de música había evocado en su presencia, sin que la mención viniera al caso, pero no podía estar seguro de si la secreta intención era molestarlo (aunque existía la posibilidad, siempre dudosa, de una casualidad), a Dora Berdichevsky, soprano que en los años cuarenta y cincuenta había cultivado en la Argentina un repertorio de cámara exigente: no sólo la *chanson française* sino también Schönberg y Dallapiccola. "Era discípula de Jane Bathory... como Loulou Bordelois y Jacqueline Ibels... Una auténtica criatura del Buenos Aires cosmopolita de otros tiempos".

Bruno había creído detectar en la mirada en apariencia emocionada del crítico un destello irónico dirigido a él, como si ese periodista, al que él despreciaba por homosexual, pudiera saber que en algún momento la ortografía impecablemente italiana del apellido compuesto Verdi-Ceschi había encubierto la que figuraba en la partida de nacimiento: Berdichevsky.

Pero no era hombre de dejarse deslizar hacia la paranoia. Su vida adulta se había organizado alrededor del control de sus reacciones, de sus emociones, aun de sus deseos. Dos años atrás, no sin esfuerzo, se había prohibido reconocer una alusión en el libro que un colega había olvidado —¿acaso demasiado visiblemente?— en el estudio: *Bajo los ojos de Occidente*. El autor de esa novela, escritor polaco que había adoptado el idioma inglés, según informaba la solapa, había nacido en Berdichev. Tras un primer momento de ira mal reprimida decidió que no había allí una indirecta. Él no iba a permitir que su seguridad, adquirida tan costosamente, se alterase por una insignificante coincidencia.

De pronto, al cruzar la avenida Córdoba, se dijo que estaba abandonando Villa Crespo para entrar en Palermo, ese Palermo antes humilde y desangelado a pesar de los esfuerzos mitologizantes de Borges, hoy invadido por restaurantes de cocina "de autor", boutiques de moda y decoración, bares cuyas mesas ocupan las veredas y parecen llenos de jóvenes sin memoria de tiempos menos despreocupados que el presente. En este barrio, lo sabía, vivía el mago cuyo número había ido a ver, de cuyo mensaje secreto era el único destinatario.

Vivía con otro muchacho, acaso felices en una casa vieja que no tenían dinero para renovar. Acaso se parecieran a tantos jóvenes como los que Bruno Verdi-Ceschi observaba, sentados ante una mesa de café al aire libre: sonrientes ante sus cervezas, escrupulosamente despeinados, bajo remeras adheridas lucían torsos musculosos que delataban la frecuentación del gimnasio; algunos exhibían incrustaciones metálicas en los labios o la nariz, la mayoría llamaban la atención con algún tatuaje hacia bíceps o cogote. Ninguno de ellos hubiera sido aceptado por padres como los que él había tenido.

Los observaba circular por otro escenario, sin límites precisos pero no menos teatral, le parecía, que el visitado minutos antes.

Sus pasos avanzaban sin detenerse, como obedeciendo al impulso de postergar la vuelta a casa. En la esquina de Malabia y Costa Rica descubrió una plaza, jardín plantado en el emplazamiento de un gasómetro desaparecido en tiempos de su infancia. Estaba cansado y se sentó tímidamente en un banco: el temor a un asalto se le disipaba por la presencia de vecinos que paseaban perros y parejas confiadas a la voluble penumbra de los bancos; las veredas de enfrente estaban cubiertas de mesas de café. Lejos de su banco, en una ladera central creyó distinguir a un hombre calvo, ya no joven, echado sobre el pasto junto a una joven china; le pareció que aspiraban en silencio el contenido de un diminuto papel plegado. Nadie parecía inmutarse ante esa actividad apenas disimulada. En huellas ocasionales de tiempos cambiados, como ésta, Bruno Berdichevsky medía la distancia que separaba a los habitantes del presente de los miedos ubicuos que habían marcado su juventud.

Al pasar por un café-teatro leyó el anuncio de los conciertos programados: entre una velada de reggae y otra de tango-fusión, actuaría un conjunto de música klezmer... En aquella juventud, tan distinta del presente que exploraba esta noche, esa palabra no se pronunciaba: *freilach* y *scher* se bailaban en casamientos ruidosos, con mujeres demasiado enjoyadas sobre vestidos demasiado llamativos y hombres de vientre petulante, imágenes que lo habían avergonzado en su adolescencia, con las que había decidido poner distancia. Pero borrar las huellas de un origen que sentía oprobioso no había sido su único esfuerzo. También había procurado exorcizar un incómodo interés por las personas de su mismo sexo, refugiándose muy temprano en el casamiento con una heredera tucumana, inevitablemente fea, católica y de familia tradicional. Había logrado, sin alegría ni placer, hacerle un hijo. Años más tarde iba a enterarse de que sus cuñadas, al repartir la herencia familiar, le habían comprado a su mujer la parte que le correspondía de una casa de campo "para evitar que en la piscina se bañe un judío".

El episodio fue el primero en advertirle la inutilidad de las estrategias que había cultivado. Luego iba a ver crecer el tamaño, y agravarse la forma, de la nariz de su hijo; en ella reconocía la impetuosa herencia semita del abuelo de la criatura. El golpe de gracia no tardó en llegar. Cuando su hijo iba por los catorce años, el padre ya no pudo seguir engañándose sobre la orientación sexual de su criatura. Para ese momento, sin pedirle consentimiento, ya le había hecho operar la nariz delatora; de ese modo (se decía con el convencimiento ciego de quienes acatan una obsesión privada) lo protegía de burlas y futuras humillaciones.

La brisa nocturna se había animado y las copas de los árboles se mecían sin reposo. La noche de primavera parecía rejuvenecida por el aire fresco, sin por ello olvidar la promesa de un verano próximo. El hombre mayor y la joven china, en un primer momento objeto de su rechazo, luego de curiosidad, ahora de cierta secreta envidia, pasaron a su lado, abrazados, riendo bajito con esa hilaridad queda, sin exultación, propia del estímulo químico. Los miró alejarse: se dijo que el hombre ya debía haber pasado los sesenta mientras ella tal vez no hubiese llegado a los treinta... Hubiesen podido ser padre e hija... Se dirigían, pensó, hacia placeres que él no sabía nombrar, que el cine le había permitido entrever, placeres que este Buenos Aires, tan distinto de aquel donde había sido joven, consentía con la blanda tolerancia de una cortesana madura.

En este mundo cambiado, su propio hijo, ingrato, no sólo había abandonado los estudios de Historia del Arte que él le había elegido como los más apropiados, dentro de lo decoroso, para su temperamento... Iba, en cambio, a inscribirse en una escuela de magia y más tarde a presentarse en público con el apellido original, sin la ortografía medrosa elegida por el padre. Su creación personal, al final del curso, y que ahora se había convertido en el momento esperado y más celebrado de sus presentaciones públicas, era un número de prestidigitación o ilusionismo donde hacía aparecer sobre su nariz, que la cirugía había vuelto pequeña, regular, un enorme apéndice como los dibujados por las caricaturas antisemitas de tiempos del Tercer Reich. Lo anunciaba, a modo de fórmula incantatoria, con una frase pronunciada con gozosa lentitud: "Come back, Shylock!".

Sentado al borde del césped (sonrió al ocurrírsele que si sus colegas del juzgado pasaran por allí no podrían sino asombrarse), a orillas de esa plaza demasiado diseñada, lo asaltó el pensamiento de que podría refugiarse en la tibieza de la brisa toda la noche, pasarla bajo las estrellas. No tenía ganas de volver a su casa, de encontrarse con la sonrisa comprensiva de su mujer ("¿Para qué fuiste? Sabías que no podía sino herirte"), de escuchar en el contestador mensajes que no iluminarían con algún relámpago imprevisto lo que le quedaba de vida, ningún alivio a la mansa rutina de envejecer.

Sentía en cambio que a su alrededor ese cuadrado de vegetación, obediente al trazado de algún urbanista sin grandes pretensiones, estaba vivo, palpitaba con la presencia de tantos jóvenes ajenos a su vida, inabordables, parejas seguramente refugiadas a la sombra de toboganes y hamacas ya abandonados por los niños de las horas de luz, despreocupados de todo ocasional espectador de su placer, exaltados por la música de walkmen para él inaudibles, que sólo podía ver de lejos.

Repitió a media voz su nombre elegido, Bruno Verdi-Ceschi, Verdi-Ceschi... Esa ortografía cosmética no le impidió oír Berdichevsky.

Mujer de facón en la liga

1

Quiero escribir la historia de Anselmo e Irene, a ver si la entiendo.

Se me ocurre que poniendo palabras una detrás de otra en la página se va a ordenar mi pensamiento, podré ver claro en esa maraña de episodios, más que sórdidos inverosímiles.

La anécdota, claro, puede resumirse en los pocos renglones de una crónica policial que en su momento hubiese publicado *La Razón* sexta. (En aquellos tiempos la televisión basura era algo inimaginable, apenas si el canal del Estado iba a balbucear en blanco y negro dos años más tarde para registrar las interminables filas que esperaban bajo la lluvia la posibilidad de decirle un último adiós a La Señora).

Esa crónica habría dicho, por ejemplo, que Anselmo, músico fracasado, alguna vez bandoneonista de la formación Milongueros del Sur, se había disfrazado de médico para introducirse en el asilo neuropsiquiátrico de Guaminí, y de allí raptar, secuestrar si se prefiere, a una paciente, Irene K., con quien iba a llevar durante los meses siguientes una vida itinerante, miserable, hasta el día en que ella lo ultimó tajeándolo, clavándole en el pecho un cuchillo de cocina.

* * *

Todo esto ocurrió en 1950, año del Libertador General San Martín. Él tenía treinta y dos años de edad y ella cuarenta. Se habían conocido quince años antes.

Todo lo que dicen esas líneas que escribí es cierto, pero estoy seguro de que las cosas no fueron tan simples dentro de su brutalidad. Ese resumen parece el material de un folletín truculento. No pretendo explorar "los rincones más sombríos del alma humana", frase del doctor Severini, ni inclinarme, reverente, sobre héroes y tumbas. Pero si cuento lo que sé de Anselmo y de Irene tal vez pueda empezar a entender su historia.

Porque Anselmo fue compañero mío de secundario en Coronel Pringles, e Irene era la mujer que toda la clase deseaba y (nos íbamos a enterar años más tarde) en alguna ocasión muchos de nosotros compartimos sin saberlo.

Pienso que el sentido de cualquier historia está en el orden de sus peripecias, en cómo éstas se encadenan y articulan, como los huesos de uno de esos saurios del Museo de La Plata, que alguien encontró dispersos en la tierra y ahora vemos armados para entender la forma y las dimensiones de un animal desaparecido hace quién sabe cuántos miles de años. Esto es precisamente lo que quisiera hacer. Si intento poner en orden, contar lo más claro posible los retazos que conozco de esas vidas, acaso se vayan iluminando los territorios oscuros que hoy separan esos fragmentos. Es lo que espero.

2

Prefiero empezar por Irene K. Por las crónicas policiales me enteré de que había nacido en 1910; tenía, por lo tanto, veinticinco años en aquel 1935 en que Anselmo y yo terminamos el secundario. La habíamos tratado apenas, en las ocasiones poco frecuentes en que atendía en la farmacia del padre: la voz corría como pólvora por la clase y esos días íbamos a comprar aspirinas o un cepillo de dientes, cualquier cosa, sólo por intercambiar algunas palabras con ella. La palabra sexy no existía en aquellos tiempos, por lo menos no la conocían los adolescentes de Pringles, pero estábamos de acuerdo en que Irene K. era la muchacha más deseable que hubiésemos visto.

Podía, también, ser insolente y desafiante: en el recital de fin de año del conservatorio Chopin se había reído sin disimulo durante las palabras de presentación de la señora de Klemen; ante las miradas censorias de muchos padres de alumnos se había retirado, murmurando muy audiblemente que prefería escuchar a los Negros Candomberos, una mera jactancia de erudición local: hacía muchos años que esa legendaria agrupación pringlense se había disuelto.

El nombre del viejo Kutschinski era impronunciable para nosotros; de allí derivó que a su farmacia la llamáramos la farmacia de K. y a su hija Irene K. Sabíamos que eran franceses, los habíamos oído hablar francés entre ellos, aunque otros juraban que en la casa hablaban una especie de dialecto alemán. Nos desorientaba la consonancia eslava del apellido. "Habrán venido de Francia nomás, pero para mí que son judíos", murmuraba mi padre antes de añadir, cabizbajo, "están en todos lados...". El viejo K., sin embargo, era socio del Club de Pelota, en cuyo restaurante esperaba la hora de cierre más de una noche por semana, y nadie lo había visto por la Sociedad Israelita Sión. De él se decía que había desertado en 1914, que había tomado el primer barco con tal de poner distancia con la guerra, y había desembarcado en Buenos Aires así como hubiese podido llegar a Australia.

Más tarde, ya adulto, iba a comprobar que no ocultaba ninguna de esas cosas. Lo fui a ver cuando mi padre necesitó morfina en las últimas semanas del cáncer y el médico que se la recetaba no había vuelto de lo que había anunciado como un fin de semana en Buenos Aires. Kutschinski se mostró comprensivo y no hizo problemas para ir a casa a darle más de una inyección. Durante aquellas semanas de interminable agonía de mi padre fuimos trabando una frágil intimidad, como puede surgir cuando alguien nos auxilia en momentos difíciles.

En mitad de la noche, en voz baja, mientras se enfriaba el café que bebíamos en la cocina, me explicó que era alsaciano y le resultaba tan difícil considerarse francés como alemán, en todo caso que había preferido no participar en una guerra entre naciones que se habían disputado, cedido, ocupado *su* Alsacia, el único país que consideraba suyo. Cultivaba, sin embargo, una lealtad empecinada hacia Alemania. Recuerdo una frase: "Es difícil de imaginar hoy, con Hitler en el poder, pero le aseguro que en 1910 había más antisemitismo en Francia que en Alemania...".

Mis lagunas, por no decir mi ignorancia de la historia como de la geografía europeas, me impedían apreciar debidamente esas confidencias; aún oigo, sin embargo, el acento leve, borroneado por décadas de campo argentino, y la voz queda, sin énfasis. Nunca hablaba de su mujer, que pocos años después de llegar, apenas terminada la Primera Guerra Mundial, se había vuelto a Europa, decían que sin avisarle y dejándole una hija de ocho años. De ella no iba a llegarles ni una tarjeta postal.

De la hija, en cambio, hablaba, aunque sólo para decir que le recordaba a su mujer. Nunca supe si se refería a la belleza de Irene, a la sensualidad que emanaba de sus gestos y movimientos, o si aludía a algún rasgo de carácter. Una vez, sí, lamentó que la muchacha llevara una vida "desordenada". El eufemismo, insólito en mi ambiente, me resbaló; sólo volvió a mi memoria años más tarde, después de los hechos que hoy intento entender.

3

A Anselmo lo recuerdo en el colegio como el único de la clase que no tenía un proyecto de futuro. Quien más quien menos, uno quería trabajar en el garage del padre, otro estudiar en la Capital. A Anselmo le decían el poeta, parecía siempre distraído y aunque no sacaba malas notas se le notaba que no le interesaba ninguna materia. Para la fiesta de fin de año de 1935 sorprendió a todos apareciendo con un bandoneón y tocando "Muñeca brava" en solista. La admiración de algunos, la desconfianza, aun la envidia de otros ante esta revelación de un talento insospechado, pronto se disimularon en comentarios burlones: "Mirá que nos había salido artista...".

Nos dispersamos apenas terminado quinto año y de Anselmo sólo supe que se había ido a Bahía Blanca, donde había sido aceptado en Milongueros del Sur, un conjunto bahiense que nunca llegó a tocar en Buenos Aires pero durante años animó los carnavales de Tres Arroyos, Necochea y Monte Hermoso. Había tres bandoneones en la orquesta y quienes oyeron tocar a Anselmo opinaban que se destacaba; aseguraban, incluso, que le permitían algún solo ocasional. Yo nunca lo vi en escena.

En aquellos años de juventud, cuando mis medios me lo permitían, hacía alguna visita a la Capital, a los "templos de la vida nocturna", para tener un atisbo de un mundo inabordable. Sabía que no podía ir más allá de la única copa de champagne, ni por cierto bailar con las "alternadoras", perfumadas criaturas enfundadas en largas túnicas de satén; seguía sus evoluciones en la pista, en brazos de hombres mejor vestidos que yo, como si fueran actores en la pantalla del cine, un espacio que no me suscitaba envidia porque lo sabía inaccesible. Más de una noche de sábado, cuando una "orquesta de cambio" reemplazaba a la titular, de visita en el baile de algún club, me acordé de Anselmo, y jugué a buscar su cara entre las de los bandoneonistas que tocaban en el Chanteclair, en ausencia del maestro D'Arienzo, o en el Marabú, en ausencia del maestro Di Sarli. Nunca lo reconocí.

¿Fue en 1945 cuando lo volví a ver? Recuerdo que a fines de noviembre celebramos los diez años de habernos recibido. En algunas caras yo leía una mezcla confusa de esperanza y resentimiento, pienso que entreveían la aurora de una nueva Argentina que los resarciría de quién sabe qué postergaciones y humillaciones; otros en cambio hablaban de fascismo, de corporativismo, cosas que sonaban importadas de Europa, donde se había terminado una guerra que a decir verdad no le importaba mucho a ninguno de nosotros. En todo caso, en algún momento de aquella noche estuvimos de acuerdo en prohibirnos hablar de política durante la cena, apenas si alguien dijo que el viejo K. debía estar contento con la derrota de Alemania, "como todos los moishes".

Sí, fue en aquella ocasión cuando volví a ver a Anselmo, no sé si mejor vestido que nosotros pero con cierta elegancia displicente en el porte, una actitud que debía haber adquirido en las giras, entre frecuentaciones artísticas que yo imaginaba más prestigiosas de lo que realmente eran. Cuando alguien mencionó a Irene K., que pocos años antes había abandonado Pringles con destino desconocido, fue Anselmo el que supo decirnos que ahora vivía en Guaminí, sola.

—¿Sola? Ya debe haber pasado los treinta... Ahora debe hacerse pagar —sugirió el tape Giménez, con una risita que se quería irónica y le salió sardónica.

Fue como el detonador de un anecdotario colectivo: el que "se la había hecho" en la trastienda de la farmacia después de medianoche, el que había creído "conquistarla" ofreciéndose a llevarla en su coche a visitar a un pariente que vivía en Dorrego y en el camino de vuelta fue casi violado por ella, el que creyó necesario emborracharla en un baile del club social y cultural antes de revolcarse juntos en el potrero vecino. No sé qué discreción, qué pudor me hicieron callar nuestra matinée en la última fila de platea del Splendid de Pringles durante *Cita en la frontera*, un film donde gorgojeaba Libertad Lamarque aunque nosotros apenas si la oímos.

Anselmo parecía escucharnos, inmutable. Cuando amainaron las risas y los pormenores escabrosos, acaso inventados, habló con voz clara, serena.

—Irene no necesita cobrar. Vive de lo que yo le paso. Es mi mujer.

Se puso de pie y dejó el restaurante.

4

Irene K. no nos mintió, nunca, a ninguno de nosotros. En el momento en que se entregaba, ya fuera echada en el asiento trasero de un automóvil estacionado al borde de una cuneta en el camino entre Dorrego e Indio Rico, o de pie en el precario laboratorio detrás de la farmacia familiar, entre probetas y alambiques y frascos que asomaban fantasmales en medio de la oscuridad si los rozaba, filtrado por un tragaluz, el lejano alumbrado público, o tendida en ese potrero inhóspito a orillas del Pillahuincó que la vanidad lugareña persiste en llamar balneario, mientras desde las ventanas abiertas de la Sociedad Cosmopolita la lejana orquesta de turno dejaba oír "Bailando en el Alvear", sobre todo en el momento en que nos mordía el cuello y hurgaba impaciente en nuestras braguetas tímidas, susurrando "sos el único" o "como vos ninguno", Irene K. decía la verdad.

No era una verdad que pudiera medirse con el tiempo, por su duración, sino una verdad del instante, y era verdad que en ese instante sólo existía para ella el hombre que la penetraba, que alguna vez, turbado por la realización de un deseo largamente acariciado, corrió peligro de derramarse ante las puertas mismas del paraíso profano al que estaba a punto de acceder.

Cómo había ido a parar a Guaminí nunca lo supe. Debo decir que la noche de la accidentada cena nadie tuvo ganas de volver al tema: una vez superado el silencio que siguió a la partida de Anselmo, se habló de fútbol. Más tarde, de a poco, me iban a llegar algunas noticias que me permitieron empezar a armar el rompecabezas al mismo tiempo que suscitaban incógnitas nuevas. Cuando se vendió la farmacia tras la muerte del viejo Kutschinski, el nuevo propietario me comentó que había querido enviar a la hija algunos efectos personales del difunto hallados en la trastienda; el escribano encargado de la sucesión le dijo que vivía en Bahía Blanca y se ocupó del trámite. Él nunca la vio. "Por lo que oí decir, era bravita... Mujer de facón en la liga".

Para los bailes de año nuevo de 1948 pasó por Pringles un músico que había conocido a Anselmo cuando ambos eran parte de los Milongueros del Sur. Lo recordaba como un muchacho melancólico, que ya intuía el fracaso de las ilusiones que se había hecho sobre su carrera musical: aunque había sido llamado para un reemplazo durante una gira de la orquesta de Edgardo Donato, nunca le llegó la invitación para tocar en la Capital. Vivía en una pensión, con una mujer algo mayor que él. Según otros músicos, añadió, bajando la voz, ella lo ayudaba cuando las finanzas se ponían difíciles; tras esta confidencia me clavó durante un instante una mirada cargada de insinuaciones. No me atreví a preguntar si esa ayuda provenía de la modesta herencia del viejo Kutschinski o si suponía el ejercicio de lo que por aquellos años *La Razón* sexta todavía llamaba "un triste comercio".

El correo me devolvía con regularidad una primera novela, que iba a ser la única terminada; yo la enviaba, ingenuo, a distintas editoriales de la Capital y rechazaba, pretencioso, las invitaciones a colaborar en *El Orden* y *La Noticia*, periódicos locales de diverso prestigio que me parecían condenarme a una misma, irremediable provincia. Un buen día también me llegó el nombramiento en el colegio de Pringles; para obtenerlo había cumplido, meses antes, con la afiliación obligatoria al Partido Peronista. Volví a entrar, ahora como profesor, en las aulas despintadas donde había pasado años esperando esa vida más interesante que, creía, me esperaba afuera. La directora, a punto de jubilarse, me eligió como depositario de chismes acumulados durante toda una existencia menos docente que administrativa. Entre noticias poco edificantes sobre la vida íntima de profesores, antiguos condiscípulos y aun familias locales ajenas al colegio, me reveló que cada tanto el viejo Kutschinski internaba a su hija durante unas semanas para someterla a tratamiento psiquiátrico. De creerle, las supuestas curas en un sanatorio de Córdoba, exigidas por los pulmones desfallecientes de Irene, no habían sido tales...

183

5

Tantas cosas que nunca sabré... Cuándo y dónde se unieron los caminos erráticos de Anselmo e Irene, ni por qué mientras él tocaba en Bahía Blanca y otras localidades del sur ella permanecía en Guaminí, o en qué momento ocurrió su última internación, aquella de la que Anselmo iba a raptarla. Una vez más la realidad me sorprendía con conductas, con vínculos insospechados: me hacía sentir que fuera de mi vida opaca había novelas que me eludían, que otra gente se permitía vivir, ante las cuales me sentía inerme, irremediablemente excluido...

En el ocio vacío de una tarde de julio, en 1953, mientras Pringles se agitaba con la celebración de los Juegos Florales organizados por la Sociedad Cosmopolita, los primeros que se realizaban desde 1932, me decidí sin mucha confianza a escribirle al doctor Severini, director del asilo neuropsiquiátrico de Guaminí. Me respondió con la reserva profesional que suscita la curiosidad de un desconocido. Creo que ya en una primera visita logré disipar en parte su desconfianza. Me aseguró que no sabía mucho más que yo sobre esos personajes de ficción en que el crimen había convertido, inevitablemente, a personas que yo había creído conocer en mi juventud. Entendí que el doctor Severini había firmado sin convicción el dictamen de experto psiquiátrico, necesario para que Irene K. no fuera a la cárcel; no excluía, sin embargo, la posibilidad de una coartada, que las anteriores internaciones de la paciente volvían verosímil.

Ella le había contado, con serenidad que podía tomarse por lucidez, cómo había seguido en sus giras a ese hombre cuyo bandoneón sonaba más misterioso que cualquier otro instrumento de la orquesta, que su música la había fascinado, la había enamorado. En otras ocasiones contradecía ese relato: había querido vengarse del hombre que un día, celoso, fuera de sí, le había gritado en público "No sos más que una loca", había decidido seguirlo hasta que él renunciara a escaparle, hasta demostrarle que tenía razón, que ella era una loca.

—Qué quiere que le diga... —el doctor Severini sonrió con escepticismo—. Entre nosotros la palabra loco, en el sentido en que se la usa corrientemente, no tiene vigencia, pero tal como rige fuera de la profesión, si en esta relación alguien estaba loco, era más bien él. Créame: el fracaso de las aspiraciones artísticas, en alguien con temperamento de artista pero sin el talento o la fuerza de voluntad necesarios para realizar sus sueños, puede derivar en la entrega a una pasión alucinada, a una suerte de ficción vivida. ¿Sabía que su amigo terminó tocando en un circo?

6

Anselmo llegó al circo Royal al final de su vida profesional.

Incapaz de montar espectáculos teatrales en la tradición de los Podestá, el Royal proponía la actuación de cantantes, "estrellas porteñas" cuyas presentaciones en la Capital rara vez habían superado algún club de barrio, y orquestas típicas de formación azarosa que con el tiempo se fueron reduciendo a cuartetos. En algún momento de su decadencia, el Royal se cruzó con la decadencia de Anselmo, que pasó a integrar el conjunto habitual del circo, los Ases del Compás.

Por ese entonces el afiche del Royal (un círculo de fuego, atravesado de un salto por un león erguido) era un resabio de tiempos idos, probablemente un recuerdo prestado por circos mayores, y no correspondía al espectáculo ofrecido: un caniche aturdido, encandilado, vacilante ante un aro decorado por inocuas luces de Bengala, que finalmente cruzaba impulsado por un puntapié del payaso. Así fue como la proeza, tras una breve pausa en el ridículo, decayó en número cómico.

El Royal tenía una atracción muy celebrada por públicos suburbanos y rurales, pero que solía suscitar algún resquemor en sensibilidades menos rústicas. Se trataba de los, en su momento, famosos "patos malamberos". Mientras el payaso castigaba un bombo con el ritmo aproximado de un malambo, sus asistentes traían una bolsa de arpillera de donde descargaban cinco o seis patos sobre una placa metálica. Inmediatamente aplicaban a esa placa una serie de descargas eléctricas y los patos saltaban en algo que podía recordar el zapateo endiablado de un malambo.

Anselmo estuvo presente la noche en que un accidente puso fin, con un peso simbólico más allá de la calamidad, a esa caída libre. Ocurrió en las afueras de Lincoln. La amazona, mujer madura y robusta que necesitaba ataduras firmes para mantenerse sobre la montura de un percherón fatigado, sintió que su peluca había sido mal ajustada e intentó afirmarla en mitad del trayecto por la pista; su gesto nervioso no pasó inadvertido para el viejo caballo, que corcoveó con inesperada energía y volteó a su jinete, calva y gimiente, en medio del aserrín y las carcajadas del público. Por indicación de Anselmo, los Ases del Compás atacaron inmediatamente "La muchacha del circo" sin lograr que la música ahogara el regocijo general, ni siquiera cuando el payaso ayudó al maestro de ceremonias a retirar de la pista a la vapuleada amazona.

Esa misma noche el director y propietario del Royal partió con destino desconocido, abandonó los carromatos descascarados, los toldos no menos remendados que la ropa de escena, y dejó huérfanos a sus últimos artistas. Meses más tarde el payaso había sido visto por calles de Tandil, buscando comprador para un caniche chamuscado.

¿Fue entonces cuando Anselmo y la mujer que lo seguía en todos los desplazamientos del circo habían llegado a Guaminí?

7

Los imagino en la triste vida de pensión, en Guaminí o Bahía Blanca, o en cualquier poblado del sur, cenando en una fonda vecina al lugar donde tocaba Anselmo, si no en el cuarto, comiendo algo frío o recalentado sobre el primus, la botella de vino o de grapa guardada en el fondo de un armario, las manchas de humedad en el cielo raso y el olor a pis de gato insinuándose desde los pasillos, el roce con vecinos de mirada socarrona o huidiza, la espera en mitad de la noche ante la puerta de un baño ocupado. Los imagino con un frío que no puede derrotar la estufa a gas, apretados uno contra otro bajo las frazadas, acaso conociendo una felicidad más intensa que cualquiera que yo haya podido vivir. Los imagino en medio de la noche, durmiendo lado a lado en un ómnibus tambaleante sobre caminos de ripio, o insomnes, atisbando por la ventanilla sucia los campos dormidos bajo la luna, y tal vez riéndose porque la "luz mala" que habían creído distinguir en medio de la oscuridad se revelaba al acercarse como la ventana iluminada de un rancho. Los imagino sabiendo, una noche cualquiera, más bien una mañana al despertar, que nunca iban a llegar a Buenos Aires, y riéndose, porque ya no les importaba la Capital sino seguir hasta el final esa vida itinerante, que otros podían ver como miserable o sórdida y ellos habían convertido en un destino elegido.

¿Cuándo se había disuelto Milongueros del Sur? ¿En qué momento Anselmo pasó a tocar en fondas y cantinas, en ocasional dúo o trío con una guitarra y un violín huérfanos de público? ¿Cuándo había ido a parar, resignado o indiferente, al circo Royal? Sólo sé por el informe de la policía que una mañana, antes que él despertase, Irene K. había ido en puntas de pie hasta la cocina de la pensión, había tomado el cuchillo más grande que halló, y al volver al cuarto hundió la hoja oxidada en el pecho de Anselmo, cruzándolo varias veces con movimientos veloces, como latigazos, antes de hundirlo con una fuerza insospechable para una mujer debilitada por la enfermedad. Según el informe del forense, Anselmo, acaso estupefacto, no habría opuesto resistencia. ¿Había consentido?

En todo caso yo no reconocía a Irene K., no quería reconocer la imagen que de ella me había hecho, en esa vuelta al asilo declarándose loca, esperando un dictamen médico que pudiese evitarle la cárcel. Había algo premeditado en esa coartada y yo no podía asociar a Irene K. con cálculos de ningún tipo. Era, había sido siempre, al menos yo la recordaba, demasiado impulsiva, imprevisible, no sé si decir salvaje...

Esa mujer que a principios de una tarde de primavera, en las afueras de Guaminí, jadeante, con los zapatos deshechos, había tironeando con furia la cadena colgante a un lado del portón metálico del asilo, y había hecho sonar la campana hasta que le abrieron, y había pedido que la aceptaran de vuelta repitiendo con convicción en la voz y extravío en la mirada "Estoy loca, maté a un hombre" tantas veces como fuera necesario para que la recibieran en ese refugio, para otros la cárcel más temida, esa Irene K. podía estar loca de alguna manera que yo no podía imaginar pero que sin duda era personal, privada. No estaba construyendo una coartada, midiendo palabras y gestos para eludir la sanción de un arrebato. Porque de esto estaba seguro: arrebato había sido. Era lo que correspondía a Irene K., algo ciego, visceral, en todo caso ingobernable.

—¿Está seguro de que no quiere verla? —insistió el doctor Severini, como si el propósito de mi visita hubiese sido comprobar lo que los años le habían hecho a Irene K.

Yo le había dicho de entrada que la historia de Anselmo me rondaba, me perseguía desde que me enteré de su muerte, que había intentado entenderla sin llegar a aceptar del todo ni el súbito rapto de locura de Irene K. ni un impulso suicida, autodestructivo, o como los psicólogos lo llamen, por parte de mi amigo. El doctor me estudiaba mientras le explicaba estas razones de mi entrevista, sin duda inconvincentes, o que hacían de mí un caso más de los que desfilaban por su clínica.

—El amor puede asfixiar —pronunció finalmente, como resignado—. Estamos acostumbrados a pensarlo como algo deseable, benéfico, halagüeño... Pero también puede ser una enfermedad, una obsesión, tan destructiva para el enamorado como para el objeto de su amor. Piense en Irene K. como una mujer de precario equilibrio psíquico, que termina habituándose a los límites, a la disciplina de este asilo. Llegó aquí, la primera vez, agotada por una vida que había escapado a su control, de la que había terminado víctima tanto como protagonista. De pronto aparece un personaje acaso olvidado, un resabio de esa vida inquieta, azarosa que fue la suya en un pasado del que se había ido desprendiendo hasta relegarlo casi al olvido. Este hombre la asedia, la rapta, le da en su vida imaginaria un lugar que ella no pidió. La hace prisionera de su obsesión: la arrastra a una existencia precaria, la encierra cuando debe separarse de ella por unas horas, se adhiere a sus días, a su sueño, a su cuerpo... Ella termina asfixiada por el amor de ese hombre. Necesita respirar. Tiene que extirparlo de su vida. ¿Me comprende?

Comprendía, sí, pero no sé si aceptaba esa interpretación. El novelista postergado que, empezaba a sentir, había despertado en mí tras un letargo de años rehusaba darse por satisfecho. Me lo exigían esos mismos personajes que yo había urdido, más a partir de lo que ignoraba que de los mezquinos indicios a mi alcance.

Las palabras del doctor Severini resonaban en mi memoria mientras buscaba distinguir un sendero casi borrado por la maleza: quería alcanzar lo antes posible el portón de metal herrumbrado que me devolvería a lo que desde adentro se pensaba como el mundo de los libres, y afuera se prefería creer el de los sanos. Me asaltó la idea de que ese mismo trayecto lo habían hecho años atrás Anselmo e Irene, quién sabe con qué aprensión, con qué ilusiones ante el riesgo que desafiaban. ¿A qué hora del día había ocurrido el rapto? No sé por qué elegí el amanecer, la bruma que se levantaba de la tierra empapada de rocío borroneando las siluetas y el paisaje. Veía a Irene K. con un camisón gastado, tiritando, protegida por el abrazo de Anselmo. Esa escena romántica, embriagadora, me distrajo.

Era la última hora de la tarde. El sol aún doraba las copas más altas de los tímidos follajes de septiembre, animados por una brisa perezosa. Me detuve y miré hacia atrás.

A lo lejos, apenas visible en la penumbra ya azulada que avanzaba sobre el parque, distinguí una silueta descalza sobre la hierba. Delgada, casi flaca, me pareció que ojerosa y arrugada y desteñida y sin embargo aun luminosa, como si reflejara un resplandor que yo no percibía, acaso sonriente en medio de una mueca y llorosa mientras sonreía, inmóvil pero temblorosa, a la vez altiva y desorientada, casi pueril ante el primer atisbo de vejez pero con la promesa de un movimiento de ancas capaz de derrotar cualquier virilidad que se le atreviese, con los ojos hundidos pero la mirada penetrante, como si hubiese visto algo que no tuviese palabras para nombrar, o hubiese preferido callar si conociera las palabras que no querría pronunciar, detenida en una pausa que podía durar indefinidamente, reconocí a Irene K.

Creo que precisamente en ese momento intuí algo que el doctor Severini nunca podrá entender. Ahora, al escribirlo años más tarde, ya no tengo dudas, sé que es verdad.

Ahora sé que Irene mató a Anselmo por amor, por piedad: para liberarlo del amor que él había concebido por ella, de la servidumbre que él había elegido menos como expiación de una frase hiriente, que ella acaso había olvidado, que como única posesión posible. Que así como para ella la libertad estaba en la locura, reconocida, aceptada, Irene había comprendido que para él la única libertad posible exigía prescindir de ella, ignorarla: algo para él imposible de elegir, algo que sólo ella podía elegir por él, para él.

Ser libre... Qué vanidad.

* * *

En la estación, los altoparlantes difundían una voz cuartelera y un discurso patriótico; en los intervalos podía oírse a un cantante aplicadamente canyengue machacando "por cuatro días locos que vamos a vivir, por cuatro días locos te tenés que divertir".

El tren llegó con atraso. Lo esperé, esquivando pensamientos no deseados, de esos que nos asaltan en algún momento vacante de la jornada, o en medio del insomnio: la amargura de no haberme atrevido a amar, a Irene ni a nadie, de no haber sabido ganarme una muerte novelesca, de envejecer mansamente.

Cuando llegué a la Capital ya era de noche.

Huérfanos

"... para él, el significado de un episodio no estaba en su interior,
como un núcleo, sino afuera, rodeándolo:
del mismo modo en que un resplandor produce un halo,
uno de esos halos neblinosos que a veces hace visible
la iluminación espectral de la luz de la luna...".

Joseph Conrad, *Heart of Darkness*

El reencuentro

Ya es de noche cuando llego a El Soberbio. Creo que dormí en el taxi que me trajo, tres horas largas, desde el aeropuerto de Posadas. Por momentos al menos: recuerdo haber entrevisto el anuncio de lugares donde no nos detuvimos, Candelaria, Oberá, y también, a medida que el día se apagaba, cómo se iba ennegreciendo el verde brillante de una vegetación abandonada por el sol. En el cielo un color de sangre coagulada parecía absorber el rojo de la tierra.

Había pasado casi sin pausa del aire refrigerado del aeropuerto al del vehículo. Pude sin embargo adivinar el calor pegajoso, camisas blancas adheridas a la piel por el sudor, en las pocas siluetas, andar cansino, agobiado, que vi avanzar al borde del camino; pero sólo al bajar ante el hotel Los Abuelos, y detenerme a mirar unos ceibos mecidos por la brisa, sentí en la cara una húmeda, ardiente bienvenida.

Entendí que estaba pisando territorio desconocido.

El doctor Bermúdez me había dejado un mensaje ("Si no está muy cansado, lo espero para una copa en el Beyco Bar; si no, mañana paso por el hotel a las 10".) que no me disuade: la ducha y la cama, prioridades irrenunciables. Las horas sentado, primero en el avión, después en el taxi, me duelen en la espalda, no en vano he cumplido cuarenta años, acusa mi médico, sin deporte ni actividad física. Eso se paga.

No quiero acostarme apenas salido de la ducha, quisiera respirar aunque sólo fuera un instante el calor nocturno. Abro la ventana que protegía el aire acondicionado de la habitación, salgo a un balcón y las gotas de agua que la toalla no ha secado se transforman inmediatamente en transpiración. Intento descifrar la oscuridad donde se esconde, supongo, una vegetación apenas domada. Un perro invisible empieza a ladrar, quejoso; mi aparición debe haber interrumpido su sueño.

Cierro la ventana, vuelvo al fresco artificial que me permitirá dormir. Espero el sueño mirando sin demasiada atención un folleto turístico dejado sobre la mesa de luz: los saltos de Moconá, atracción turística de la zona. Pero no he venido al Soberbio como turista.

Primeras sorpresas: el doctor Bermúdez es joven y no se disculpa por hablar portuñol, aparentemente, la lengua común del lugar. Afable, efusivo, me da la bienvenida a esta frontera porosa, que espera desde hace años el puente que cruce el río Uruguay y comunique con Porto Soberbo en Brasil. Me invita a pasar más tarde, "cuando le quede cómodo", por su despacho para firmar no sé qué papeles relativos al entierro de mi madre.

Su trato nada formal me pone cómodo. Estoy a punto de confesarle que desde la infancia creí muerta a mi madre. Fue su correo lo que me desengañó de toda una vida de ficción urdida por mi padre, prolongada, nunca sabré si en complicidad o ignorancia, por los tíos que me criaron desde mis ocho años de edad, cuando mi padre sucumbió a una misteriosa enfermedad tropical nunca diagnosticada.

Lo que sí le explico es que aunque nací en El Soberbio no guardo recuerdo alguno del lugar. Mi padre me llevó a Buenos Aires pocos meses después de haber nacido, cuando enviudó. La palabra me ha traicionado. Sonrío, el doctor Bermúdez acompaña mi sonrisa. Digo algo así como que una separación, no sé si violenta, en todo caso franca, definitiva, puede ser vivida como una viudez si el rencor o la nostalgia no mantienen vivo el vínculo cortado. El abogado asiente y también él busca una palabra cuando necesita explicarme que mi madre era una mujer... la pausa se estira hasta que encuentra la palabra que le parece apropiada, una palabra que cubre cualquier significado y se abre a todos. Especial. Sí, recalca, mi madre era una mujer bastante especial. El adverbio no mitiga la palabra elegida, más bien la enriquece: especial, una mujer bastante especial.

Los papeles que he venido a firmar, ya que no hay bienes por heredar, son los necesarios para permitir que no sea enterrada en el cementerio local. Su voluntad consta en un documento que necesita ser refrendado por una persona con esa autoridad anterior a todo código, la de la sangre. Mi madre quería ser enterrada sin ataúd, desnuda, en campo no consagrado. En la selva.

No debo esperar más que veinticuatro horas antes de que la ceremonia, si es que de ceremonia se trata, se realice para alivio de las autoridades, sobre todo del hospital local, mal equipado en cámara frigorífica que postergue la inevitable corrupción de un desecho humano en temperatura tropical.

Son horas vacías. Un día largo que hubiese podido pasar en el cuarto de hotel, sin ropa, leyendo una novela policial. Pienso, sin embargo, que nunca volveré al Soberbio y me despierta cierta curiosidad la ciudad donde nací, donde mi padre eligió instalarse para llevar adelante una de sus investigaciones, creo que la palabra correcta es etnográficas. Aquí conoció a mi madre, de la que nada sé, de aquí me llevó a Buenos Aires cuando aun no había cumplido un año.

De mi madre no había en casa ni una sola fotografía y las preguntas a mi padre quedaban sin respuesta. Más tarde, cuando tuve edad como para atreverme a mencionarla ante mis tíos, recibí un relato que no se me ocurrió poner en duda hasta este momento, cuando me entero de que no había muerto como me dijeron.

—Fue un error de tu padre, un idealista, ciego a la realidad. Se casó con una mujer casi desconocida, vaya uno a saber quién era en realidad, si una campesina o algo menos decente, una lugareña que le contaba historias, leyendas, supersticiones de la región. Tu padre la grababa durante horas, así empezó todo. Cuando naciste tuvo un momento de sensatez, entendió que no podías crecer ni educarte en ese ambiente y te trajo a Buenos Aires.

—¿Y mi madre? ¿No se opuso?

Era la pregunta que clausuraba la conversación.

Alguna vez, por toda respuesta, mi tía señaló con la mirada mi mano izquierda, donde falta el dedo meñique, motivo de burlas en la escuela ("che, cuatro dedos, ¿dónde lo metiste?"), y murmuraba sin mayor precisión algo sobre el descuido que había sufrido en mis primeros meses de vida, el accidente en que había perdido un dedo.

Tengo la impresión de que la gente que cruzo en las calles del Soberbio sabe quién soy, en todo caso están enterados del motivo de mi visita; acaso sólo les llame la atención una cara nueva, un forastero recién llegado. Alguno le sonríe al desconocido. Otros se limitan a observarlo sin disimular la curiosidad. La mayoría son jóvenes. En el frente de algunos negocios leo nombres alemanes, en uno subsiste un apellido polaco, resto de una lejana colonización.

Al llegar a orillas del río me detengo a escrutar la costa brasileña buscando sin éxito algún motivo pintoresco que retenga la mirada. A las seis de la tarde dejan de funcionar las aduanas en ambas costas y crece la cantidad de balsas que transportan mercadería no declarada, sin duda droga, acaso niñas, origen sin duda de la opulencia de nuevo rico que bordea la costanera. Pasa una chata cargada de troncos en dirección a Corrientes. ¿En qué fecha dejaron de bajar los troncos en jangadas?

Anochece, pero el calor no amaina.

* * *

En el camino de vuelta al hotel echo una mirada al bar adonde el doctor Bermúdez me había invitado la noche de mi llegada. Música que ahoga la conversación.

Obediencia a la moda en pelo y ropa. Algún tatuaje discreto en un hombro descubierto. Público juvenil, locuaz, despreocupado y a la vez seguro de su lugar en esa franja social que ha logrado mantener la cabeza fuera del agua.

No he venido a esta frontera distante para encontrarme con un bar parecido a los que evito en Buenos Aires. En alguna calle lateral a la del hotel, supongo, encontraré algún local menos sumiso a la actualidad. Confieso que aunque nunca me interesaron las investigaciones de mi padre, y me dediqué temprano a la física cuántica, alimento un vago instinto (literario, según mi ex mujer) que me lleva a husmear en busca de rincones donde perdure algún resabio novelesco, decadente. Existen, lo sé, en todas las ciudades, basta con evitar los lugares recomendados en las guías, las avenidas más iluminadas.

Y desde luego que también existe en El Soberbio. No tiene nombre, luce en cambio neón enturbiado por generaciones de moscas muertas, y parroquianos silenciosos que parecen ocupar lugares asignados por un director de teatro olvidado. El hombre que atiende mi mesa omite saludo y sonrisa, asiente con una inclinación casi imperceptible cuando le pido una caña, bebida ajena a mis hábitos pero que supongo propia del lugar. Había probado un primer sorbo del líquido dulzón, más bien espeso, cuando se me acerca un anciano, una figura como las que esperaba frecuenten un bar como éste.

—Disculpe mi indiscreción. Profesor Alves Mendonça, para servirle. Fui condiscípulo de su padre, conozco y admiro su obra. A pesar de tener la misma edad, él me aventajaba en dedicación e inteligencia. Me guio en mis estudios, se ofreció a corregir las modestas monografías que publiqué en mi juventud.

Balbuceo, confundido, palabras no sé si de saludo o de agradecimiento y le pido que comparta mi mesa. Empiezo por decirle que mi padre murió cuando yo tenía ocho años y más tarde mi vocación me llevó por caminos muy distintos de los recorridos por él. Lo invito a beber algo y pide una cerveza bien helada.

—Veo, sin embargo —sonríe, echando una mirada al vaso de caña—, que no desdeña nuestras bebidas autóctonas. Precisamente una de las primeras ponencias de su padre, antes de internarse en terrenos más peliagudos, fue sobre la costumbre de beber caña con ruda el 1 de agosto. Las hojas de ruda macho maceradas en el mosto del azúcar de caña, en la melaza con alcohol, protegen, se suponía, aun hoy se cree, de las enfermedades del mes más frío del año. Agosto: "mes de lo fasto y lo nefasto". Fue su padre quien asoció esa creencia con la fiesta de la Pachamama. Los profesores, unos porteños ignorantes, rechazaron su argumento sosteniendo que la fiesta es propia del noroeste del país, regiones de tradición quichua y aymará. Pero su padre grabó testimonios en esta provincia y en Corrientes, demostró que los guaraníes también la celebran y beben la caña con ruda el 1 de agosto.

Mientras lo escucho hago un rápido examen de los signos de respetabilidad marchita que exhibe: traje color arena, corte impecable y bordes raídos; restos de pelo cuidadosamente aplastados contra el cráneo y tres días de barba entrecana sin pretensión alguna de displicencia juvenil. Es un hombre elegante, no habla portuñol sino un castellano impecable, con un leve acento brasileño.

—Hoy se vende la caña con ruda en botellas. Los vendedores de yuyos son los que sostienen la tradición: hay que hacer la mezcla tres días antes del 1 de agosto, no vale la embotellada por más artesanal que la anuncien… En fin, si la gente cree en ella, tendrá su efecto, no hay duda. Lo único que vale, siempre, es la fe.

No voy a desperdiciar la aparición providencial de un personaje que había conocido a mi padre y podía llenar tantas lagunas arrastradas durante décadas, a decir verdad importándome cada vez menos. Algo había borrado esa indiferencia cuarenta y ocho horas atrás, algo decisivo: me habían revelado que en este rincón para mí exótico había vivido mi madre. Había vivido todos los años de mi vida sin dar señales de la suya. Pregunto qué había querido decir al referirse a "terrenos más peliagudos".

—Su padre siguió la senda marcada por las investigaciones precursoras del doctor Ambrosetti, el sabio entrerriano que murió, fíjese la coincidencia, hace exactamente un siglo, en 1917. El doctor Ambrosetti hizo los primeros relevamientos de leyendas y supersticiones rurales, no sólo aquí, también en los valles calchaquíes y en las pampas. Hombre de campo, no sólo académico, sabía ganarse la confianza de quienes no diré entrevistaba, más bien con los que entraba en conversación y terminaban por confiarle el lado más oscuro de nuestras tradiciones... Su padre también tenía ese don de hablar de igual a igual con la gente más humilde. Con los analfabetos, los que guardan el tesoro secreto.

Un silencio, suyo y mío. Ahora debo añadir "el lado más oscuro" a los "terrenos más peliagudos"... Decido dar un salto. Pregunto si el profesor había conocido a mi madre. Tarda un instante en hablar.

—Sé quién era. No puedo decir que la haya conocido.

Termina de un trago la cerveza de su vaso y se pone de pie.

—Ha sido un gusto conocer al hijo de alguien que respeto, maestro más que colega. Si tuviera un momento libre será un gusto volver a verlo. Aquí me encuentra todas las noches.

Lo miro alejarse con paso cauteloso.

Vuelvo al hotel distraído en pensamientos, más bien en preguntas que temo sin respuesta. Me equivoco en una esquina y estoy a punto de alejarme del camino estudiado en un plano de la ciudad cuando me alerta un ladrido quejumbroso. Un perro me ha seguido desde que salí del bar. ¿El mismo que había oído desde el balcón de mi cuarto? Lo miro y se acerca confiado, un perro callejero de pelaje y ojos de color que la oscuridad no me deja reconocer. Estiro una mano para palmearlo y me lame la cicatriz casi borrada donde alguna vez había estado el deño meñique.

* * *

El cuerpo había sido envuelto en una funda blanca, una sábana cosida con hilo sisal. Dentro de ella se sacude un volumen sin forma, la bajan sin mucho cuidado de una camioneta de la municipalidad. La fosa ya había sido cavada. Estamos en un claro en medio de una zona de vegetación tupida, tal vez no sea aún la selva, en todo caso para llegar a ella han sido necesarios cuarenta minutos por la ruta provincial antes de internarnos en un sendero talado.

En el camino de ida, dos respuestas del doctor Bermúdez alimentan mi desconcierto. ¿La Iglesia no se opone a sepultar fuera de tierra consagrada? No, explica, cuando se trata de una persona declarada ajena de la religión. Menciono también mi sorpresa ante el respeto que manifiestan las autoridades civiles por la última voluntad de una difunta disidente. Mi acompañante es breve, tajante:

—Le tienen miedo.

Una vez echado el bulto en la fosa, los mismos peones municipales empuñan palas y van llenándola con la tierra acumulada a un lado, sin duda la que había sido removida cuando cavaron el día anterior. En ese momento aparecen, veloces, varias mujeres cuya presencia a cierta distancia, entre los árboles, no me había llamado la atención; sin detenerse, echan en la fosa a medio llenar algunos objetos pequeños que no llego a distinguir y se alejan con rapidez.

Me parece haber sufrido una alucinación. Atónito, busco la mirada del doctor Bermúdez; tiene clavados los ojos en la tierra, decidido a no haber visto nada. Tampoco los improvisados sepultureros se muestran sorprendidos; mecánicamente, con el dorso de sus palas, apisonan la tierra con que han cubierto la sepultura. ¿No han visto? ¿No quisieron ver?

En el camino de vuelta puedo palpar una incomodidad compartida.

—¿Cuándo se vuelve a Buenos Aires? —pregunta con un dejo de impaciencia.

Tenía una reserva para el día siguiente. No le digo que estoy pensando en postergar mi regreso. No sabría cómo justificarlo. Alego que me vendrían bien unos días de descanso lejos de la Capital. Recuerdo el folleto turístico que no me había interesado en mi primera noche y menciono los saltos de Moconá.

—Buena idea —asiente, aliviado.

No volvemos a hablar hasta despedirnos en la puerta del hotel. De una sola cosa estoy seguro: esta noche volveré al bar donde había conocido al profesor Alves Mendonça.

* * *

Yo insisto con la caña, él con la cerveza.

Lo veo menos tenso que al separarnos la noche anterior, cuando la mención de mi madre le despertó no sé qué recelo, una evidente incomodidad. El traje raído es el mismo, pero ahora un pañuelo de color asoma del bolsillo superior del saco y densos efluvios de agua de colonia acompañan su llegada. Empieza por disculparse si es que parece eludir el tema de mis preguntas.

—Su padre, desdichadamente, no dejó escrito el fruto de sus investigaciones. Una enfermedad no diagnosticada lo dejó disminuido en sus últimos años de vida. Si es que el tema ahora despierta su curiosidad, siempre puede consultar la obra magna del doctor Ambrosetti. Su padre, téngalo presente, era un hombre de ciudad, un intelectual ajeno a todo lo irracional, pero una vez que tomó contacto con el mundo de creencias que palpitan en la naturaleza, no me gusta llamarlas primitivas, quedó atrapado, ya no pudo desprenderse de su poder. Primero como tema de estudio. Más tarde, en su vida.

Me animo a sugerir que ese contacto decisivo que lo atrapó podía haber ocurrido por su relación con una mujer, mi madre.

¿Era india mi madre?

—India, india... ¿Qué significa aquí? Hasta la palabra mestiza deja de significar algo preciso. Guaraní, tupí, herencias de tantos inmigrantes, vaya uno a saber si friulanos o ucranianos... Yo mismo, con mis dos apellidos impecablemente portugueses, llevo en las venas sangre de mi madre libanesa...

Ya lanzado el tema, no me iba a achicar. Hablo de las mujeres, apariciones súbitas, como emanaciones de la selva, en el entierro de esta mañana, de los objetos que habían arrojado a la sepultura. El profesor no parece asombrarse.

—Lloronas, sin duda. Una larga tradición. Consulte los clásicos griegos. Aquí no hay velorio que se precie si no contrata a varias lloronas para dar la tónica. A menos que se trate del velorio de un angelito, habrá oído hablar de esa costumbre. Allí se festeja con alegría, con música y canto, que el niño suba al cielo antes de haber tenido ocasión de pecar.

Pero esas mujeres no lloraban, insisto. Parecían poseídas, y arrojaron a la fosa objetos que no pude ver.

—Viáticos para acompañar a la difunta en su último viaje. Sin duda una forma de payé póstumo. Y no me pida que le explique qué es el payé. Mañana le dejo en el hotel una reedición del libro de Ambrosetti. Y ahora si me disculpa me retiro. A mi edad ya no puedo trasnochar como hasta no hace tanto, tampoco ir más allá de la segunda cerveza. Llega un momento en que se me acaba la cuerda, y no hay nada que hacerle.

Lo veo alejarse, el mismo paso cauteloso de la noche anterior, como si lo acechara un escalón imprevisto, algún bache en la maligna oscuridad.

Me quedo un buen rato en el bar, tratando de borrar el regusto empalagoso de la caña con una ginebra, pero siento que la mezcla me invita a vomitar. A mi alrededor el elenco de figuras sonámbulas permanece fiel a sus mesas, los vasos a medio vaciar les permiten prolongar su presencia en el bar. En un rincón dos hombres en apariencia vivos juegan a los dados.

Al salir no me sorprende encontrarme con el perro del ladrido quejumbroso. Esta noche me espera en silencio. Emprendo la vuelta al hotel pero él se planta en una esquina y emite un gemido que repite cuando quiero retomar mi camino. Me acerco y da unos pasos en una dirección para mí desconocida. Una vez más intento caminar hacia el hotel, una vez más parece llamarme.

Entiendo que me ordena seguirlo.

* * *

La mujer me esperaba en una plaza dedicada a juegos para niños, columpios, sube y baja, toboganes. Está sentada en un banco, al margen de esas atracciones de colores chillones y plástico barato, destinadas a una ruina precoz: la pobre iluminación nocturna les anuncia un perfil fantasmal. Al verme llegar se pone de pie y extiende hacia mí una mano para entregarme un bolso diminuto unido a una cinta, algo parecido al escapulario que los fieles llevan colgado del cuello. Lo tomo tras un instante de vacilación. Ella se aleja sin una palabra. El perro, cumplida su misión, la sigue.

Me siento en el banco donde minutos antes esperaba la mujer. En la palma de mi mano cabe el bolsito que me ha entregado, lo palpo pero vacilo en mirar qué contiene. En este momento recuerdo palabras del profesor condiscípulo de mi padre. Las había escuchado como una simple apreciación, ahora vuelven cargadas de ironía, me parece que hablan de mí más que de mi padre: "Un hombre de ciudad, un intelectual ajeno a todo lo irracional".

Una vaga inquietud muy pronto me domina. ¿Y si yo, como él, ahora que he tomado contacto con el mundo de creencias que palpitan en la naturaleza, saberes primitivos ignorados por mi educación, quedase atrapado y no pudiera desprenderme de su poder?

Se levanta una brisa tibia, pesada, uno de esos aires inquietos de verano, falsas promesas de aliviar el calor. Me trae rumores y olores de una selva que sé cercana, invisible, perfumes de flores narcóticas, una amenaza, un presagio. La brisa se hace viento, levanta una polvareda, siento que la tierra colorada se va adhiriendo a mi piel transpirada. De pronto tengo miedo. Si me quedo sentado un minuto más entre estos juegos tristes, muertos a esta hora en que no hay niños que los animen, ya no podré ponerme de pie, caminar, buscar refugio en el hotel.

Tardo en hallar el camino de vuelta. Una vez en mi cuarto, estudio el objeto guardado en ese... ¿relicario? Las palabras del culto católico, las sé incongruentes en esta situación, son las únicas que me asisten. Parece una piedra diminuta, aunque al pasarla varias veces de una mano a otra su consistencia resulta menos sólida, como si la pudiera quebrar sin mucha presión de los dedos. Es una masa grisácea, con estrías y puntos más claros que podrían delatar otra sustancia incorporada a ella, unida por ella.

Devuelvo el objeto a su... ¿escapulario? Estoy sucio y cansado, al día siguiente le contaré el episodio al profesor Alves Mendonça, ahora sólo quiero una ducha para despegarme del polvo colorado antes de acostarme. No tardo en dormirme.

* * *

A la mañana siguiente, mientras tomo el desayuno me entregan un sobre con remitente del profesor. Se disculpa por no haber hallado la reedición prometida del tratado del doctor Ambrosetti y se limita a copiar a mano una página: "El payé es casi siempre personal, fabricado *ad hoc* y especialmente dedicado a una determinada misión; no he conocido payés de uso general como nuestras mascotas, por ejemplo; en la región visitada por mí todos los datos recogidos están de acuerdo con esto. [...] Dejando a otros la tarea del estudio comparativo o bibliográfico, en este trabajo no haré más que volcar el contenido de las páginas de más viejas libretas de viaje".

La transcripción continúa al dorso de esa página: "Particular precaución hay que tener con el payé fabricado con hueso de muerto. Se prefieren los de criaturas infieles, es decir, sin bautizar, pulverizados en un mortero y mezclados con cera. Se suele colocarlos furtivamente debajo del mantel del altar para que el payé quede consagrado durante una misa".

Me asalta una urgencia, la de llegar al fondo de una incógnita que presiento y a la vez temo enfrentar.

Pregunto por la dirección del profesor pero ni el conserje ni el gerente del hotel pueden hallarla. Su nombre no figura en la guía de teléfonos del departamento. Salgo a la calle con la vaga esperanza de que el perro nocturno aparezca a esta hora temprana y pueda guiarme. Busco el bar de nuestras conversaciones: está cerrado. Decido, venciendo la desconfianza que me inspiró su conducta en el entierro, consultar al doctor Bermúdez. Me explica que el profesor Alves Mendonça, personaje pintoresco, aun folklórico de la ciudad, había sido separado años atrás de su cátedra en la universidad de Posadas por graves irregularidades en su orientación pedagógica. Ante mi insistencia, traduce estas palabras por mitomanía.

Tampoco él conoce su domicilio.

* * *

Postergo por segunda vez mi regreso a Posadas, al vuelo que me devolvería a Buenos Aires, a la vida engañosamente racional que había sido la mía hasta pocos días atrás. El aire acondicionado del cuarto de hotel ya no me serena. Vago por las calles desangeladas del Soberbio, transpiro, me canso, espero la noche que tarda en llegar. Vuelvo al hotel, segunda ducha del día, me echo desnudo en la cama y enciendo la televisión.

Un canal de la ciudad difunde un informe sobre el auge del cultivo de esencias en la zona. Me dejo interesar, como a menudo me ocurre, por un tema que a priori no hubiese buscado pero que me sorprende en mi ignorancia. Me entero así de que El Soberbio y su región son la capital nacional de las plantas aromáticas. La noche anterior, un breve viento nocturno me había traído perfumes intensos, desconocidos. Ahora las imágenes me pasean por plantaciones de cedrón, vetiver, menta japonesa, citronela, del *lemon grass* que había pensado exclusivo del sudeste asiático aunque ahora no veo por qué, el paisaje misionero que descubro se parece tanto al que recuerdo de Camboya. Explican que del espartillo se extrae una esencia para dar gusto y aroma a limón a las conservas… No tardo en caer dormido.

Me despierto sobresaltado, como siempre que no he sentido pasar el tiempo. Ha oscurecido, ya es hora de volver al bar, que a la luz débil de los neones sucios me parece más fúnebre que la primera noche. El profesor está en su mesa habitual, ante su cerveza habitual. Se me ocurre que no esperaba volver a verme, no luce el detalle de elegancia tradicional, el pañuelo asomando del bolsillo superior del saco, ni lo envuelve un halo penetrante de agua de colonia.

Le alcanzo sin una palabra el objeto que aún no sé si es un payé según la descripción del texto que me había enviado. Apenas lo tiene en la mano da su dictamen.

—Un payé, sí. Tiene sus años, muchos. ¿Cómo llegó a sus manos?

Le relato mi encuentro de la noche anterior, la guía de un perro agorero, la mujer apenas entrevista, su inmediata desaparición en la oscuridad apenas entregado el objeto.

—Una vez más compruebo que todo mensaje llega siempre a destino. Puede tardar años, pero llega. Si nos parece que ha sufrido un desvío es porque no entendemos que tenía un itinerario propio. ¿Cómo dicen los católicos? "Dios escribe derecho por líneas torcidas"...

Me mira en silencio, me sostiene la mirada. Sé que lee en ella algo que yo creo saber, y sólo espero que él me confirme que lo sé.

—Esa mujer le entregó el legado de su madre. Un payé hecho para usted, para protegerlo durante toda su vida.

Una pausa. Me doy cuenta de que vacila antes de pisar el "terreno peliagudo" mencionado en nuestra primera conversación. Insisto: si es que me estaba dedicado ¿por qué tardó tanto en llegar a mí? Duda, finalmente junta coraje y habla.

—Su padre, a pesar de haberse compenetrado de creencias y saberes ajenos a sus estudios, no pudo tolerar que su madre no recurriese a un hueso de muerto sino al de un recién nacido. Ella estaba violando la tradición, pero sin duda al hacerlo creía multiplicar la potencia del payé. Tenía poderes. Ya había engualichado a su padre y cuando él le arrebató el hijito mutilado para llevarlo consigo a Buenos Aires la madre, despojada, despechada, le envió la enfermedad que los médicos de la Capital no supieron diagnosticar. Fueron años, tengo entendido. Una lenta degradación.

Me devuelve el objeto antes de añadir:

—Consérvelo, por favor. No se desprenda de él, aunque le parezca el rastro de una pesadilla. Sin duda usted desearía que esta historia no fuese la suya, pero piense que todos heredamos alguna historia. Y nos toca vivir con ella, no hay modo de exorcizarla. Piense en los naipes en el póker. Una buena mano no vale nada si no se sabe cómo aprovecharla. Con un poco de astucia y mucha reserva, se puede llegar lejos con una mala mano.

No guardo el payé en su bolsito. Lo pongo en el bolsillo de mi camisa, lado izquierdo, superior, el que dicen vecino al corazón. Una vez más desde que llegué a El Soberbio, siento algo parecido al miedo.

* * *

En el vuelo de Posadas a Buenos Aires me toca un vecino de asiento locuaz, inquisitivo. En algún momento de hartazgo cometo la imprudencia de mencionar que me ocupo de física cuántica y llega, inevitable, el pedido de explicación. De qué se trata. He aprendido a sortear la pregunta frecuente con alguna generalidad pero en este caso, no sé si la fatiga o la tensión de los días pasados en El Soberbio me llevan a intentar algo menos breve.

Empiezo diciendo que la física cuántica estudia los fenómenos desde el punto de vista de la totalidad de las posibilidades. Contempla aquello que no se ve y explica los fenómenos desde lo no visible, lo no medible, tendencias como por ejemplo la no localidad y el indeterminismo de las partículas. En ese campo de lo no medible estamos nosotros los seres humanos.

Ya a esa altura resulta visible su estupefacción. El efecto de mis palabras me entusiasma y prosigo explicando que el átomo no es una cosa. Son tendencias. En lugar de pensar en los átomos como cosas los tenemos que pensar como posibilidades. Los seres humanos estamos hechos de esos mismos átomos, de posibilidades, de tendencias, no de una realidad determinada.

Algo inesperado me ocurre mientras hablo.

Empiezo a escuchar un eco, lejano, impreciso pero insistente, como si mi incursión en un ámbito postergado de creencias y saberes se estuviera insinuando en las frases de divulgación que pronuncio, asintiendo a ellas, reflejándose en ellas.

Me parece que he logrado callar a mi vecino por el resto del viaje. Ya no me irrita, al contrario, de pronto me inspira cierta ternura y, como un regalo final, le envío una última parrafada, otro poco de divulgación.

El universo, añado, está ocupado por millones de energías, vibraciones que se suceden en el espacio y en el tiempo. Todos somos energía y estamos conectados. Somos cada uno parte del otro. La vida es un continuo reciclar de la materia y la energía.

Él parece haberse dormido. Al final terminé hablando para mí, tratando de entender algo más allá de las palabras.

Llegamos a Buenos Aires en silencio.

La huida

1

Hay noches, en el océano Índico pero también al sur de Portugal, y de este lado del Atlántico en las costas de Puerto Rico, en que el mar parece encenderse.

No son llamas, es más bien una luminosidad azulada, un palpitar llegado de la profundidad que recorre inquieto la superficie, acompañando la respiración del oleaje. Los intrépidos, los ociosos, los soñadores que van en su busca parten sin brújula ni calendario. Saben que pueden agotar la vida sin haber encontrado ese mar que dicen fosforescente. En algún momento de su juventud leyeron a Julio Verne y recuerdan que el *Nautilus* navegó como en un sueño sobre aguas que el capitán Nemo creyó habitadas por innumerables criaturas marinas luminosas. Poco les importa que investigadores de un siglo posterior hayan identificado la fuente de esa luz en una bacteria que anida en las algas del plancton. La ciencia nunca ha podido expulsar la leyenda que le da sentido.

El hombre que desde el puerto de San Antonio Oeste contempla las aguas negras, bordes de espuma apenas visibles que permite descubrir una luna mezquina, no puede distinguir en la distancia horizonte alguno. En su adolescencia leyó del mar ardiente, sin duda ya ha entendido que nunca lo verá, que tampoco respirará en el viento cálido de esas lejanías. Esta noche va a abordar una travesía por tierra, dará la espalda a ese océano del que se despide como de un camino no tomado cuando llega la hora de admitir que es demasiado tarde para poder, algún día, abordarlo. Poco antes de medianoche va a subir a un ómnibus que recorre la llamada "línea sur" en Río Negro. Tiene mucho frío.

Una hora antes, en un restaurante en el extremo de las vías de ferrocarril abandonadas que alguna vez condujeron al puerto, comió unos pulpos diminutos. El dueño, servicial, feliz de tener un forastero al alcance de su conversación, explicó que se trataba de una variedad muy apreciada propia de la zona, que no iban a crecer, tampoco a derivar hacia otra latitud. Enumeró ufano los países adonde los exportaban y no dejó de añadir, en un alarde de superioridad provinciana, que en la Capital no eran fáciles de encontrar. El ruido sordo del oleaje llegaba hasta la mesa.

Al salir, mientras buscaba en la oscuridad el camino hacia la terminal de ómnibus, esa descarga regular, invisible, lo siguió, golpes que se iban perdiendo en el viento helado, como el olor a herrumbre de barcos encallados, residuos de un pasado sin fecha. Siete horas más tarde, con luz, pensó, si por suerte clareaba temprano, iba a llegar a Ingeniero Jacobacci.

No durmió durante el viaje, tal vez sólo sucumbió a un sopor que borroneaba las horas pasadas. Se sobresaltó cuando el ómnibus se detuvo en Los Menucos, varias personas se apearon, sólo dos subieron, y por la ventanilla vio rostros que no eran de pasajeros: escrutaban, ávidos, una intensidad ausente en la mirada, el interior del vehículo; tal vez buscaran solamente quebrar la monotonía cotidiana con un atisbo fugaz de gente de paso, gente que venía de otro lado, gente que seguiría hacia otra parte. Cuando el ómnibus retomó el camino vio que la población se deshacía en unas pocas casas sin luz; en las afueras, lo sorprendieron unas parpadeantes letras de neón azul que anunciaban pub-videoclub.

La noche anterior, en Buenos Aires, le habían robado el teléfono celular. Como una ráfaga, un chico pasó al lado de su mesa, con un movimiento súbito, preciso, tomó el celular, salió del bar sin detenerse y al cruzar la calle lo atropelló uno de los camiones que a medianoche recogen residuos urbanos. Arrancado a su somnolencia, él abandonó la mesa del bar, corrió tras el chico. Alcanzó a ver un camión que se alejaba sin detenerse y en medio de la calzada el cuerpo inerte. Se acercó. Un brazo yacía a corta distancia del hombro, una rueda del camión lo había aplastado y la sangre fluía serena aunque el chico ya estaba muerto. Al lado de la mano abierta estaba el celular. Se inclinó para recogerlo. La pantalla estaba iluminada, el golpe debía haberla activado. Probó la lista de contactos. Apareció inmediatamente. Aliviado, se alejó con el celular en el bolsillo, sin una segunda mirada para el despojo que yacía en la calzada.

Y ahora, con la cabeza apoyada en un respaldo nada amable, ojos cerrados que no lograban atraer el sueño, los episodios de la noche anterior volvían ajenos; no era seguro que hubiese sido él quien los vivió, eran más bien imágenes de alguna película entrevista en la televisión una madrugada de insomnio. A menudo le ocurría separarse de una situación vivida, ponerla a una distancia no buscada, llegar a verse con la mirada de algún testigo sin nombre.

El hombre que en el bar había estado colocando las sillas patas arriba sobre las mesas, por ejemplo.

Exageraba el ruido para advertirle que la hora de partir había llegado, a él, última ave nocturna que no parecía entender ese anuncio ni percibir que las luces se apagaban gradualmente. Hacía dos horas que estaba concentrado en el fondo vacío de un vaso de whisky cuando el paso del chico lo arrancó de su adormecimiento. Había estado consultando cada tanto la pantalla de su teléfono celular, componía un número y parecía no obtener respuesta. ¿Acaso la voz que atendía no era la que esperaba?

Ese hombre que aguardaba paciente su partida no lo conocía, no era uno de los noctámbulos habituales del bar. Había apreciado de inmediato que el desconocido no hubiese empleado la palabra "mozo" para llamarlo: a él, más de sesenta años de edad y cuarenta de servicio, le parecía inadecuada; peor aún: la oía irónica. Para llamar su atención lo había mirado y con voz fuerte pero no autoritaria dijo "amigo" y luego "por favor". A lo largo de los años, había conocido solitarios, pero la mayoría eran locuaces, siempre dispuestos a compartir con cualquiera el relato de su desdicha, el consuelo filosófico, una intimidad que sin duda callaban ante los inadecuadamente llamados íntimos.

Todos, además, eran personas mayores (pensó el eufemismo sin sonreír). ¿Qué edad podía tener este hombre? Cuarenta, a lo sumo cuarenta y cinco años... Había pedido un whisky de buena marca, lo bebió lentamente y se quedó como esperando algo que no llegaba, quizá simplemente postergando el momento de volver a su casa.

El traqueteo del ómnibus le impedía dormir. Cada tanto abría los ojos. Una débil luna le descubría el paisaje árido, sembrado de matas secas, crespas, aisladas. En algún momento distinguió a lo lejos una luz que cruzaba el horizonte, desaparecía, reaparecía más cercana, fuego veloz, apariciones fugaces. Una luz mala, pensó, almas en pena de muertos que no encuentran reposo y vuelven a inquietar los lugares donde traicionaron a quien los amó o abandonaron a sus hijos. Sabía, sin embargo, que no era esa fosforescencia marina que nunca vería, que en esta tierra árida emana de osamentas enterradas a poca profundidad.

Desconfiaba sin embargo de que se tratase sólo de ganado, había visto cementerios de tierra iluminarse en medio de la noche. Adolescente, más de una vez había esperado que los padres durmieran para escapar de la casa familiar hacia la avenida vecina a un descampado aun no protegido por un paredón de ladrillos, sección nueva del cementerio de la Chacarita, fosas comunes, para contemplar sobre la tierra removida los fogonazos intermitentes de una luz más blanca que la de cualquier lámpara. Años más tarde, ya adulto, iba a entender que los difuntos no abandonan, esperan impacientes a los que aún están vivos y demoran en llegar a hacerles compañía. Esa luminosidad anuncia su vigilia y es también una señal que indica el camino a seguir.

La noche anterior había visto levantarse viento en la calle, uno de esos breves vendavales de madrugada que en verano alivian el bochorno de un día caluroso y en invierno cortan, filosos, la cara del transeúnte demorado. En el aire flotaban papeles, diarios del día anterior, secuestros, sobornos, promesas electorales, niños violados por los padres, mujeres quemadas vivas por sus amantes: desechos caídos del camión recolector o escapados a los tachos de basura. Buenos Aires dormía indiferente a la descomposición, gradual, tenaz, que lamía las innumerables fisuras de su trama, insinuándose, incorporándose sordamente en un organismo corrompido.

Él había atrapado al vuelo una hoja impresa y limpió la salpicadura de sangre que empezaba a secarse sobre la pantalla del teléfono. En invierno no empezaría a clarear hasta dentro de unas horas. El día lo esperaba con nuevos peligros. Se había detenido un instante y respiró hondo, con fruición. Le llegó un olor acre y dulzón, podredumbre de frutas y verduras, pensó, antes de reconocer su origen: un hombre acurrucado ante una puerta, dormido, la ropa adherida al cuerpo por sudor y orina. Una víctima predestinada, pensó: días atrás un hombre que dormía en la calle había sido rociado con nafta y quemado por un grupo de muchachos que salían de una fiesta.

En ese momento se dio cuenta de que no sabía adónde ir. Siguió un impulso postergado, se dijo que ya era hora de obedecerlo, y se dirigió a la terminal de Retiro para tomar un ómnibus que lo llevase a Viedma, y de allí otro a San Antonio Oeste si es que no había uno directo que le ahorrase el cambio. Llegaría a la tarde del día que empezaba, cansado, sin equipaje, con el dinero cosido al forro de la chaqueta demasiado liviana para la estación, pero no podía volver a su casa a buscar otra.

Con los ojos cerrados, la cabeza apoyada contra la ventanilla, se dejó ir a imaginar cómo lo imaginaba la mujer que aunque no dormía no quiso atender sus llamados. Estaba seguro de que sabía quién llamaba, ese hombre al que todavía podía oler en la almohada sobre la que ella daba vueltas, insomne, la cabeza. No le habían molestado sus visitas erráticas, intempestivas, limitadas a un acoplamiento rápido, a unos gestos sucintos de ternura; era el silencio lo que la hundía en una insatisfacción persistente.

No siempre había sido así. Supone que hubo un primer momento en que ella aceptó que no debía hacer preguntas, que no había una esposa descuidada en el desconocido presente de ese hombre; eso lo intuía, y si de algo se jactaba era de su instinto: hombres sucesivos, mentiras y promesas, lo habían afinado.

Pero algunas noches el sueño lo venció a su lado, y ella le escuchó murmurar frases cuyo sentido se le escapaba, unidas por el miedo, por la necesidad de eludir un acecho, y si al despertar se atrevía a una pregunta él reaccionaba con malhumor y varios días de ausencia. Hubo una mañana, cuándo llegó él no recordaba, en que ella había decidido, si es que se trataba de una decisión, acaso sólo fuera una forma del cansancio, no volver a verlo.

Un freno súbito, un cambio de velocidad lo despertaron, si fuera posible que hubiese dormido. Como tantas otras veces sólo necesitaba cerrar los ojos para que la culpa o el rencor empezasen a proyectar en el interior de los párpados su propia imagen tal como otros lo veían, como él suponía, temía, deseaba que lo vieran. ¿De dónde venía esa oscura compulsión?

Faltaba poco para llegar a Maquinchao. Había empezado a nevar, la tierra reflejaba y devolvía la luz de la luna, un resplandor metálico, espectral. Ahora el ruido del motor se imponía con nitidez, cada vez más presente, en medio de un silencioso desierto blanco que por contraste parecía denunciar que un vehículo, un intruso se le atrevía. Tuvo una visión: a su paso despertaban rebaños fantasmales, callados, que habían invernado en esos parajes cuando los cruzaban tribus nómades y sólo una toldería temporaria se animaba a asentarse en tierra tan inhóspita.

En la estación no bajaron ni subieron pasajeros, un empleado entregó al conductor un sobre y recibió otro, el ómnibus no demoró su partida y muy pronto dejó atrás la poca luz que había permitido leer en un cartel las letras despintadas que componían el nombre de

Maquinchao. Ninguna ventana iluminada interrumpió la oscuridad, la noche se había cerrado.

En Ingeniero Jacobacci lo recibió un viento helado. La estación, menos precaria que las anteriores, reunía un entrecruzamiento de vías que declaraban su condición pretérita, eje central de líneas ferroviarias, algunas todavía en servicio; reconoció, entre otras, las de trocha angosta que habían unido el pueblo con Esquel. Un empleado apenas despierto, el único en servicio, le señaló a unos cien metros una ventana poco iluminada sobre la cual estaba pintado "despacho de bebidas"; allí, dijo, podría desayunar. Con la cabeza baja para eludir las ráfagas se dirigió hacia esa promesa de abrigo, y aunque al entrar lo rechazó el olor de la leche recalentada —imaginó capas de nata amarillenta—, se resignó a pedir un café, a esperar que el horno entregase las primeras medialunas del día.

2

—Cada vez duermo menos. Y no sueño. Una bendición.

La voz era clara, la mirada firme. Las arrugas grabadas en la piel seca, la barba rala, descuidada, lejos de avejentar el rostro acentuaban un carácter fuerte anunciado por la voz y la mirada.

El visitante lo estudiaba. Reconocía al hombre visto por última vez más de veinte años atrás; inevitablemente, como suele ocurrir en una confrontación tardía, se preguntó cómo lo habrían cambiado a él los años.

Sabía que el viejo había adoptado un nombre que no era el que le había conocido, y a ese nombre nuevo él enviaba algún dinero cuando los vaivenes de sus finanzas lo permitían. Ahora, después de media hora caminando contra el viento en un rincón de la Patagonia nunca antes visitado, había llegado a un borde de la urbanización, el desierto visible detrás de las últimas casas, y descubría dónde se había refugiado el viejo: paredes de cemento, pocos muebles rescatados de algún éxodo local, una estufa carraspeante que combatía el frío en la habitación donde tomaban mate. Cada tanto interrumpían el silencio con frases que no decían lo que hubiesen querido saber el uno del otro.

—Podés pasar a Chile, no es difícil desde Bariloche, si lo que buscás es borrarte...

¿Por qué suponía el viejo que estaba huyendo? ¿De qué imaginaba que huía? Él no había pensado en huir, menos aún a otro país. Había llegado para estar junto a su padre, al único que consideraba padre, del que rehusaba renegar, como intentaban persuadirlo. Era un impulso que no entendía pero cuya fuerza necesitaba acatar. No se lo decía, no tenía ganas de contar los meses de acoso, la exigencia de cumplir con un requisito legal, ese análisis de sangre que podría demostrar, le decían, que era hijo de una pareja sacrificada a ideales que le eran ajenos, que habían empuñado armas para luchar por esos ideales, y habían caído víctimas de la represión que acabó con esa lucha. Tenía miedo de pronunciar las palabras que podían confirmarlo como un réprobo, uno de los malditos, y al mismo tiempo intuía que esa condición era el lazo filial más fuerte que lo unía al viejo, su padre no biológico, el que lo había criado y le había enseñado a abrirse paso en una vida que muy temprano sintió ajena y los años confirmaron hostil.

Algo de todo eso intuía el viejo. Respetaba el silencio del que había sido su hijo, el chico de meses del que se había apropiado, según la palabra que con los años se cargó de sentido delictivo, lejos del gesto que en su momento había parecido lógico, aun natural.

También entendía que ese territorio, encubierto durante décadas, más valía dejarlo tácito en este reencuentro que podía ser el último.

—No te vas a quedar con mate y galleta, tengo unos trozos de carne y en el fondo hay un asador.

Acompañó al viejo, lo vio diestro para armar un fuego protegido del viento por una mampara de chapa. El aire helado, filoso, anunciaba una nevada próxima.

Permanecieron junto a ese calor que no alcanzaba a desterrar el frío, extendiendo cada tanto las manos hacia la parrilla, esquivando las chispas que subían en el aire.

Tantos años más tarde, volvió a uno de los asados de domingo en una quinta de Lomas de Zamora, él al lado del viejo que aun no lo era, observando cómo les tomaba el tiempo a las achuras y a los distintos cortes para que estuvieran a punto en el momento de empezar por el choripán y la morcilla, a veces también unas mollejas, antes de pasar a la tira, a la entraña, al vacío. Era otro olor entonces, la promesa de una serie de sabores; años más tarde, buscaría el gusto de aquellos asados y nunca lo encontraría. Ahora, ante esos trozos de carne seca que acaso no llegara a tiernizar un fuego lento, la presencia a su lado del viejo le devolvió no sólo aquella ceremonia dominical, su parsimonia indolente, también una edad clausurada que los años habían hecho casi ajena, la de ese chico en quien le costaba reconocer su propio pasado.

Era mediodía pero en el cielo sólo había una luminosidad turbia, sin sol. El viejo le dio unas mantas y le armó un catre en un cuarto donde se acumulaban herramientas, leña y lo que parecían ser partes de un motor desarmado. Mañana limpio todo esto, prometió, llevo todo a la cocina; la pieza va a quedar decente, pobre pero decente, añadió con una sonrisa, la primera que él le veía desde su llegada.

El cansancio del viaje nocturno lo venció; lo que empezó como siesta, duró pesada, sin sueños, hasta que al despertar descubrió en lo alto innumerables estrellas nunca vistas en el cielo nocturno de Buenos Aires, siempre ensuciado por la electricidad. La noche de invierno, temprana, no le pareció más fría que el día. Se quedó estudiando ese cielo desconocido, puntos luminosos fijos en un firmamento negro; al rato de clavarles la mirada parecían palpitar levemente. Se preguntó cuántos de ellos corresponderían a estrellas muertas que sólo la ecuación entre distancia y velocidad de la luz permitía llegar hasta él.

Una sombra venía acercándose por la calle de tierra, única presencia viva en ese suburbio oscuro. Sostenía con cuidado una olla cubierta por un repasador.

—Su padre tiene para rato en el garage. Me dijo que había visitas, así que le traigo algo que él no sabe preparar.

La mujer entró en la casa sin que él la precediera y se dirigió sin vacilar al cobertizo que hacía las veces de cocina, paredes ennegrecidas por años de humo de fogón. La siguió con la mirada: tendría unos cuarenta años, pechos generosos, muslos que acompañaban un andar cadencioso; observando sus gestos seguros, su familiaridad con el espacio, se preguntó si esa mujer todavía deseable se limitaba a cocinar para el viejo o si también le satisfacía algún capricho.

—Le caliento la carbonada. Coma antes de que se enfríe —aconsejó—, su padre dijo que no lo espere.

Hizo un gesto hacia un rincón a sus espaldas.

—Ahí va a encontrar vino, en uno de esos cajones hay botellas.

Comió solo. La mujer no quiso demorarse.

Horas más tarde, envuelto en una de las mantas que el viejo le había prestado, fumaba un cigarrillo en el estrecho espacio de yuyos y pasto ralo, en otro momento del año acaso un modesto jardín, que separaba la casa de la calle. Empezó a preguntarse qué futuro, aun inmediato, podía esperar del impulso que lo había llevado a ese rincón de la Patagonia, en qué podía convertirse el parco reencuentro con el viejo. El afecto latía púdico bajo el silencio, pero el tiempo, la ausencia, las amenazas de una sociedad que se quiere de puros y justos habían hecho de ellos individuos que difícilmente pudieran retomar la relación interrumpida.

¿Cómo lo veía el viejo? ¿Desconfiaba acaso de su lucidez? El consejo de pasar a Chile daba a entender que lo suponía huyendo. ¿Entendía lo irracional de su miedo? Menos el de cargar con una novela familiar que no le interesaba que el de enfrentar a esa congregación de ancianas empolvadas que lo amenazaban con un análisis de sangre... Y ahora, estas horas tardías del viejo en un garage donde, le había contado, de vez en cuando le confiaban alguna changa, tal vez sólo postergaran el regreso a casa, el intercambio de unas palabras forzadas; sin duda había preferido quedarse comiendo y bebiendo, compartiendo una locuacidad espontánea con los amigos que aliviaban la desolación del lugar... Se sintió excluido, no sólo de una reunión con desconocidos que de pronto se le aparecía deseable. El viejo podía haberlo invitado, no dejarlo solo en su primera noche, este recién llegado es mi hijo, o no, mejor evitar toda mención al lazo filial impugnado, presentarlo prudentemente como un amigo, o no presentarlo del todo, bastaba con está pasando unos días aquí, sin esas explicaciones que todo lo complican.

No tenía equipaje. Y el dinero que llevaba consigo no permitía la aventura chilena. La luz titilante de las estrellas no bastaba para distinguir a lo lejos las montañas detrás de las cuales acaso lo esperase, ilusorio, un nuevo comienzo, un mismo idioma, ¿otra historia? Más le hubiese valido quedarse lejos de este desierto helado, del encuentro con un viejo que ya no podía ser el padre recordado. Una vez más no sabía adónde ir. Tal vez frente al mar, en San Antonio Oeste, donde el viento frío llegaba cargado de sal, pudiese empezar algo, acaso esa escurridiza nueva vida.

Una sola certeza: entendió que se había equivocado. Lo único que buscaba estaba fuera de su alcance: su propia, despreocupada, desprolija adolescencia.

* * *

Tuvo que esperar hasta después de medianoche el ómnibus que hiciera el trayecto opuesto al que había recorrido un día antes. Durante esas horas de oscuridad y frío, viento ronco sobre un techo de chapa, contra el vidrio que amenazaba desprenderse de las ventanas, fueron subiendo a la superficie retazos de aquella adolescencia, episodios sumergidos en profundidades no visitadas durante años, imágenes borroneadas, enmohecidas.

Tenía diecisiete años cuando buscó algo distinto de una vida familiar que empezaba a quedarle chica. Lo halló sin dejar el barrio, en los cursos gratuitos de un centro cultural mal visto, nido de zurdos, ojalá no sea de putos, por los que aun no vacilaba en llamar sus padres. Hoy se pregunta si no surgió allí la costumbre de verse con una mirada ajena, la del público imaginado de su conducta.

Había seguido sin mucha asiduidad las clases de un viejo actor que había conocido momentos ya lejanos de entusiasmo. En esta existencia casi póstuma, lo recuperaba en contacto con jóvenes que lo escuchaban entre la curiosidad y el desgano. De esos monólogos, anécdotas a menudo reiteradas, observaciones nostálgicas sobre el oficio, rescata palabras que por alguna razón, más tarde entenderá por qué, vuelven con inesperada claridad. El viejo hablaba de un limbo en que el actor se desprende de la ropa con que llegó al teatro y aun no se viste con la que usará en el escenario. Un tiempo vacante entre un antes y un después. A veces él se cubría con una bata, otras permanecía en ropa interior; contaba que otros actores tienen reservadas algunas prendas para ese interludio. Lo que importa es que van desechando, todos, su vida cotidiana y esperan el momento de entrar, gradualmente, en el personaje que los espera. Los comentarios que el actor intercambie con colegas o con el director de la obra pueden estar ligados a la vida exterior al teatro, pero llega el momento, siempre, en que nota que el tono de su voz y aun las palabras que pronuncia empiezan a ser las del personaje que lo espera, ya sea un ser amable o malhumorado, y esas palabras no corresponden al estado de ánimo con que llegó al teatro.

En el espejo, explicaba el viejo, el actor se encuentra con un rostro que debe maquillar para que sus facciones, aun sin modificarlas, queden subrayadas: es necesario para superar el desafío de las luces brutales que bañan el escenario, para que pueda verlas con precisión el espectador más alejado. No es un disfraz, más bien una máscara que replica su rostro marcando sus rasgos, que debe eliminar las contingencias del insomnio o el alcohol.

A veces, recordaba el viejo, le ocurría dormir. No era un sueño profundo pero sí algo más que la somnolencia propiciada por el encierro y la espera. En ese sueño iba desechando los residuos de su vida reciente pero no anticipaba la ficción por representar; iba, en cambio, sumergiéndose en su vida anterior, años lejanos, tiempo perdido que visita como espectador, sin poder actuar en él aunque lo deseara.

Esa visita podía ser un momento de sosiego pero también una angustia recobrada. Para eludirla recurría a menudo a un libro, no necesariamente una novela.

Intentaba que el pensamiento siguiera los renglones impresos, que ellos lo guiaran, lo protegieran de recuerdos y temores, de ese pasado que nunca termina de pasar y del presente que lo estaba esperando, en acecho a las puertas del teatro.

Pero él no llevaba consigo libro alguno que le permitiese eludir los embates de la memoria, sólo importaba jugar al escondite con el sueño, deseando dormir, temiendo soñar. Aquel viejo, en nada parecido al otro, al padre que pronto iba a aprender que llamaban apropiador, sin embargo le impuso respeto, un sentimiento diferente pero apenas menos intenso que el sentido por el padre al que hoy reivindicaba. Sus clases, cumplida la misión de sustraerlo al entorno familiar, no derivaron en ninguna incursión por el escenario. Ahora, con la distancia de tantos años, empieza a sospechar que acaso hayan vuelto a su recuerdo para confirmarle que nunca dejó de ver las diferentes situaciones que ha vivido como escenas de una obra no escrita. En esa obra debía improvisar un personaje que nunca era él, si es que él existía fuera de tantos roles sucesivos, descartables.

Tal vez cerca de esa estación desierta, golpeada por el viento, estuviera el garage donde el otro viejo, el que él aun llamaba padre, postergaba, evitaba el momento de volver a casa y encontrarse con él.

Allí los hombres comerían en silencio, la cerveza de litro pasando de mano en mano, única forma de comunicación. Cada tanto uno de ellos salía al aire libre, iba hasta la parrilla de carbón, llevada al borde del camino para que el humo no invadiese el garage, y volvía, en su boca el vapor provocado por un contacto aun breve con el frío, trayendo otro trozo de carne, alguna achura, que los demás rodeaban con un trozo de pan antes de hincarle el diente. El silencio no parecía molestar a nadie, tal vez hubiese sido alguna palabra, algún intento de conversación lo que habría estorbado esa comunión muda.

El viejo esperaba que el cansancio venciera a su inesperado visitante, que al volver lo encontrase dormido y no necesitase hablar. Su llegada lo había sacudido con emociones opuestas que le costó disimular. Había olvidado, a fuerza de postergarlo y reprimirlo, el afecto que había sentido. Esa mañana se encontró frente a un hombre de cuarenta años. En una cara no afeitada, ojeras y primeras canas, no reconoció al adolescente, compañero de excursiones, cómplice de escapadas conyugales. Y este desconocido parecía estar huyendo, de qué prefería no preguntar, él mismo había huido años atrás, cambiado de nombre, esquivado preguntas, preparado respuestas.

Todo ese pasado volvía, cuarto polvoriento donde inesperadamente habían encendido una luz, y objetos y personas y episodios reaparecían con perfiles temibles, caricaturas de lo que habían sido, de lo que él había logrado archivar. Se preguntaba cuánto tiempo duraría la visita, cómo podía ayudarlo a seguir su camino para recuperar, si aun fuera posible, el limbo elegido, la frágil amnesia penosamente cultivada, que desde esa mañana amenazaba con resquebrajarse.

De pronto el huérfano se vio con nitidez: había querido, sin atreverse a explorar los motivos, volver a su padre. No se le había ocurrido que acaso a éste no le interesase cargar con un hijo. Se sintió muy solo.

3

Días más tarde ganó treinta mil pesos en el casino de Las Grutas.

Había dejado Ingeniero Jacobacci sin despedirse, sólo unas líneas en una hoja de papel de embalaje; con un poco de suerte el viejo las encontraría al volver a su casa esa noche. Un ómnibus, tal vez el mismo que lo había llevado allí, lo devolvió a San Antonio Oeste. En este viaje de regreso no le molestaba que el polvo del camino y las moscas aplastadas en más de un viaje enturbiaran la ventanilla, ya no sentía curiosidad por las visiones fugitivas que pudiera revelar la luna llena. Lo mantenían despierto las sacudidas del vehículo cuando pasaba del asfalto a un camino de ripio.

En la luz gris, indecisa, de la mañana de invierno recorrió las calles de la ciudad, observó cómo se ponía en movimiento un débil ajetreo matutino, pocos transeúntes, formas indistintas, animación humilde de talleres y unos pocos comercios. Se detuvo ante un edificio cuya arquitectura ambiciosa detonaba en medio de la chatura circundante. No vio indicio de lo que podía haber sido un siglo atrás, ahora lo ocupaba un museo ferroviario. A la entrada, un afiche anunciaba las atracciones que esperaban al visitante, testimonios de un tiempo en que el ferrocarril no presentía amenazas a su expansión: un coche comedor, un coche encomienda, un coche cine, un coche pullman, un vagón de carga, un vagón torpedo, una zorra, un furgón de usina y un vagón vivienda. Prefirió seguir su camino.

El poblado se deshacía en edificios cada vez más precarios en la proximidad de la bahía. Un grupo de jóvenes reunidos en una esquina le acercaron una hoja que denunciaba un desastre ambiental. Se enteró al leerla de que al ingreso de la localidad se había acopiado plomo proveniente de una mina, y la empresa contratada para trasladarlo a otro paraje y proceder a su neutralización no había comenzado siquiera a construir el foso de contención. Ese plomo, aspirado junto al polvo suspendido en el aire, provocaba un daño irreversible para la salud. Observó un instante a esos jóvenes. Tenían la mirada confiada y el gesto entusiasta del defensor de causas ecológicas aun no derrotado por la mentira oficial.

Su mirada no era la que días atrás podía haber dedicado a esa población que adivinaba decidida a eludir un destino de ciudad fantasma. Ya no estaba de paso, había decidido dejar atrás el error —uno más, reconoció— que lo había llevado al otro extremo del desierto, en busca de algo parecido a una familia.

Ahora buscaba el mar, lo sabía cerca. Dos días atrás, en medio de la noche, se había acercado a su orilla, había escuchado el rumor sordo que anunciaba una agitación invisible. La vecindad del mar, aun desde el interior protector de la bahía, le prometía olvidar el mal paso reciente, y más atrás todos los que estaban asociados con la gran ciudad.

Con el dinero que le quedaba se compró ropa, la menos pobre que encontró en una tienda felizmente ajena a toda veleidad de moda, y alquiló un cuarto frente al puerto. Desde la ventana podía ver los barcos pesqueros y un horizonte abierto, promesa de algo posible. Esa tarde tomó un taxi hacia Las Grutas.

Tiempo atrás había oído del balneario, el último de aguas templadas rumbo al sur; ahora lo descubrió afeado por construcciones de cemento, por un urbanismo rudimentario. En la base de los acantilados que bordean la playa sin duda seguían estando las grutas que le dieron nombre, cavidades prehistóricas excavadas en la roca, escondite de niños, albergue de amantes, aguantadero de prófugos; pero la promesa de un paisaje incontaminado, de una costa salvaje, ahora exigía dar la espalda a una edificación grosera. Se preguntó quién podía vivir allí todo el año, hibernando en espera del turista estival. Aun la modesta urbanización de San Antonio Oeste parecía haber envejecido en contacto con los hombres que por allí pasaron, con las variables fortunas de los allí varados. La desolación de Las Grutas no parecía tener historia alguna, su cemento acaso no fuera menos provisorio que los techos arrancados por el viento, asombro del viajero que baja rumbo a Trelew y los ve cruzar ante su automóvil, buscando el mar donde han de hundirse.

El casino le pareció una versión reducida, sin grandes pretensiones, de los que en décadas recientes habían prosperado en la Capital y sus alrededores; los jugadores, sin embargo, no correspondían a los que había visto en el casino flotante de La Boca ni en Tigre, variedad social de poco identificables ociosos e insomnes. Aquí se lucían algunas fortunas regionales, relojes de marca muy visibles en la muñeca, rostros satisfechos de exhibir las sumas que podían dilapidar, en busca, todos, de un remedo de la animación y las luces de garitos más prestigiosos; también reconoció, crispadas, impacientes, algunas aves de paso que intentaban corregir sus destinos. Una música de ascensor o de aeropuerto envolvía su movimiento sonámbulo. El *croupier*, flotando en su uniforme confeccionado para un cuerpo más robusto, lo escrutó con desconfianza cuando se acercó a la mesa, con hostilidad algo más tarde, cuando en unas pocas jugadas ganó treinta mil pesos.

A la mañana siguiente fue el primer cliente que arrancó de su letargo al empleado del Banco Patagonia, sucursal San Antonio Oeste, para hacer un giro por cinco mil pesos al nombre ahora usado por el que había sido su padre.

Volvió al casino esa noche pero prefirió no jugar. Se quedó en el bar estudiando caras y ropas, mirada de asaltante o de novelista que deduce personajes en transeúntes anónimos, tratando de imaginar de dónde vienen, en qué se ocupa esa gente; le parecieron, todos, vecinos de la región. La ausencia invernal de turistas lo hizo interesarse en la excepción, una mujer que hablaba con el barman en un castellano de acento inubicable: cincuenta años largos, bien conservada, vestida y maquillada con esmero y sin afectación.

Intercambiaron sonrisas.

—*How's your luck?* —fue ella la que inició el diálogo, dando por sentado que podían entenderse en inglés.

Él informó que esa noche no jugaba y la invitó a un segundo trago. El contacto prosiguió con soltura, sin prisa ni vacilación. Britta, danesa, viuda reciente, sin temor al invierno patagónico ni pena por sacrificar el verano europeo, se había arriesgado a visitar parientes en una de las colonias danesas a orillas del lago Nahuel Huapi, a explorar territorio desconocido. Volvía a Buenos Aires, al avión que la llevaría de vuelta a Copenhague, haciendo etapas a lo largo de la costa atlántica. Se alojaba en el hotel anexo al casino.

Una hora más tarde, en su habitación, con más dedicación que entusiasmo, cumplieron cada uno lo que esperaba del otro. Ella se durmió casi inmediatamente. Él se vistió, y al ver sobre la mesa de luz una cartera abierta, y asomando de ella dos billetes de cien dólares, decidió que habían sido ofrecidos con delicadeza. En el pasado, en alguna situación parecida, había necesitado recurrir a palabras, una anécdota banal, una discreta nota emotiva, para alcanzar un resultado menos generoso.

El taxi que lo llevó de vuelta a San Antonio Oeste avanzaba penosamente contra el viento. Es raro, comentó el chofer, viento aquí hay todo el año pero agosto no es temporada de vendavales, los vientos fuertes llegan en noviembre. Pero él ya era indiferente al tiempo, al paisaje, aun a los días pasados en busca de un padre al que ahora había decidido olvidar. El largo insomnio del regreso en ómnibus y las cuarenta y ocho horas junto al Atlántico habían hecho de él, se le ocurrió, un personaje de ficción, aventurero instalado frente a un puerto casi extinto, ganador en la ruleta, fugaz amante rentado de una europea. Se aferró a esta nueva identidad para cancelar todas las anteriores. No se le ocultaba lo trivial de los episodios recientes, tan lejos de sus lecturas de adolescente, de mares fosforescentes, del *Nautilus*, del capitán Nemo. Pero habían sido la única aventura a su alcance.

El chofer del taxi había sido marino, había vivido episodios menos fabulosos que los leídos por él. No desaprovechó la presencia de un pasajero venido de tierra adentro para evocarlos.

—Este viento no me gusta nada. Es de los que anuncian la enfermedad de los barcos.

La palabra enfermedad lo desconcertó.

—Sí, la conocen en todos los mares del mundo. No tiene explicación. A menos que se crea en el mal de ojo. Los primeros síntomas no se le escapan al marino veterano. Un cable metálico de los que sostienen el mástil estalla como la cuerda de una guitarra y le arranca un brazo a un marinero. Un grumete se abre el pulgar mientras pela papas y al día siguiente la infección se le desparramó por todo el cuerpo.

Preguntó qué hacía creer en el mal de ojo y no en una casualidad, en accidentes probables.

El hombre explicó que para que haya mal de ojo tiene que haber una serie. Sólo si a la noche o a la mañana siguiente se comprueba otro accidente. A partir de ese momento se sabrá que hubo mal de ojo. Todo irá cada vez peor. La tripulación, apretando la mandíbula, sin hablar, va contando los desastres. Se declaran casos de disentería, peor aún: un oleaje más alto que otros arrebatará a un hombre, el mar se lo tragará.

—Es el momento en que el motor, que funcionó sin falla durante treinta años, se traba como un viejo ventilador.

Al rato él ya no escuchaba ese inventario agorero. A pesar de los años vividos, cedió a la ilusión de poder gobernar el olvido. Exhumó, creyendo que lo hacía por última vez, palabras dichas o escuchadas que volvían regularmente a su insomnio, personajes que en algún momento habían ocupado mucho lugar en su rencor, el fiscal irónico, cómodamente instalado en su superioridad moral, en la corrección política que le garantizaba su adhesión a la defensa de unos derechos llamados humanos, acosándolo con preguntas insidiosas cuando el viejo se borró de Buenos Aires.

También la esposa de la que se había desprendido años atrás, después de que le anunció un aborto clandestino; ya no iba a ser padre del hijo tan deseado. Con un pequeño esfuerzo, pensó, esas miserias pertenecerían a un personaje desechado; lo declaraba difunto, se sentía capaz de expulsarlo junto con tantas otras cosas de su pasado.

El viento, por momentos un largo silbido quejumbroso, de pronto un rugido, parecía ensañarse con la carrocería despintada del automóvil. La voz del chofer parecía llegarle desde otro espacio, tal vez de un sueño: sólo falta que el barco tropiece con una banquina evitada cien veces antes, o que al llegar a puerto choque con la escollera... El paisaje, monótono durante el día, revelaba algún breve perfil misterioso cuando lo iluminaban las luces de un camión que avanzaba en sentido contrario. Aquí, pensó, el pasado no llegaría a alcanzarlo. Tal vez, con un poco de esfuerzo y otro poco de suerte, podría conjurar los miedos, hallar el modo de quedarse en ese puerto sin misterio, de no volver nunca a Buenos Aires, de no ser el que había sido.

4

—El mar no sólo es enemigo del hombre ajeno a él, también le es hostil a sus propias criaturas —el japonés hablaba sin énfasis—. Es capaz de arrojar a las ballenas más poderosas contra las rocas y abandonarlas allí, junto a los restos de un naufragio.

Hizo una pausa antes de añadir:

—El océano es ingobernable y cubre el planeta.

El japonés observó al desconocido que lo había escuchado en silencio. No esperó un comentario. Lo había visto por primera vez el día anterior y lo reconoció inmediatamente como alguien con historia, no sólo porque un forastero que alquila un cuarto cerca del puerto no es un turista ni un viajante de comercio ni cualquiera de los roles asignados en la vida práctica, transparente, del lugar. Él mismo había sido un desplazado, y con los años lo habían aceptado como un personaje. No se pedía mucho en San Antonio Oeste para hacer un personaje de alguien sin una razón evidente para quedarse allí.

—Piense en el canibalismo del mar, todas esas criaturas que se devoran entre sí en una guerra eterna desde el principio del mundo.

El japonés sonreía mientras describía la displicente crueldad de la naturaleza. Al desconocido que lo escuchaba se le ocurrió que la tierra firme donde es necesario sobrevivir no conoce otra realidad.

El recién llegado pidió otra vuelta de cerveza; eran las once de la mañana, demasiado temprano en el día como para abordar alcoholes más serios. Poco comunicativo, sin embargo había percibido una afinidad posible con el japonés cuando lo cruzó en la calle dos veces en pocas horas; le había despertado simpatía una presencia francamente extranjera, que difícilmente pasase inadvertida en una ciudad poco visitada. El domingo siguiente lo reconoció entre los pescadores dispersos a lo largo de una playa de conchillas blancas, hombres mayores dedicando el día de ocio a esperar un pejerrey esquivo. Algo hay que hacer para pasar el tiempo, de vez en cuando pica alguno, comentó uno de ellos, servicial con el recienvenido, pero el pejerrey abunda a partir de octubre, para el lenguado hay que esperar enero.

Ahora habían coincidido en un bar desierto antes de mediodía —al final de la tarde, lo había observado el día anterior, se llenaba a la hora de cierre de las enlatadoras— y la conversación surgió con naturalidad. El japonés había llegado al país detenido por una lancha patrullera de la Prefectura Naval, uno de los doscientos tripulantes del barco pesquero, bandera japonesa, que había cargado dos toneladas de calamares en aguas territoriales argentinas. Fue el único que eligió no ser repatriado. Le anularon el arresto temporario y le dieron un documento que, propusieron, le permitiría trabajar en Comodoro Rivadavia, mano de obra en la petrolera estatal; pero el japonés sabía que lo suyo no era la tierra sino el mar.

De Rawson a Puerto Madryn fue subiendo hasta recalar finalmente en el norte de la Patagonia, en ese puerto confinado a la pesca, ya que las naves de gran calado, visibles en la distancia, sólo pueden amarrar en las aguas profundas del otro extremo de la bahía, en San Antonio Este. Ya no navegaba, trabajaba en el acondicionamiento y embalaje de mariscos para las compañías exportadoras. Tenía una mano vendada y dos días de franco.

El desconocido escuchó este resumen de veinte años vividos en el país sin sentirse obligado a revelar nada de su pasado. Hay silencios, sabía, que sellan una comunión entre personas dotadas de habla. Se le ocurrió que también él podía buscar trabajo con uno de los exportadores mencionados por el japonés, pero instintivamente rechazó cualquier plan que lo atase para el futuro. El dinero ganado en el casino se iría agotando gradualmente y en algún momento de ese descenso surgiría, o buscaría, una forma de obtener algo más, pondría fin a esta entrega inerte, sonámbula, al encadenamiento de días vacíos. Confiaba en ello sin inquietarse.

Por la ventana del bar observó las huellas del viento salado, óxido en las construcciones de chapa, revoque gastado y pintura descascarada en las paredes de los edificios cercanos al mar; más lejos, los barcos entregados al desguace lucían todos los matices rojizos de la herrumbre. La corrupción que el mar traía a sus orillas, tan distinta de la basura que había invadido Buenos Aires, no disminuía en su imaginación el esplendor sin límites ni tiempo que en los libros le había prometido la alta mar. El japonés le hablaba del mar como enemigo. Él lo sentía como una mujer deseada y peligrosa: podía transfigurarlo o ahogarlo.

Días más tarde invitó al japonés al restaurante donde había probado los pulpos diminutos que, se había jactado el dueño, sólo allí se encontraban. Bebieron vino blanco y se demoraron fumando con la segunda botella; como a viejos conocidos, el dueño no los invitó a irse cuando apagó las luces y sólo dejó encendido un parpadeante tubo de neón sobre el bar. Les pidió que lo llamaran a su vivienda, en el piso superior, cuando llegase el momento de cerrar.

Tal vez llevado por la penumbra, por la hora o el llamado siempre cercano del mar, el japonés habló por primera vez de su infancia. De su infancia y de la muerte. Contó que en su pueblo, cercano a la playa de Chiba, cuando llega el solsticio de verano se celebra la ceremonia de Obon. Los pescadores limpian la playa, la vacían de todo desecho la noche anterior para que los niños caven hoyos en la arena y allí duerman de cara al mar, atentos al amanecer. Cuando aparece el sol los muertos salen del mar. Los niños no pueden verlos, los muertos los ven aunque para los vivos ellos son invisibles, y los niños deben guiarlos hacia los que fueron sus hogares. Durante tres días habrá música, canto, comida y bebida, la familia estará en compañía de sus muertos aunque no puedan verlos y todos juntos festejarán el reencuentro. Y el mar cubrirá la playa, llenará los hoyos vacíos.

¿Qué edad podía tener el japonés? En ese rostro enjuto, de piel terrosa pegada a los huesos, los surcos que en otras caras delatarían la edad podían haber sido precoces. El hombre que lo escucha lo siente mayor que él, intuye que ha vivido más que él, que ha visto cosas y sobrevivido a peligros que a él le gustaría haber conocido. Y piensa en otros muertos, para él también invisibles, esos padres que no conoció y ahora buscan endilgarle, mártires que no quiere conocer. Ya no es un niño, pero se le ocurre que los biempensantes quieren que él, como los chicos de la ceremonia contada por el japonés, conduzca los fantasmas de esos padres al que había sido su hogar perdido, del que habían sido arrancados a los golpes en medio de la noche antes de ser torturados y matados. Pero esa historia él no la quiere para sí, que la celebren los otros, los virtuosos. Hace mucho que él ha elegido el lado de la sombra.

Más allá del relato, en el silencio compartido encuentra lo que buscaba en compañía del viejo, el padre elegido que poco a poco, en este puerto que mira al océano y da la espalda al desierto, empieza a alejarse de sus pensamientos.

El japonés nunca había oído hablar de Cipango. Él se pone contento de corresponder al relato del japonés con otro que el amigo no conoce, aun más si le está revelando algo sobre el país donde nació. Le explica que era el nombre de Japón cuando Colón emprendió su aventura y rozó la costa de Cuba pensando que era el reino fabuloso de Cipango. Para el japonés el nombre de Colón está más rodeado de ignorancia que de fábula. No puede saber que en su viaje convivían fantasías geográficas, mandatos de la Sagrada Escritura, leyendas históricas, una mezcla de intereses comerciales y políticos y religiosos. Su nuevo amigo le habla de la importancia que en su época tenía encontrar una nueva ruta hacia los mercados de Oriente, establecer relaciones con las Indias, el Gran Khan de la China y la isla de Cipango. Está contento de no haber olvidado informaciones sumarias, guardadas de un documental visto en la televisión.

—Pero en Japón nunca hubo oro —objeta, desconcertado, el oyente.

—Tal vez fuese una quimera. ¿Cuántos europeos habían estado en Japón en 1492? Pero no sería la primera vez que un hombre se embarca persiguiendo un sueño.

Y el sueño de Colón era el oro: para la corona de España, esos reyes llamados católicos, para sí mismo y también para liberar la Tierra Santa del poder de los infieles y rescatar el sepulcro de Jesucristo. Al día siguiente de tocar tierra en el Caribe, al ver a algunos indígenas con adornos de oro colgados de la nariz, Colón escribió en su diario de viaje que no quería perder tiempo, sólo tenía que seguir navegando hasta dar con la isla de Cipango.

Se va dando cuenta de que en su insistencia por hacer convincente la creencia de un navegante de quinientos años atrás en un Cipango imaginario, lo que está haciendo es aferrarse a su propio sueño infantil de un mar fosforescente que ninguna explicación científica podrá desterrar. Finalmente calla y comparte con su oyente un largo momento de silencio sin explicaciones. El japonés lo ha escuchado entre incredulidad e indiferencia. Más allá del relato, en el silencio compartido él encuentra algo de lo que buscaba en compañía del viejo, el padre elegido que poco a poco, en este puerto que mira al océano y da la espalda al desierto, empieza a alejarse de sus pensamientos.

Salen a la calle vacía. La lámpara colgada entre dos postes oscila en el viento y su vaivén descubre perfiles inesperados, revela un aspecto invisible de día en los depósitos cerrados, las vías abandonadas, las matas crecidas entre los rieles. Curioso, piensa, en tantas calles de Buenos Aires sobreviven, incrustados entre los adoquines dondequiera que éstos no hayan sido arrancados para beneficio de alguna empresa de pavimentación, los rieles que alguna vez guiaron el trayecto de los tranvías. Él nunca ha visto un tranvía, desaparecieron antes de su tiempo, y sin embargo, de noche, iluminados por un voluble alumbrado público, esos rieles desprenden reflejos plateados, parecían decirle ¿amenazantes?, ¿burlones? que no es fácil abolir el pasado. Ahora, en la noche ventosa a orillas del océano, el paisaje cotidiano se vuelve espectral en la luz de mercurio, demasiado blanca en medio de la noche cerrada. Ellos, únicos noctámbulos, avanzan silenciosos, callando una misma sospecha: la de ser fantasmas que nadie espera, que ninguna ceremonia convoca.

5

Encontró trabajo donde no lo esperaba: en el casino de Las Grutas, agente de seguridad no armado, atento a la conducta de los visitantes, señoras mayores que desvían fichas ajenas en las mesas de ruleta, bebedores que intentan alejarse del bar sin haber pagado, todo un catálogo de conductas que en dos horas escasas de instrucción fue adiestrado a enfrentar con una mezcla inexpugnable de amabilidad y firmeza, situaciones que tal vez pudieran surgir en verano pero que en un frío, ventoso agosto no vinieron a su encuentro.

En un traje oscuro y una camisa blanca, prendas ajenas a sus hábitos —el precio le sería descontado de futuros sueldos—, recorría entre las seis de la tarde y una hora variable después de medianoche, atento pero sin curiosidad, las salas de juego. No le despertaban recuerdos los éxitos de un *hit parade* archivado, residuo de los años noventa, que difundían parlantes invisibles; era indiferente a la decoración barata, inspirada en alguna vetusta película de aquellos mismos años, no disimulada por una iluminación estridente. Ninguna europea madura lo distrajo en esas rondas.

Empezó a sentirse cómodo en su nueva identidad.

La había ido adoptando insensiblemente desde la llegada a San Antonio Oeste, y aunque en su mente Buenos Aires e Ingeniero Jacobacci no estaban borrados se habían alejado hasta perder urgencia y peligro. Una vez más era el espectador de su vida como podía serlo de una serie de televisión, episodios que acatan la exigencia de renovar la trama con desarrollos imprevistos. Historietas y películas, algunos pocos libros, habían colonizado su imaginación desde la infancia, le habían trazado el mapa de una vida que la llamada real no podía sino traicionar; para defenderse de esa promesa incumplida, aprendió a avanzar disfrazando la inseguridad con gestos agresivos, preservándose de las trampas con que amenaza el afecto.

Decidió no mudarse a Las Grutas y conservar su precario alojamiento en el puerto de San Antonio Oeste. Prefería subir todas las tardes al tambaleante, carraspeante colectivo de la línea costera que hacía los quince kilómetros entre vivienda y trabajo, separar con una distancia aun corta dos aspectos de su existencia.

No tenía día franco, pero algunas tardes, rumbo al casino, le ocurría bajarse del ómnibus en mitad del trayecto, caminar sin rumbo por el campo abierto, sentir en la cara el asedio filoso del viento venido del océano, soplando sin obstáculos hacia la lejana cordillera. Más de una vez, en la luz claudicante del atardecer de invierno, le llamó la atención un brillo metálico que asomaba en la tierra, aun en medio del pasto ralo. Le recordó el de los rieles que en las calzadas de Buenos Aires sobrevivieron a los tranvías que alguna vez guiaron. Se inclinó para observarlo. Era una cabeza de flecha. Las recogía y guardaba, mutilados desechos de la guerra del desierto.

Cabezas de flechas indias... En el viento arrachado le parecía reconocer ruidos de cascos, resoples y bufidos de una caballada difunta. Imaginó otras cabezas, las de esos jinetes, cabezas de indios sostenidas en picas, advertencia y escarmiento. Había leído que el degüello no fue sólo destino de indígenas. Todos los derrotados de la historia patria, unitarios y federales, caudillos y letrados, habían conocido más de un siglo atrás el mismo destino según las fortunas pendulares de esas guerras civiles largos años engañosamente dormidas, siempre a la espera de volver al ataque con nuevos actores y consignas apenas distintas. Advertencia y escarmiento, y en las plazas centrales de un poblado, aun de esa capital que todavía llamaban gran aldea, escarnio para el apellido de la familia, vindicado generaciones más tarde con un nombre de calle, siempre, hasta llegar a los nombres de fusilados, de desaparecidos.

La amistad del japonés se convirtió muy pronto en el ancla de su nueva existencia. Empezó a invitarlo a tomar un trago en el bar del casino. La visita le permitía conversar en las pausas del trabajo con un interlocutor menos básico que su único colega o el barman. El japonés le entregaba recortes de su pasado, y él los recibía como capítulos de una novela. Así se enteró de que había estado en Murmansk. Él nunca había oído ese nombre, tampoco el del mar de Barents. El japonés le describió esa ciudad rusa, puerto al norte del círculo polar ártico, la más septentrional de Europa. Cuando le preguntó si barcos pesqueros japoneses se arriesgaban tan lejos, el japonés se rio y movió las manos en un gesto que podía querer decir cualquier cosa, o nada.

—Si llegan al Atlántico Sur por qué no al Ártico...

En Murmansk el invierno es largo, durante meses no alivia la oscuridad, apenas cede a una débil claridad pocas horas del día. Al japonés le divertía recordar esas penurias. Contó una humorada local: en una novela policial cuya intriga ocurre en Murmansk el comisario que interroga al sospechoso le pregunta qué hizo en la noche del 3 de diciembre al 11 de enero.

—Ciudad brava, Murmansk. Llegaron chinos hace cien años, mucho juego, mucho contrabando.

Para hablar de Murmansk el japonés no se hacía rogar. Su pasado, al escucharlo se afirmaba la certeza, era territorio incógnito. Antes de su arresto por la Prefectura Naval Argentina, después de esa infancia de ritos celebrados en una playa de su pueblo natal, se extendía, estaba seguro, una novela que iba descubriendo gradualmente. ¿Qué edad podía tener?

Acaso la de su padre, el padre elegido, buscado y abandonado en el otro extremo del desierto, lejos del mar.

De esa novela, y del papel que Murmansk había tenido en ella, se iba a enterar semanas más tarde, cuando un desconocido se presentó en el casino poco antes de medianoche y pidió hablar con él, un individuo que parecía incómodo: como mucha gente insegura de su posición ante la ley, se expresaba en un vocabulario administrativo. Era el dueño de un sauna, registrado como salón de masajes y spa, frecuentado —se enteró en ese momento— por el japonés. Su amigo había sufrido un paro cardíaco; en su ropa encontraron, garabateado en un papel, un único nombre que supusieron el de la persona a quien llamar en caso de accidente, y dos direcciones, una en San Antonio Oeste, otra el casino de Las Grutas.

Su primera reacción fue algo parecido a una emoción, la de enterarse de la confianza depositada en él, única persona cuyas señas había guardado un conocido reciente, que sin embargo había llegado a sentir más cercano que casi todos los de ese pasado que buscaba dejar atrás. Luego, una pena débil, difusa. Hacía mucho que había aceptado el acecho constante de la muerte, y recibía cada comprobación sin miedo, con cierta oscura aceptación de un destino compartido.

El cuerpo había sido trasladado a un compartimento desocupado. A nadie se le había ocurrido prever el rigor mortis y atar un pañuelo para sostener la mandíbula: la boca había quedado entreabierta tal vez en busca de aire, acaso sonriendo. Parecía más joven que en vida, acaso unos pocos años más que él. Se quedó mirándolo. Del otro lado del tabique el comercio habitual no se había interrumpido: llegaban jadeos y alguna palabra obscena que intentaba encender el gozo. El dueño del establecimiento le explicó que de él sólo esperaban que reconociese la identidad del accidentado; ya se había comunicado con el comisario de turno, tenía la promesa de que evitarían problemas para el establecimiento, la ambulancia del hospital local debía llegar en cualquier momento.

En otro compartimento encontró a la chica a quien el japonés había dedicado su último aliento. La primera impresión fue la de una adolescente precozmente envejecida, mejillas hundidas, pelo descolorido, sin vida, que alguna vez había sido rubio. Estaba sentada en el borde de la camilla de servicio, la mirada perdida más allá del tabique que tenía ante los ojos, tal vez hundida en su memoria. Se había cubierto con una bata entreabierta que no ocultaba la cicatriz larga, rugosa, que le surcaba el pecho; él no pudo evitar preguntarse si al tacto esa costra oscura sería áspera en medio de una piel que adivinaba suave. Intercambiaron en silencio una mirada larga.

El dueño iba a confiarle una parte de su historia: la chica era rusa, el japonés la había traído e instalado allí como en una pensión, pagaba alojamiento y comida con una condición: que quedase reservada para él. Se había asegurado de que esta última exigencia fuese respetada declarando, sin mayores precisiones, que la chica y él estaban "enfermos", que para no tener problemas con los inspectores de sanidad convenía que ningún otro cliente la tocase.

—¿Qué va a ser de ella ahora? Habla muy mal castellano... —esperó un momento antes de añadir—: Hace un año una de las chicas que trabajaba aquí se dejó tentar por un sueco que le prometió actuar en una película. Como filmaban en una isla de Tigre, la pobre debió pensar que se trataba de un porno más, pero resultó ser lo que los yanquis llaman un *snuff movie*. La degollaron en mitad del coito, el cuerpo lo tiraron a un canal, flotó llevado por la corriente hasta que lo pescaron días más tarde. Apenas pudieron identificarlo. Imagínese...

Volvió a mirar a la muchacha ahora con una curiosidad distinta. La vio como una huérfana.

Obedeció a un impulso, le pidió al dueño que la guardase un tiempo, él pagaría como el japonés lo necesario para su mantenimiento. Con una diferencia: no la tocaría.

6

Días más tarde debió decidir si la dejaba recluida en uno de los cubículos del sauna o si la llevaba con él a San Antonio Oeste. No se le ocultaban las complicaciones que traería este segundo plan, pero una oscura lealtad hacia el japonés se le imponía, más fuerte que toda sensatez. Se sentía heredero de un mandato tácito, él que no tenía hijos, a quien le habían rehusado guardar el único que había hecho, reconocía y aceptaba un imprevisto sentimiento paternal hacia esa criatura frágil, inerme, que expresaba su gratitud con palabras incorrectas en un acento difícil de penetrar. De distinto modo, eran huérfanos los dos.

Entendió que se llamaba Aniushka. La instaló en el cuarto que alquilaba frente al puerto. Transformó en cama, cubriéndolo con mantas y almohadones, un diván desvencijado. Aniushka se sentía demasiado débil como para desafiar dos pisos de escalera y a él no le molestó prepararle la taza de leche y los cereales con fruta aconsejados por el médico al que la había confiado el japonés. Había recetado, sin mucha confianza, medicamentos sin duda eficaces de haber atacado la enfermedad en un estado anterior.

Fue ese médico, más que las palabras poco frecuentes, imprecisas, de Aniushka, quien le permitió completar una historia de la que el dueño del sauna sólo había podido transmitir un episodio tardío. Durante una escala en Murmansk, el japonés la había rescatado de un bar de hotel donde ejercía como lo que el establecimiento denominaba *welcome girl*, la había embarcado como polizón en su pesquero, le había comprado documentos de verosimilitud discutible, aceptados por una inspección sumaria en el puerto de Comodoro Rivadavia. Murmansk, el japonés había contado, estaba convertida en una base de emigración ilegal desde el fin de la Unión Soviética; mucha gente sin documentos válidos ni visas intentaba cruzar la estrecha franja de frontera con Noruega en los pocos meses en que el hielo desbloquea los pasos. El tráfico marítimo, por otra parte, nunca había sido el único en prosperar en ese puerto extremo del Ártico, las drogas y el mercado de divisas habían creado, en los intersticios de la administración soviética, una animación comparable con la "quimera del oro" en el oeste norteamericano de un siglo atrás. La ciudad más septentrional de Rusia, con las temperaturas más severas, ahora también ocupaba en las estadísticas otro primer lugar: contaba con la más alta proporción de portadores de sida.

Estas informaciones repercutían en su mente cada vez que contemplaba dormir a Aniushka. Ese cuerpo gastado por la enfermedad le había parecido el de una adolescente cuando la vio por primera vez, envuelta en una bata, sentada en el borde de una camilla del sauna; ahora no podía ignorar los pechos flácidos, vacíos, ni los huesos apenas cubiertos por la piel ajada de brazos y hombros, tampoco algunas manchas, lunares irregulares a los que el médico había dado un nombre. Y sin embargo esta imagen que excluía la posibilidad del deseo alimentaba la ternura, despertaba el afán protector. ¿Qué había esperado esa criatura al dejarse llevar a otro extremo del mundo por un hombre con quien no podía intercambiar palabra? Acaso no había esperado nada, sólo se había entregado a una nueva peripecia de una vida que no había conocido más que entregas sucesivas, destinos desconocidos.

Una rutina no tardó en instalarse. Preparaba el desayuno, la comida que Aniushka apenas probaba y él dejaba a un lado del improvisado lecho. Antes de partir hacia el casino, ella ya dormida a mitad de la tarde, cuidaba que estuviese abrigada, bien cerrada la ventana contra la que golpeaba el viento. Aprendió a prescindir de reflejos de pudor para ayudarla en los días en que la notaba demasiado débil para llevar a cabo su higiene. Ella aceptaba mansamente, una débil sonrisa en la mirada, esos cuidados. Algunas noches la tomaba en sus brazos, dormida, envuelta en una manta, y la llevaba a su cama. Allí la miraba dormir a su lado, hasta que el sueño lo alcanzaba.

Su sueño se mantenía inmune a los episodios vividos en las semanas recientes. Tampoco lo visitaban aquellos personajes más distantes que no habían agotado una capacidad de despertar su rencor no apagado, ni la ex mujer que le negó el hijo deseado, ni el fiscal ensoberbecido por su propia buena conciencia.

Algún prodigio inexplicable, higiene o caridad, le devolvía en cambio momentos confusos de su juventud y en ellos purgaba la palabra soez, el gesto mezquino con que había herido a personas que lo querían.

Revisitaba no su pasado sino un tiempo imaginario, dócil a su deseo, y en él podía corregir las huellas de su conducta. Aunque había olvidado algunas nociones elementales del catecismo aprendido en su infancia, algo sobrenadó al olvido, acaso la idea de que la protección dedicada a Aniushka era una buena acción y estaba siendo recompensada por esos sueños benévolos. La breve serenidad que le regalaban se borraba apenas despierto, irrecuperable como arena entre los dedos.

Una madrugada, al volver del casino, la oyó cantar. Estaba despierta, los ojos muy abiertos, la voz siempre débil pero inesperadamente clara. Se acercó hasta sentarse en el borde del lecho y ella le tomó la mano sin interrumpir el canto. Qué cantaba nunca lo sabría, palabras en ruso para él incomprensibles.

También aceptó que para él era impenetrable el pasado de la muchacha, el más remoto, el anterior ¿a los meses?, ¿a los años? en Murmansk. De esa lejanía llegaban, guardadas en una memoria que rehusaba el desgaste del cuerpo, las palabras, la melodía que escuchaba. Renunció sin esfuerzo a toda curiosidad, prefirió que ese pasado, esa distancia, esas palabras fueran propiedad inalienable de Aniushka.

Había visto una película del género apocalíptico, predicciones de un futuro aciago, en este caso una ciudad sin día, noche perpetua de lluvia y humo, suciedad y gigantescos neones reflejados en charcos ubicuos. Mezclados con los sobrevivientes de una humanidad decaída se agitaban en la anécdota réplicas indistinguibles de seres vivos, programadas para una vida de cuatro años, alimentada su memoria ficticia por una comprobable base de datos.

A menudo, en alguna de esas medianoches o madrugadas en que vuelve al lado de una Aniushka menguante, él se pregunta si no serían ellos mismos réplicas de seres desconocidos, su pasado una trama de nostalgias y despecho inoculada por un poder inubicable, su edad una mera ilusión de tiempo vivido sin duración real. ¿Habrán visto realmente, ella la ciudad oscura del círculo polar ártico, él el desierto patagónico? ¿O serían esas visiones nada más que imágenes virtuales, las que les habían sido destinadas, espejismos que se apagarían como la proyección en la pantalla de un cine cuando el film termina? Todos esos momentos que creían haber vivido ¿se perderán en el tiempo "como lágrimas en la lluvia"?

Un día, ya llegada la primavera, ella le pidió que la llevase a la playa. La había entrevisto desde lo alto del acantilado, en Las Grutas, pero nunca se había animado a bajar hasta la orilla del mar. Él no se atrevió a decirle que en su estado no podría resistir el viento frío que en casi toda época del año castiga la costa. Por toda respuesta asintió. Al día siguiente partieron en un taxi. Cubierta con varias prendas de lana y envuelta en una manta, él la había llevado en brazos, la había depositado cuidadosamente en el asiento trasero.

Una expresión que no le conocía la iluminó cuando estuvo frente al mar. Sentados en la arena, la abrazó para protegerla del viento, para transmitirle un poco de calor. Ella, sin una palabra, apoyó la cabeza en su hombro. De las grutas les llegaba un olor acre, putrefacción de gaviotas muertas, de peces arrojados hasta allí por la marea crecida del invierno. Él dejó pasar el tiempo sin contar los minutos, que muy pronto se hicieron una hora, hasta que la sintió dormida.

En ese momento se le ocurrió que podía quebrar fácilmente esos huesos débiles, interrumpir una respiración casi inaudible haciendo más fuerte el abrazo, besando a Aniushka hasta que la boca siempre entreabierta ya no pudiese recibir más aire. Podía abreviar una agonía que temía interminable. Por primera vez se vio ya no vapuleado por circunstancias no buscadas sino capaz de decidir no sólo sobre la vida de alguien, también, si elegía convertirse en asesino, sobre su propio destino.

Pasaron por su pensamiento imágenes sin orden, atropelladas, de lo que había sido su huida, una huida que había empezado mucho antes del acoso de los biempensantes, del encuentro con el padre elegido que ya no era el recordado, de su refugio sin futuro en un puerto y un casino que muy pronto habían agotado sus promesas. Ahora podía detener esa huida. Aceptó que ningún futuro a su alcance lo retenía en una existencia sin luz. Nunca vería en medio de la noche el mar fosforescente con que había soñado.

Ante sus ojos se descargaba regularmente un oleaje hosco, color acero. Un rumor lejano fue acercándose, convirtiéndose en el ominoso aleteo de cientos, acaso miles de aves que se arremolinaban buscando un sitio donde posarse. ¿Serían los chorlos playeros de los que le había hablado el japonés? En su vuelo anual desde Tierra del Fuego hasta el Polo Norte, descienden a los alrededores de la bahía, atacan los humedales ricos en lombrices y cangrejos, alimento y combustible que les permitirá proseguir más allá del ecuador, hacia otro extremo del mundo, al desamparo ártico donde harán sus nidos.

Con mucha delicadeza, sin despertarla, entreabrió las capas de ropa que abrigaban a Aniushka hasta llegar a su sexo. Tuvo que masturbarse para lograr la erección y cuando la penetró, y ella suspiró roncamente sin abrir los ojos, tuvo la impresión de que exhalaba un último aliento. Cerró también él los ojos.

Se preguntó por el tiempo necesario para que el contagio le llegara, para empezar ya no otra huida sino una lenta despedida.

La despedida

—Hay tres cementerios en Valparaíso —explica mi padre, sin que yo se lo pidiera, sin preguntar si el tema me interesa. Como otros ancianos, busca menos un interlocutor que un oyente.

Lo escucho distraídamente, mientras recorro con la mirada el paisaje gris, el agua desganada que llega a morir en la arena sucia de Playa Ancha, lejos de las olas bravías que distingo a la distancia. Desde la altura del paseo marítimo veo un solo hombre que se anima al agua helada del Pacífico, y lo hace enfundado en neopreno.

—Aquí detrás —prosigue—, en los acantilados, enterraban a los no católicos antes de que se creara el Cementerio de Disidentes en el cerro Cárcel. El de Playa Ancha no era un cementerio organizado, apenas un lote de tumbas para los que no merecían la tierra consagrada. Hoy lo han adecentado —se ríe y la risa se le hace tos—, le pusieron de nombre Jardín del Sendero.

Le digo que mejor nos vamos, se ha levantado un viento fresco a pesar de que aún estamos en primavera; nos vendrá bien un trago en algún bar del cerro Alegre. Porque a pesar de la edad y la salud declinante, la promesa de un alcohol siempre reanima inmediatamente a mi padre.

* * *

Sé tan poco de él... Si me ha invitado a que lo acompañe en esta visita a Valparaíso es porque de joven pasó aquí un tiempo. ¿O vivió unos años? Es celoso con su pasado, no le gusta compartir recuerdos cuando le pregunto, aunque algunas noches, de sobremesa, si ha bebido un poco más que otras veces, se deja ir a contar, nunca sabré si retazos de vida o lo que su imaginación de escritor ha hecho de alguna anécdota, quién sabe con qué retoques.

Porque mi padre es escritor y con los años ha ido borroneando no sé si con astucia o por fatiga la frontera entre lo que la gente normal llamaría realidad y lo que él va elaborando, aun antes de llegar a la página escrita, de su experiencia. "La realidad se forma en la memoria", me dijo una vez, citando a un escritor cuyo nombre he olvidado. Ahora se sabe en la recta final. La expresión es suya. No confundas, me dice, con la pendiente hacia la senilidad, a esa no llego, apenas reconozca los primeros indicios ya tengo preparado lo necesario para irme por mi cuenta.

Es muy orgulloso. En algún momento de este viaje, no es la primera vez que me invita a acompañarlo, le señalé que aun puede muy bien viajar solo. Noté su esfuerzo por no mostrarse ofendido. Detrás del elogio a su estado de salud había visto asomar el ahogo que me produce, aunque sólo sea durante unos días, su frecuentación cotidiana. Imagino cómo te debés aburrir conmigo, replicó con esa sonrisa dura que le conozco, donde se refugia cuando no quiere que lo noten herido. Y la verdad es que intuye justo. A menudo me aburro en su compañía.

Creo que de joven fue bastante zorro, también.

Nunca falta el pariente que se quiere viperino, pobre, y sólo se demuestra irremediable ingenuo ante la conducta ajena. Gracias a insinuaciones que buscaban escandalizarme y sólo renovaron mi afecto menguante por el viejo, me enteré de que antes de conocer a mi madre, y se me ocurre que también en los márgenes de una vida conyugal sin duda anodina por lo poco que duró, y años antes de descubrirse una última, ilusoria juventud dedicándose a las jovencitas, mi padre había practicado de gigoló.

Las pocas fotos que pude descubrir —revisé su departamento para llevarle al hospital algunas prendas necesarias durante una internación— lo muestran muy apuesto. Y, deduzco de las siluetas, sonrisa serenamente desafiante, aplomo próspero, que lo acompañaban en playas brasileñas o en la cubierta de un barco de excursión, que no le importaba si era una mujer madura o un señor muy mayor el que invitaba.

Esta última hipótesis me hace gracia. La otra noche cenábamos en la terraza del Brighton y el camarero nos dedicó unas sonrisas leves, intencionadas. Delataban que suponía entre nosotros un vínculo no precisamente filial.

* * *

¿Cuándo estuvo en Valparaíso? Reconoce y me señala los cambios que trajeron, equitativamente, terremotos y la Unesco, "esa vasta asamblea de oportunistas y parásitos de la cultura que declaró patrimonio de la humanidad a la ciudad", se desahoga. La verdad es que a mí, que no puedo medir con la memoria lo que fue la ciudad décadas atrás, y la descubro asombrado, deslumbrado en cada esquina, me parece única. Le digo a mi padre que una de las razones de mi admiración es que en nuestros paseos cotidianos no veo ni uno de esos centros comerciales, *shopping malls* cuyas torres hacen la gloria de Santiago para la clase media argentina.

—Me dicen que están en Viña del Mar, a quince minutos de aquí. No ensucian el paisaje de Valparaíso. Desde cualquier altura podés ver la bahía, los barcos, el océano —comenta mi padre—. Una medida de higiene urbana.

Vuelve a reír y toser indistintamente.

A pesar de esa tos recurrente, debo admitir que demuestra cierta agilidad y mucha resistencia. Lo observo subiendo y bajando por cerros, recorrer sin detenerse las distancias entre miradores, buscar El Cardonal, el mercado que reemplaza, me explica, a uno viejo, derrumbado durante el terremoto más reciente. En un restaurante del primer piso del mercado pide sin vacilar los locos y las machas inhallables en Buenos Aires. Lo veo comer con apetito.

Hay algo que me irrita en su mirada retrospectiva, siento que se interpone en mi descubrimiento de la ciudad, y me gustaría decirle que se calle un poco, tanta referencia libresca, tanta reflexión de erudito que nunca hizo deporte alguno. ¿Qué me importa que en el cementerio de Playa Ancha estén los restos de un tal Dubois, estafador francés y asesino serial de principios del siglo XX, que inspiró novelas y películas?

Pero no puedo permitirme rechazar la invitación a acompañarlo en sus viajes: una ayuda financiera, no lo dudo, viene tácitamente asociada. Soy músico, el nuevo gobierno ha disuelto la formación de la que era primer violín y quedé sin trabajo permanente. Mi padre sabe que desde hace meses me mantengo con reemplazos ocasionales, y que la madre de mis dos hijos reclama puntualmente la pensión alimentaria.

En el hotel, en las alturas de la avenida Alemania, hay una piscina al aire libre donde nado todas las mañanas antes del desayuno. Mi padre lee un libro en su balcón del primer piso, de vez en cuando interrumpe la lectura para observarme. Esta mañana le pido que entre al agua conmigo aunque no nade. Sé que le da vergüenza mostrarse, evita la playa desde que un tratamiento hormonal contra el cáncer de próstata le ha sumado, a las manchas, a la adiposidad de los años, grasa en los lugares menos gratos para un hombre.

Pero insisto: estamos solos, vamos papá que te va a hacer bien. Se desviste y compruebo, más allá de lo imaginado, la decadencia del cuerpo, la cautela con que pisa los escalones que bajan al agua, la sonrisa casi infantil con que recibe el contacto del líquido fresco.

Casi inmediatamente veo que lee en mi mirada la mezcla de compasión y asco que me inspira, y se nubla la breve felicidad que un instante antes lo había iluminado.

* * *

Por la tarde me pide que lo deje solo. Anuncia orgulloso que no me ha invitado para que le haga compañía, todavía no necesito lazarillo ni enfermero, insiste sin sonreír. Me pregunto si la mirada que me sorprendió a la mañana ha sido para él como un espejo imprevisto donde pudo medir su decrepitud, y ahora quiere evitar mi compañía, saberse no observado aunque sólo sea por unas horas. Independiente, también: no me dice lo que piensa hacer. Por respeto, entiendo, no debo preguntárselo. Asiento, salgo a caminar sin dirección precisa.

No me he alejado mucho cuando vuelvo la mirada en dirección al hotel y lo veo salir con paso decidido. La curiosidad me vence y lo sigo con prudencia, si de muy lejos temo perderlo de vista, si de más cerca podría ser descubierto. Baja por la plaza Bismarck y con la seguridad de quien conoce la ciudad se dirige al Cementerio de Disidentes.

Allí adentro ya no puedo arriesgarme a seguirlo, puede ser el único visitante a esta hora, mi presencia no pasaría inadvertida. Me quedo un rato bajo las columnas del pórtico y se me ocurre una argucia digna de las novelas policiales que él desprecia. Me dirijo al guardián, le doy unos billetes y le pido que siga al hombre que entró segundos antes: es mi padre, usted comprende, no está del todo bien, no me atrevo a contrariarlo si ve que lo estoy siguiendo, pero necesito saber, es por su tratamiento, nada más, si visita alguna tumba en particular.

Media interminable hora más tarde, imposible llenar la espera con mi curiosidad de turista, vuelvo con aprensión al cementerio, temo cruzarme con mi padre si es que en ese momento sale, pero ya al acercarme veo al guardián que me saluda mano en alto, sonriente, agitando el papel que me entrega.

Leo: Kurt Jürgen von Bruchmann. Lübeck 1913-Viña del Mar 1987.

* * *

Esa noche, como todas, antes de volver al hotel tomamos una última copa en el Cinzano. El programa de aficionados cambia todos los días y esta vez no nos toca el jazz de los jueves ni la "chilenada" de los martes. Un cantante de tangos, impecable traje oscuro y tres puntas de un pañuelo blanco asomando del bolsillo superior del saco, declina varios clásicos, desde "Caminito" hasta "Cuesta abajo". Sospecho que es chileno pero logra imitar a la perfección la entonación porteña.

—Porteña de Buenos Aires —precisa mi padre, que no pierde ocasión de pedantería—. Recordá que en Chile porteños son los de Valparaíso.

Estoy decidido a hacerlo hablar, esta noche o nunca. Vacilo entre distintos abordajes: sé tan poco de vos, papá; más bien, contame algo de tu tiempo en Valparaíso, por qué quisiste volver aquí. Una vez más el viejo zorro me sorprende: se anticipa, parece leer mis pensamientos. Ayudado por un último pisco *sour* que nunca es el último, mirándome a los ojos, se lanza a la confidencia.

—Sabés que mi familia era de Mendoza. No eran clase alta ni pretendían serlo, pero despreciaban lo que Mar del Plata había pasado a ser en tiempos del primer peronismo. Para las vacaciones de verano preferían cruzar la cordillera. "Los chilenos hablan bajito, no son chillones como esa gentuza que ahora se amontona en las playas del Atlántico", decía tu abuela. No podían permitirse alquilar en El Zapallar, claro, estaban contentos en Viña, pocos iban entonces a La Serena. En uno de esos veranos conocí a un joven oficial de la marina alemana.

Esto sí que no lo esperaba. De pronto, no necesité tirarle de la lengua, veo asomar la incógnita de su visita, horas antes, al Cementerio de Disidentes. Disimulé mi entusiasmo ante la promesa de una revelación. Hice un cálculo mental: mi padre había nacido en 1930; el "primer peronismo", como él lo llamaba, subió al poder en 1946, exactamente veinte años antes de que yo naciera. Si mi padre hablaba de Kurt Jürgen von Bruchmann, nacido en 1913, se refería a un hombre de unos treinta y pico de años cuando él contaba dieciséis o diecisiete.

—Para un adolescente muy lector ese personaje aparecía rodeado de misterio. Lo veía todas las noches, cenando solo en el mismo restaurante adonde iban mis padres, alguna vez leyendo un libro en alemán... pude echarle una mirada al pasar a su lado con la excusa de ir al baño, ya entonces la curiosidad me podía. Me ayudó la indiscreción de los mozos del restaurante: me enteré de que vivía en una pensión modesta de Viña, se rumoreaba que había sido parte de la tripulación del *Graf Spee*, el submarino alemán capturado en Montevideo en 1939, hundido en el Río de la Plata. Los marinos que no quisieron volver a una Alemania en guerra pidieron asilo en la Argentina, éste eligió ir a Mendoza y muy pronto cruzó la cordillera y se afincó en Chile. Más tarde supe que en el cuarto de pensión guardaba el uniforme de teniente de la marina imperial que nunca le vieron usar.

Sobrevino un largo silencio. Me buscaba la mirada, como si quisiera estar seguro de que lo escuchaba, de que comprendía lo que intentaba contarme. Intenté imaginar lo que podían haber sido las vacaciones de verano de una familia de clase media al fin de los años cuarenta. Entre el adolescente que no se separaba de sus padres a la hora de cenar y el joven que iba a saber de un uniforme guardado en un cuarto de pensión se abría un hiato generoso para la imaginación. Mi malicia podía llenarlo sin mucho esfuerzo y mi padre no hacía nada por disuadirme de las suposiciones que podía leer en mi mirada.

* * *

—Empezamos a vernos todas las tardes, yo salía con el bolso del gimnasio como coartada. Iba a encontrarme con él, caminábamos hasta una caleta lejana.

Hizo una pausa, como para comprobar el impacto de sus palabras.

—Te voy a decepcionar: no hubo entre nosotros ningún contacto físico.

Inmediatamente pasó a abordar otro terreno, no menos minado que el anterior.

—Yo me enteraba, escuchándolo, de que para él, y tal vez para otros como él, una noción de honor podía justificar la lealtad con la Armada, más allá del régimen político "del momento". Era una frase que repetía a menudo, como si la historia del Tercer Reich fuera un mero episodio. Y tal vez lo fue: Hitler, "ese vienés grosero", decía, proclamó un imperio de mil años que sólo duró doce, aunque fueron de horror para una parte de Europa.

—¿Una parte solamente?

—"Una parte", sí. Fue otra de las cosas que aprendí de su conversación, fuera de los libros escritos por los vencedores, lejos del antifascismo fácil de mi familia. Fácil, sí, porque no tuvieron que ponerlo a prueba, a nadie se le ocurrió ir a pelear en las Brigadas Internacionales durante la Guerra Civil Española; tampoco corrieron peligro quedándose en casa, no eran judíos en Europa. Antes de los bombardeos aliados, de la destrucción de las ciudades, la mayoría de la población seguía con su vida cotidiana más o menos rutinaria, en Alemania tanto como en Austria. Nadie se preocupaba por saber adónde iban esos trenes blindados que veían pasar, siempre rumbo al Este, ni por saber quiénes iban en ellos, individuos sin rostro, hacinados como animales. En Francia, durante la ocupación, se filmaban más películas que antes de la guerra y no pasaba semana sin un estreno en los teatros.

La verdad es que las tempranas lecciones de escepticismo que mi padre pudo haber recibido de un teniente de la Armada Imperial alemana me interesaban menos que el nicho reservado en su memoria a ese ambiguo personaje. Pero sentía que no debía intentar orientarlo en sus recuerdos, que me correspondía seguirlo en su divagación, respetando las elipsis y los atajos de su memoria. Pedí otros dos piscos *sour*.

—Me hablaba del capitán Langsdorff, el comandante del *Graf Spee*. Después de la rendición, eligió hundir la nave y pegarse un tiro envuelto en la bandera de la Armada alemana, no en la nacionalsocialista con la cruz gamada; ya en el Cementerio Alemán de Buenos Aires, en el entierro de los marinos muertos en combate, no había hecho el saludo nazi como otros asistentes, había saludado con la venia correspondiente a su arma y su grado.

Otra pausa. Liquidó de un trago el resto de pisco *sour*, y me miró. No necesito palabras. Pido dos más.

—En fin, no sé si podés darte cuenta de lo que todo eso significaba para mí, a la edad que yo tenía entonces. Una ventana sobre un mundo desaparecido, una iluminación inédita sobre una página de historia que creía conocer. En fin, las vacaciones terminaron. Volví a Mendoza con mis padres. Con el teniente Von Bruckmann nos escribimos cartas largas, llenas de preguntas las mías, las suyas de historias que me contaba sobre una Europa perdida, muy distinta de la que el cine y los libros me mostraban.

—Me parece que hiciste con él un personaje de ficción. ¿Ya escribías entonces? ¿Llevabas un diario? ¿Tomabas notas?

Se pasó una mano ante la cara, un gesto que le conozco: busca espantar, como a un mosca, un tema del que no quiere hablar.

—Me invitó a Chile pero mis padres no autorizaron el viaje, no olvides que yo era menor y en aquellos años los adolescentes aún no habían impuesto su ley a las familias. Entonces, él decidió viajar a Mendoza. Para verme. Al cruzar la frontera tuvo un problema con sus documentos, no sé exactamente cuál, algo que ver con su asilo en la Argentina que no lo autorizaba a instalarse, como hizo, en otro país. Pasó unos meses preso antes de que le permitieran volver a Chile. Nunca volví a verlo.

Otra pausa. No me atrevo a quebrarla con una pregunta, hasta que su silencio se hace incómodo y no puedo seguir sosteniéndolo. Elijo el modo afirmativo. Espero provocarlo.

—Muy conmovedor... Estarás de acuerdo en que es la historia de un enamoramiento. Pero no estoy seguro de que las cosas hayan sucedido como las contás. Nunca te conocí sentimental y en tus libros no hay mucha emotividad... "Nunca volví a verlo" no es una frase tuya, me suena teatral. Una frase digna de alguna actriz del viejo cine argentino.

Después de un silencio y una sonrisa leve, irónica, vuelve a hablar, ahora sin mirarme, la mirada perdida más allá de la tarima donde ya no cantan tangos, de las aves trasnochadas que postergan, como nosotros, la hora de cerrar el bar.

—Decís que sabés poco de mi vida. Yo tampoco sé mucho de la tuya, fuera de la dedicación a la música y a tus hijos. No sé si has tenido lo que la gente de mi generación, educada con literatura francesa, llamaba una educación sentimental... Muchos la tuvimos, aunque aprendida menos en los libros que a los tropezones en la vida, y puedo decirte que una de las primeras lecciones es nunca intentar remendar un afecto roto ni volver a los lugares donde se fue feliz.

—¿Qué vinimos entonces a hacer en Valparaíso?

—Vine a despedirme de la vida. Creí que te habías dado cuenta.

* * *

Volví solo al hotel. Mi padre insistió en quedarse un rato más en el Cinzano, esperar en soledad "el momento ritual" en que empiezan a poner las sillas patas arriba sobre las mesas. Ya habían ido disminuyendo gradualmente la luz cuando lo dejé. En mis años bravos, murmuró, la voz asordinada por la sucesión de piscos *sour*, uno de mis títulos de honor era hacer el cierre de los bares.

Esperé desde mi cama que sus pasos, sin duda titubeantes, llegaran hasta la puerta del cuarto vecino. No sé a qué hora me habré quedado dormido, me desperté sobresaltado, con sol en la ventana y menos dolor de cabeza que inquietud. Me vestí con lo que tenía a mano y fui a llamarlo. No hubo respuesta. Probé sin éxito abrir la puerta de su cuarto. Bajé a la recepción. Me saludaron con una sonrisa más amistosa que de costumbre.

—Su padre, qué señor tan simpático, se despertó tempranísimo, no desayunó y pidió un taxi. Dejó pagado el hotel hasta el fin de semana y un sobre para usted.

La amabilidad del personal delataba que mi padre no había escatimado propinas. En el sobre no encontré mensaje alguno, sólo dinero suficiente para calmar por dos meses a la madre de mis hijos. El conserje, siempre sonriente, seguía mi inspección del contenido sin disimular la curiosidad.

Logré que ubicaran al taxista que había llevado a mi padre. Lo había dejado en el aeropuerto de Santiago. Por la tarde intenté llamarlo a Buenos Aires pero no tuve respuesta. ¿Sería posible que a último momento hubiese cambiado su pasaje, o comprado uno para otro destino? No podía quedarme en Valparaíso a la espera de alguna improbable novedad. Decidí volver lo antes posible.

En casa me esperaba una carta. Imposible saber de dónde venía: no había llegado por correo, la habían dejado en el buzón del edificio, informó el portero, y en el sobre no había remitente. Empecé a sospechar que mi padre buscaba borrarse.

No la leí inmediatamente. Horas más tarde junté coraje, me decidí.

Hijo:

¿Esperabas, sospechabas, deseabas? que las cosas hubiesen ocurrido de otra manera. Como tu padre es escritor puede darte la elección entre varias posibilidades. Pero estoy muy cansado para resumirlas todas. O acaso no quiera gastar los temas de cuentos aún no escritos sólo por satisfacer tu curiosidad ociosa… Me limito a una sola, imitación descarada de Graham Greene.

El oficial alemán no podía pisar suelo argentino por haber violado los términos del asilo. Le confía al adolescente crédulo, seducido por el personaje novelesco que él le ha propuesto, una misión: llevar a Buenos Aires un sobre que no puede confiar al correo. El chico, entusiasmado con la posibilidad de convertirse en algo parecido a un agente secreto, acepta. Una vez en Buenos Aires, lleva el sobre a la dirección indicada, una librería de la calle Sarmiento. Allí es sometido a un interrogatorio inesperado: de dónde conoce al oficial, cuál es su dirección en Valparaíso, si lo ha visto en compañía de otros alemanes residentes en Chile. Cuando lo dejan partir, camina largo rato sin rumbo, rumiando preguntas para las que no encuentra respuesta. Nunca sabrá qué contenía el sobre. Pocos años más tarde, lee en un diario que la librería Dürer Haus fue un centro de reunión de nazis emigrados, algunos de ellos con cuentas pendientes en la Europa de posguerra. Esta revelación destiñe sobre el recuerdo idealizado del amigo conocido en Viña. Fin de la adolescencia, primeros pasos en la edad adulta.

¿Qué te parece? ¿Contento?

Un detalle. Te oí decir "alguna actriz del viejo cine argentino"… ¿Mecha Ortiz? No te conocía esa erudición. Me parece que te ha perturbado el éxito literario obtenido en décadas recientes por la ecuación de homosexualidad con mariconería. Aun sin pretender que conocieras el código de conducta del samurái para las relaciones viriles, hubiese esperado algo menos banal de parte de mi hijo.

Para terminar, no intentes buscarme. No te impacientes. Ya te enterarás, cuando llegue el momento en que se abra mi testamento, de lo que heredarán tus hijos.

Sinceramente, tu padre

* * *

La noche llegó puntual. Por la única ventana a la calle del departamento vi extinguirse lentamente la luz tenaz del mes de noviembre, encenderse los rectángulos de las ventanas, cerca y lejos, en otros edificios del desierto urbano.

Nunca me había detenido ante ese espectáculo cotidiano. Postergaba el momento de releer la carta, tironeado entre la irritación que me provocaba el tono de superioridad con que mi padre me ponía a distancia. El zorro viejo no pierde las mañas, sigue astuto. Para alimentar mi inseguridad, ahora me anuncia una espera sin fecha: la del día en que volvería a recibir ayuda financiera, en este caso la administración de lo que heredarán mis hijos menores de edad.

Esta última preocupación, en cierto sentido, me halagaba: me demostraba capaz de eludir todo sentimiento de afecto filial. No me creía capaz de tanta frialdad, me jacté; sólo espero que mi padre muera para heredar y no me dejo conmover por el recuerdo de ese viaje desdichado a Valparaíso, donde me hice culpable de despreciar un recuerdo de su juventud, de burlarme de un aspecto caduco de su sexualidad.

Pero mi cinismo es delgado como una capa de escarcha sobre una roca de culpabilidad.

Cuáles serán las últimas palabras del hijo que recordará el padre, me pregunto, si es que la memoria resiste cuando se acerca el final. Sólo me queda esperar que esa senilidad que tanto teme, ineluctable, las borre piadosamente.

En el último trago nos vamos

La otra vida

> "Johnson anheló toda su vida ver un fantasma,
> pero no lo consiguió, aunque bajó a las criptas de las iglesias
> y golpeó los ataúdes. ¡Pobre Johnson!
> ¿Nunca miró las marejadas de vida humana que amaba tanto?
> ¿No se miró siquiera a sí mismo? Johnson era un fantasma,
> un fantasma auténtico; un millón de fantasmas lo codeaba
> en las calles de Londres".
> Carlyle, *Sartor Resartus*, III, 8

Pocos minutos después de ser atropellado por un Peugeot 3008, que prosiguió sin detenerse hacia la avenida Almirante Brown, Antonio Graziani se incorporó en medio de la calzada desierta de Paseo Colón y cruzó hacia Parque Lezama. No dudó siquiera un instante de que estaba muerto, pero esta certeza no le impidió respirar hondamente el aire ya fresco, esa brisa que alivia el calor a fines de una noche de diciembre. Aun no eran las cinco y ya empezaba clarear con la primera, tímida luz del día.

No le llamó la atención la ausencia de heridas visibles, de todo dolor. Se sacudió someramente el polvo adherido a la ropa, pasó sin detenerse ante la iglesia ortodoxa de la calle Brasil que tanto lo intrigaba en su infancia, y echó una mirada rápida a las persianas bajas del restaurante que en años recientes había frecuentado. Se dirigía al bar Británico, confiado en que estaría abierto, como solía, las veinticuatro horas. No se equivocaba. Dos mesas solamente estaban ocupadas y en una de ellas reconoció a Gustavo Trench, un amigo muerto dos años atrás.

—Antonio... No sabía... —Trench se mostró auténticamente sorprendido—. ¿Desde cuándo?

—Hace unos minutos. Me atropelló un auto cuando cruzaba Paseo Colón.

Una mujer sin edad salió de atrás de la barra y se acercó a ellos. Sus ojos se hundían en una intrincada red de arrugas, el maquillaje de colores vivos parecía señalar el lugar que habían ocupado rasgos ya vencidos, el pelo se elevaba en una rígida composición color caoba. Sin una palabra, interrogó con la mirada a Antonio.

Éste señaló lo que bebía su amigo. La miró alejarse: le había parecido curiosamente ausente bajo la efusión de maquillaje y tintura, ahora le parecía casi transparente. Trench percibió su extrañeza.

—Ya pronto se va a borrar —informó—. Hace casi tres años que murió.

La mujer volvió con un vaso de fernet. Antonio bebió un trago, otro, y se quedó mirando el líquido oscuro donde flotaban dos cubitos de hielo; no dijo una palabra, pero Trench, de nuevo, creyó necesario explicar.

—Sí, tiene el mismo gusto. ¿Qué esperabas? —Tras un momento de silencio, continuó—: Vas a encontrar todo igual. Pero a los que no vas a encontrar es a los que todavía no cruzaron la línea. Solamente nos vas a ver a nosotros, en los mismos lugares, con la misma cara y la misma voz. A los otros no los vas a ver ni vas a poder comunicarte con ellos.

Antonio no respondió. Se sentía perplejo, menos por la existencia nueva que le iban descubriendo que por su falta de asombro, más aún: por su serena aceptación de lo que, minutos antes, lo hubiera llenado de miedo. Se quedó mirando a la mujer del bar, que parecía hacer unas cuentas en un cuaderno de tapas duras y cada tanto llevaba a la boca un lápiz para mojar la punta con saliva.

Trench se sentía obligado a guiar los primeros pasos del amigo en territorio incógnito.

—Como te dije: tres años.

—¿Y después?

—No sé. Los que saben ya no pueden contar.

* * *

Había amanecido. Los amigos salieron a la calle. La brisa de fin de la noche no se había extinguido del todo con la salida del sol, aún agitaba levemente los follajes del parque y parecía invitarlos a una pausa. Se sentaron en un banco y permanecieron en silencio.

Así que es esto, pensó Antonio. Vio pasar a un chico que hacía rebotar una pelota contra las baldosas de la vereda y se quedó mirándolo alejarse, acostumbrándose a la idea de que tampoco él estaba vivo. Más tarde esa extrañeza se fue gastando, se diluyó en una contemplación ociosa: observaba a una señora de cuya bolsa del mercado asomaban puerros y apios, a un hombre de traje y corbata que detuvo un taxi y subió a él. Sentía una confusa solidaridad con todos ellos, pero también ese sentimiento lo fue perdiendo a medida que el día se afianzaba.

Trench había vuelto a hablar y Antonio escuchaba, ya sin demasiada atención, sus explicaciones. La verdad es que no le importaba nada de lo que oía. Lo único que se había instalado en su atención, y desplazaba toda otra cosa, era el plazo de tres años que se abría ante él como duración de esta nueva vida, residuo engañoso de la anterior. Si no podría ver ni relacionarse con quienes aún vivían ¿con quiénes se encontraría? ¿Quienes habían muerto en los tres años anteriores? Ese límite le despertaba cierta curiosidad, y también anunciaba súbitamente una libertad inesperada: lo eximía de proyectos y economías, le prometía una exploración, que se le aparecía rica en sorpresas, de la ciudad donde había vivido, ahora habitada por tantas existencias en suspenso, como la suya. Las precisiones y advertencias que Trench encadenaba, escuchando satisfecho sus propias palabras, le aburrían como esas novelas de ciencia ficción que creen necesario acumular detalles técnicos sobre cómo se articulan realidades paralelas en un mismo tiempo y espacio. Antonio había aceptado inmediatamente el carácter de la existencia que lo esperaba, del mismo modo en que había dado por sentada, sin patetismo, su nueva condición.

Una hora más tarde, ya visible el sol, el agobio de fin de año pesando sobre la ciudad, estaba apostado ante la puerta del edificio de departamentos de la calle Chacabuco donde había vivido hasta el día anterior. ¿Seguiría viviendo allí en su nueva existencia? No vio, por supuesto, al portero, que a esa hora debía estar baldeando la vereda; en cambio vio aparecer a la viuda del segundo piso: la habían encontrado sin vida varios días después de notar que ya no salía a la hora habitual, devota como era de la misa de 8, la misma a la que sin duda se dirigía ahora, fiel, en su nueva existencia.

Subió al décimo piso. La llave del departamento abrió sin problemas la puerta; previsiblemente, según Trench le había explicado, no pudo ver a su mujer ni a sus dos hijos, que deberían estar desayunando, ellos sin duda indiferentes, ella almacenando rencor ante esta nueva ausencia del marido. Pronto recibirían la noticia, deberían reconocer el cadáver en la morgue, celebrar alguna ceremonia fúnebre. Él, afortunadamente, no podría verla ni verlos. Prefirió no quedarse en ese espacio que de pronto sintió ajeno, un resumen de todo lo que, de un instante a otro, sin habérselo propuesto, había descartado de su vida. De todo lo que durante tres años no iba a pesarle. Tomó un libro al azar, cuentos de un autor ruso, y salió cuidando de no hacer ruido, aunque recordó que su familia no podría oírlo.

No estaba cansado a pesar de no haber dormido.

Caminó hacia el centro de la ciudad, sin prestar ya atención a los transeúntes que pasaban a su lado, sin que éstos tampoco se interesasen en él. Se detuvo en la esquina de 25 de Mayo y Sarmiento, ante un edificio cuyos pilares y bajorrelieves tenían la solidez sin alarde de tiempos pasados; a un lado de la entrada, en una placa de metal, estaba grabado el perfil de un hombre de cuyo gorro surgían alas: Mercurio.

Entró en ese espacio desconocido y se internó entre columnas de mármol y techos altos. Cantidad de hombres afiebrados y vociferantes, otros mudos y ensimismados, seguían las alzas y bajas en la cotización de acciones, las fluctuaciones en el cambio de divisas. Observó ese espectáculo como si se tratase de una representación teatral, hasta entender que efectivamente se trataba de una ficción. Esa agitación era vana: ni los valores ni las transacciones que la motivaban tenían lugar en un espacio real, y por real Antonio ya había empezado a entender el mundo de los vivos. Esos hombres obedecían a una disciplina, se entregaban al entusiasmo y la angustia de su existencia anterior. Acaso no pudiesen renunciar a los que habían sido sus gestos cotidianos, y preferían ignorar que estaban discutiendo por valores que habían perecido en una catástrofe bursátil reciente, valores no menos muertos que ellos.

La verdad es que todo el espectáculo de la vida cotidiana que iba descubriendo le parecía contaminado de irrealidad, sobre todo porque sus actores respetaban la conducta que había tenido sentido en su existencia anterior: empleados bancarios que comían de pie un sándwich en un bar atestado, personas de toda edad, silenciosas, absortas ante la pantalla de una PC en un locutorio, individuos de mirada esquiva que entregaban al transeúnte volantes de publicidad de algún "salón de masaje tailandés". Perplejo, impaciente, buscó refugio en el aire acondicionado de un cine; previsiblemente, no vio boletero ni acomodador, y en la sala sólo unas pocas butacas ocupadas. El film, aunque incluía actores, era de animación, con efectos virtuales que buscaban asombrar, asustar, hacer reír. Al poco rato Antonio ya dormía.

Era de noche cuando volvió a la calle. Caminó sin rumbo, y cuando advirtió que sus pasos lo llevaban hacia la estación Retiro prefirió evitar el espectáculo de la multitud que sin duda seguía deambulando como todas las noches en el hall central, ahora a la espera de un tren posiblemente menos lleno que los tomados en su vida anterior, si es que no buscaban matar una hora o dos en una sociabilidad anónima.

Eligió subir por la pendiente de la calle Juncal y se detuvo al llegar a la esquina de un palacio. Un vaho acre, como el residuo de una mezcla de alcoholes, se alzaba de la vereda. Inclinada ante las rejas de hierro forjado, una chica vomitaba. Parecía no tener más de doce años.

Más adelante, en una cuadra poco iluminada, oyó gemidos que provenían de un zaguán. Se detuvo a una distancia que estimó prudente y la luz amarillenta del alumbrado público le permitió distinguir a la previsible pareja. La mujer se había bajado apenas unos centímetros el short blanco y respondía a la agitación del hombre con movimientos espasmódicos; de pronto, una mancha roja brotó entre sus piernas, su gemido se hizo más parecido al llanto, el hombre renovó su excitación y alcanzó casi inmediatamente el alivio de la descarga final.

Por la calzada avanzaba un grupo de cartoneros, empujando una carretilla con el botín de la noche; pasaron sin detenerse ante el episodio que había distraído a Antonio. Ellos también prosiguen con su vida anterior, pensó, ya desinteresado del zaguán. Por qué yo no, se preguntó; acaso, como a cualquier recién llegado, todo me parece nuevo, aun no se me ha convertido en espectáculo cotidiano.

En ese momento se sintió cansado. Fue una sensación bienvenida. No iba a volver al departamento de la calle Chacabuco, donde podría dormir sin ser molestado por esa familia que ya no podía ver ni podía verlo, pero el hecho de saberlos allí, presentes en una existencia para él inaccesible, los convertía en fantasmas. Se rio al pensar que, si pudieran intuir su presencia, para ellos sería él el fantasma. Caminó unas cuadras más, llegó a una plaza cuyas rejas no estaban cerradas con candado, eligió el banco más lejano de la calle y se acostó.

* * *

En el sueño lo esperaban, lejos de toda alucinación, dos percepciones que hubiese supuesto contradictorias: por un lado, la sensibilidad de su cuerpo a la rígida madera que, aunque no le impedía dormir, exigía a sus huesos frecuentes cambios de posición para que el sueño se instalara; por otro, el mismo sueño, donde vinieron a su encuentro muchos seres que aun no habían cruzado la línea, aquellos que en la vigilia ya no podía ver ni oír. Fue así como durante un par de horas creyó retomar la vida cotidiana que ya no podía ser suya.

Al despertar tuvo un breve momento de desazón al recordar su nuevo estado, pero muy pronto lo ganó la curiosidad que ya la noche anterior había guiado sus pasos. El día, sin embargo, lo decepcionó: las multitudes que cruzaba en la calle no ofrecían a la mirada ninguna diferencia con las que el día anterior había observado; tenía que repetirse un "están muertos", cada vez menos urgente, para intentar desentrañar en actitudes sin misterio un matiz que las distinguiese del más banal paisaje conocido. Y ningún hallazgo recompensaba su busca. El sol castigaba las veredas estrechas del centro. Sintió, no sin asombro, que la transpiración ya le pegaba la camisa al cuerpo. A mediodía comió en un sushi bar de la calle Reconquista; pagó con una tarjeta de crédito, y no le produjo demasiado asombro que fuese aceptada y le presentaran el talón que debía firmar.

Por la tarde, el agobio del verano ya no parecía venir del cielo sino de las calzadas, como si hubiesen guardado, y ahora devolvían, el calor acumulado desde la mañana. Intentó de nuevo buscar refugio en el aire acondicionado de un cine. En la pantalla desfilaban piratas, abordajes, monstruos marinos y otros residuos de aventuras que alguna vez fueron ingenuas; ahora, el exceso de efectos especiales las volvía aparatosas, anodinas. Esta vez el sueño no acudió. Sin demasiada curiosidad paseó la mirada por la platea, menos desierta que la tarde anterior; sentada tres filas más adelante, le pareció reconocer a una mujer con la que había compartido un fin de semana en la costa atlántica, en un verano de su juventud.

Cambió de asiento, pasó una fila más adelante, se colocó en posición diagonal hacia el perfil de esa mujer que no se distraía de la pantalla. Ahora estuvo seguro: era ella, aunque el nombre rehusaba acudir a su memoria. Volvió a avanzar, esta vez se sentó en la misma fila, a dos butacas de distancia, y le clavó los ojos con la esperanza de que esa insistencia la obligase a devolverle la mirada; así ocurrió, pocos minutos más tarde. Sí, era ella. Los años no habían desfigurado el rostro recordado, a lo sumo habían acentuado los rasgos, aunque posiblemente se tratase sólo de una impresión debida a la penumbra intermitente, a la luz vacilante que llegaba de la pantalla, acaso al maquillaje. Hacía veinte años que no la veía... ¿Cuándo había muerto?

Después de la primera mirada, fugaz, y de un esbozo de sonrisa, la mujer volvió a concentrarse en la pantalla. Molesto por esa indiferencia, Antonio pasó a sentarse al lado de la mujer; de pronto, había recuperado su nombre, y no iba a retirarse, ofendido por su silencio.

—Laura. Sos Laura, no me digas que no.

Ella respondió sin quitar los ojos de la pantalla.

—Sí, soy Laura, y vos sos Antonio. Esperaba encontrarme con vos en algún momento. En el diario de esta mañana está la noticia del accidente. ¿A quién se le ocurre cruzar Paseo Colón a las cuatro de la mañana, en una esquina con semáforos rotos? Sobre todo si, como supongo, habías estado bebiendo...

Esas palabras dichas al desgano, el tono apenas irónico, la mirada que no se desviaba de la pantalla lo irritaron. Sin decir nada, se levantó y salió del cine. No había caminado media cuadra cuando oyó que lo llamaban por su nombre; le pareció reconocer la voz de Laura. Era ella. Venía por la vereda, sin prisa, y Antonio pudo verla mejor que en el cine. Lo primero que le llamó la atención fue la túnica color turquesa: le pareció un sari de la India, con una amplia pieza de tela echada sobre un hombro. Vieja hippie, pensó, y no pudo evitar un dejo de ternura. La cara, sí, era la de Laura, evidentemente restaurada pero sin los excesos habituales de la cirugía estética. Sólo cuando la tuvo cerca advirtió que el sari, que parecía ocultar el brazo izquierdo, en realidad permitía disimular su ausencia.

Le preguntó cuándo había llegado, no encontró mejor manera de decirlo, "entre nosotros"; al oír el eufemismo ella se rio y respondió con un vago "hace mucho". Antonio pronto descubrió que no tenían mucho de qué hablar; evitaba, con los ojos y la palabra, la amputación que parecía atraer irresistiblemente su mirada. Laura advirtió esa incomodidad y sin abandonar una sonrisa casi burlona respondió tardíamente.

—Hace diez años que llegué.

* * *

Horas más tarde, lado a lado en la cama, Antonio hacía un recuento de diferencias y coincidencias a través de los años. Tuvo que admitir que la ausencia del brazo izquierdo había suscitado en él una curiosidad que podía confundirse con excitación: en más de un momento, se dejó ir a acariciar ese hombro apenas prolongado en un muñón. Apenas hubo terminado de (la expresión ahora le parecía irónica) "hacer el amor", Laura no había corrido hacia el baño como solía hacer en sus encuentros juveniles, aunque Antonio no recordaba si en tiempos de aquel fin de semana en la playa existía la píldora llamada del día después. El acto mismo le pareció mecánico, el brazo derecho de Laura lo estrechaba con fuerza inesperada, las uñas clavadas en su espalda, los movimientos espasmódicos de pelvis, expresaban menos ardor que aplicación, una entrega demasiado parecida a la gimnasia. Actúa, pensó, como una actriz cansada en la segunda temporada de una obra que ya no le permite inventar variaciones.

De estas reflexiones lo sacó el ruido de la puerta del departamento al abrirse. La abría alguien que tenía la llave. Se incorporó en la cama. Laura no se inquietó. En el vano de la puerta apareció un hombre que le pareció más o menos de su misma edad, llevaba el pelo crespo, largo y ralo, recogido en la nuca con una gomita, un aro brillaba en su oreja izquierda; buena pareja, pensó Antonio, para una vieja hippie...

Luego advirtió que el hombre vestía ropa de jogging y la pierna derecha del pantalón estaba doblada a la altura de la rodilla, allí donde la extremidad se cortaba.

—Un recién llegado, si no me equivoco... —El desconocido sonreía afable, sin inmutarse ante la pareja desnuda que tenía enfrente; no esperó respuesta y se retiró murmurando—. Voy a hacer café.

El café instantáneo resultó inesperadamente potable. Sentados ante una mesa de cocina, la conversación fue menos difícil de lo que Antonio hubiese esperado. Reconoció olor a pis de gato que no había notado al llegar; también las manchas de humedad en el techo, los pósters de Soda Stereo, alguna proclama enmarcada de una militancia difunta. Él se había vestido, ella apareció cubierta con una bata. El desconocido se presentó como el marido de Laura, "más bien, fui el marido", se corrigió con una sonrisa que no pareció forzada; luego agregó que había "llegado" pocas horas antes que su mujer, ambos por obra del mismo accidente automovilístico, diez años atrás. Tenía el brazo izquierdo cubierto por tatuajes, figuras o arabescos que Antonio no intentó descifrar. En una jaula hacía acrobacias un canario enérgico y muy audible. Se preguntó si también el pájaro estaba muerto; el plumaje brillaba sin huellas de herida alguna.

—Diez años... —Antonio se atrevió a abordar el tema postergado durante su contacto con la mujer—. Tenía entendido que sólo tenemos un plazo de tres...

El desconocido pareció sorprendido. Se dirigió a Laura.

—¿No le explicaste?

No, Laura no le había explicado, y ahora Antonio escuchó de su marido la existencia de una organización, aunque él no usó esa palabra y se refirió vagamente a contactos, relaciones, influencias. Era posible, dijo, postergar indefinidamente el limbo de tres años y no borrarse gradualmente, definitivamente al término de ese plazo; para lograrlo era necesario sacrificar una parte del cuerpo. Antonio, recién llegado, podía tener confianza en la seriedad del acuerdo, tal vez se tratase de no más de una mano, nunca de los ojos; de la importancia de la amputación dependía la prórroga concedida y la seriedad del contrato se había demostrado irreprochable. Laura y su marido no le pedían una decisión inmediata; cuando él hubiese "madurado su elección" lo pondrían en contacto con "los responsables".

Antonio se despidió de ellos con la promesa de pensarlo: un escrúpulo ridículo le impidió revelar la impaciencia por cancelarlos de su vista, la brusquedad con que hubiese querido demostrarles su rechazo: curioso, pensó, cómo subsiste cierta formalidad en los modales, sin sentido ya en la nueva existencia. Una vez en la calle, alejándose lo más rápido posible de ese lugar, de esa gente, sintió que una angustia indefinida se instalaba en él, crecía, lo dominaba. ¿Qué era este residuo de vida en que había dado los primeros pasos? Poco más de una hora atrás se había dejado llevar a una relación sexual casi sin deseo, o con el recuerdo del deseo que en su juventud había sentido por esa mujer hoy trabajada por la cirugía estética, amputada en un grotesco afán de supervivencia. ¿Acaso esa locura, lo que ahora le parecía locura, estaría esperándolo también a él cuando se acercase el plazo? Por el contrario, ¿sería posible abreviar su estada en este limbo que, a medida que se agotaba la curiosidad inicial, empezaba a resultarle patético?

Caminaba cada vez más rápido y al volver una esquina se encontró en la plaza Dorrego con su pobre mercado de pulgas, puestos de trastos y residuos ofrecidos como antigüedades. A Antonio la nostalgia siempre le había inspirado rechazo; para quienes la cultivaban, comprobó, sus reflejos no se extinguían con la muerte. Un amigo, aficionado a las partituras de canciones viejas y a las fotografías de películas mudas, había diagnosticado que esa hostilidad de Antonio era consecuencia de haberse topado en una pila de papeles "antiguos" con varios cuadernos suyos de la escuela primaria, cuadernos que, estaba seguro, había consignado al tacho de basura años atrás...

Un extremo de la plaza había sido reservado como pista de baile, rescatado de las mesas de bar que la ocupaban desde que el turismo invadió el barrio.

Algunas parejas mayores bailaban tangos al compás de un equipo de estéreo inesperadamente reciente; lo hacían con aplomo, las mujeres vestidas y calzadas con una idea precisa, no siempre feliz, del mundo imaginario del tango, los hombres sin que les importase el desaliño doméstico, como si hubiesen pasado de mirar televisión a acompañar a sus damas en ese ejercicio tradicional. Antonio vio acercarse, curioso, a un hombre joven que empuñaba un par de muletas y no pudo sino pensar que era uno de los que habían aceptado la negociación propuesta por Laura y su marido; a partir de ese momento recorrió con la mirada toda la plaza y sus paseantes a la espera de detectar el muñón, la prótesis delatora.

* * *

Esa noche no soñó con esos rastros de amputaciones negociadas. Tampoco con su familia ni con otras personas que ahora, en la vigilia, estaban prohibidas a su mirada. Al despertar intentó recordar su sueño; durante una fracción de segundo algunas imágenes permanecieron en su memoria sólo para escurrirse, como arena entre los dedos, al intentar grabarlas, hallarles una continuidad, alguna peripecia.

Había adquirido, eso sí, cierta soltura en su comercio con la vida nueva: para dormir, no vaciló en elegir el hotel de una cadena internacional, cercano a la Plaza de Mayo, y en él una habitación amplia que acaso estuviera ocupada en la otra, inaccesible realidad; no percibió ningún indicio de una presencia, tampoco cuando fue al baño y tomó una ducha sin que el ruido del agua despertase al invisible ocupante.

Algo, sin embargo, llamó su atención: en una repisa, bajo el espejo, había hojitas de afeitar. La habitación, por lo tanto, estaba ocupada por un hombre. En el botiquín halló espuma de afeitar. Se miró en el espejo y decidió que le vendría bien aprovechar ese hallazgo. Envalentonado, al salir del baño abrió el placard, encontró camisas, ropa interior y soquetes limpios.

Con la certeza de que el ocupante no advertiría su ausencia, tomó lo que, entendía, era un doble de cada una de esas prendas y guardó todo en un bolso que halló en el mismo placard. La vida nueva, se dijo por primera vez, con un asomo de satisfacción, tenía sus ventajas.

Al bajar se le ocurrió intentar un desayuno. Tuvo éxito. Tostadas, queso blanco, jugo de pomelo, huevos revueltos: recorrió el buffet sin prisa. Una sola persona era visible para él: una señora muy mayor, que se servía una y otra vez, regularmente, con un apetito inesperado para su edad. En algún momento sus miradas se cruzaron e intercambiaron un saludo mudo, una sonrisa fraterna.

Pero aun la picaresca agota rápido su encanto canallesco. Al salir a la calle lo sorprendió la lluvia, uno de esos enérgicos chaparrones de verano frecuentes en Buenos Aires: duran poco pero castigan fuerte, desbordan alcantarillas y desagües, inundan calles sin distinguir entre barrios humildes y residenciales, derriban algún vetusto poste de alumbrado y electrocutan a un transeúnte incauto; al rato deponen su furia, despejan el cielo que se descubre de un azul purísimo, ya no turbio, regalan una ilusión de fresco que irá desvaneciéndose con el recuperado bochorno de la estación.

De pie ante la puerta del hotel, Antonio esperaba ese alivio, y se sorprendió pensando que era la primera vez que en su nuevo estado esperaba algo.

Esperar: era lo propio de su existencia anterior, algo que la nueva había desterrado. Ya todo había sucedido. Minutos más tarde la lluvia fue haciéndose menos violenta, finalmente cesó y él se alejó de ese hotel donde se había distraído como un personaje en una representación improvisada. Ahora sólo podía dejar pasar los días, sin impaciencia ni temor, con una única certeza, la del plazo que le estaba otorgado. Era, de algún modo, un consuelo, melancólico, humilde.

Pero también una promesa de tedio, de un incalculable vacío. ¿Con qué llenar los días? Pensó en Trench, a quien no deseaba particularmente volver a ver, y pensó que no debía ser el único amigo que podía encontrar. ¿Dónde? No en la editorial donde había trabajado, decidió de inmediato. La vida familiar, el malhumor de su esposa, lo habían alejado del grupo de amigos de sus años jóvenes con quienes solía reunirse en un café de la calle Moreno. ¿Alguno de ellos estaría allí, fiel a las costumbres de la existencia anterior?

Se dirigió sin entusiasmo hacia esa promesa de compañía, pero ya antes de llegar lo ganó el desánimo. No, no tenía ganas de encontrarse con ellos, de enterarse de la fecha en que habían "cruzado la línea", de comparar cuánto le quedaba a uno, a otro... Se le ocurrió la posibilidad de no esperar pacientemente que se cumpliera el plazo. Ya había decidido no postergarlo, no recurrir a esa logia tal vez clandestina que proponía servicios quirúrgicos. Ahora sólo deseaba abreviar el plazo. Volvió a la esquina de Paseo Colón, al semáforo roto donde había empezado su existencia póstuma, donde la verdadera había terminado. Era difícil reconocer el escenario a esa hora matutina. El tráfico no prometía peligro; sin embargo, pensó, si calculaba bien el momento, elegía por velocidad y peso el vehículo, tal vez algún camión que transportara containers del puerto vecino, sobre todo si dominaba sus reflejos, podía provocar un segundo accidente que revirtiese las consecuencias del primero.

Fue entonces cuando lo sorprendió el olor. Lo traía la brisa desde un edificio cercano, una fábrica de bizcochos y galletitas cerrada años atrás. ¿Era posible que hubiese quedado impregnado en las paredes del viejo edificio, tan fuerte como para llegarle a varias cuadras de distancia? Para Antonio no venía de un espacio físico sino de un tiempo pasado, distante.

Volvió a ver la lata de grandes dimensiones, o que habían parecido grandes a un niño: un paralelepípedo de metal esmaltado de color naranja, con letras de curvas caprichosas, que él aún no sabía llamar *art nouveau*. Se abría por su parte superior; en ella era necesario levantar una tapa circular, del mismo metal, introduciendo un dedo en su borde respingado. Ese olor, un perfume que ningún otro había sabido borrar en los años vividos, anunciaba el sabor de los bizcochos crujientes, que se deshacían en migas que él recogía en la palma de la mano y llevaba a la boca, aspirando minuciosamente hasta que sólo quedaba la posibilidad de lamer la mano a la que se había adherido un fino polvo dorado.

Pero ya no existían esos bizcochos. La empresa familiar que un siglo atrás los había creado había sido vendida, primero a capitales locales que nada entendían del tema, luego a lo que se anunciaba como una "multinacional agroalimenticia"; en ambas etapas se había intentado "adaptar los bizcochos al gusto actual", tal vez en realidad abaratar su fabricación, y en ese proceso habían ido perdiendo el gusto, su perfume, finalmente habían desaparecido del mercado.

¿De dónde podía llegarle, tantos años más tarde, ese olor? No podía estar aún impregnado en las paredes de la antigua fábrica, transformada pocos años antes en *shopping mall*... Acaso los perfumes, no menos que las personas, tuvieran una frágil supervivencia y sólo Antonio, y quienes como él fueran huéspedes temporarios del limbo que ahora habitaba, pudiesen percibirlo.

Cuando sacudía la lata, el niño que Antonio había sido podía oír si aún quedaban bizcochos, golpeándose contra las paredes de metal, y si eran pocos tenía que introducir la mano hasta el fondo para rescatar alguno. Uno de estos días te vas a caer dentro de la lata, le decía su madre. Y a menudo pensaba cómo sería vivir dentro de esa lata. Primero iba a ser necesario hacerse muy chico, sostenerse con las manos del borde de la apertura para luego dejarse caer. No sería un problema: la abuela, que era bruja, le había confiado en un susurro que basta con desear algo con muchas ganas para lograrlo...

Pero era necesario, Antonio estaba seguro, un gran esfuerzo. Las muchas ganas debían traducirse en alguna fórmula mágica, en algún ejercicio muscular o de respiración, en alguna forma, que él no conocía, de concentrar y orientar la voluntad. No bastaba con cerrar los ojos y apretar los dientes e intentar borrar de la mente todas esas imágenes no deseadas que la invadían cuando lo único que él buscaba era no pensar.

De pronto, sintió una vibración nueva en su cuerpo, un latido que no reconocía; abrió los ojos y descubrió la penumbra que minutos antes había imaginado.

* * *

En su nuevo tamaño, no más grande que una de sus manos, a Antonio los bizcochos le resultaban enormes, tenía que romper una punta para llevarse a la boca un pedazo, o mordisquearlos, como en los dibujos animados había visto que hacía un ratón con un pedazo de queso; al mismo tiempo, tenía la ventaja de que duraban más para su gula...

De noche iba a poder dormir sobre uno de ellos, respirando ese olor que le gustaba tanto como el sabor.

De pronto, alguien que no sabía que él estaba en el fondo, al ver que la lata había quedado abierta, colocó la tapa y la cerró con una presión fuerte. El interior quedó en una oscuridad total, el perfume se hizo más intenso aún y Antonio se durmió feliz. Pero los sueños pueden acechar aun al más inocente con peligros emboscados, fantasmas que ningún exorcismo aplaca. Esa criatura diminuta se soñó cargada de años y recuerdos. Se vio adulto, de pie en una esquina de Buenos Aires, detenido en medio de transeúntes apurados, con la expresión de quien percibe en el aire el anuncio de una tormenta cercana, ese olor a tierra mojada que aún lejos del campo surge en medio del calor del verano con promesas de violencia y alivio.

Ese hombre tiene cincuenta años y lo domina un miedo indefinido, menos el de una amenaza que el de una certeza, la de saberse preso en una existencia de la que desea escapar. Se sabe muerto y sabe muertos a todos quienes cruza, así como sabe que en ese mismo momento, en ese mismo lugar, lo rodean, invisibles, inabordables, cientos de vivos. El niño, esa criatura minúscula que lo está soñando intenta despertarse, pero aun no conoce la fórmula que con los años le prestará ayuda ("esto no puede ser real, tiene que ser un sueño y lo voy a destruir, me voy a despertar") y es así como en la protección tan deseada del fondo de esa lata de bizcochos, que lo ha arrullado con su olor, descubre todo el horror de una edad que desconoce.

"Es todo lo que supo. Había caído en la oscuridad.
Y en el momento mismo en que lo supo, dejó de saber".
Jack London, *Martin Eden*

Grand Hôtel des Ruines

Esta historia no tiene argumento, a menos que su argumento sea la Historia.

Es apenas la huella de un encuentro fortuito, de una coincidencia, una chispa provocada por el roce efímero de dos superficies disímiles.

Acaso el pasado de las figuras que la encarnan pueda sugerir una ficción.

1

El Mekong nace en China, en la provincia de Yunnan. En su descenso cruza Myanmar (que antes se llamaba Birmania), dibuja la frontera entre Tailandia y Laos, entra en Camboya y allí se abre en innumerables brazos para formar un delta en Vietnam. El río es navegable a partir de Savannakhet, en Laos. A partir de Camboya, en las proximidades de Phnom Penh, se inician sus ramificaciones, y van creciendo al entrar en territorio de Vietnam.

En Camboya las aguas del Mekong conocen una particularidad única: su corriente cambia de dirección. La planicie camboyana permite que sea el nivel del agua lo que determina el sentido de la corriente. Al llegar a Phnom Penh el río encuentra en su orilla derecha otro río que es también un conjunto de lagos: el Tonlé Sap. Cuando baja el nivel de las aguas del Mekong, las de Tonlé Sap se comportan como un afluente. Al llegar la estación en que crece el volumen del Mekong la corriente invierte su sentido: son sus aguas las que fluyen hacia el Tonlé Sap, triplicando las dimensiones del lago. A principios de la primavera, la inundación se reduce y el lago recobra su tamaño normal.

Los antiguos khmer creían que el Mekong fluía tanto hacia sus fuentes como hacia su desembocadura en el mar. El día en que bajaba el nivel de las aguas, el rey tomaba una embarcación y cortaba una cinta tendida entre ambas orillas. Sus súbditos se internaban a pie en el agua para atrapar peces con las manos.

2

La iba a recordar como la vio por primera vez: sentada en una piedra a la entrada de un templo invadido por raíces gigantescas, por lianas y follaje. El moho y los líquenes habían trabajado las cabezas de Buda, los párpados cerrados, la sonrisa casi imperceptible. Pero a ella nada de esto parecía interesarle.

A él le llamó la atención que estuviera sola, sin uno de los inevitables, locuaces, políglotas guías rondando alrededor; sobre todo que no tuviera en las manos una guía turística. La verdad es que la mirada de la mujer no parecía observar el templo ni estudiar los bajorrelieves. Acaso no los viese, perdida en sus pensamientos.

Su pelo claro se volvía luminoso en el último sol de la tarde. Él le calculó unos sesenta años. Estaba vestida con esa sencillez intemporal que —su comercio con otras mujeres maduras se lo había enseñado— suele ser más costosa que cualquier moda. Vaciló un instante y finalmente decidió no abordarla.

¿Con qué pretexto le hubiese hablado? ¿Por el simple hecho de ser dos europeos? (Para los nativos toda persona blanca era europea, aunque hubiese nacido, como él, en el extremo sur del continente americano). No parecía estar perdida, tampoco cansada; sentada allí, serena, sin inquietud, muy probablemente no desease conversación.

3

Esteban había entendido muy pronto que hoteles, bares y comercios, todo el incesante ajetreo de Siem Reap sólo existe porque a cinco kilómetros se elevan las ruinas de Angkor Wat, elección reciente del turismo menos banal. Y se le ocurrió entretener su ocio visitándolas.

Un guía le explica que se trata de un solo templo gigantesco, aunque el visitante crea internarse en un laberinto de restos de muchos edificios construidos para un destino incógnito. Esas ruinas, se entera, habían sido galerías, recámaras y bibliotecas que rodeaban y protegían el centro sagrado de un templo también pensado como mausoleo para un rey khmer del siglo XII.

Ese templo, como el reino, pasó sin conflicto del hinduismo al budismo e incorporó figuras y leyendas de su primera devoción a los bajorrelieves de Angkor. El guía señala a Esteban, al lado de budas agraciados por una sonrisa evanescente ("los exploradores franceses la bautizaron sonrisa khmer"), episodios, que el visitante no hubiera reconocido, del Ramayana y el Mahabharata, efigies de Vishnu, guerreros montados en elefantes, devatas y apsaras.

Más emprendedores que los portugueses, que en el siglo XVI se limitaron al asombro y la reverencia —ironiza el guía—, los franceses iban a hacer de Angkor Wat objeto de arqueología y filología: en París se creó a principios del siglo XX una "École française d'extrême Orient". Camboya había sido incorporada a un imperio colonial hoy difunto, era parte de la Indochina francesa, y recibió la visita de escritores —opina el guía— "de muy distinto pelaje": Pierre Loti y Paul Claudel hicieron el peregrinaje a esas ruinas prestigiosas. Otros, los muy jóvenes André Malraux y su esposa Clara, intentaron sustraer algunos bajorrelieves y esculturas, prometidos a un *marchand* de Nueva York; terminaron su aventura sin gloria, ella expulsada, él en breve cárcel pero con un rédito inesperado: el material para una primera novela de éxito.

Esteban se pierde entre estas referencias y fechas que no le dicen mucho. Pero le hace gracia que la posada donde eligió parar, y hoy tiene otro nombre, fue en 1937 el primer hotel de Siem Reap. Lo crearon franceses, con un sentido de la publicidad hoy difícil de compartir: lo llamaron Grand Hôtel des Ruines.

Tres noches antes, Esteban se estudiaba en el espejo de un baño de hotel.

Trataba de verse como otros podían verlo. Como si esa imagen fuera la de un desconocido que se cruzase con él en el gimnasio o en un bar de hotel. O como podían verlo esas mujeres mayores cuyo interés cultivaba.

Llegó a la conclusión de que no podía desperdiciar con cualquiera que se le cruzara los años restantes de buen físico y energía viril. Momentos antes se había deslizado de un lecho compartido, cuidando de no despertar a una sueca vencida por el alcohol y los somníferos. Algo inesperado había intervenido en su vida: una suma considerable ganada en el casino de Macao. Ahora podía permitirse desdeñar un destino turístico poco distinguido, una protectora que revisaba minuciosamente la cuenta del restaurante.

Estaba habituado a decisiones rápidas. Las de esa noche iba a recordarlas como el montaje entrecortado de un film de aventuras barato. El cuarto estaba pagado de antemano, el conserje nocturno no iba a inmutarse si lo veía salir con un bolso de mano y tomar el primer taxi de la fila que esperaba a la entrada del hotel. No pensó en llevarse joyas o tarjetas de crédito: hubiese sido algo por debajo de su línea de conducta; aunque la tentación lo asaltó, supo que podían delatar su itinerario. La suma ganada en Macao, en cambio, le permitía una desenvoltura anónima.

En el aeropuerto eligió el primer vuelo del día. El destino era Siem Reap, en Camboya, y le aseguraron que la visa se obtenía en el aeropuerto de llegada. Le llamó la atención que a un destino de provincia llegaran desde Tailandia vuelos frecuentes: ignoraba aún que esa ciudad servía de base a los visitantes, cada año más numerosos, que acuden a Angkor Wat.

En el avión cerró los ojos y vio desfilar las peripecias de ese montaje cinematográfico; al abrir los párpados cuando anunciaron el aterrizaje, ya las había olvidado.

No sabía que estaba en el umbral de una vida nueva.

Un atardecer ella decidió volver al mercado viejo de Siem Reap. Cuarenta años atrás, su curiosidad, más fuerte que el asco de otros europeos, le había permitido probar sin disgusto grillos y tarántulas fritas, hormigas marinadas, el pez serpiente; le divertía comerlos como aperitivo delante de los visitantes que llevaba de paseo por el mercado, antes de que el cocinero de la embajada les sirviera una esmerada, casi siempre insulsa, imitación de comida europea. Hoy reconocía con una sonrisa esos manjares que le habían permitido aquella provocación: le hablaban menos de una cultura exótica que de la mujer joven, intrépida, insolente, que había sido.

Se detuvo ante un puesto de frutas. La tentaron los rambutanes, su piel de un rojo intenso, cubierta con lo que le habían parecido agujas amarillas hasta que las descubrió suaves al tacto, como el pelaje de un gato. Ahora se preguntaba si su estómago, domado por la edad y una larga ausencia del país, sería capaz de volver a gustarlos, si se animaría a la pitaya, que había aprendido a llamar fruta-dragón, con su piel fucsia asomando entre espinas verdes, cactáceas, disuasivas, y la entraña llena de minúsculas semillas, como la fruta de la pasión.

De pronto sintió que el calor había aumentado, o que estaba afiebrada; años atrás esos accesos de temperatura le habían anunciado la menopausia.

Acaso fuera un efecto de los olores penetrantes a los que se había desacostumbrado. Se sorprendió recordando nombres que no había pronunciado durante décadas: *kreung*, una mezcla de especias machacadas; *prahoc*, la pasta de pescado capaz de dominar cualquier otro sabor. Cerró los ojos. En el calor húmedo de la tarde esos olores se habían vuelto amenazantes. Su respiración se hizo más débil.

La mujer que atendía un puesto de comida se le acercó y la tomó del brazo sin que una sonrisa acompañara ese gesto amistoso. Ella se dejó llevar a la trastienda. La mujer le señaló un lecho, más bien un jergón cubierto por una manta de colores. Ella se acostó sin decir una palabra, obedeciendo como no lo hacía desde la infancia. La mujer mojó un paño en un cuenco lleno de agua y flores y se lo puso en la frente. Inmediatamente se sintió aliviada: por la frescura, por un perfume que no era de jazmines pero le recordaba la casa donde había sido niña. Al rato ya dormía.

Era de noche cuando despertó. La mujer estaba sentada en una silla de bambú, no lejos del lecho, y se abanicaba con unas hojas de palma atadas entre sí. Al ver que ella había abierto los ojos, se acercó y movió suavemente ese atado de hojas sobre su cara. El olor fresco, vegetal, postergó durante unos segundos los otros olores, los que la habían atacado.

De pronto se le cruzó la idea de que esa hospitalidad silenciosa encubría un robo. Extendió una mano y comprobó que su bolso seguía a su lado, que en su muñeca no faltaba una delgada pulsera de plata. Ese súbito movimiento no pasó inadvertido para la mujer, que se echó a reír, una risa gutural, áspera, que parecía grabada en un disco viejo. Ella la miró avergonzada y esbozó una sonrisa.

Fue en ese momento cuando empezó a hablar, mezclando francés y español, sin saber si la mujer podía entenderla; la escuchaba, sin embargo, con una mirada atenta, y una vez borrada la risa guardó una sonrisa amistosa, que a ella le pareció comprensiva.

—Hace muchos años viví en Phnom Penh. Era la mujer de un embajador.

No sabía muy bien qué era lo que quería contar pero siguió hablando desordenadamente. La mujer la escuchaba en silencio, no decía una palabra, tampoco había hablado antes, ni siquiera un murmullo; a ella se le ocurrió que podía ser muda. Lejos de disuadirla esto la animó a continuar.

6

—Era una vida artificial. En fin, la vida de todos los ricos es artificial. Teníamos sirvientes, muchos sirvientes. Mi preferido era Rithy, un chico de catorce años. Le gustaba leer, estudiaba inglés y francés, yo le prestaba mis libros. Pero tenía mala vista y se cansaba muy pronto. Lo llevé al oftalmólogo que atendía al servicio diplomático, le hicieron unos lentes con los que podía leer horas sin cansarse. No sabía qué hacer para agradecérmelo, me seguía todo el día, esperando que le encargase algún mandado, que le pidiese algo…

Hizo una pausa, como si los recuerdos la llevasen más allá de las palabras. Cuando volvió a hablar, lo hizo con un tono más pausado. La mujer la escuchaba con un leve movimiento de cabeza, que podía ser un asentimiento mudo.

—En aquellos años le oía hablar a mi marido de los bombardeos norteamericanos en el norte, donde había bases de entrenamiento de los miembros del Vietcong. Pero era como si escuchara en la televisión noticias de un país lejano... Sabía que había una guerra al lado, en Vietnam, una guerra interminable, primero para echar a los franceses, luego por la ocupación norteamericana que quería impedir el avance de los comunistas. Pero nada de eso me impedía seguir con la vida cotidiana... Como a todo el mundo. Algún día tendríamos que partir, lo sabía, pero no imaginaba que sería en un avión de rescate, dejando atrás todo lo que había sido nuestra vida aquí...

Una nueva pausa. Buscó la mirada de la mujer. Le pareció comprensiva, aunque acaso no fuera más que su propio deseo de comprensión lo que leía en ese rostro callado.

—Una mañana vi llegar una ambulancia al hospital central, bajaron en una camilla a un hombre quemado, a lo que quedaba de él. Nunca había visto algo tan horrible y sin embargo no podía apartar los ojos de ese cuerpo calcinado que todavía respiraba. Yo había ido para una consulta de rutina, algo sin importancia, y de pronto me encontré delante de un resto de vida... Me explicaron que los norteamericanos bombardeaban con napalm las bases del Vietcong en el norte y que muchas de las víctimas eran civiles que habitaban la zona. Al volver a casa le dije a mi marido que no podíamos quedarnos más allí, creo que estaba histérica, hablaba atropelladamente y él me escuchaba muy sereno, como si supiese todo lo que le estaba diciendo. Me dijo que sí, sabía que en algún momento, cuándo aún no sabía, íbamos a tener que partir. En algún momento, tal vez no muy pronto. Pero había que estar preparados. Yo no entendía que había un tablero político, que apenas Vietnam quedara en manos de los prosoviéticos, los prochinos tomarían el poder aquí.

En este momento de su relato le pareció que asomaba una sonrisa en el rostro de la mujer, que seguía mirándola sin distraerse, y sin hablar.

—Pero desde ese momento ya no pude seguir la guerra como algo lejano, algo que no me tocaba. Los diplomáticos, no todos, los embajadores podían partir con un sirviente. Cuando llegó el momento de nuestra partida cancelaron el permiso de llevar a alguien que no fuera de la familia. Le pedí a mi marido que adoptáramos a

Rithy pero se negó y yo pensé en declararlo hijo natural mío, que habría tenido con un camboyano... Una locura, pero me parecía la única solución. No me atreví. Lo dejé atrás.

Esta vez hizo una pausa más larga pero no miró a la mujer silenciosa, sentada tan cerca de ella y que le parecía muy lejana.

—Y muy pronto leí que apenas llegó Pol Pot al poder todos los habitantes de las ciudades, con algo que los identificara como intelectuales, el uso de lentes por ejemplo, eran enviados a trabajar dieciocho horas por día al campo, y si no podían convertirse en "hombres nuevos" eran liquidados... Desde entonces llevo la fotografía de Rithy conmigo. De mi marido me separé hace mucho. Pero esta fotografía la tendré conmigo hasta morir. Sé que algunos escaparon de los campamentos de la muerte, unos pocos sobrevivieron... Hoy no podría reconocerlo, tendría más de cincuenta años... Pero no puedo separarme de esta foto.

La tenía en la mano y se la tendió a la mujer, que la estudió en silencio.

Ella ya no pudo seguir hablando. Se sentía agotada y al mismo tiempo aliviada. Se incorporó, decidida a poner distancia con ese momento de entrega al que se había dejado ir. Murmuró apresuradamente palabras de agradecimiento en distintos idiomas y al mismo tiempo que recuperaba la foto puso en la mano de la mujer un billete de cincuenta dólares.

Estaba por internarse en la animación nocturna del mercado para volver al hotel cuando la mujer le alcanzó una tarjeta. No estaba impresa en caracteres khmer; de un lado reconoció, sin poder leerlos, caracteres thai, del otro leyó en inglés "We find the person you are looking for", una dirección de correo electrónico y otra postal, en Bangkok.

7

Esteban se había dejado convencer por una excursión que recorría el Tonlé Sap, pasando del río al lago.

Le habían hablado de los cientos de casas flotantes, construidas sobre balsas, aun sobre simples embarcaciones; sobre todo, le había despertado curiosidad que no estuvieran amarradas a algún embarcadero ni poste, que flotaran libremente con la corriente, variable según las estaciones. Era algo que, le explicaron, no preocupaba a sus habitantes, camboyanos que convivían sin conflicto con muchos vietnamitas. Esa condición nómade, no ya de individuos sino de sus casas, lo atrajo.

Más inesperado que el encanto del nomadismo, sentimiento romántico ajeno a sus hábitos, Esteban descubrió que las costas, cambiantes según las lluvias que redibujaban los contornos del lago, estaban cubiertas por casas construidas sobre pilotes, y que una humanidad atareada, numerosa, circulaba entre ellos, en un momento del año en que las aguas bajas lo permitían. Había, sí, casas flotantes, de techo a dos aguas, donde pudo atisbar a lugareños de actitud despreocupada, menos exóticos que los pájaros que se posaban sobre esos techos, que los peces atrapados en las redes de los habitantes menos indolentes de esas casas. Pero también había saladeros de pescado, algún intento de supermercado, posadas para turistas de vocación ecológica y hasta una iglesia cristiana sin denominación visible. El conductor de la lancha no supo contestar a la pregunta y se limitó a informar que la habían construido unos japoneses.

Era un vietnamita de edad indescifrable y a Esteban no le sorprendió que eligiera un establecimiento vietnamita para hacer una pausa en el trayecto. Mientras tomaba una sopa donde se mezclaban vegetales, pescado y hongos notó la mirada insistente, la expresión perpleja del anciano que servía. Cuando finalmente se le acercó, inclinó la cabeza en señal de respeto y preguntó en voz baja:

—¿Esteban?

En un primer momento creyó que había oído mal, que —poco inclinado como era a confiar en la casualidad, menos aún en lo sobrenatural— se trataba de un eco —¿de dónde, de cuándo?— que asomaba a su mente. Pero tenía delante al hombre que había hablado: sonreía y se le humedecían los ojos.

Esteban no respondió. El hombre, como arrepentido de una impertinencia, se alejó sin una palabra.

Esteban tuvo miedo.

Ella no quiso visitar Tuol Sleng. Sabía lo que iba a encontrar. Recordaba el edificio de cuando era un colegio en Phnom Penh, su nombre khmer celebraba a un lejano antepasado del rey Norodom Sihanuk. Hoy se lo conoce como Museo del Genocidio. Ella ya había dejado Camboya cuando los khmer rojos rebautizaron al país Kampuchea Democrática y convirtieron el colegio en prisión de seguridad. Fue apenas uno de los muchos centros de exterminio donde, entre 1975 y 1979, los cuatro años de poder de Pol Pot, se liquidó a un tercio de la población. ¿Cuántos de sus conocidos murieron allí, o en otro de los "campos de matanza"? (Le dio un poco de vergüenza, ella que había vivido allí, que había conocido y querido a su gente, que había gustado su comida, descubrirse traduciendo involuntariamente la frase "killing fields", como los llamaban en un distante, tal vez cómplice, sin duda indiferente, Occidente). Sabía de algunos: su médico personal, el profesor de historia con quien había aprendido qué había sido del país antes de la dominación francesa, el arquitecto que había refaccionado el edificio de la embajada, y tantos estudiantes de los que se había hecho amiga para escapar con frecuencia de la asfixia del mundo diplomático.

Del museo había visto fotos. Innumerables caras de víctimas, todas con un número pinchado en el pecho, fotografías enmarcadas donde un destino común reunía a individuos que nunca se hubieran conocido en vida. También: innumerables cráneos acumulados en una vitrina que los protegía del improbable asedio del visitante. Y los dispositivos de electricidad y agua, hoy desactivados, silenciosos, y por ello mismo cargados de amenaza, que servían de instrumentos de tortura en los interrogatorios.

Una estadística —ella que era tan reacia a leer una verdad en los números— le dio una esperanza. De las diecisiete mil personas que pasaron por Tuol Sleng sólo doce sobrevivieron, individuos cuyo saber o destreza técnica podía ser útil a la administración del centro. Y Tuol Sleng era sólo uno de los ciento cincuenta centros de interrogación y exterminio que los khmer rojos instalaron en el país.

Algunos prisioneros habían logrado escapar.

Acaso Rithy fuera uno de ellos...

Dos días más tarde el viejo vietnamita apareció en el hall del hotel. Al ver a Esteban se puso de pie pero no se le acercó. Esteban se detuvo. Fue un momento de breve expectativa, pero el silencio hizo que le pareciera largo. Finalmente el anciano habló.

—Nunca pensé que nos volveríamos a ver —se expresaba en un francés escolar pero fluido—. Sabía que habías vuelto a Francia, me contaron que te habías casado con una sudamericana. Pensé que todo lo vivido aquí, la lucha, tantos sacrificios... en fin, que habías decidido dejar atrás toda esa parte de tu vida. Muchos lo han hecho. Pero no hay nada que hacer, nada se olvida.

En un primer momento Esteban pensó decir en pocas palabras que lo confundía con otra persona, pero no llegó a hablar. Como una vieja fotografía de tiempos en que se sumergía el negativo en un baño químico para revelarla, nombres, lugares, fechas empezaron a definirse, a cercarlo.

Sí, él llevaba el nombre de su padre. Y su padre había sido francés, aunque detestaba que lo llamaran otra cosa que vasco, ni siquiera vasco-francés aceptaba. Y sí, su madre había sido argentina, y aunque el padre ya había muerto cuando él nació ella acuñó la infancia del hijo con relatos heroicos de la solidaridad del padre con el ejército de liberación vietnamita, momento fuerte de su vida que nunca había podido olvidar, así como en su juventud había conocido la cárcel por trabajar para el frente de liberación argelino. Casado con una argentina, le hubiese gustado terminar luchando contra la dictadura, pero la enfermedad lo derrotó; fue su viuda quien volvió a Buenos Aires para dar a luz el hijo que no iba a conocerlo.

¿Qué edad hubiese tenido hoy el padre? ¿Qué edad tenía el anciano que lo recordaba emocionado, que creía ver en este Esteban nada heroico a otro Esteban, el de una guerra lejana, ganada y acaso desperdiciada en la paz?

En ese momento ocurrió algo inexplicable, y también irresistible. Sin cálculo ni parodia, Esteban empezó a hablar diciendo lo que intuyó que hubiese dicho su padre. Lo poseían la mirada y las palabras del anciano: le prestaban una identidad que nunca había buscado, que nunca se le hubiese ocurrido desear. Si hubiera estado frente a un argentino, o a un hijo de la cultura mediterránea, habría abrazado al visitante; pero sabía que en Oriente el contacto físico no es bienvenido.

Como un poseso, explicó que en su nueva vida, en el otro extremo del mundo, aun había lucha por pelear, que nada había cambiado desde que se habían visto por última vez. Mencionó lugares, batallas, camaradas cuya existencia desconocía, cuyos nombres nunca había leído.

Hablaron pocos minutos pero fue un momento de intensidad superior a las palabras dichas, ajena a ellas. El anciano parecía contento. Se despidió con una inclinación de cabeza y uniendo las palmas de las manos, una actitud que Esteban imitó ceremoniosamente.

Más tarde se le ocurrió que no había habido error en ese reconocimiento. Tal vez el viejo creyera en la reencarnación. Además, a Esteban le pareció que durante el encuentro su visitante había rejuvenecido: como si el recuerdo de una juventud llena de peligros y convicciones hubiese borrado brevemente las miserias de su condición actual. Y al mismo tiempo le hubiese impuesto una transfiguración al joven incrédulo que lo escuchaba, que empezaba a sentirse insatisfecho con su incredulidad.

10

Apenas hubo bajado del taxi se dio cuenta del error. Le dio vergüenza admitirlo y decidió buscar de todos modos la dirección impresa en la tarjeta.

Había conocido Bangkok superficialmente, y su recuerdo era el de la ciudad que había sido tres décadas atrás; como todo el mundo, había oído hablar de Patpong, barrio que la gente de cierta edad llamaba *red light district*. En su tiempo había sido arrasado por soldados norteamericanos con licencia de la guerra de Vietnam, impacientes por obtener cualquier forma de desahogo sexual, de estímulos químicos.

El taxi la había dejado a la entrada de Surawong Road y ella, con la tarjeta en la mano, fue abriéndose paso entre la multitud que deambulaba curiosa, asediada por ofertas apremiantes: shows, baile del caño o proezas vaginales con pelotas de tenis, bares con *go-go girls* y sexo oral incluido en el precio de la bebida. Y cantidad de *katoeis*, los respetados *ladyboys* locales, cuya femineidad aplicada, nunca estridente, no delataba inmediatamente la superchería.

La dirección buscada correspondía a un edificio de entrada abierta ante una escalera que conducía a oficinas en el piso alto; una vitrina iluminada en la vereda informaba de los servicios ofrecidos. Allí estaba repetida la frase en inglés que ella había leído en la tarjeta: "We find the person you're looking for". Si alguna duda quedaba sobre su sentido, una pantalla se encargaba de disiparlas: en el video publicitario desfilaban adolescentes, exhibiendo sus promesas en poses invitantes; en algunos casos nalgas perfectamente redondeadas y firmes; en otros, órganos de tamaño considerable en algún momento intermedio entre el despertar y la erección' declarada.

Permaneció un momento ante esas imágenes que no la ofendían; si se sentía humillada era por el error de la mujer del mercado en Siem Reap, por lo que había interpretado en sus palabras, si es que había entendido el idioma, o en la fotografía que ella le había mostrado.

De pronto, algo diferente empezó a borrar ese sentimiento: la posibilidad, tan deseada, de que Rithy hubiese logrado escapar y cruzar la frontera, ahora la conducía a otra posibilidad, que no se atrevía a condenar ni a desechar: que hubiese terminado trabajando en uno de los establecimientos de Patpong.

11

—*Aren't you going to see the Naga Fire Balls?* —preguntó un hombre sentado ante la mesa vecina.

Ella fingió no haberlo oído, aunque Esteban, desde una mesa menos cercana, lo oyó perfectamente. El hombre esperó la respuesta que no llegaba sin abandonar una sonrisa amplia. No parecía dispuesto a darse por vencido. Lucía la paciencia empedernida de un viajante de comercio chino.

—*They are one of the marvels of South East Asia* —insistió.

Cuando ella consintió en hablarle lo hizo en un inglés educado, intemporal, donde flotaba un rastro de acento español.

—Las vi hace tiempo. Pero no a esta altura del Mekong. Hay que remontar el río hasta Laos, cerca de Ventiane, para verlas. Y no estoy segura de que aparezcan en esta época del año. Surgen al final de las lluvias de octubre.

El hombre extrajo una billetera donde eran demasiado visibles las iniciales de una marca de moda para dejar una tarjeta sobre la mesa de su vecina. Ella ignoró ese rectángulo de cartón que parecía ya haber pasado por varias manos. El hombre debía estar habituado a estas marcas de indiferencia pues no se desanimó.

Inició una explicación, confusa a fuerza de pretenderse científica: las bolas de fuego que subían por el aire y podían llegar a cien metros de altura, si no más, para algunos eran burbujas de gas que entraban en combustión, o descargas eléctricas en una solución que las impulsa hacia lo alto. Estas posibilidades, sostenía, eran más verosímiles que atribuirlas a luces de reconocimiento disparadas por soldados laosianos desde su orilla del río…

La mujer lo interrumpió con una mirada fría que ninguna sonrisa mitigaba.

—No diga pavadas. Las bolas de fuego se llaman Naga por los dragones que viven en el río. No es casualidad que se las vea todos los años después de las "lluvias de Buda". Los dragones las escupen hacia lo alto y allí estallan en chispas. Muchas generaciones las han visto, generaciones que nunca oyeron hablar de *tracer lights*, ni siquiera de electricidad. Las llaman "bung fai paya nak".

Esteban se echó a reír. El presunto viajante de comercio borró la sonrisa que había parecido inamovible y se concentró en su budín de sémola. La mujer sonrió por primera vez, y lo hizo en dirección a Esteban. Él decidió hablarle en español.

—Yo también prefiero creer en dragones.

Eso fue todo. Ella no volvió a hablar, aunque resultó evidente que había entendido el comentario de Esteban. Él prefirió no intentar un diálogo.

12

La vio una última vez, también sentada sobre una piedra a la entrada de un templo. Pero no era el mismo ante el cual la había visto por primera vez. También esta vez estaba sola, en silencio.

Se quedó observándola un largo momento. Iba a alejarse cuando la vio incorporarse y entrar, si es que se pudiese llamar interior al espacio detrás del pórtico, paredes que no todas llegaban al techo, o se elevaban sin que un techo existiera, trabajadas por indescifrables inscripciones de moho. En el centro del primer recinto había una piedra sostenida por otra, algo que tal vez no correspondiese a la palabra altar en la religión para la que el templo había sido concebido.

Ella tomó de su bolso algo brillante, tal vez una hoja de plástico dentro de la cual se entreveía una fotografía en blanco y negro, luego una caja de fósforos y prendió fuego sobre la piedra a esa hoja, cuidando de hacerla girar para que todos sus ángulos se encendieran antes que el fuego se extinguiera.

Él entendió que se trataba de una ceremonia privada, no más incomprensible que otros aspectos del culto, de todos los cultos.

Al final sólo quedaron sobre la piedra unos restos chamuscados, malolientes. Ella se quedó mirándolos durante un momento que a él le pareció muy largo antes de irse. Una vez solo, se acercó a esos residuos para ver si conservaban algún indicio de lo que fueron. Pero no había más que cenizas y la brisa del atardecer empezó a dispersarlas.

13

Las primeras esferas de fuego surgieron del agua antes de la noche, en ese momento del crepúsculo en que el cielo aún guarda un poco de azul y las luces de la tierra adquieren por contraste un brillo fantasmal. Algunas aparecían muy pequeñas, burbujas apenas, otras del tamaño de bolas de billar. Ante la sorpresa de Esteban, al tomar altura se agrandaban, alcanzaban el tamaño de la cámara de aire de un globo volador, vacilaban en la oscuridad creciente, luego estallaban en chispas o se perdían en la altura sin dejar huella. En el río, las barcas detenidas en medio de la corriente —lámparas de papel de colores brillantes, música apenas audible, ofrendas de arroz pegajoso envueltas en hojas de plátano— se dirían inmovilizadas por el prodigio mismo que estaban contemplando.

Esteban pensó en su padre. Sus sentimientos eran contradictorios. Se le ocurrió que tal vez hubiese estado orgulloso de ver a su hijo en rincones de la tierra donde él había peleado por ideales hoy devaluados. Y al mismo tiempo, que le daría cierta vergüenza entender con qué artes su hijo había llegado a visitar esos territorios lejanos. Y ¿por qué no? acaso cierto orgullo inconfesable de saber que el hijo debía ese efímero triunfo mundano al ejercicio de su masculinidad.

Intentó también recordar a su madre, pero ningún sentimiento acompañó la imagen borrosa que le llegó.

Estaba a orillas del Mekong, en un lugar que no sabía que se llamaba Nong Khai, en Isan, al noreste de Tailandia. Tampoco sabía, ni le interesaba saber, que la población de esa provincia era en su mayoría originaria de Laos, que hablaba el idioma de su país de origen, comía su comida, vestía su ropa. Sólo le importaba dejar atrás tantas cosas, cosas para las que tampoco tenía nombre; sin duda se habría asombrado si le hubiesen dicho que era a sí mismo a quien quería perder.

Una muy modesta suma de lo ganado en una noche afortunada en el casino de Macao había bastado para pagar el taxi que lo llevó hasta allí; otra iba a pagar el taxi que lo llevaría a otro lugar, más lejos, también desconocido. En algún momento ese dinero se agotaría. ¿Dónde? ¿Cuándo? Sentía una vaga curiosidad por imaginarlo.

Las esferas de fuego, cada vez más numerosas, cada vez más grandes, surgían del agua y se perdían en lo alto, en la plena oscuridad de la noche ya instalada. Eran los últimos días de octubre, terminaban los meses de lluvia que los budistas consagran a la meditación.

A Esteban se le ocurrió que los dragones, despertándose bajo las aguas del Mekong, celebraban la fecha.

Para Daniel Rosenfeld

La dama de pique

"El diálogo de dos fetos en el útero sobre las cosas de este mundo sería una metáfora de nuestra ignorancia del más allá".
Thomas Browne, *Urn Burial*

1

En el baño del departamento de mi amigo Sergio el bidet está convertido en macetero. Hacia los lados caen unas hojas largas y delgadas, de un verde pálido surcado por una raya amarillenta; en el centro se elevan otras hojas, carnosas, firmes, de un verde oscuro. Hacía tiempo que no lo visitaba, o que no necesitaba visitar su baño, y el descubrimiento me sorprendió como una novedad.

—La planta de hojas finas, bastante lánguidas, se llama cinta; la más fuerte es una aspidistra —me informó—. El bidet es ideal para mantener irrigada la tierra de manera controlada. Nada mata a una planta como el exceso de agua.

Mi silencio debe haber sido más elocuente que una pregunta porque Sergio no esperó mucho para dar una explicación.

—Desde que Celina se fue, en esta casa no entra más una mujer. Lo decidí y lo cumplo. Cuando la ocasión se presenta, para eso están los hoteles. Y en el único caso en que una se animó a insistir e insistir en que quería conocer "la guarida del tapir", cuando se resignó a vestirse después de intentar lavarse ya había entendido que desterré la convivencia de mis proyectos de vida.

Sergio es novelista, yo soy traductor. Él es mujeriego, yo soy tímido. No recuerda qué mujer le puso de apodo "el tapir", supongo que por alguna performance oral. Conmigo eran siempre ellas las que tomaban la iniciativa y con los años empezaron a escasear. Hoy estamos instalados, cada cual en su carácter, en esa edad que ya no puede aspirar a ser llamada madura pero se resiste a la vejez. Se me ocurrió que a Sergio, hombre de hábitos perezosos, para quien la ciudad se circunscribe a unos cuantos restaurantes y bares conocidos, le vendría bien asomarse a otro Buenos Aires, el que yo exploro con una curiosidad que los años no han gastado.

—Decir la "dama de pique" es un galicismo. Si hablamos castellano tenemos que elegir, según las barajas, entre la "reina de espadas" o la "dama de picas".

La voz de Sergio se hacía pastosa después del tercer vodka pero su vocación lexicográfica no cejaba. Habíamos estado hablando de Pushkin en un ambiente muy lejano de su relato, de esas mesas de juego donde se apostaban fortunas y podían enloquecer nobles y oficiales de San Petersburgo.

—En la Argentina —continuó— hemos heredado tantos galicismos de los tiempos en que Buenos Aires era una metrópolis cosmopolita que no me extraña oír que digan pique por pica.

Preferí no acusar la estocada, que sentí dirigida a mí, lector que prefiere internarse en las novelas del siglo XIX, y que del siglo pasado sólo se les anima a algunas anteriores a 1940. Me limité a sugerir que un galicismo tal vez no estuviera del todo fuera de lugar al evocar una sociedad como la rusa de tiempos en que el francés era el idioma de conversación habitual.

Estábamos en el más plebeyo reducto —la palabra lleva inevitablemente, paradójicamente, a *ridotto*, los casinos privados de Venecia en tiempos de Casanova— de los juegos de azar: las altas, inmensas, ruidosas, encandiladoras salas de "maquinitas" —por un momento me sentí tentado de propinarle a Sergio la denominación hispana "tragaperras", tanto más exótica que *slot machines* y *machines à sous*— del hipódromo de Palermo en Buenos Aires.

Eran las tres y media después de medianoche y un elenco numeroso y variopinto seguía hipnotizado en las pantallas la catarata vertiginosa de figuras que cada tantos segundos se detienen, anunciando una configuración rara vez ganadora. Hubo un tiempo, pensé, en que a Sergio le hubiese atraído buscar entre esos ludópatas la posibilidad de personajes de ficción. El ama de casa insomne, sin duda viuda, escatimando los restos de una pensión ante su juego preferido: el faraón que puede asomar de un sarcófago, uno solo de los varios propuestos al jugador en el recinto más recóndito de una pirámide, o los signos del zodíaco, centelleantes, engañosos, que una vez Sagitario, otra vez Piscis, pero no siempre ellos, anuncian con un timbre festivo el premio máximo. Los hombres, impecables algunos, como los viejos milongueros que no renuncian al traje oscuro y a las tres puntas inmaculadas del pañuelo que asoma del bolsillo superior a la izquierda del pecho, otros apenas vestidos para salir de sus casas, con algún detalle que delata el triunfo de la senectud, pantuflas en vez de zapatos, saco de piyama en vez de camisa.

Pero nunca pudo avanzar en la ficción. En esta visita, me confesó, lo desanimaron las historias humildes, tristonas, "de la vida real" —como reza, nunca se sabrá si con rédito convincente, la publicidad de las más insoportables películas actuales—, que se podían urdir a partir de esas figuras entrevistas. Acaso escondan peripecias y pasiones, pero éstas permanecen vedadas, me dijo, inaccesibles para su imaginación literaria.

Se me había ocurrido distraerlo de la melancolía, disfrazada por momentos de agresividad, en que lo había sumido su condición de esposo abandonado haciéndole ver un Buenos Aires que no conocía. La indiferencia con que acompañó nuestra visita no le impidió alguna observación inesperada.

—Pensar que las carreras de caballos fueron la pasión del porteño durante décadas. *La fija* en sus dos ediciones, la celeste y la rosada, se vendía en todos los quioscos. Y las letras de tango… "Por una cabeza" todavía se escucha en Europa, la música solamente, nadie sabría de qué habla la letra aunque pudiesen entender las palabras…

—"Metejones que tengo con los pingos, / berretines de todos los domingos" —canturreé como para refrendar su recuerdo con otro tango.

—Y ahora vengo a enterarme de que son las maquinitas las que salvaron de la ruina al hipódromo que ya poca gente frecuentaba. Dicen que primero las instalaron a la entrada, luego en la confitería, más tarde construyeron este anexo: varios pisos, restaurantes… Parece que también hay unas salas chicas con ruletas, pero electrónicas —emitió una risa carraspeante—. Mirá adónde fue a parar la elegancia de los casinos…

Me pareció el momento apropiado para contradecir esa visión complacida de la decadencia porteña.

—No te ensañés con Buenos Aires. En Monte Carlo también han instalado maquinitas. Y en Baden-Baden llenaron con ellas la vieja estación del tren de trocha angosta, abandonada desde los años setenta; ahora está iluminada con neones de color.

Estábamos ante el bar. Una rubia muy joven, de sonrisa cansada, retiró los vasos vacíos y nos interrogó con la mirada. Sergio vaciló un instante antes de pedir agua mineral. Yo no me opuse. Era la pausa que nos permitiría dentro de un rato volver al vodka.

—Si quiero buscar algo novelesco en la vida —intentó explicar Sergio— sé que no lo voy a encontrar en estas réplicas a escala reducida de Las Vegas. Tengo la impresión de que existen, de que tiene que haber espacios privados, no diría secretos, donde pasan cosas más interesantes.

Un momento de silencio. Como una demorada réplica, extraje un nombre de mi memoria.

—¿Te acordás del cosaco Remizov?

El nombre despertó en Sergio una imagen borrosa, un compañero del colegio secundario, hosco, taciturno, no precisamente un amigo. De cosaco no tenía nada, pero el apellido de familia rusa, la altura, la corpulencia le habían merecido el mote que borró su nombre de pila. "Che, cosaco…". Nunca oímos que lo llamasen de otro modo. No esperé la respuesta de Sergio para hablar.

—El cosaco se fue a vivir a Alemania. Hace muchos años, apenas terminó el secundario, no se te ocurra que fue un exiliado… Tenía allí unos tíos. ¿Sabés cómo se gana la vida desde hace décadas? Jugando al póker. En serio: es un profesional. Lo llaman para formar mesas, en cualquier lado. "Preséntese el viernes a las 20 hs en la habitación 243 del hotel X en Los Ángeles". O en Beirut o en Marbella. Le pagan el pasaje en primera. La mesa dura de la noche del viernes al lunes a la mañana. Y él cobra por participar, si gana es el organizador quien guarda la ganancia, no sé si él va a porcentaje, pero siempre tiene un mínimo garantizado.

—Como una puta —comentó Sergio—, de esas que llamaban *call girls*.

—Como una puta —confirmé.

Nos distrajo la llegada de un grupo de turistas coreanos. Sin duda habían estado viendo bailar tango en alguna milonga hasta la hora del cierre y ahora coronaban la tan mentada noche porteña con una visita a estas salas de juego que no me resigno a llamar casino. Locuaces, risueños, estudiaban con curiosidad el recinto; algunos ya tenían en mano el billete de cien pesos que iban a introducir en El Príncipe Sapo o en Tesoros Submarinos; el guía que oficiaba de intérprete, en cambio, parecía a punto de dormirse de pie.

—¿Y? ¿Qué te parece? —pregunté—. No te imaginabas nada parecido a esto.

Lo sorprendí con la guardia baja: Sergio asintió.

Comprobé que no me había equivocado al decidir pasearlo una noche por un Buenos Aires muy distinto del que había sido suyo.

3

Elegimos desayunar lejos del hipódromo y sus modestos juegos de azar, de su multitud insomne. Caminamos hasta las arcadas de la estación Pacífico. La primera luz de la mañana de verano ya llenaba el cielo pero dejaba en una sombra fresca la vereda del bar donde nos sentamos, respirando con fruición la ausencia de aire acondicionado, gozando del alivio de una brisa suave que mecía las copas de los plátanos.

En una mesa vecina dos travestis disponían con entusiasmo de medialunas y café con leche; aunque mantenían el porte erguido que sin duda habían lucido horas antes, su maquillaje ya necesitaba refrescarse. Traté de no demorar en ellos una mirada curiosa.

—La elegancia de los casinos, dijiste... —retomé el tema—. Hoy, aun en los verdaderos casinos, son pocos los jugadores de punto y banca, de baccarat. La ruleta domina. Es lo más popular, la gente juega de pie, apretujándose ante las mesas, a veces apuestan ellos mismos sin hacer intervenir al *croupier*. Es un juego fácil, pasivo. En cambio, en el casino Iguazú, el de las cataratas, parece que tienen éxito las mesas de black jack; por lo menos es algo menos vulgar: número limitado de jugadores, necesidad de calcular la apuesta...

—Ejercicio mínimo de la mente... El póker, o su versión indígena, el truco, exigen inteligencia, astucia. Sobre todo disimulo. Por eso no son juegos de casino. Son privados, aunque los jueguen en una mesa de café.

—¿Y el faro? Es lo que juegan en el cuento de Pushkin... Nunca lo oí nombrar.

—Creo recordar que era algo tan elemental que pasó de moda muy rápido.

Las travestis, renovada su energía por el desayuno, habían empezado a interesarse en nosotros. Éramos los únicos otros clientes, nos oían hablar de casinos y apuestas, nos veían instalados en esa edad en que todo hombre ya se ha avenido a pagar, cualquiera sea el género de contrincante que le interese. Me pareció prudente poner fin a la excursión. Le informé a Sergio que por la esquina de Santa Fe pasan con frecuencia los taxis y a ella nos dirigimos.

4

Ya dije que Sergio es novelista y yo soy traductor. Compartimos, eso sí, más que el gusto una pasión por la literatura rusa. La frecuentamos desde nuestros años de estudiantes, y podría decir que los azares de la fortuna y los altibajos de la amistad lejos de disminuirla la han enriquecido.

Días más tarde yo ponía punto final a una traducción de Pushkin, dudando aún entre llamar "El caballero de hierro" o "El jinete de bronce" al poema cuyo título alude a la estatua de Pedro el Grande por Falconet: *Miedni vsádnik* (Медный всадник)… Consulté las versiones en otros idiomas: *The Iron Horseman, Le Chevalier d'airain*. Finalmente me decidí por *El jinete de bronce*, aunque los diccionarios tradujeran всадник por cobre, *copper, cuivre*.

La devoción por la literatura rusa me lleva a dedicar mis ocios a estas traducciones no solicitadas ni remuneradas. El placer que me procuran es recompensa suficiente. Me atrae en este momento la ambigua relación de los escritores rusos del siglo XIX con la ciudad de San Petersburgo; en ella me parece reconocer, salvadas distancias enormes, algo de la relación de algunos escritores argentinos con Buenos Aires.

Gogol, por ejemplo, deseaba habitar la brumosa capital del imperio y por ella abandonó su soleada Ucrania. Uno de sus relatos más famosos, "La Perspectiva Nevski", resume el desencanto que muy pronto lo dominó. Más allá de la anécdota —sentimental o erótica, según se elija leerla—, la famosa avenida es presentada como un espejismo falaz: "Todo en la Perspectiva Nevsky respira engaño. Miente sin descanso, pero sobre todo a esa hora en que la noche desciende con todo su peso y transfigura las fachadas blancas o amarillo pálido de los edificios, cuando toda la ciudad se convierte en murmullo y resplandor, cuando infinidad de carruajes llegan por los puentes, los postillones gritan y azotan a sus caballos, y el mismo diablo enciende las lámparas sólo para que veamos las cosas como no son".

En esas líneas me parece escuchar un lejano, pretérito eco de Martínez Estrada.

El mismo Pushkin empieza *El jinete de bronce* con una oda a Pedro el Grande, a su visión de una ciudad imperial, "ventana a Europa" que, lejos de Moscú y su historia amasada de religiosidad, herencias bizantinas y asiáticas, el "monarca taumaturgo" iba a hacer surgir de los pantanos del Báltico rompiendo las "aguas soberanas" del Neva. El poeta entrelaza ese tono heroico con un lirismo subjetivo: ama los "inviernos despiadados" de la ciudad tanto como la penumbra transparente de las breves noches de verano en que sólo media hora separa el crepúsculo de la aurora, cuando él escribe en su cuarto sin encender la lámpara.

A continuación el poema se embarca en una narración fantasmagórica: una crecida apocalíptica del Neva, que invade y destruye la ciudad que desafió a la naturaleza. En medio de la hecatombe, un pobre diablo —personaje en el que reconozco una prefiguración de los excluidos y resentidos de Arlt, vástagos cimarrones de los "humillados y ofendidos" de Dostoievski— lanza una imprecación ante la estatua del zar fundador; ésta desciende del enorme peñasco que le sirve de zócalo —como un prestigioso antecesor, *l'uomo di sasso*— y persigue hasta destruir al súbdito que osó desafiarlo.

Las inundaciones que cada primavera sumergen algunos barrios de Buenos Aires no tienen ese terror de juicio final, del "día de ira" convocado por Pushkin, nada que suscite el canónico *solvet saeclum in favilla*. El cielo bajo, plomizo, descarga sobre las orillas bajas del Plata infatigables torrentes. Todos los años las calles vuelven a inundarse, las alcantarillas crónicamente desbordadas por efusiones climáticas tan previsibles como rápidamente ignoradas por las autoridades hasta el próximo diluvio, olvidadas apenas, quedan limpias las aceras y se ha rescatado el cuerpo de los transeúntes ahogados al intentar cruzar la avenida Cabildo, del ama de casa electrocutada por un cable derribado ante su puerta en la calle Necochea.

Lo que me llevó a ese poema, y me hizo elegirlo para una traducción, era —hubiese debido confesar: como en todo lo que me atrae— una disonancia, una grieta, una rajadura: la mezcla de admiración por la proeza de Pedro el Grande y el sentimiento de una venganza latente, tal vez inminente, de las fuerzas que esa proeza desafió. Como si Pushkin intuyese que bajo el Palacio de Invierno, bajo el Almirantazgo, bajo la columna de Alejandro y la misma Perspectiva Nevsky, laten los cuerpos de aquellos cientos de miles de súbditos, hoy mezclados con la cal, la arena y el barro de la argamasa, que perecieron al intentar afianzar en un subsuelo pantanoso los pilares sobre los que iba a elevarse la nueva capital.

Y sí: la ciudad inspirada por las ideas de la Ilustración se erigió sobre cadáveres.

Suelo admitir que disquisiciones como éstas, que corresponden a mis preferencias literarias, siempre terminan llevándome muy lejos de Buenos Aires, donde las explosiones de violencia acaban disolviéndose en un caldo gordo de complicidades y sobornos sin grandeza.

La conversación del otro día con Sergio, el recuerdo —esto sí algo novelesco, algo no prometido por los tristes habitués del hipódromo…— de la conversión de un compañero de nuestros años de colegio en profesional del póker, el ocaso de ciertos juegos y la popularidad ganada por otros, sometidos todos a leyes tan volubles como las que rigen la moda, me dejó una incógnita: el faro, el juego en el que gana y pierde el personaje de *La reina de espadas*.

En la *Encyclopédie des Jeux de Cartes* de Jean Boussac (1896) encontré una descripción y una posible genealogía. Se sabe que se jugaba al faro en Versalles durante Luis XIV, adonde habría llegado de Italia, derivado de otro juego cuyo nombre sugiere una genealogía novelesca: el lansquenete.

¿Landknecht? ¿Cómo los mercenarios del Sacro Imperio? En el tablero, que puede ser un simple paño con las figuras estampadas, aparecen las trece cartas de picas, base de las apuestas. El *croupier* o banquero tiene en mano el mazo y descubre en cada vuelta dos cartas. La primera es el número ganador del banquero, la segunda el de los jugadores que apostaron a esa carta en el tablero.

Es un juego de puro azar, diría mi amigo; como la ruleta, no exige astucia ni disimulo por parte del jugador. La casualidad —pero con el paso del tiempo he aprendido a desconfiar de esta palabra— me hizo releer anoche algunos cuentos de Bret Harte; por ellos me enteré de que aún se jugaba al faro —¿por última vez?— entre los buscadores de oro en el Lejano Oeste. Un *croupier* nómade viajaba con los naipes, el paño y un ábaco para contabilizar apuestas y ganancias.

5

María Filipovna Lopokova, lejana sobrina de aquella pupila de Diaghilev que terminó casada con Maynard Keynes y padeciendo el snobismo de los Bloomsbury, deja pasar con serenidad sus días finales en una residencia geriátrica de Villa Ballester.

Algunos domingos la visito. No lo hago por altruismo. La memoria de María Filipovna, errática para fechas y nombres, es una inagotable reserva de usos y costumbres del *ancien régime* liquidado antes de su nacimiento y que sólo conoció a través de la obstinada nostalgia de sus mayores. Recibe al visitante con el abundante pelo de un blanco amarillento recogido en formas complicadas por cantidad de horquillas; como vestido ha elegido una bata de seda ajada, sobre la que prende un broche pesado, de piedras difíciles de identificar; a sus ojos es posible que esta joya dudosa confiera cierta elegancia al atuendo de entrecasa.

Para mis trabajos de diletante, mis lecturas preferidas se iluminan con los comentarios de la anciana. Un ejemplo: la tarde en que sometí a su erudición el color de las calzas del príncipe Ippolit —a las pocas páginas de abordar *Guerra y paz,* el lector es sorprendido por la descripción, en francés en el original, de esa prenda: *"couleur cuisse de nymphe effrayée"*— se echó a reír.

—¿Usted también? Me pregunto si ese viejo lleno de vueltas de Tolstoi se divertía sabiendo que creaba una incógnita para los lectores de tiempos futuros... No sé cuántos profesores se dedicaron a proponer hipótesis... ¿Cuál es el color del muslo de una ninfa asustada? —Su risa se transformó en tos y recurrió al vaso de agua que siempre tenía a su alcance, y que sólo después de su muerte Sergio iba a enterarse de que contenía vodka—. Recuerde que en la novela la frase está seguida por un "como él lo llamaba", es decir que la afectación, el uso del francés, la fantasía o el capricho son predicados que Tolstoi atribuye al personaje del príncipe...

Se entenderá que recurriera a ella para saber si alguna vez había jugado al faro.

—Faraón, lo llamaban en mi familia. Según mi padre, le decían faro en las tabernas, se había convertido en un juego para la servidumbre. O para los literatos, esto desde luego por culpa del cuento de Pushkin... Aquí mismo, en este asilo, hay un viejo príncipe que se cree Hermann, el personaje de "La reina de espadas", y nombra incansablemente las tres cartas ganadoras. Tres, siete, as: тройка, семерка, туз! Siempre me tienta responderle con el resultado fatal que provoca la ruina y la locura de Hermann: en lugar del as como tercera carta ganadora —el secreto que le extrajo con violencia a la vieja condesa, provocando que se detuviera su frágil corazón—, aparece, venganza póstuma de ella, una dama de picas. Тройка, семерка, дама! anuncia, sereno, el *croupier* y Hermann, incrédulo, ve aparecer en el naipe el rostro sonriente, irónico, de la anciana dama que él arrojó a la muerte.

Hizo una pausa antes de agregar:

—Pero no tengo vocación de reina de espadas.

Volvió a reírse, esta vez sin carraspeo, lo que no le impidió recurrir a su fiel vaso de "agua". Acaso —se me ocurrió en ese momento— no hubiera engaño alguno en su apelación: en ruso vodka, como la desinencia en ka lo indica, es un diminutivo: en este caso el de agua, вода; es decir: agüita… O como diría ella, *petite eau*.

—¿Lo quiere conocer?

6

Me dispuse a encontrarme con uno de esos homúnculos del cine expresionista alemán, algún "sabio loco" de calva escoltada por mechones copiosos y enmarañados, mirada afiebrada perdida en una lejanía amenazante, capa y esclavina heredadas del doctor Caligari. Pero el príncipe cuyo nombre no le permitió descifrar la articulación displicente de María Filipovna era un anciano atildado, su elegancia declarada por el desgaste de un traje de corte perfecto. También la camisa, de gusto inglés, lucía puños y cuello apenas raídos, sólo lo necesario para demostrar el altivo descuido de quien no se preocupa por renovar el guardarropa que antaño estuvo a su alcance. Una condecoración que no pude identificar, pero supuse sin relación alguna con las republicanas *légions d'honneur* francesas, amenizaba la solapa gris oscuro.

Lo encontramos en un rincón casi solitario del jardín que alguna vez había sido un parque, reducido por loteos sucesivos. No estaba solo. Lo visitaba una joven, argentina por el acento, que a pesar de las palabras afectuosas con que María Filipovna me presentó no disimuló su desagrado ante la intrusión. Preferí no demorarme en su presencia, y al despedirme, sin haber llegado a oír en la voz del príncipe la mención de las tres cartas prometida por la anciana, le escuché en cambio una invitación a visitarlo.

—A mi edad, la gente joven es una ventana a la vida —sentenció, sin que yo pudiese adivinar si era su vista menguante lo que me hacía tomarme por un joven o la dimensión generosa que a su edad confieren las pocas décadas que nos separaban.

Media hora más tarde, esperando el tren en la estación de Villa Ballester, vi llegar al andén a la joven que poco antes me había demostrado una marcada antipatía. Ahora sonreía. Respondí con cautela a este cambio de actitud.

—María Filipovna me explicó que usted es un traductor —empezó por decir, a modo de disculpa—. Por un momento temí que viniera a jugar a las cartas con el príncipe.

—Y usted cuida de que nadie le gane...

Se rio espontáneamente. Abrió el bolso que colgaba de su hombro y mostró un mazo de naipes y un paño donde estaban estampadas las cartas de picas.

—Le falta al ábaco —observé.

—El príncipe me tiene confianza, anoto los tantos en una libreta. Además, siempre lo dejo ganar. Todos los naipes de mi mazo están marcados y le doy el gusto de creer que gana fortunas. No está al tanto del dinero. No estoy hablando de la inflación. Cree que jugamos por rublos, rublos de otros tiempos, desde luego. Hoy ganó veintitrés rublos y cuarenta kopeks. Se los pagué en pesos argentinos y miró los billetes distraídamente, curioso ante el rostro de Rivadavia en los de diez pesos: esperaba ver el de Nicolás II. "¿No será Pushkin?", me preguntó, "tiene aire de negro...".

Llegó el tren, con ese estruendo de chatarra que amenaza renunciar a todo esfuerzo por proseguir su ruta. Elegimos un vagón donde había menos vidrios rotos que en otros. Antes de llegar a Retiro una hora más tarde ya había averiguado el nombre de la joven, Isabel, también que su relación con el príncipe derivaba de una abuela materna, argentina viuda de un hijo del general Wrangel, y que le divertía la ficción de jugar al faro todos los domingos con alguien cuya mente se había estacionado en un pasado impreciso pero lejano. El nombre de mi amigo Sergio le despertó una sonrisa pero ningún comentario.

Comprendí que no le desagradaba la compañía de un hombre de la edad de Sergio. O de la mía.

7

Lo primero que me dijo Sergio cuando le conté mi visita al geriátrico de Villa Ballester y mi conversación con su amiga fue que no se llamaba Isabel. Sus padres, tradicionalistas, la bautizaron Pelagia Zenaida; su patronímico sería Stepanovich y el apellido Dvorkin.

Tampoco era tan joven como parecía, me dijo.

Discreto, no se explayó sobre la relación que, me pareció evidente, habían tenido. La mujer que había elegido llamarse Isabel, me dijo, había cumplido más de treinta años, aunque conservara un aire de adolescente aun no decidida a instalarse en la edad adulta. Es algo incongruente con su ocupación profesional de acompañante terapéutico, que para Sergio exige una autoridad explícita, mucha firmeza para tratar con los pacientes; sin embargo, Isabel le reveló que tenía a su cargo dos esquizofrénicos, a quienes visitaba regularmente en sus casas —las familias buscan evitar el oprobio social de tener un pariente internado en un asilo psiquiátrico, aun bajo el eufemismo de "institucionalizado"— o llevaba al cine tomando en cuenta sus preferencias: para uno de ellos la ciencia ficción resultaba sedante; el otro era menos previsible, su sonrisa beatífica perduraba horas después de ver por tercera o cuarta vez *Life of Pi*, pero las comedias musicales le producían un estado de agitación breve e intenso. Al enterarse de esta ocupación, Sergio halló menos excéntrico que Isabel disfrutase de la visita de domingo a Villa Ballester para jugar al faro con un anciano príncipe, y permitirle ganar en todas las vueltas...

—Los esquizofrénicos enseñan muchas cosas —le había confiado Isabel—. Te hacen tomar conciencia de aspectos de tu conducta que no veías hasta que te los revela el contacto con ellos.

Sergio hizo una pausa en que su mirada pareció perderse en quién sabe qué introspección, antes de añadir:

—Confesó que está vagamente enamorada de sus dos pupilos... Después de escuchar esta revelación, no me resultó muy tranquilizador que me regalase algunos momentos de sensualidad.

La volví a ver a la semana siguiente. Me pareció curioso que, a pesar de su ascendencia rusa, ignorara tantas cosas que yo aprendí en los libros, sin haber buscado estudiarlas. No se trataba sólo de literatura. Isabel, pues prefiero llamarla por el nombre con que se me presentó, se sorprendió, por ejemplo, cuando le conté que durante la guerra civil su bisabuelo, el tristemente célebre general Wrangel, llevó a cabo en Ucrania algunas de las más cruentas matanzas de judíos anteriores al Tercer Reich. Esta felicidad en la ignorancia se extendía a muchos aspectos prácticos de la vida. En algún momento justificó la estrechez de su vida cotidiana diciendo que no llegó a heredar nada de la fortuna de su abuela, "que tenía acciones de unos pozos petroleros en el mar Caspio". ¿Los de Bakú, en Azerbaiyán? ¿No habían sido confiscados por el poder soviético?

María Filipovna y el príncipe murieron con pocas semanas de intervalo. Sergio se enteró por Isabel de las ceremonias fúnebres pero decidió omitirlas. Yo asistí a la de mi amiga, en mi imaginación un personaje que había empezado a delinearse. Me dirigí a la iglesia ortodoxa de Parque Lezama para despedirla —la metáfora ridícula no me molestó— y me sorprendió encontrarme con una asistencia numerosa, gente de edad avanzada y efusiva fidelidad. Oí hablar mucho ruso a su alrededor, pero también alemán. Me enteré de que la tradicional comunidad alemana de Villa Ballester, que contribuía al mantenimiento del asilo, extendía su amistad a los residentes de otro origen. Se me ocurrió que ese "otro origen" no debía ir mucho más allá de los viejos rusos, tal vez los únicos con quienes *die alte Deutsche* guardasen alguna afinidad...

Una primera impresión de teatralidad tardó en disiparse sin que pudiese precisar la causa: ¿era el decorado de la iglesia, la posición de espectadores ante la iconostasis que guardaban los asistentes, las generosas, renovadas bocanadas de incienso que el pope enviaba agitando su botafumeiro? ¿Eran las vestimentas, pasadas de moda con tal recato que nadie se atrevería ante ellas a pronunciar la palabra *vintage*? También las caras parecían haber sido elegidas en una agencia de casting. Ajenas a la variedad, que parece inagotable, de las que se cruzan cotidianamente en la ciudad, lucían, todas, algo ajado, como si la experiencia hubiese impreso en ellas marcas indelebles, indiferentes al alivio que dispensan las banalizadas terapias de apoyo, menos aún a la cirugía estética que impera en el limbo televisivo.

Isabel se mantuvo a un lado de los asistentes sin mezclarse con ellos. Observé que al salir no saludó ni fue saludada; habría supuesto que no debían faltar familiares o amistades en la ceremonia.

—Siento como que estuve en una asamblea de fantasmas —comentó con un suspiro de alivio, respirando hondo en la vereda de la calle Brasil—. Tanta gente que se parece a personas que conocí de niña, y tal vez sean las mismas...

Le propuse almorzar en el restaurante vecino pero prefirió alejarse, cambiar de barrio. Caminaba con la mirada fija en un punto distante, sin duda interior, y entendí que era mejor no hablar. Nos alejamos del Parque Lezama, al principio sin rumbo, finalmente terminamos en el bodegón de San Juan y Sarandí, donde me conocen y me recomiendan buen vino fuera de las extravagancias exportables de las nuevas bodegas mendocinas. A Isabel le costó un momento aflojar la tensión. No la apuré con preguntas, esperé en silencio, no sabía si confidencias, que no me interesaban, más bien algún atisbo de ese mundo de ficción, la literatura rusa, cuya modesta encarnación, involuntaria, que no se sospechaba tal, veía en la mujer ensimismada, ensombrecida, cuya mirada parecía perdida en un punto sin duda interior. Finalmente esa mujer habló.

—Toda esa gente me odia. O peor: me desprecia.

Fue lo único que dijo. Comió en silencio; yo no me atreví a preguntarle qué encubrían sus palabras, y nos separamos sin prometer que nos volveríamos a ver.

8

Sergio, una vez más, iba a llenar esos huecos de misterio, no sé si con informaciones fidedignas o con esbozos de ficción.

—Todos esos viejos rusos saben que ella vio pintar a su padre, que conoce los secretos de familia.

Un chisporroteo de curiosidad, débil al principio pero que pronto sentí prometedor, se encendió en mi mente.

—En todas las familias hay secretos... —apunté.

Sentía que empezaba a tomar forma en mí esa especie de curiosidad que alienta en un individuo formado o deformado, como se prefiera, por la pasión de las letras; una curiosidad que puede ocupar el lugar de pasiones más viscerales, más exaltadas. El relato no tardó en llegar.

—Todos estos hijos y nietos de exiliados, todos estos nostálgicos del imperio, que lloran la pérdida de las grandes propiedades rurales de sus antepasados, y algunos se presentan con un título de nobleza, son en realidad nietos de almaceneros de Zelenograd, de escribientes de oficinas públicas de Vyborskiy, de ferroviarios del Transiberiano. El padre de Isabel nunca se engañó sobre su propio talento, bastante modesto, pero tenía mucha astucia e ideó un plan para satisfacer esas ilusiones de grandeza. Copiaba los retratos de nobles pintados por los artistas cortesanos menos conocidos del siglo XIX, uniformes militares y condecoraciones para los hombres, toda una marea de encajes y puntillas para las mujeres, y en el lugar del rostro original copiaba una fotografía del cliente. El resultado nunca decepcionó. "Qué parecido a tu bisabuelo…". "La sangre de tus antepasados está visible en tus facciones…". Porque, además, la transcripción de los apellidos del alfabeto cirílico al latino permitía piruetas: algún Boronsky se transformaba en Vronsky, un Golinsky se animó nada menos que a Galitzin…

Sergio parecía entusiasmado por su relato. Me contagió: una avalancha de asociaciones me asaltó la imaginación. Mis traducciones literarias, que buscan palabras en un idioma para reemplazar las de otro, ¿no son acaso imposturas, intentos —declarados, sí, pero igualmente falsificaciones— que pegan el rostro de un idioma sobre el cuerpo de otro? Y los esquizofrénicos que acompaña habitualmente Isabel, ¿con qué grado de adaptación a su psicopatía ella les habla y actúa —sí, actúa— para establecer un contacto?

¿No es acaso también una ficción aceptada, consentida? Las imposturas de su padre tenían una relación redituable con las ilusiones que buscaban satisfacer. La complicidad que el pintor establecía con sus clientes delegaba a éstos la mentira y guardaba para sí la verdad de la superchería…

Todo lo relacionado con esa mujer, que ya no podía sino pensarla como Pelagia Zenaida, me llevaba a asomarme a una novela no escrita…

9

Hay mañanas en que al despertar me parece que emerjo de una profundidad insondable, de una oscuridad sin alivio, y al entrever con párpados apenas despegados la luz, y reconocer en esa luz un espacio y objetos conocidos, suspiro aliviado: "un día más" pienso o murmuro, como si aquella oscuridad profunda de la que vuelvo a una vida opaca fuera la de la muerte, una muerte que se pudiera visitar, de la que se pudiese volver. Y son muertos, mis muertos, muchos de los que encuentro en los sueños, sueños que olvido inmediatamente, en el instante mismo en que busco retenerlos con palabras e imágenes que se escurren como arena entre los dedos.

Duermo solo. Desde el principio de mi relación con Isabel estuvimos de acuerdo en que cada uno conservaba su departamento, sus horas y sus costumbres, que nos encontrábamos para lo que llamamos, con una sonrisa pudorosa, "las horas del amor". Pronto descubrimos que el lecho común, para un hombre de mi edad y que no lo practicó más allá de sus años juveniles, y aun en ellos sin frecuencia, es una incomodidad donde se unen la timidez y la vanidad: no quiero exponer a la mujer que se despierte a mi lado el mal aliento que acumulé durante la noche, ni el mal humor que me acompaña hasta una buena media hora después de despertarme.

Una noche, sin embargo, me venció el cansancio en el departamento de Isabel y me quedé dormido a su lado. Más tarde sentí el calor de su cuerpo junto al mío y sin despertarme pasé un brazo sobre su espalda; en algún momento, creo, le besé la nuca separando los mechones de pelo que la cubrían, y que también besé; ella se estrechó contra mí y repetimos los gestos de pocas horas antes.

Cuando me desperté estaba solo en la cama. El sol ya inundaba el cuarto vecino e Isabel no respondió a mi llamado: sin duda ya había partido hacia el esquizofrénico del día. Una imagen del sueño recién borrado persistía en mi memoria, como si resistiera a desaparecer con el resto de la anécdota de la que era parte, donde acaso tuviera sentido: un hombre reía mientras quemaba varios billetes en la llama de una vela, lo acompañaba la risa de otros hombres y no sé qué me sugería que la escena ocurría en una taberna, y que esa taberna estaba en Rusia; algo del hombre me hacía pensarlo como un mujik, ebrio, los ojos brillantes con la exaltación del alcohol y de su desafío.

—Ah, ya te pasó el sueño —comentó Sergio cuando se lo conté—. Lo va a ir desarrollando noche a noche, si no te cuidás.

Le escuché contar, sin creerle mucho, que Isabel, o en este caso tal vez debiera decir Pelagia Zenaida, tenía la capacidad de transmitir, más bien de imprimir un sueño en el hombre que dormía con ella. Me pareció una leyenda más de las que rodeaban a nuestra amiga, y la archivé hasta que la semana siguiente Isabel me pidió que la dejase dormir en mi departamento; acepté: era tarde, nos habíamos demorado en un estreno de teatro, que como todos los estrenos empezó mucho más tarde de lo anunciado, y luego en un restaurante. A la mañana siguiente, al despertarme, también me encontré solo en la cama, también había guardado del sueño la imagen del mujik que reía mientras hacía arder varios billetes sobre una vela; pero esta vez reconocí su rostro: era el mío. Cuando se lo conté Sergio fue más explícito.

—¿A qué jugaban en la taberna? Quiero decir: ¿en qué juego ganaste el dinero que quemabas? Es tradición que el dinero ganado en el juego no sirve para nada bueno, que hay que gastarlo rápido… En francés dicen *flamber*, pero es sólo una metáfora… Pero de ahí a quemarlo, eso es cosa de mujiks borrachos. Me pregunto si…

Pero no terminó la frase, y preferí no pedirle que la terminara. A mí ya se me había formado la imagen de un antepasado de Isabel, un abuelo o quizá más lejos aún, alguien desterrado de su memoria por exorcismo y que sin embargo seguía latiendo sin nombre, tenaz, como para que ella lo inoculase, como un miedo atávico, a los hombres que la penetraban.

10

Decidí ponerla a prueba. En mi visita siguiente a su departamento revisé su biblioteca con aire distraído y comprobé que no había en ella ningún volumen de Leskov. Esa noche, durante la cena, comenté que había decidido interrumpir por un tiempo mis traducciones de Pushkin para intentar otros autores, Leskov por ejemplo, de quien sólo circula en español *La Lady Macbeth de Mtsensk*; le conté que en uno de sus cuentos, "El ángel clausurado", un grupo de "viejos creyentes" quieren rescatar un ícono milagroso de la iglesia "nueva" adonde ha sido llevado y sustituirlo por una réplica; para realizarla, recorren toda Rusia buscando al pintor capaz de copiarlo.

Me escuchó sin demostrar que la anécdota evocase ningún recuerdo incómodo. Tampoco cuando inventé que en otro cuento, cuyo título declaré no recordar, unos mujiks ebrios, en un concurso de altivo desprendimiento, a ver a quién le importa menos esa riqueza, o de desprecio por la fortuna impresa en una hoja de papel, ya que la única auténtica es la posesión de la tierra, queman los billetes con que han vuelto de la feria del pueblo vecino. Esta vez reaccionó.

—¿Estás seguro de recordar bien el argumento? Decís que vuelven de una feria, pero si queman dinero no debe ser el de la venta de sus cosechas sino el que han ganado en el juego. El producto del trabajo es sagrado; el del juego, impuro. No se toca dinero con la mano derecha, con la que te persignas. Se lo toca con la izquierda, la que usas para limpiarte el trasero.

Esa noche me pidió que volviese a casa después del café: estaba muy cansada, había tenido un día difícil, un nuevo paciente con quien aún no había descubierto la manera de comunicarse. Me dio un rápido beso en la mejilla, apenas un roce, y cerró la puerta apenas estuve afuera.

Pasaron varios días sin que me llamase, sin que contestara los mensajes que le dejaba en su número fijo, ya que prefería que no la llamase al celular. Esta ausencia me resultó benéfica, me hizo reflexionar.

¿Qué había buscado yo en ella? ¿La vanidad del hombre mayor que es aceptado por una mujer joven? Más bien, satisfacer mi curiosidad literaria: había visto en ella, como antes en María Filipovna, la posibilidad de consultar un archivo viviente de usos y costumbres, de anécdotas e informaciones sobre ese territorio enigmático que tanto me atraía, la literatura rusa. No era material de primera mano, pero era el único accesible para mí. Lo demás, su belleza menguante, la ternura consentida, eran beneficios colaterales.

Me sentí cínico, y me descubrí satisfecho de serlo.

Era algo nuevo para mí. Corolario: la tentación de llamarla, muy presente en los primeros días, se fue desvaneciendo.

Unas dos semanas después de nuestro último encuentro, nos cruzamos —miserias de la vida actual…— en un supermercado y fingimos, con la mayor delicadeza mutua, no vernos. Volví a casa con una sensación inédita de liviandad. Esa noche decidí lanzarme a escribir, a vencer el miedo que durante años me maniató y confinó al refugio de la traducción. Y lo que iba a escribir era una versión, una parodia seria, un *rifacimento* de *La reina de espadas* o *La dama de pique*, como mi pedante amigo me hubiese reprochado que la llamase. Y sabía quién iba a ser el modelo de la vieja condesa, aunque no fuese una anciana ni tuviese título nobiliario.

Esa noche no soñé con los mujiks y su dinero quemado. La vi a ella —en fin: con la certeza inapelable de los sueños, supe que era ella— viejísima, casi irreconocible, con el pelo de un color gris sucio cubierto por una cofia de encajes que me parecieron apolillados. Me pareció, también, que había trozos de tierra adheridos a su cofia, a su piel. Me sonreía, desdentada, pero su voz era firme.

—Tres, siete, as.

Luego, en un susurro:

—Тройка, семерка, туз!

Y finalmente, con una risotada sardónica:

—Тройка, семерка, дама!

A la mañana siguiente ya había redactado el primer capítulo.

En el último trago nos vamos

"Misbegotten moon
Shine for sad young men
Let your gentle light
Guide them home tonight".
Palabras de Fran Landesman en la voz de Rickie Lee Jones

La historia nos había mantenido atentos hasta bien entrada la noche, sentados en la arena alrededor de una fogata.

—¿Y ella se quedó aquí? —preguntó Cecilia—. ¿Nunca volvió a Europa?

—Nadie la esperaba allá —concluyó Lucio—. Y se me ocurre que temía cruzarse con alguien que la recordase, que pudiese medir el paso del tiempo, es decir su decadencia. Aquí por lo menos era casi desconocida. Y si debía terminar su vida en la oscuridad, era mejor poner distancia con su hora de fama, evitar el encuentro con algún rastro del pasado.

Sobrevino un silencio. Ningún comentario lo quebró. Las llamas, las chispas que se perdían en el aire, nos iluminaban con destellos cambiantes, prestaban expresiones dramáticas a nuestros rostros, una intensidad inesperada. Apenas alejábamos la cabeza del fuego nos llegaba del mar esa brisa fresca que siempre redime el agobio de un día de verano. El cielo, poblado de estrellas que en la ciudad no hubiésemos podido siquiera entrever, complotaba para retenernos allí tanto como la voz de Lucio, que devolvía a la vida personajes y situaciones que en otra circunstancia nos hubiesen dejado indiferentes. Una botella de whisky ya casi agotada pasaba de mano en mano.

—A mí me parece bien que los viejos decidan borrarse —irrumpió Martín, el más joven del grupo—. Llega un momento en que ya no les queda nada por decir, por hacer.

—¿No oíste hablar del estilo tardío? —le lanzó, socarrón, Raúl—. En Beethoven, por ejemplo, hubo una renovación enérgica en sus últimas obras. Y no es el único caso…

Martín pareció a punto de responder pero, como si de pronto advirtiese la edad de algunos de los presentes, prefirió callar. Puedo suponer lo que habría dicho: que la música llamada clásica, o culta, no tenía lugar en la vida que a él le importaba. Cecilia se apresuró en hablar, antes que a otro se le escapase alguna observación inoportuna.

—Borrarse puede ser una forma de elegancia, aun en un artista todavía joven. Quiero decir que no es necesario llegar a viejo para elegir no ceder a la presión de la vida pública, abstenerse de apariciones demasiado frecuentes, mesas redondas, entrevistas innecesarias. Elegir con cuidado los interlocutores. Rehuir al fotógrafo.

Me recosté en la arena, como para retirarme de una conversación que se alejaba de la anécdota novelesca evocada por Lucio para internarse en territorios que, ya lo sentía, iban a aburrirme. Con la nuca apoyada en los brazos cruzados, preferí concentrarme en las constelaciones, intenté recordar nombres oídos en la infancia (Las Tres Marías, la Cruz del Sur) y reconocerlos en las estrellas que perforaban el negro del cielo. ¿Alguna de ella estaría muerta y —lo había leído en algún artículo de divulgación— su luz continuaba el viaje a través del espacio? Nunca había entendido del todo esa cuestión de la velocidad de la luz, pero la idea me atraía como metáfora para situaciones más terrenas.

Hace un tiempo me busqué problemas con una mujer a la que me costó hacerle renunciar a complicarme la vida. No volví a verla, y podía dar nuestra relación por muerta; sin embargo en mi vida cotidiana actual su recuerdo no deja de intervenir. No es el de una situación compartida o el de palabras dichas, es una presencia, si se quiere fantasmal pero para mí sensible: espectadora, a veces amable, otras censora de mis actos y pensamientos, persiste en visitarme sin que la llame, en opinar en silencio con la mirada vigilante que mi imaginación le presta.

La conocí en México, más precisamente en el estado de Veracruz, y para ser exacto en Xico. A veces me pregunto qué relación secreta existe entre un lugar y lo que en él, imprevistamente, ocurre. Hace unos meses estuve invitado a un encuentro literario en Xalapa. Era, no sólo para mí, una primera visita al estado de Veracruz y, aunque suelo rehuir el turismo cultural, la posibilidad de conocer uno de los pueblos llamados "mágicos" me animó a sumarme a una excursión. Ella era parte del grupo, pero durante el trayecto preferí prestar atención al paisaje que íbamos descubriendo.

Llegamos a Xico a través del Bosque de Niebla y sus cafetales, habíamos visto árboles chaparros a la sombra de un árbol madre y distinguido a lo lejos el volcán extinto cuyo sonorísimo nombre náhuatl hubiese querido retener en vez del español, tan deslucido, Cofre de Perote. Sólo cuando nos detuvimos ante la iglesia de Santa María Magdalena para admirar el arco floral del pórtico escuché su voz.

—Estos pétalos blancos ¿son lo que llaman flores de cucharilla?

La guía le explicó que esas hojas de agave exigen mucha destreza para quitarles las espinas y entrelazarlas en los arcos florales; si las trabajan manos de mujer en los días de sus reglas, el blanco se tiñe de rojo. Vi que ella rozaba con dos dedos una de las flores. Me pregunté si estaba poniendo a prueba las palabras de la guía, si tenía en ese momento su período. Empecé a mirarla con cierto interés. Que conociera el nombre para mí exótico de esas hojas, que su acento, inconfundiblemente argentino, no tuviera la pegajosa articulación porteña, hicieron que me reprochase el no haber leído sus cuentos, muy elogiados por gente que no me inspira confianza.

Más tarde nos cruzamos en el patio adyacente a la iglesia. Yo me interesé en una piedra redonda que había servido para sacrificios, no sé si olmecas o totonacas. ¿Había estado siempre allí, anterior a la construcción de la iglesia, y ésta había respetado, quién sabe con qué temores supersticiosos, su lugar?

¿Acaso había sido colocada allí mucho más tarde, como en un museo al aire libre, memorial de crueldades más francas que las de la religión importada? No eran las dos mujeres que cosían y conversaban animadamente, sentadas en un banco vecino, quienes iban a poder responderme... La piedra tenía dos orificios, inesperado recaudo higiénico, que permitían escurrir la sangre del sacrificado. (Me cuidé de no pensar la palabra víctima: había leído que era un honor para el elegido entregar al sacerdote el pecho que éste abriría con una obsidiana afilada para extraerle el corazón y quemarlo como ofrenda a la divinidad).

Mi compañera de excursión se había internado en un museo anexo a la iglesia. No tardé en seguirla. Se trataba de la colección de vestidos para la santa, ofrecidos en la fecha de su fiesta; en el pecho de cada uno estaba pinchada una tarjeta con el nombre de la familia donante. Avancé entre centenares de atuendos de colores vivos, fucsia, turquesa, dorado, telas costosas donde no faltaban bordados y lentejuelas, fantasías que me parecieron ajenas a la severidad asociada en mi país con el culto católico. Le hice esta observación a mi compatriota, pretexto para iniciar el diálogo. Me miró un instante, perpleja, antes de hablar.

—Pero esta santa era puta.

Para abreviar: pasamos juntos un largo fin de semana en Veracruz. Nos comportamos como buenos turistas. Tomamos tequila en el Zócalo, cautivados por las parejas que al atardecer acuden a bailar danzón ante una orquesta de músicos vestidos y calzados de blanco impecable. Comimos chiles en nogada. Visitamos la casa de Agustín Lara, su "casita blanca", y la de Salvador Díaz Mirón, convertida en un museo donde se callan los arrebatos de violencia que hacen simpático al poeta. Por la noche nos demorábamos, entre besos y caricias, descubriendo a lo lejos las luces de algún barco: nuestro cuarto de hotel estaba en el piso 18 de una torre frente al faro y en la puerta corrediza que permitía salir al balcón un anuncio aconsejaba "no abrir en caso de huracán".

Nada permitía sospechar que el regreso a Buenos Aires resultaría una catástrofe. Sin duda la mera distancia, la brisa cálida del Caribe, la cortesía mexicana, habían postergado nuestro carácter cotidiano.

De estas reflexiones me devolvió al grupo y a la fogata una chispa que cayó sobre mi pie descalzo. El tema de borrarse de la vida pública a cierta altura de la vida había derivado en la convención teatral de celebrar "los adioses a la escena".

—Los franceses son incorregibles. Dos "grandes damas de la escena" anunciaron sus adioses, la sala se llenó, el espectáculo, previsto para dos semanas, se prolongó durante meses y, entusiasmadas, repitieron sus "adioses" en la temporada siguiente; una, no recuerdo el nombre, se despidió cuatro años seguidos… Un cómico hizo un *one-man show* titulado "Mis verdaderos últimos adioses a la escena"…

—El único remedio contra envejecer es morir joven y convertirse en ídolo.

La intervención de Cecilia tuvo la virtud de callar a todo el grupo. Habíamos dejado pasar la ocasión de ser James Dean, algunos habían superado incluso la edad final de Elvis Presley, a ninguno dejó indiferente ese involuntario, lapidario *memento mori*. El silencio derivó en renuncia a renovar la leña de la fogata, a comprobar que la botella de whisky estaba vacía, y hacía un largo rato que lo estaba, a incorporarnos y volver al hotel.

* * *

De vuelta en Buenos Aires reviso un cuaderno de los meses pasados:

"Hace más de diez minutos que saltó de la cama y se encerró en el baño, oigo el agua mansa que cae en el lavatorio, regular, sin la interrupción de una mano que se interponga, no oigo la ducha, tampoco el mínimo rumor del bidet, ningún movimiento.

"Me pregunto qué habrá inventado ahora. La primera vez se cortó las venas de la muñeca izquierda con una hoja de afeitar, al día siguiente me sentí obligado a desterrar de mis costumbres ese objeto arcaico al que permanecía fiel, por otra parte siempre se las corta horizontalmente y es sabido que sólo una incisión longitudinal asegura que la sangre fluya abundante, definitivamente. Otra vez la encontré en la bañadera, el agua ya empezaba a teñirse de rojo, ella tenía los ojos muy abiertos, fijos en algo acaso sólo visible para ella.

"Lo peor es que no recuerdo qué palabras mías pudieron provocarla en cada ocasión, a menos que sea mi silencio ante su pedido, siempre reiterado, de mudarse a vivir conmigo, creo que ya la primera vez le expliqué que no puedo soportar siquiera la idea de convivir, que me parece más sano verse para las horas del amor y no compartir malhumor y rutina, preservar esos momentos de silencio y soledad que me son valiosos y me temo que ella no necesite.

"A veces me pregunto por qué no clausuro esta relación, será porque las mujeres desvalidas siempre me pudieron, aunque no sé si ella es tan desvalida como le gusta mostrarse, si es cierto que se ha vuelto tan dependiente de mí, si no la halaga que su actuación halague mi parte más oscura.

"Voy a esperar unos minutos más antes de ir al baño y descubrir qué ha inventado hoy, si es necesario llamar a un médico o si bastará con que se quede a dormir, vendada, silenciosa, acusadora, acurrucada contra mí, sabiendo que lo que más detesto es despertarme con alguien al lado, aun la persona más deseada, aun una mujer querida. No hay sentimiento que compense el disgusto de no tener toda la cama para mí solo".

Soy un egoísta de mierda, me dije apenas leídas esas notas que tenían pocas semanas, a lo sumo tres meses de antigüedad. Inmediatamente me corregí: soy un hombre sensato, no me manipulará nadie, ni en el baño ni en la cama.

Y sin embargo, iba a sentirme invadido por ella, y de manera imprevista, cuando compré su nuevo libro de cuentos y me encontré con una crónica apenas ficcionalizada del último día en que nos vimos, ese día en que decidió partir y, como suele ocurrir, me sentí herido porque fuese ella quien tomara la iniciativa de la separación que yo venía deseando desde tiempo atrás. Lo que más me irritó del cuento es que hubiese elegido contarlo desde mi punto de vista. Me había invadido de una manera nueva, ya no en mi mente sino desde la página impresa. Entreví, sin embargo, la posibilidad de un alivio… ¿sería posible que, al haber hecho pública, aunque anónimamente, su usurpación de mis sentimientos, me permitiese exorcizar su fantasma?

Natividad

Las palmeras, como impulsadas por una brisa suave, oscilaban perezosamente sobre la cabeza del asno, que asentía en muda aprobación ante el pesebre. La regularidad imperturbable de esa animación delataba su origen mecánico, y sólo un respeto elemental, sin duda, había permitido que María, José y el Niño permanecieran inmóviles: ningún cable visible conectaba a una fuente de energía las expresiones atónitas de sus caras pintadas de colores vivos.

El hombre que observaba a ese grupo parecía hipnotizado: hacía largo rato que tenía clavada la mirada en su monótono espectáculo, sin prestar atención a los pacientes ni al personal de la clínica que pasaban a su lado, indiferentes a esa ilustración del evangelio que ocupaba el centro de la recepción. Tardó unos segundos en advertir que alguien se le había acercado.

—Podemos irnos. Estoy bien.

La mujer sonreía como para tranquilizarlo, a pesar de las ojeras, de la mirada opaca, cansada.

Una vez en el automóvil, ella cerró los ojos y apoyó la cabeza sobre el brazo del hombre. Parecía dormir y él prefirió no hablar. La entrada a la Capital se hizo penosa por la cantidad de vehículos que salían de los centros comerciales, cargados con regalos elegidos a último momento, con provisiones para el festejo. Al borde de la autopista empezaban a encenderse guirnaldas multicolores en las copas de los árboles. Estrellas de largas estelas luminosas, sostenidas por el alumbrado público, brillaban en el cielo aun claro de fin de una tarde de verano.

Ya habían superado el imperceptible límite entre suburbios residenciales y barrios caros de la ciudad. Ahora avanzaban lentamente, entre pausas frecuentes, por una avenida cubierta por tres carriles de automóviles.

—Sé que no era mío.

El hombre había hablado sin énfasis, con calculada neutralidad. La mujer no respondió ni reaccionó ante sus palabras. Él no pareció impacientarse y después de un momento de silencio volvió a hablar.

—Entiendo que no hayas querido pedirle dinero a tu marido, pero podías haber sido franca conmigo.

Ella separó la cabeza del hombro del conductor.

Tenía los ojos muy abiertos, como si de pronto descubriese algo inesperado en la espesura del tráfico que les impedía avanzar. Él advirtió que había llevado una mano hacia la manija de la puerta y puso el seguro automático que le impediría abrirla. Ella lo advirtió.

—Dejame en la esquina, voy a tomar un taxi.

Había hablado serenamente. Ahora él ya no ocultaba su irritación: había esperado alguna incomodidad, un enojo, una respuesta, no el tono indiferente con que ella había hablado.

—No seas tonta. Te dejo como siempre, en la esquina de tu casa. Pero sólo te pido que me digas de quién era.

El semáforo pasó del amarillo al rojo y quedaron detenidos en un cruce de avenidas, atrapados en un nuevo nudo de tráfico. Con un movimiento rápido, preciso, ella extendió una mano para quitar el seguro, abrió la puerta y ya en la calzada echó una mirada inexpresiva al hombre, sorprendido, mudo. Antes de perderse entre dos automóviles habló. Él no pudo oír las palabras pero leyó en sus labios dos sílabas.

—No sé.

* * *

Esa noche, una cálida noche de otoño, una de esas en que parecería que el verano no quiere despedirse, salí a caminar. Elegí calles arboladas, sin colectivos, evité las avenidas: Peña, Agüero, Charcas, me detuve un momento en la plaza Güemes antes de continuar por Medrano hasta Corrientes.

La verdad, tuve que admitirlo, es que su cuento no estaba mal. Conciso, muy breve, con algo de apunte no desarrollado, como todos los suyos, ese apuro y empuje que le habían ganado elogios y alguna, para mí, descaminada alusión a Chéjov. Hábil, también, enmarcar la anécdota del aborto nunca mencionado en los días previos a la Navidad, y terminar con ese "no sé" que pudiese haber dicho María si le hubiesen preguntado por su inmaculada concepción...

Así que era eso el residuo que había guardado, más bien al que había dado forma entre los restos de nuestra relación... Me pregunté si yo podría hacer algo parecido. Inmediatamente me corregí: no, tengo que hacer algo distinto, muy distinto, algo que ella, cuando lo lea, entienda que es una respuesta a su cuento, y que ningún lector lo perciba.

Levanté la vista. El cielo no estaba siquiera negro.

Una bruma gris amarillenta, desprendida de la electricidad que ensucia con anuncios publicitarios toda la ciudad, impedía ver la luna y las estrellas.

Como si hubiesen muerto, todas, hacía tanto, tanto tiempo que ni siquiera su luz póstuma llegaba hasta mí.

Noches de tango

"Viviremos los dos el cuarto de hora
de la danza nostálgica y maligna. [...]
Placer de dioses, baile perverso,
el tango es rito y es religión".
Frollo & Randle, "Danza maligna"

Hacía tiempo que venía observándola. Al principio abiertamente, sin disimular mi fascinación ante ese rostro que parecía diseñado por un bisturí; furtivo luego: temía que la insistencia de mi mirada, aunque ella no pareciera advertirla, pudiese incomodarla. Cuando la sacaban a bailar, en cambio, me sentía libre de admirar sin disimulo su figura alta y delgada, la elegancia displicente de sus movimientos, el porte de la cabeza sobre un cuello fino que el pelo rubio ceniza revelaba y ocultaba al mecerse al compás de la música. Pero era la cara, apenas corregida por el maquillaje, lo que atraía mi mirada: rasgos donde lo artificial rozaba lo monstruoso pero resultaba, imprevistamente, una suerte de *bellezza medusea* (Praz): ojos hundidos, que parecían haber sido abiertos en una piel donde no habían nacido, pómulos y arcos sobre las cejas demasiado fuertes, como esculpidos en materia indócil, labios de carne abultada aunque sin la sensualidad prometida por la cirugía estética.

La miraba beber lentamente su champagne. Ella no concedía mucha atención a quienes la rodeaban. La acompañaba, siempre, una muchacha joven, de facciones regulares y sonrisa tímida, irremediablemente desprovista de encanto, de ese atisbo de misterio que hace atractivas a muchas mujeres no bonitas. Recordé —un viejo lector de James nunca duerme— "The Beldonald Holbein", el relato donde Lady Beldonald, belleza madura que se quiere astuta, procura realzar sus encantos menguantes haciéndose acompañar por una anciana arrugada, marcada por la desdicha. Sus amigos artistas, fascinados por ese rostro que parecería salido de un grabado de Holbein, sólo tienen ojos para la acompañante y muy pronto la eligen como modelo. Lady Beldonald aprende la lección: en la siguiente temporada londinense se presenta en sociedad acompañada por una joven anodina, ni siquiera fea.

¿Acaso había llegado a una conclusión parecida el objeto de mi curiosidad?

Una noche estuvimos sentados ante mesas vecinas. Creí que sabía disimular mi curiosidad, pero en algún momento ella me sorprendió con los ojos clavados en la proeza quirúrgica que enmarcaba su pelo lacio, suelto. No pareció molestarse; al contrario, esbozó una sonrisa.

—Usted me reconoció, ¿verdad?

Confuso, sorprendido en mi indiscreción, oí salir de mi boca, casi inmediata, una réplica oportuna de la que no me hubiese creído capaz.

—Sí, pero no me atrevía a pensar que fuera realmente usted.

La sonrisa se declaró y sentí que debía invitarla a bailar. Creo que el DJ había elegido "Vida mía" por Fresedo. Resultó livianísima en mis brazos y resolvió sin esfuerzo ni reproche las indecisiones que yo, cohibido, no pude evitar. Fue el final de la tanda de tangos y volvimos a nuestras mesas. En ese momento un hombre se acercó a saludarla. Esa intrusión me permitió alejarme.

En la puerta me crucé con el Turco, mandíbula inquieta sobre boca desdentada, camisa hawaiana y canas ralas atadas en la nuca con una gomita. Le pregunté quién era la desconocida con quien había bailado.

—¿Cómo? ¿No te acordás?

Me resumió la breve pero no fulgurante carrera de Natalia Franz, "gatita" desvestida y acosada por cómicos ancianos u obesos en varias temporadas del teatro de revistas y de programas supuestamente humorísticos en la televisión. No parecía destinada a triunfos mejores y mayores cuando un accidente de motocicleta la desfiguró. Ocho visitas al quirófano en el espacio de dos años produjeron el milagro que había cautivado mi mirada: un rostro diseñado, no vivido, donde sólo el resplandor de los ojos, hundidos pero alertas, demostraba la existencia de un ser vivo detrás de la máscara congelada, incorporada.

Para agradecerle al Turco el informe me vi obligado a comprarle un gramo. Lo acompañé al "caballeros" para disimular una transacción que, nadie lo ignoraba, era la única razón de su presencia en la milonga. Entre la común y la que él denominó Gold elegí la primera, a mitad del precio de la segunda; la mala calidad del producto que el Turco distribuía no justificaba extravagancias, y por otra parte ya hacía dos años que yo no probaba. Una vez en la vereda, le regalé el "papelito" al cuidador de automóviles, improbable consumidor, posible revendedor.

Pocos días más tarde le conté el episodio a Flavia.

—Debe ser otra. Me acuerdo de la Franz. Murió en el quirófano hace años. No resistió la anestesia.

La próxima vez que la vi estaba bailando con un hombre de edad indefinida, el peluquín aplicado sobre los restos de pelo propio, teñidos éstos de ese negro que delata por contraste la piel seca, surcada, de donde no podría crecer pelo tan lustroso, bien irrigado. La coquetería que acepto en las mujeres siempre me pareció patética en los hombres: reflejo sin duda de un sexismo arcaico. Me apresuro en contradecirme: patético en los hombres de cierta edad, donde el disimulo de los años guía la operación; en los jóvenes me divierten los mechones desparejos, teñidos de colores sintéticos y las incrustaciones metálicas en orejas o pómulos.

Fue la observación de ese viejo encubierto lo que me hizo atender a un aspecto del público que hasta ese momento no me había llamado la atención. La mayoría de las mujeres estaban pesadamente maquilladas, la cara cubierta por una costra colorida, el pelo inmovilizado en construcciones hieráticas o quemado en una confusión de minúsculos rizos. El exceso de rasgos exteriores de feminidad las hacía parecer travestis y no les confería, por cierto, ningún remedo de juventud. Muchos de los hombres habían extendido la tintura del pelo a las cejas y al bigote, abandonando la piel a una palidez casi mortuoria.

Pensé en el tratamiento que las pompas fúnebres otorgan a los cadáveres en los Estados Unidos, un barnizado que lejos de simular un sueño beatífico sugiere las expresiones impávidas de los maniquíes de un museo de cera. Comparada con esas caretas, las cirugías de Natalia Franz, me dije, pertenecían a otro ámbito: un artificio brutal pero también casi ascético. Podían atraparme la mirada, morbosa sin duda, mientras que estas criaturas me hacían desviarla bruscamente, sin dirección, como si temiera un contagio.

Pompas fúnebres... Creo que en el momento en que esas palabras vinieron a mi encuentro me asaltó un malestar indefinido, un miedo sin objeto. Salí a la calle, donde algunas parejas venerables fumaban los cigarrillos vedados en el interior. Fuera de la luz cómplice de la milonga, el alumbrado público subrayaba lo tosco de esas máscaras laboriosas. Una de las mujeres me sonrió sin abrir la boca, como quien no se atreve a revelar algún desastre dental; acaso, como el Turco, no confiaba en las bondades de una prótesis. Me alejé sin mirar hacia atrás, doblé en Acevedo, salí a Córdoba.

En aquel momento estaba desarrollando una idea sugerida por un amigo cineasta, con un guion por meta. Los chinos, me decía, no quieren morir fuera de su tierra; si eso ocurriera, el alma no hallaría reposo. Un grupo de ancianos chinos, al sentir acercarse el final de sus días, asocian sus humildes ahorros para pagar un barco que los llevará de San Francisco a Cantón o a Taipei. (Un barco... idea romántica, anacrónica. ¿Hoy no sería más fácil chartear un avión? San Francisco también me inspiraba dudas, con su Chinatown demasiado famosa. ¿Por qué no Lima?) El capitán y la tripulación los engañan, los abandonan en un puerto cualquiera, acaso Hawái. Al descubrir la superchería, algunos ancianos mueren en medio de la angustia. Un joven marino, que no ha sido cómplice de sus superiores, se erige en redentor del grupo y consigue unos puñados de tierra china simbólica, arrancados del jardín del consulado, para que apoyen sobre ellos la cabeza cuando sientan que llega el fin.

La idea me parecía atractiva, como suele atraerme todo lo irracional que guía la conducta humana, pero no le veía desarrollo cinematográfico para ese final, válido en un cuento pero al que sería difícil darle fuerza en la pantalla. Se me ocurrió proponerle a mi amigo cineasta una historia sin relación con China: la de unos ancianos milongueros, premiados al morir con una milonga fuera del tiempo, donde sobrevivirían indefinidamente, felices, consagrados al rito que observaron en vida. Más tarde iba a entender que la idea, si no había surgido de mis observaciones de Villa Crespo, al menos estaba alimentada por ellas. El final sería la comprensión, por parte de un observador que cree haber descubierto por azar esa milonga, de que también él ha muerto. Mi amigo no quedó convencido.

—¿Más mórbido no se te ocurre nada?

En todo caso, Natalia Franz estaba viva. Al día siguiente de haber bailado con ella su perfume tenue, floral, permanecía en mi mejilla derecha. Me pregunté cómo se la vería de día, fuera de esa pequeña milonga de luces tamizadas, color miel. Acaso no se expusiera a la luz del sol... aunque hacía una semana que el sol estaba escondido detrás de nubes más o menos tenaces. ¿Dónde viviría? Su nombre, probable seudónimo, no aparecía en la guía telefónica. Me distraía, me entretenía con estas preguntas ociosas mientras postergaba la busca de un desenlace novelesco, visualmente intenso, para la idea de película propuesta por mi amigo.

Una noche volví sin entusiasmo, sin mucha confianza en la posibilidad de ver ese rostro fabricado, a la milonga de Villa Crespo. Me pareció reconocer el mismo elenco, u otro indistinguible. De pie ante el bar pasé un momento observando a los bailarines. A mi lado, el DJ desdeñaba las ventajas de una laptop como la que en Canning había visto usar a Boggio; no había siquiera llegado a la cinta magnética: manipulaba con destreza asombrosa una serie de LP que alternaba sobre dos platos.

Busqué sin éxito a Natalia Franz entre la concurrencia. Ya estaba por irme, vencido, cuando la reconocí en la penumbra de un rincón, con su habitual, casi invisible, compañera. No la había visto entrar y hubiese jurado que cuando un momento antes pasé la mirada por esa mesa nadie la ocupaba. Decidí un abordaje directo.

—Cuando bailamos la semana pasada su perfume me siguió durante varios días. No pude dejar de recordarla. Es el de una flor... ¿Cuál?

Se rio bajito.

—Por culpa de ese perfume los amigos me llamaban Narda.

Bailamos "La bordona" por Troilo. En algún momento mi mirada, atenta a no tropezar con otras parejas en esa pista de pequeñas dimensiones, tropezó en cambio con nuestro reflejo en un espejo. Reconocí a Natalia Franz, o a la mujer que yo creía tal, pero el hombre que bailaba con ella me pareció una caricatura del que yo creía ser. ¿Era posible que estuviese tan avejentado, que mi silueta, poco elegante, lo sabía, fuera realmente tan ingrata? Desvié la mirada, como otra noche ante una sonrisa que me habían dirigido en la vereda. En la mesa del rincón en penumbras me pareció ver otra sonrisa, cómplice, apenas burlona, de la joven acompañante de Natalia, como si hubiese podido adivinar lo que yo sentía.

No sé con qué excusa abandoné esa milonga y me alejé de Villa Crespo. Llamé desde mi celular a Flavia y le conté una vez más lo que me había ocurrido.

—Tené cuidado, podés quedar preso de tu propia ficción. Me visto y te encuentro. Hoy es jueves, vamos a Niño Bien.

La esperé en la puerta del club leonés de la calle Humberto Primo, cuyo primer piso, hasta no hace muchos años, se animaba todos los jueves con una de mis milongas preferidas. Antes que Flavia llegase, y me rescatara de lo que ella había llamado mi propia ficción, me dije que era mejor dar por terminados mis días de explorador. Ya no era tan joven como para deslumbrarme con fantasmas y arcanos. De ahora en adelante me limitaría a mis milongas preferidas, a bailar con amigas, a olvidarme de los misterios peligrosos y la mala literatura que acechan en calles poco iluminadas y minúsculas pistas. Si algo querían decirme, prefería ignorarlo hasta que llegase el momento en que ya no pudiese evitarlo.

Esa noche Flavia y yo hicimos el cierre.

Para Flavia Costa

Insomnios

"El mundo y la ciudad donde todo ocurrió
estaban saturados de historias".
Fogwill, *La experiencia sensible*

Hay noches de verano en que poco antes de amanecer una brisa fresca alivia el calor de Buenos Aires. Los árboles parecen despertar y el follaje se mece perezoso. Todavía no ha aclarado, pero ya se siente en el aire una levedad, una promesa, algo indefinido.

Poco más tarde el cielo irá iluminándose sin prisa; una vez más, la mañana confirmará que aquella promesa había sido ilusoria, y poco a poco el calor se insinuará hasta imponerse. Pero antes de que el día se afirme, durante esa hora en que la noche parece frágil pero no claudica, el hombre que no ha querido volver a su casa porque sabe que el sueño no lo espera, que las siluetas fugaces que cruza en su errancia son menos temibles que los fantasmas instalados en su dormitorio, ese hombre busca un bar aún abierto.

No va al azar, sabe cuáles pueden ser, pero no siempre los que conoce y frecuenta han resistido hasta el momento en que los busca. El último cliente puede haberse despedido minutos antes y el bar no tiene por qué esperar un ave nocturna tan tardía. A veces el desvelado sólo encuentra luces amortiguadas, sillas sobre las mesas, y entreví una silueta que lava el piso de la cocina. Pero si encuentra uno abierto encontrará también un barman amigo y podrá hablar mientras bebe, o más bien escucharlo, porque el barman ya ha oído demasiadas confidencias, a veces meros soliloquios, y ahora tiene ganas de hablar él, de contar algo, de ser escuchado. El hombre que allí ha buscado refugio se siente contento de no tener que hablar; de él, sólo se espera que intercale algún comentario breve sin interrumpir el relato, acaso un simple movimiento de cabeza, un tácito asentimiento, una mirada solidaria.

Y como es escritor se le ocurre que lo que escucha puede guardar el germen de un cuento, algo que valdría la pena desarrollar. A veces lo asalta el impulso de tomar notas en la delgada libreta que siempre lleva en el bolsillo, pero siente que ese gesto podría cortar sin remedio el lazo de confianza que hace posible la conversación.

Una vez en su casa, a la luz temprana que se filtra por los intersticios de la persiana calada, tomará notas en un cuaderno, que por superstición prefiere a la pantalla luminosa adonde más tarde llevará, con muchos cambios, esa primera redacción. Intentará recobrar la entonación, el vocabulario, aun las pausas de lo que oyó pocas horas atrás.

Del cuaderno de notas del escritor

—Mi tío Mauricio se especializó en el transporte de muertos de la provincia a la capital. Nunca entendí por qué hay que recurrir a una empresa de pompas fúnebres, tanto papeleo que llenar, impuestos que pagar, para traer a Buenos Aires, y enterrarlo aquí, a alguien que murió, digamos, a pocos kilómetros de la pomposamente llamada Ciudad Autónoma de Buenos Aires, que hasta no hace mucho era la Capital Federal. Pero sabemos que toda excusa es buena para que el Estado esquilme a los ciudadanos. Pero esto es otra historia.

Mi tío Mauricio, decía, tenía una agencia de remises en Quilmes. De paso: me pregunto cómo llegó esa palabra de origen francés, y que en su original significa sencillamente depósito, a designar en la Argentina a los automóviles alquilados con chofer para un trayecto determinado y por un precio fijo. Algo distinto de los taxis que cobran según un reloj más o menos fidedigno, ese taxímetro cuya abreviatura pasó a designar al vehículo. Pero no vamos a internarnos en este tema.

Mi tío Mauricio entendió que había un filón por explotar la noche en que lo llamaron de un locutorio, en cuyo cuarto trasero, lo que entonces aun no llamaban *backroom*, operaban varias travestis después de medianoche. Parece que un cliente sufrió un paro cardíaco mientras tenía en la boca los generosos dones que la naturaleza había otorgado a una de esas criaturas. Usted sabe, exhiben signos exteriores de femineidad para mejor satisfacer la femineidad escondida de tantos que cultivan signos exteriores de virilidad.

Apenas comprobado el deceso, las travestis huyeron espantadas como cuervos de campanario cuando suenan las doce. El encargado del locutorio llamó al dueño, que dormía en su irreprochable lecho conyugal, y fue éste quien llamó a mi tío Mauricio.

Cuando llegó, ya el encargado y el dueño habían revisado los bolsillos del difunto, y si se habían quedado con algún efectivo u otro valor nunca lo sabremos, aunque mi tío Mauricio observó que en la muñeca izquierda del cadáver faltaba el reloj pulsera cuya marca delatora estaba visible, blanca en la piel. Lo que le mostraron fue un documento de identidad donde aparecía un domicilio en la Capital.

Al encargado le ordenaron que acompañara a mi tío Mauricio. El dueño ofreció la botella de whisky, nacional por supuesto, con que empapar al difunto: en caso de un control, estaban acompañando a su casa a un amigo pasado de copas. Así fue como partieron, mi tío Mauricio al volante, el encargado del locutorio en el asiento trasero con la cabeza del cuerpo inerte apoyada en su hombro y el olor penetrante del whisky impregnando todo el vehículo. Pasaron por Avellaneda, ingresaron en la Capital sin que ningún control policial los detuviera. Una vez a salvo, no se preocuparon por buscar la calle y el número leído en el documento de identidad. Al pasar de la avenida Vélez Sarsfield a la silenciosa y desierta avenida Amancio Alcorta, sin detener la marcha del vehículo, el encargado abrió la puerta trasera y descargó a su involuntario acompañante en la vereda del hospital Muñiz.

Nunca sabré cuánto cobró mi tío Mauricio por ese transporte, mucho más, supongo, de lo que cobraba por uno de sus viajes habituales. Años más tarde, cuando contó la historia, nadie se escandalizó en la familia ni demostró curiosidad por conocer la suma pagada: nada significarían aquellos pesos después de años de convertibilidad y devaluaciones. Lo cierto es que aquella noche le vino la idea de ofrecer ese servicio a las familias que dudaban entre pagar las costosas tarifas de cualquier empresa de pompas fúnebres, por algo aun se llamaban cocherías, o enterrar al difunto en el cementerio más cercano al lugar de su muerte.

¿Cómo proponerlo discretamente? Creo que fue, también, el principio de su buena relación con los patrulleros de la Bonaerense y las guardias de los hospitales, gente toda sin interés en favorecer a las cocherías y agradecida por cualquier suplemento a sus flacos ingresos. Y, a pesar de su cuidado en ventilar el coche después de cada transporte, un penetrante olor a alcohol barato se fue haciendo difícil de disipar y provocó más de una queja de los pasajeros vivos.

Una consecuencia imprevista de este renovado horizonte laboral fue la separación de su esposa, mi tía Paulina. Pero ésta es otra historia.

Es difícil entender cómo funciona la intuición, sin duda alimentada por la experiencia, que permite al escritor reconocer en una historia escuchada la posibilidad de un cuento. Es probable que no haya certeza alguna, que al llegar a su casa tome notas sin saberles destino. Acaso escriba sólo para creer que la noche no estuvo perdida, y confía al papel un residuo, que sabe pobre, de su vagabundeo y de tantos vasos de vodka.

En algún momento empezarán a pesarle los párpados, o sentirá que la luz del día creciente le hiere la mirada. Será el momento en que cede al sueño. Avanza, semidormido, hacia un lecho que ya no siente amenazante, porque del descenso a los infiernos de lo soñado emergerá a principios de la tarde sin recuerdo alguna de las peripecias que lo asediaron.

El día pasará insensiblemente. No necesita preocuparse por cuestiones prácticas: tiene dinero suficiente para ocho meses aún, y ha decidido no inquietarse por lo que ocurrirá después. Se había prometido un año que le divertía llamar "sabático" aunque ningún vínculo lo ataba a una institución. Un premio literario reciente, pensaba, le permitiría viajar y ese ocio que dicen creativo; en realidad, le trajo un tiempo libre, el que resucita preguntas archivadas y hace angustioso el paso de los días.

Se prepara unos mates y mientras los toma revisa sus notas; más tarde las reescribirá en la pantalla luminosa y agregará algún comentario. Una amiga lo llama para recordarle que está invitado a un estreno de teatro y él improvisa una excusa verosímil para su ausencia. El calor no amaina con la caída, aun tardía, del sol. Comerá algo en el bar de la esquina y retomará su deambular nocturno.

Del cuaderno de notas del escritor

—Usted no se acuerda de mí. No esperaba que se acordase. ¿Por qué se acordaría? Yo lo reconocí por la foto en la solapa de uno de sus libros y me atreví a hablarle. Era una noche en Pastroudis, el restaurante tradicional que aún existe, o por lo menos existía hace quince años, en Alejandría. Estábamos sentados en mesas vecinas y a mí me hizo gracia que usted pidiera pescado a la Kavafis. Sí, le pusieron al plato el nombre del poeta, vaya uno a saber si era su plato preferido, salmón con almendras... Fue por culpa del poeta, entonces, que nos pusimos a hablar. Creo que usted pensó que yo estaba loca cuando le dije que iba a buscar un cine secreto, abandonado, que un francés había hecho construir en el desierto de Sinaí. Y sin embargo era cierto, todo era cierto, que el cine existía y que yo iba a buscarlo. Cuando había oído hablar del cine "secreto", "perdido", tomé nota de que el punto más cercano era Sharm-El-Sheik, y allí fui, la punta sur de Sinaí, donde la península termina en el mar Rojo.

Lo que no me esperaba era encontrarme con un Sheraton; ya que hubiese un aeropuerto cercano me dio mala espina, después me enteré de que allí habían hecho varias reuniones diplomáticas, de esas que dicen que buscan la paz en el Medio Oriente, a otro con esos cuentos, pero no me esperaba una playa con sombrillas y oír hablar alemán, francés, en fin, todo ese turismo que siempre anda buscando un destino fuera de lo común, como si pudieran encontrarlo, gente berreta de la Unión Europea. En todo caso Sharm-El-Sheik estuvo ocupado por los israelíes varios años antes de que una de esas reuniones por lo menos obtuviera que le devolvieran la península a Egipto. Pero me estoy yendo del tema. Allí contraté a un guía y nos internamos en el desierto en una 4 x 4, no piense en caminos, pronto se acaban y pasamos a sendas marcadas por beduinos. A las pocas horas lo vi.

Me habían hablado de la pantalla gigante, de las filas de sillas de madera pintada que habían comprado a algún viejo cine de El Cairo... El francés loco que lo hizo construir, se me ocurre que alucinado, nuevo rico, sin duda mucha droga, su idea era proyectar películas de ciencia ficción a la luz de las estrellas. ¿Se da cuenta? Son horas a través del desierto desde la población más cercana... Bueno, abrevio. De la pantalla no queda nada, de la cabina de proyección menos, pero el cine existió, la madera de las sillas, con motivos pintados como si fueran incrustaciones, está abandonada en la arena, se robaron todo lo que era metal, sin duda para revenderlo, y esos asientos y respaldos hermosos quedaron tirados allí. El guía me contó que nunca llegaron a proyectar una película. La noche de la inauguración, con el gobernador de la provincia y muchos invitados oficiales, alguien hizo saltar el generador eléctrico, intrigas políticas, odio a los extranjeros, vaya uno a saber. Pero hubo un cine, yo vi las ruinas. Yo las vi.

Él nunca estuvo en Alejandría.

Se pregunta si esa mujer estuvo realmente en el desierto de Sinaí, si vio las ruinas de ese proyecto demente o si sólo las soñó como lo soñó a él en Alejandría. No le pareció más mitómana que cualquier mujer madura después de varias copas, después de medianoche, después de haber abordado, sin duda, a más de un desconocido. Se pregunta si ésa era su historia, la única, la busca de un cine abandonado en medio del desierto, a gran distancia de cualquier camino y poblado, o si tenía otras, un repertorio del que iba eligiendo historias, variándolas, adaptándolas según la impresión que le producía cada nuevo interlocutor. En castellano cuento puede ser sinónimo de mentira, y la mujer que cuenta mentiras es una cuentera.

No todas las noches prodigan encuentros interesantes. Ha aprendido a huir al primer indicio de patetismo: el sobreviviente del mundo de tango, personaje que hubiese creído extinto, mirada nublada, mujer que se fue con otro; también el viudo inconsolable, y el abrumado por un diagnóstico temido, anunciado pocas horas atrás. A veces prefiere fingir que no oye, clava la mirada en el vaso donde un cubo de hielo se va deshaciendo, o en el espejo donde para su tranquilidad no puede verse porque una hilera de botellas cubre el reflejo.

Y siempre el refugio de la calle, desierta o cruzada por sombras que no le parecen más reales que él. Una de ellas, anoche, sin decirle una palabra, casi sin detenerse, le puso en la mano una hoja de papel. Iba a dejarla caer cuando se dio cuenta de que no era una publicidad, ni el anuncio de un sauna atendido por jovencitas dóciles ni el de algún servicio más especializado. La guardó en un bolsillo. Más tarde la leería. Sentía una vaga curiosidad, y ninguna urgencia, por enterarse de su contenido.

Hoja pegada al cuaderno de notas del escritor

Usted es mi doble. No se asuste. Hace tiempo que lo cruzo por las mismas calles que yo recorro en mi insomnio. No nos conocemos y es mejor que sea así. Me pregunto, simplemente, si nos trabaja una misma angustia. Si usted no puede o no quiere enfrentar la noche en una habitación donde los objetos, un cuadro, un libro, le hablan del que usted fue, de algo que deseó y no obtuvo, de ese yo muerto pero que ronda tenaz como los de las personas ausentes que quisimos, o nos quisieron y no quisimos, o a las que hicimos mal. Es durante la noche que nos resulta imposible ignorar el paso del tiempo. Durante el día cualquier ocupación nos distrae. A la noche sabemos que amanecerá, no un día más, sino uno menos de nuestra vida. Escribo estas líneas porque sé que en algún momento de la noche, esta noche o cualquier otra, volveré a cruzarme con usted. Y aunque prefiero no hablarle, ni que nos veamos las caras, quisiera que sepa ¿qué?

Acaso, solamente, que usted no es único.

Esta lectura le produce una sorda irritación. Se siente invadido, no porque aspirase a que su condición fuese excepcional, única, simplemente porque alguien ha pretendido ser su doble, su sombra, y se lo dice, a él, que sólo buscaba llenar con historias ajenas su propio vacío.

Mientras la lee, ya entrada la mañana siguiente, ya desvanecido el fresco de la noche pasada, resiste a la tentación de romperla y la pega en su cuaderno. Como un desafío. Si la intención de quien la escribió, se dice, era anunciarle un *memento mori*, él va a recurrir al único exorcismo que conoce, al que le sirvió para conjurar tantas otras cosas: convertir ese mensaje en literatura.

Le viene a la mente una palabra japonesa: *kintsugi*, el arte de llenar las rajaduras de una porcelana con laca, con una resina donde se ha disuelto oro. En vez de disimular la falla, esa operación la resalta con un color vivo, con una sustancia preciosa. El objeto, lejos de ser desechado, se vuelve más valioso: luce las cicatrices del tiempo.

Para Rafael Ferro

Tierra colorada

"...siento a Areguá como algo que vive y tiene memoria...".
Gabriel Casaccia

El chico tiene los ojos entrecerrados, esperando que el sueño los cierre del todo. Pero el sueño no llega. La noche está llena de rumores, roce de follajes cercanos, respiración de los perros que duermen a sus pies. Él se mueve apenas, lo suficiente como para mecer la hamaca en que está acostado, y ese movimiento no pasa inadvertido para su abuela. Hundida en un alto sillón de mimbre, la mujer tampoco puede dormir y habla:

—Sabía que iba a hacer calor, mucho calor. Desde la mañana cantaban las chicharras, y a la tarde también. Pero si te quedás quieto el sueño va a llegar, sólo los viejos como yo podemos pasar sin dormir toda la noche, y a la mañana nos levantamos sin cansancio. A tu edad, el sueño es una bendición. Como el apetito. Yo ya casi no como.

El chico escucha la música del idioma guaraní como si la voz le llegara de lejos, de un sueño que no tiene. Cierra los ojos y sabe que la abuela seguirá hablando, con la misma voz queda, pausada, como si se hablara a sí misma.

—Tu abuelo tampoco dormía cuando un calor como éste anuncia tormenta. A veces él veía la luz mala, yo nunca la vi. Un resplandor, una llama que pasa corriendo sobre la tierra colorada. Algunos dicen que es el alma de los difuntos que no pueden encontrar reposo en el más allá. La gente, si en medio de la noche se cruza con la luz, se persigna. Pero tu abuelo tenía otras ideas, como siempre. Tampoco les creía a los que hablaban del perro blanco sin cabeza que custodia un lugar. Él se quedaba callado pero anotaba el lugar donde se apagaba la luz, casi siempre al pie de un tala. Y a la mañana iba allí, a cavar.

El chico sabe la historia que la abuela va a contar, la ha escuchado muchas veces, con pequeñas variaciones, y podría repetirla él mismo si se lo pidieran.

—Así murió. Como muchos otros, cavaron, cavaron y se les vino encima la tierra que echaban a un lado del pozo, quedaron enterrados vivos por su propia mano. Pero la plata *yvyguy* no es para cualquiera. Quién sabe qué pecados cargaban, que en vez de desenterrar un tesoro se enterraron ellos mismos.

El chico espera las variaciones, que no tardarán. Algunas noches es la plata enterrada por los jesuitas cuando debieron abandonar las "reducciones". Otras, es el tesoro escondido por el Mariscal ante la invasión de la Guerra Grande. Y a veces también los bienes, pocos o muchos, joyas, cubiertos, vasijas, que las familias enterraban para sustraerlos al pillaje de las tropas argentinas y brasileñas durante aquella guerra. Dejaban marcado el lugar en el tronco de un árbol.

La abuela heredó esos relatos de su propia abuela. También cuenta de mujeres "residentas" y mujeres "destinadas", pero no se preocupa por explicar de qué se trata y esas palabras se graban en la memoria del chico con un halo de misterio que guardará hasta que años más tarde, becado para estudiar en Europa, lea en libros de historia lo que su abuela no le dijo, lo que sus padres, que ya no estaban a su lado, no podían explicarle.

—A medida que los brasileños y los argentinos avanzaban, y los uruguayos se ocupaban del abastecimiento en Montevideo y hacían buenos negocios, las mujeres llevaban a los viejos y a los niños lejos del campo de batalla, a las residencias que el Mariscal les indicaba. Y durante la guerra esas mujeres sembraron la tierra, hilaron algodón. Cuando terminó la guerra, casi no quedaban hombres. Escaseaban los alimentos, algunas murieron de hambre, y sin embargo fueron las mujeres quienes reconstruyeron el país: mandioca, tabaco, caña, todos los cultivos estuvieron en manos de mujeres.

El chico ha terminado por dormirse pero en su sueño el relato de la abuela se prolonga en nuevas variaciones. Cree haber entendido qué fueron las "residentas", otro día preguntará por las "destinadas".

La edad de su abuela le parece inimaginable.

Como no sabe medir el tiempo no se da cuenta de que no pudo vivir la Guerra Grande, solamente la del Chaco. Pero acaso porque ésta la vivió, no la cuenta. O tal vez porque de ésta no hay leyendas heredadas, ni plata *yvyguy* enterrada.

Cuentan dos finales para esta historia, si es que es una historia y no solamente recuerdos tenaces de una infancia solitaria. Nunca sabremos cuál ocurrió en lo que llaman la realidad, pero es posible que ambos sean dos caras de un mismo final.

En los dos, el chico que escucha los relatos de su abuela a fines de los años ochenta del siglo XX es, a principios del siglo XXI, profesor en una universidad europea y vuelve por primera vez a su Paraguay natal. La abuela ha muerto hace tiempo. Él busca la tumba en el cementerio de Areguá y no la encuentra. Piensa que tal vez no la hayan enterrado allí, más bien que ella eligió que sus restos se mezclen con la tierra colorada, no consagrada, esa tierra que quiso tanto, cerca del rancho donde vivió toda su vida.

No le resulta difícil encontrar una ruina donde reconoce sin embargo la forma del alero del rancho, los árboles entre los que se tendía la hamaca donde durmió tantos años. En uno de ellos, distingue en lo alto del tronco una marca, una incisión que parece hecha por mano humana; alguna vez debe haber estado mucho más baja, al alcance de una mano. No es una letra ni tiene forma reconocible, pero a él le vuelven a la memoria las historias contadas por su abuela y a la mañana siguiente está de vuelta en el lugar con una pala. Horas, acaso días más tarde, olvidando la fecha de regreso en su pasaje de avión, la de retomar sus cursos en la universidad francesa de provincias, desentierra unos trapos casi deshechos por la humedad y los hongos.

En el primer final, siente que contienen algo pesado, se diría metálico. Los abre y saca al aire una ametralladora liviana en la que descifra la identificación INA calibre 45, dos revólveres calibre 38 y un dispositivo para el que desentierra también, esta vez de su memoria, la palabra *bazooka*, guardada de historietas de su adolescencia. Están, todos, en gran parte herrumbrados.

En el otro final, lo que saca a la luz son libros, fotocopias, cartas, que la humedad y los años han ido pudriendo. Al contacto con el aire se deshacen, aunque él las tome con todo el cuidado de que son capaces sus manos ahora callosas. Alcanza a leer algunas palabras: manual, urbana y un nombre medio borrado del que descifra las primeras letras: Mar...

También, oxidada, desteñida, una fotografía de sus padres, muy jóvenes, sonrientes; al dorso una fecha: 1979.

Para Luna Paiva

Little Odessa

El cartel bilingüe anunciaba Psychic-Гадание.

Lo había visto al llegar, no le había prestado atención, era uno de tantos, peluquería, mercado orgánico, saldos de ropa: todo duplicado en inglés y en ruso. Sólo más tarde iba a detenerse ante él.

El subterráneo de Nueva York llega a Brighton Beach sobre vías elevadas, y el sol franco de una mañana de junio atravesaba el alto entramado de metal proyectando sobre el piso rayas de luz y de sombra. Había sido chico en un tiempo en que se jugaba a la rayuela; ahora, tantos años más tarde, obedeció a un recuerdo, se puso a saltar de una franja de luz a otra, y así avanzó un buen rato bajo el puente, aturdido por los trenes que pasaban sobre su cabeza.

Por primera vez en mucho tiempo se sentía liviano. Había cumplido cuarenta y nueve años y esperaba con cierta aprensión la cifra próxima, ominosa, del medio siglo. Para distraerse había ido en busca de una promesa de exotismo, y estaba internándose en territorio desconocido. Se había enterado de su existencia por alguna referencia periodística, no había visto imágenes que pudieran anticiparle, desgastarle la novedad esperada.

En cada esquina buscaba divisar el océano, sabía que estaba a su izquierda, pero en las calles que cruzaban la avenida sólo entreveía edificios anónimos, fachadas descascaradas, un paisaje anodino, ajeno al ajetreo que animaba ambos lados de las vías elevadas. Eran calles vacías, ningún transeúnte aliviaba su aire de abandono, como si todos hubiesen preferido escapar para reunirse en la avenida.

Se animó a una de ellas. Al pasar ante una puerta entreabierta salió a su encuentro una anciana en silla de ruedas. Era evidente que estaba habituada a manejarse sola. O a depender de la buena voluntad de desconocidos. Sonriente, dijo algo en un idioma que él no conocía, ruso sin duda, idish no —su frecuentación del alemán le hubiese permitido reconocer alguna palabra— y con un gesto le dio a entender lo que esperaba: que empujase la silla en una dirección que señalaba con un gesto insistente, brazo flácido alzado, tintineo de pulseras. Él asintió sin vacilar.

Mientras empujaba la silla su mirada iba de la calle desierta a la cabeza de la inválida. Canas tenaces asomaban entre mechones teñidos de rojo. Como muchas mujeres de su edad, no había escatimado colores ni texturas en un maquillaje errático y sus rasgos habían quedado borroneados en un rostro que parecía colgar sobre los pliegues del cuello. A los pocos metros, lo asaltó la imagen de la pareja absurda que componían: desconocidos uno para el otro, unidos por una mutua incomprensión, obedeciendo él a un pedido cuya dirección había entendido pero cuya meta ignoraba.

Ese absurdo lo llenó de satisfacción: apenas llegado, ya ingresaba en una situación no buscada, el paseo dominical a tierra incógnita le regalaba un personaje. No necesitó sacar del bolsillo la libreta de apuntes que lo acompañaba todos los días de todos sus viajes. El escritor, se jactó, nunca descansa, no sabe qué futuro tendrán las notas que toma pero intuye que, de la página o de la memoria, algún día saldrán a la superficie e intentarán encontrar nueva vida.

Al llegar a la esquina vio el mar, ya no oculto por otros edificios. Asomaban también signos de vida. Una vida menguante: ancianos en su mayoría, pisando con cautela el escalón que les permitía acceder a la vereda, vecinos cuyo saludo a la amiga incluía al desconocido que la conducía, bastones, algún andador, a lo lejos otra silla de ruedas. Correspondió a los saludos con una sonrisa amplia, vagamente culpable: pedía perdón por su ignorancia del idioma en que le hablaban.

Una adolescente, shorts sobre piernas bien torneadas, remera sobre pechos firmes, llegó corriendo desde una playa ahora visible. Habló en inglés: gracias por ocuparse de la abuela, una impaciente, no puede esperar a que la pase a buscar, siempre aferrada al bolso ni que guardase una fortuna, uno de estos días se va a llevar una sorpresa fea. La anciana gruñó, dedicó una mueca que no llegaba a ser sonrisa al desconocido que la había acompañado y derramó hacia la nieta reproches en ruso; ahora sí, él reconoció, sin entenderlos, la cadencia del idioma.

Pero estos personajes ocasionales no se demoraron en su atención. Ya podía ver el mar, el océano. La brisa no traía olor a sal, sin embargo parecía llegar de lejos, de alguna lejanía sin orilla. A ambos lados de su mirada se extendía una playa ancha, inesperadamente limpia, libre de los residuos que en su país de origen escapan a los tachos dispuestos para recibirlos. Distinguió unas pocas siluetas sentadas en la arena; otras, menos aun, en el agua; pequeñas en la distancia, eran la escala humana que permitía reconocer la amplitud del paisaje. Una rambla de tablones, comprobó asombrado, contento, se había salvado de todo intento de pavimentación e invitaba a caminar sin prisa.

Volna's, Tatiana's... Los restaurantes que bordeaban el paseo, sus mesas frente al mar, le parecieron un puesto de observación inmejorable. En el menú, redactado en ruso y en inglés, reconoció nombres que asociaba a cierto folklore idish del que su familia siempre había querido distanciarse: *kreplach, varenikes, blintzes*, variaciones de la comida de los países donde sus antepasados se habían asentado durante generaciones; ellos u otros la habían importado al otro lado del océano.

Ahora, en una ociosa mañana de domingo, su vocación de turista cultural lo llevaba a aventurarse lejos de Manhattan, a este extremo marítimo de Brooklyn donde habían recalado los nostálgicos de otro mar. Esa curiosidad también se imponía a la prudencia: para asombro del mozo, que no había dudado en dirigirse a él en inglés pero parecía desconfiar de su capacidad digestiva, pidió los tres platos. Eran nombres postergados durante años. Y para demostrar que no ignoraba todo lo ruso pidió una botella de cerveza Baltika.

Comió sin prisa, con aplicación, cumpliendo con un deber elegido. Un mullido sopor lo fue invadiendo. A lo lejos el sol reverberaba sobre el agua dócil, tan lejana del oleaje del Atlántico Sur. Qué mar tan pusilánime, pensó, y se rio en silencio de la palabra que se le había ocurrido. Entornó los ojos, más tarde los cerró por breves momentos, haciendo un esfuerzo para no dormirse acariciado por la brisa. Cuando consultó la hora descubrió que el tiempo había pasado insensiblemente; el aire era fresco, ya no tibio, las sombras sobre el paseo se habían alargado y la playa estaba desierta.

* * *

Un olor a fritura, inesperado, lo asaltó al entrar. Hubiese descontado los sahumerios evocadores de un Oriente sintético, también algunos accesorios de convención, luz tamizada y colorida, signos del tarot en cortinas o paredes. Pero nada de esto, sólo lo recibió una fritanga no identificable que impregnaba el minúsculo consultorio. Desde otra habitación ¿tal vez una cocina? le llegó una voz, le pareció que lo saludaba en ruso, sin duda algunas palabras pidiendo que esperase.

Se había dejado tentar por el aviso, a la altura de un primer piso al borde de la avenida; había subido una escalera angosta y al golpear la puerta que repetía, en letras desteñidas, el anuncio bilingüe —Psychic Гадание—, ésta se abrió sin intervención humana ni mecánica gracias a un desgaste bien preservado. El paso ensordecedor del tren sobre las vías elevadas, sin duda ya inaudible para los vecinos, le resultó incongruente con la serenidad esperada al abordar la consulta a una vidente. ¿Un vidente? Algún prejuicio, no se detuvo a analizarlo, le hizo suponer que esa facultad no es cosa de hombres.

Al rato apareció la mujer. Le bastó una rápida mirada para identificar al visitante y decir en inglés, ya no en ruso, sus disculpas por haberlo hecho esperar. Sostenía con ambas manos una fuente de lo que parecían delgadas croquetas, un papel de cocina absorbía el exceso de aceite entre ellas y la fuente. Él las reconoció inmediatamente.

—*Kartoffelpuffer!*

La mujer dejó de sonreír.

—*Latkes*, querrá decir

Él prefirió no percibir un reproche.

—Solía comerlos en Berlín, de pie. Había un carrito frente a la Bahnhof Zoo que los freía y servía con puré de manzanas.

La mujer no depuso su tono severo.

—Berlín…. Por lo menos no los conoció en Austria…

Sólo en ese momento él le dedicó una mirada atenta. Recordó la frase escuchada a una amiga escritora: llegadas a cierta edad, las mujeres ya no tienen edad. Vestida con una bata de colores vivos, había elegido no disimular canas ni arrugas, pero un destello irónico, agudo, animaba la mirada alerta. Le pareció oportuno disipar la desconfianza que ella le dedicaba.

—Por si le interesa, soy judío.

—No me impresiona… Hay de todo entre los nuestros. Siéntese por favor. Su acento me resulta familiar pero no lo ubico. ¿De dónde es?

—Argentino. Pero viví muchos años en Europa.

—Entiendo. Mi mejor amiga era de Buenos Aires y hablaba idish con ese acento medio italiano que me hacía gracia. Cuénteme qué anda buscando, por qué subió a verme. La consulta son cincuenta dólares.

—La verdad es que no estoy buscando nada. Vine a pasar el día para ver cómo era Little Odessa. ¿Usted es de Odessa?

—¿Y por qué le interesa Odessa?

—Mi abuela era de allí. Murió antes de que yo naciera. Pero mi madre contaba que siempre estaba comparando todo con Odessa, quejándose si las veredas del centro de Buenos Aires eran angostas, si los actores del teatro idish no podían compararse con los que había visto en su juventud.

—¿Usted habla idish?

—No...

—¿Ruso?

—Tampoco. Mis padres sólo hablaban castellano, mis abuelos no sé. Pero le estoy contando mucho de mí y usted ni siquiera me ha dicho si es de Odessa.

—Si me cuenta es porque necesita hablar. Apuesto a que hace mucho que no le cuenta a nadie sobre su familia.

—Es cierto, pero si vengo a verla es para escucharla a usted. ¿Lee las líneas de la mano? ¿Tira las cartas? ¿Prefiere la astrología?

—Déjeme mirarlo a los ojos.

Sobrevino un momento de silencio. Él tomó una croqueta y la mordió con aprensión. Le pareció sabrosa. La comió sin prisa, mientras sus ojos recorrían el cuarto, empapelado intemporal, fotografías enmarcadas que la distancia no permitía observar, un afiche de teatro, aparentemente de un espectáculo musical. Masticaba lentamente y de tanto en tanto su mirada cruzaba la de la mujer, que seguía la suya sin distraerse. El ruido del tren que pasaba en ambas direcciones invadía el cuarto, poblaba el silencio compartido. Finalmente se decidió a preguntar algo, cualquier cosa, pero prefirió omitir la forma de pregunta: suponía que iba a quedar sin respuesta, como hasta ese momento todas las suyas. El recurso tuvo éxito.

—Usted es actriz.

—Quise serlo, de joven. Una ilusión, como cualquier otra. Cuando llegó esa edad en que ya no quedan ilusiones me asomé, estuve de visita en lo que es la vida de una actriz gracias a mi amiga Shifra.

—Su amiga de Buenos Aires...

—La gran Shifra Lerer...

—Lamento no saber quién es.

—Usted es argentino... Bueno, nació en la Argentina, en todo caso... Seguro que yo sé cosas de su país que usted no conoce...

—Y, no se sorprenda, tal vez yo sepa cosas de Odessa que usted ignora. Cuénteme quién era esa amiga argentina, esa actriz que yo nunca oí nombrar.

—No me extraña que no la conozca. Usted creció lejos del idioma. Y por lo que me dice, también lo mantuvieron lejos de la tradición. Shifra Lerer... Una grande... Estrella del teatro idish... A los cinco años ya llenaba el escenario... Me hablaba de los teatros en el Buenos Aires de su juventud... Hasta recuerdo los nombres, tanto los mencionaba: Soleil, Ombú, Excelsior... Cantaba con su primer marido, Ben Zion Witler, un *polak*... Me decía Shifra que eran los últimos años del teatro idish en Buenos Aires, cada vez tenían menos público, sólo viejos que se iban muriendo, los jóvenes ya no hablaban el idioma... Ellos seguían adelante, sin querer darse cuenta...

Él se sirvió un segundo *latkes* e inmediatamente atacó un tercero. Su entusiasmo no pasó inadvertido.

—Veo que está sacándoles el jugo a los cincuenta dólares que me va a dejar... Qué raro que su madre no le preparara *latkes*... Y más raro todavía que haya tenido que ir a Berlín para descubrirlos, y con ese nombre ridículo —se rio, y pronunció silabeando, como si tuviera en la boca un gusto desagradable—: *Kartoffelpuffer*...

—A mi madre no le gustaba cocinar. Lo hacía por obligación. Y no muy bien. Pero no tengo ganas de hablar de ella. Me gustaría saber más de su amiga, cómo la conoció. No me diga que usted estuvo en Buenos Aires...

—Cuando Shifra sintió que aquella época se acababa, se vino a Nueva York con el segundo marido, argentino éste, también actor idish... Ella lo sobrevivió... Todas las esposas sobreviven a los maridos, se sabe...

Hizo una pausa, pareció perdida en recuerdos que tal vez no quisiera compartir. Cuando volvió a hablar tenía en la voz un sollozo reprimido.

—Shifra... Actuó hasta cumplidos los noventa... Aquí la adoraban, hablaba idish con acento de Buenos Aires... Les enseñaba a sus colegas un juego de naipes argentino... "El buraco"... ¿Se dice así?

—Sí, creo que era una especie de gin rummy o de canasta, juegos que no llegué a conocer.

—Al final de su vida la llamó Woody Allen, no recuerdo para qué película... Todos los años, los pocos veteranos que no se fueron todavía visitan su tumba... Van a Flushing, al cementerio de Mount Hermon... Allí está el panteón de actores del teatro idish... Y juegan una partida de buraco sobre la lápida... Un homenaje a su memoria...

Ya no lo miraba. Se incorporó con dificultad.

—Voy a preparar un té —anunció mientras se dirigía al cuarto vecino—. Pero no espere más *latkes*, no hay más. Ya comió bastante por cincuenta dólares.

Ahora él estaba dispuesto a aceptar esa palabra, por simpatía hacia ella, para no ofenderla con la que había surgido en su memoria y despertaba quién sabe qué recuerdos o prejuicios. Cuando la vio volver con otra bandeja, una tetera, dos vasos, un azucarero, pensó que faltaba el samovar para que la situación cumpliera con los requisitos de la nostalgia rusa; sin embargo, ella respetó la costumbre de beber el té en vaso y guardar en la boca un terrón de azúcar que el paso del té iba a empapar. Se lo dijo.

—Es la única manera de que el té se endulce sólo lo necesario.

—Una costumbre rusa...

—Tal vez. Ruso. Idish, aquí todo es Odessa. De la gente que se instaló en Brighton Beach, la mayoría nunca estuvo en Moscú. Y en los últimos años llegó mucho inmigrante de Kazajistán, de Uzbekistán.

Buena gente, no crean problemas. Hablan mal el ruso y unos pocos hablan idish. En fin, de todos modos aquí estamos mejor que en Israel, no nos obligan a aprender hebreo.

Tal vez para eludir el tema espinoso que asomaba él buscó refugio en el recuerdo de la amiga actriz.

—Por lo que me dijo, usted ya había renunciado a ser actriz. No frecuentaba el ambiente teatral pero conoce toda la carrera, qué digo, toda la vida de su amiga.

—Fue gracias a mis hijas, unas sinvergüenzas. Me internaron en un *home*, no le crea a la palabra, era un geriátrico de los Catskills. Consiguieron un certificado de un *shrink* y como el *home* lo pagaba mi seguro de salud, allí me metieron para quedarse con mi departamento y mi pensión... Un domingo Shifra fue a cantar y contar chistes en idish... Había un show todos los domingos... Después se quedó a comer con nosotras... En algún momento le conté mi drama... *Oh Wei*... Ni un minuto más te quedas aquí, me dijo.

Cuando vino el auto a buscarla me empujó adentro, yo iba con lo puesto, y en el hotel me presentó como su peluquera. Al volver a Nueva York me llevó a ver a su abogado, me puso en sus manos, pagó los gastos... Mis hijas, no tienen perdón, tuvieron que devolver todo y pagar lo que el abogado llamó daños morales... Qué me cuenta... Ellas que de moral no sé si sabían, sólo de daños...

Hizo una pausa antes de agregar, en un murmullo:

—Una amiga como Shifra la voy a llevar siempre en el corazón...

Él sintió que la emoción la invadía y quiso corresponder con algo propio a sus confidencias, a esa entrega espontánea.

—Yo nunca estuve en Odessa. Por eso me interesa tanto. Mi madre nació en Buenos Aires y sólo oyó hablar de Odessa a su madre. A mi abuela materna no la conocí, murió cuando mi madre tenía trece años. Pero el nombre de Odessa aparecía con frecuencia en los recuerdos de mi madre. Parece que mi abuela quería sugerir cierta superioridad con la familia de su marido. Por lo menos es lo que suponía mi madre... "Tu abuela se cuidaba mucho en el vestir... Decía que en Odessa no iba a salir a la calle sin arreglarse un poco", "A tu abuela le gustaba la ópera... Era una mujer culta... Claro: era de Odessa".

—Su abuela habrá sido una mujer culta, si su madre lo decía, pero lo que me parece es que no debe haber sido una inmigrante pobre...

—Crecí con la imagen mental de una ciudad de cultura, de bienestar. Imagen mental, ¿entiende? No había en casa una sola fotografía donde pudiera espiar algo la ciudad. Confieso que soy supersticioso: mi ex mujer también era nieta de gente de Odessa, y cuando se le declaró el cáncer decidió que era hora de ir a conocer la ciudad de la que tanto había oído contar. Fue, y allí murió. Bastó para que yo no quisiera ir.

—No es de judíos ser supersticioso. No creemos en santos ni en ofrendas.

—Con el tiempo dejó de interesarme. Cuando leí a Isaac Babel descubrí otra Odessa, la de la Moldavanka, judíos que viven sin saber qué les espera al día siguiente, sin esperanza ni desesperación. Gangsters judíos, también. Me hice amigo del personaje de Benya Krik, un bandido entrañable.

—No sé quién es ese escritor. Para gangsters judíos no tiene por qué ir a buscarlos a Odessa. Este país está lleno y supongo que el suyo también.

—Ya ve. Yo no había oído hablar de esa actriz, su mejor amiga, y a usted no le dice nada el nombre de un escritor que admiro...

Bebieron el té en silencio.

—Así que su madre nunca le preparó *latkes*...

—No creo siquiera que supiera de qué se trata. Ya le dije que no le gustaba cocinar. A veces, para demostrar su mal humor dejaba preparada una fuente con sándwiches y se encerraba en el dormitorio dejándonos solos en el comedor a mi padre y a mí.

—¿Era bonita?

—Había sido muy linda. Con los años se le grabó en la cara un rictus de amargura.

—A su juicio ¿qué le habrá hecho la vida para amargarse de ese modo?

—No lo sé. Supongo que se habrá casado con ilusiones que no se realizaron. Habrá aspirado a una vida más interesante que la que mi padre le pudo ofrecer. Vaya uno a saber.

—Hay maridos sin ambiciones, una vez casados se contentan con seguir la rutina. De la esposa sólo esperan resignación, que los escuche en silencio. Yo estuve casada dos veces, un marido peor que el otro. A veces me pregunto si mis hijas, esas delincuentes, no habrán salido al padre.

—Yo tuve miedo de salir a mi padre, que le aguantaba todo a mi madre, y me inventé un carácter fuerte que él no tenía. A mi madre le canté cuatro verdades apenas tuve edad como para que me escuchara.

—¿Está seguro de que eran verdades?

La mujer no esperó respuesta, lo dejó que digiriera la pregunta en silencio. Se puso de pie, tomó la fuente vacía y desapareció.

Ninguno de los dos hizo un esfuerzo por romper el silencio. Al rato llegó la voz de la mujer desde lo que él suponía la cocina.

—Me parece que ya es hora de beber algo más fuerte que el té. Tengo una botella de buen vodka.

Muy pronto reapareció con la botella y dos pequeños vasos, que llenó hasta el borde. Él miró al trasluz el líquido incoloro, respiró su perfume, bebió un sorbo.

—Agüita —se rio—. Yo no sé ruso pero algo aprendí en un bar de rusos, en Berlín, por ejemplo que vodka es el diminutivo de *voda*, agua.

—Lo que no aprendió es a beberlo. Usted lo saborea... Ni que fuese un licor. El vodka se bebe de un trago, para calentar las tripas. En Rusia, para emborracharse rápido. Para nublarse. Para soportar la realidad. Vamos, beba todo lo que quiera. Está incluido en los cincuenta dólares.

* * *

La noche había llegado insensiblemente, sin que él lo advirtiera. Había perdido noción de las horas pasadas en ese consultorio donde una lámpara de pantalla color miel, encendida desde su llegada, seguía bañando en una luz turbia la mesa, una botella vacía, paredes donde no lograba distinguir los rostros que, intuía, le sonreían desde unas fotografías enmarcadas, desteñidas.

Estaba sentado frente a una anciana callada. Él mismo hacía un buen rato que no hablaba. Vio un diván en un rincón del cuarto. Articulando con esfuerzo, pidió permiso con voz pastosa y se acostó. Un instante más tarde ella estaba de pie a su lado, lo cubría con una manta, entonaba algo parecido a una canción.

—*Schlaf gut, mein Kindelein.*

Para David Rieff

Cuentos dispersos

El caso de las sonrisas póstumas
(Homenaje a El Séptimo Círculo)

> "La película pasa, pero la ardiente arenilla
> suspendida de sus imágenes
> queda fijada en las conciencias..."
> Roberto Arlt, "El cine y estos pueblitos"
> (*El Mundo*, 30 de agosto de 1933),
> recogido en *Notas sobre el cinematógrafo*, 1997

> "Pienso que la sala de un cinematógrafo es el lugar
> que yo elegiría para esperar el fin del mundo".
> Adolfo Bioy Casares, *Memorias*, 1994

Sólo con el cuarto caso la policía empezó a interesarse por los ancianos muertos durante la noche en locales donde su presencia resultaba inexplicable.

En un primer momento el periodismo no desdeñó la ocasión de incursionar en el patetismo social: jubilados a quienes la crisis había despojado de un modesto domicilio, o gente de la calle que al llegar el invierno buscaba ilusorio abrigo bajo techo, se habrían introducido clandestinamente en esos locales, ya sea a último momento antes del cierre, o aun después, aprovechando la distracción del sereno, si no su venalidad. Una feria de antigüedades en San Telmo, un negocio de electrodomésticos en Once, un salón de juegos electrónicos interactivos en Villa Urquiza... nada, ni los horarios ni las actividades de esos locales, permitía suponer un propósito delictivo por parte de los ancianos, cuyos antecedentes en poder de la policía excluían la probabilidad de un crimen de índole sexual.

Pero un cuarto caso vino a modificar esa percepción. La víctima fue un señor de (lo que en otros tiempos se llamaba) "posición acomodada", dueño de un piso frente a la plaza Barrientos. Su cuerpo había sido descubierto en una playa de estacionamiento en Corrientes al 1300 que, aunque abierta toda la noche, veía disminuir radicalmente el movimiento de automóviles entre las 2 y las 8 de la mañana. Alrededor de las 7, el encargado de regar el piso de cemento retrocedió al advertir que el chorro de su manguera había empapado el cuerpo inerte de "un hombre mayor, muy bien vestido", que parecía haber caído contra uno de los automóviles estacionados en la parte posterior de la playa; al acercársele, pudo comprobar que no se trataba, como en un primer momento había supuesto, de un borracho: ese cuerpo no respiraba y la sonrisa que parecía invadirle la cara no se modificó al recibir la descarga de agua.

Fue esa sonrisa, ya mencionada en las actas de los casos anteriores, lo que empezó por intrigar al comisario Balcarce. Aunque el rigor mortis las había cristalizado en mueca, persistía algo indefinible, algo que daba al rostro inerte una expresión de felicidad. El primer muerto había sido un empleado de correos recientemente jubilado, que redondeaba sus difíciles fines de mes llevando una contabilidad complaciente para la pizzería donde almorzaba. La ropa gastada, sin rastro de pretérita calidad, una úlcera, varias facturas impagas de servicios públicos halladas en su "dos ambientes" de la calle Cochabamba, habían compuesto para los investigadores un cuadro de pauperización nada infrecuente. Soltero apocado, no se le conocían visitas y, según el portero, solía pasar las veladas ante la televisión. Gracias a un certificado, por otra parte verosímil, que declaraba como causa de defunción un paro cardíaco, el caso fue rápidamente archivado.

El segundo era un viudo al que sus vecinos, unánimes, describieron como inconsolable. Algunos parientes, aparecidos para husmear si podían reclamar algo heredable, no aportaron ninguna precisión de carácter: hacía años que no veían al difunto, alguno hasta ignoraba que había quedado viudo. Al comisario Balcarce se le iba a ocurrir más tarde que debió haber tomado en cuenta las colecciones de *Cine mundial* y *Cinelandia* apiladas en un placard: el papel satinado ocasionalmente pegoteado por la humedad, los números ordenados en cuidada cronología. En un primer momento parecía tratarse de una vida tan vacía, y sin duda lo era, que lo único que los pocos testigos pudieron confirmar fue la dolorida viudez.

El tercero, en cambio, era un personaje más colorido: no se le conocía ocupación ni fuente de ingresos fuera de una modesta pensión, y había sido señalado varias veces, en diferentes bingos de la Capital y de Mar del Plata, como aficionado a pellizcar los muslos de señoras maduras, sobre todo opulentas. En el bingo Congreso el personal lo conocía como el doctor Carcajada. Solía concurrir casi cotidianamente y se retiraba poco después de medianoche con una frase enigmática ("Los dejo, me espera una cita impostergable"), cuya posible jactancia era rápidamente cuestionada por él mismo con su habitual risa estentórea. Esta costumbre, para algunos un tic, fue asociada por la policía con la amplia sonrisa que decoraba la cara del cadáver, encontrado al mediodía por el empleado a cargo de abrir, limpiar sumariamente y poner en funcionamiento los juegos de guerra y destrucción nuclear del salón Galaxia de la calle Triunvirato.

A nadie se le había ocurrido observar una coincidencia entre estos casos, hasta que el cuarto hallazgo los puso en perspectiva.

* * *

El comisario Balcarce no estaba acostumbrado a recibir visitas de periodistas. Enfrentó sin sonreír a Daniel Simpson, un joven acaso no acostumbrado a entrevistar policías, que abordó incómodo las primeras preguntas.

—Ya son cuatro los ancianos que aparecen muertos en lugares donde su presencia no se justifica. ¿Hay alguna hipótesis sobre esta serie de coincidencias?

—Ninguna. La casualidad existe. Las coincidencias suelen ser sólo eso: casualidades.

—Si me permite, hay una coincidencia que no se ha mencionado en los diarios y me parece, por lo menos, interesante.

Simpson hizo una pausa como para preparar el impacto descontado de su revelación. Balcarce la esperó sin demostrar curiosidad.

—Todos los locales donde han aparecido muertos esos ancianos fueron en algún momento cines. Uno de ellos, la feria de antigüedades de la calle Defensa, conserva en su exterior las letras metálicas con el nombre que tuvo cuando cine: Cecil. Y en el interior, en la pared del fondo, quedó marcado el rectángulo que ocupaba la pantalla.

Es difícil precisar el momento en que surge la amistad entre dos hombres. Suele tomar forma durante una tarea común, a menudo en el deporte o en la guerra. Durante aquella entrevista, Balcarce se había sentido dominado por la desconfianza, mientras Simpson procuraba vencer su timidez exagerando audacia, aun soberbia. Sin embargo, mientras escuchaba al joven, el comisario sintió que algo, hasta ese momento indefinido en su mente, se iba convirtiendo en evidencia; el periodista advirtió el impacto, aun disimulado, de sus propias palabras, y empezó a sentirse como un personaje de algún viejo film norteamericano visto en la televisión. (Meses más tarde iban a recordar ese momento, iban a reír de las fachadas más o menos convincentes que habían enfrentado al interlocutor).

Tres días después, Balcarce y Simpson visitaban los escenarios de los cuatro casos. En efecto, la pantalla, o el rectángulo blanco que había ocupado, todavía era visible en la pared posterior de la feria de antigüedades de la calle Defensa. ("Trastos viejos", iba a precisar el periodista, como para lucir algún conocimiento del tema, mientras examinaba sumariamente muñecas rotas, juegos de té incompletos, colecciones de revistas difuntas). Lo que había sido un piso alto del cine, lo que en tiempos pasados se llamaba el "pullman" (y en los pocos cines sobrevivientes ha sido aislado para transformarlo en una sala de pequeña capacidad), permanecía desocupado. Desde ese balcón privilegiado los dos hombres contemplaron brevemente el deambular sonámbulo de los curiosos que circulaban entre lámparas, muebles y pilas de papel impreso, un *bric-à-brac* que a Balcarce le pareció asfixiante y a Simpson sin interés.

—Fue aquí donde se encontró el cuerpo —informó el comisario, en un súbito arranque de confianza—. Estaba en el piso, pegado a la baranda. Como si hubiese estado apoyado en ella, mirando hacia abajo.

El "imperio del electrodoméstico", en cambio, ocupaba un local más pequeño, que había sido un modesto cine de barrio a dos pasos de una esquina abrumada por un tráfico ensordecedor. Balcarce y Simpson sortearon la solicitud de los empleados que se empeñaban en prestarles ayuda y avanzaron por un laberinto de heladeras, equipos de refrigeración o calefacción, aspiradoras y otros íconos de la vida hogareña, para dirigirse hacia el fondo del local, donde un alto semicírculo de madera pintada denunciaba que alguna vez allí hubo un escenario. Donde hubiese debido estar la pantalla había sido colgado un enorme aviso que invitaba a aprovechar los saldos del mes.

—El viudo vivía a dos cuadras de aquí —murmuró Balcarce, como si hablase consigo mismo—. Podemos suponer que conocía al sereno, que éste le permitía entrar después de la hora de cierre. ¿Para qué? La pregunta sigue siendo la misma y para ella no tenemos respuesta.

Simpson no respondió. Minutos más tarde, en el taxi que los llevaba a Villa Urquiza, acotó:

—Creo que no hay que buscar respuestas. Hay que indagar en la pregunta.

El guardián del salón Galaxia resultó inesperadamente locuaz.

—Cómo no lo voy a recordar... Su risa era más fuerte que el ruido de las máquinas. Llegaba depués de medianoche, a eso de la una, y se quedaba a charlar conmigo mientras yo cerraba. "Usted es demasiado joven para acordarse", me decía, "pero yo venía aquí cuando esto era un cine, me hacía la rabona y todas las tardes me veía tres películas. Sí, tres, eran programas triples, que a la tarde empezaban a eso de las dos o dos y media y a la noche a las siete y media o a las ocho. Cuando volvía a casa, les decía a mis padres que al salir del colegio había ido a jugar al fútbol...". Podía ponerse aburrido cuando empezaba a mencionar títulos o a contarme películas que para él eran algo especial porque "no pasan por televisión, ni van a pasar". Qué quiere que le diga, un personaje... A veces me daba una mano con el cierre. Yo le enseñé la entrada mal clausurada que comunica con el baño de la pizzería. Puede haberla usado para volver después que nos despedíamos en la calle, no sé. Pero para qué. Venía siempre solo, nunca hablaba de mujeres, y tampoco le noté nada raro, usted me entiende...

—Todos los muertos eran hombres mayores, solitarios —observaba Simpson media hora más tarde, ante un café, en la esquina de la avenida de Los Incas—. Me parece que no hay que buscar por el lado de lo sexual: supongo que a esa edad el sexo debe ser a lo sumo una forma de nostalgia. Estos viejos estaban condenados a la fantasía, a lo imaginario. Al cine...

Balcarce lo escuchaba, atento y desconfiado. Las palabras de Simpson eran no sólo las de un periodista, especie enemiga por excelencia, sino las de un estudiante universitario: alguien capaz de cortar un pelo en cuatro, de explicar cualquier partícula de la realidad mediante razones y asociaciones que a Balcarce le parecían rebuscadas, pero al mismo tiempo —y era esto lo más incómodo— se iban revelando atendibles, aun evidentes, y él no había sabido ver.

—Quizás estos hombres —prosiguió el periodista, satisfecho ante el silencio atento del policía— buscaban en esos lugares el cine que alguna vez conocieron. Acaso querían dejarse llevar por sus recuerdos, recuperar alguna experiencia tan importante como para hacerlos salir de su casa y desafiar la intemperie, la posibilidad de un asalto o simplemente a los jóvenes, los únicos que andan por la calle después de medianoche...

—¿Para cuándo su novela? —preguntó Balcarse, moderando con una sonrisa la sorna de su réplica—. Me gustaría creerle, embarcarme en esa historia... No encuentro en mi trabajo diario mucha ocasión de fantasear.

—No escribo novelas —murmuró Simpson, con un dejo de melancolía—. Por ahora... Pero le regalo un capítulo más: el cuarto caso, el señor de la plaza Barrientos. El portero me dejó visitar el departamento. Entre tanta platería criolla y algunos dibujos de Norah Borges y Basaldúa había algo insólito. Un afiche de cine: el de *Un verano con Mónica*, una vieja película sueca de Bergman, que en su momento pareció audaz. ¿Sabe dónde se estrenó? En el cine Libertador, hoy desaparecido. Estaba en Corrientes al 1300. Fue demolido, no hace tantos años, y nada se construyó en el terreno. Hoy es una playa de estacionamiento. En ella se encontró al cuarto muerto, con la cara iluminada por una sonrisa final.

* * *

Balcarce tomaba nota de todo lo que Simpson decía en cada encuentro: abreviaturas, nombres, fechas empezaron a llenar su libreta. De noche, antes de apagar la luz, las releía, mientras a su lado ya se había echado a dormir una esposa resignada. Estaba seguro de que todo lo que sus notas sugerían era a la vez inverosímil y cierto, y no podía sino sentir aprensión ante la pista que el joven le indicaba.

El médico que practicó las autopsias iba a aportarle un dato inquietante, que el comisario no quiso comunicar inmediatamente a Simpson: los cuatro ancianos tenían la retina quemada, como si hubiese estado expuesta a una luz fortísima, cuyo origen era imposible precisar.

—No se trata de ceguera, como la que está documentada en el caso de prisioneros políticos, obligados a mantener abiertos los ojos bajo una luz literalmente enceguecedora. Esto es algo distinto, inexplicable. La retina ha sufrido una quemadura de cuarto grado, pero los párpados están intactos.

Balcarce se cuidó de revelar esta información cuando, pocos días más tarde, Simpson lo visitó para entregarle una lista de cines desaparecidos en Buenos Aires, sobre todo en los barrios de la ciudad.

—¿Qué quiere que haga con esto? ¿Que ponga agentes a montar guardia después de medianoche? —exclamó sin sonreír el comisario mientras hojeaba las varias páginas que el periodista había llenado con datos en apariencia exhaustivos: nombre del cine, dirección, fecha del cierre, actividad presente del local.

—Un agente no sabría qué hacer. Quiero que usted y yo nos demos una vuelta por algunos de esos cines desaparecidos. Podemos aburrirnos, o sentir que perdemos el tiempo, pero estoy seguro de que en algún momento algo pasará, o alguien llegará y sin quererlo nos dará la clave.

El aburrimiento, pensó Balcarce, era la rutina diaria en la comisaría. Lo que le proponía el periodista, por lo menos en un primer momento, podía parecerse a una aventura. Así fue como más de una noche esperaron en vano la aparición de un personaje posible para lo que Balcarce insistía en llamar la novela de Simpson. Se desanimaban, pero una nueva costumbre empezaba a instalarse en sus vidas, a prometerles algo imprevisible.

Una noche de la segunda semana de rondas, alrededor de la una, es posible que el transeúnte ocasional no prestara atención a los dos hombres que se demoraban con aplicada indiferencia en la vereda de enfrente de un templo sin denominación, reino de un pastor guitarrista y su esposa rockera, que hasta los años setenta había sido el cine Minerva de Colegiales. A esa hora ya se habían apagado las arengas y los himnos de los altoparlantes, ya se habían ido a dormir los vecinos del barrio que subían al escenario para confesar su alcoholismo, el odio que siempre habían sentido por su familia, o algún adulterio, y así ganar cinco inolvidables minutos de protagonismo. Hacía frío, Balcarce no veía ningún bar abierto que prometiese el alivio de un alcohol y al mismo tiempo se preguntaba si un joven como Simpson bebería algo más que cerveza.

En cierto momento Balcarce advirtió que un hombre se había detenido, inmóvil ante la reja metálica que protegía la entrada del templo; con un movimiento de cabeza se lo señaló a Simpson y sin una palabra cruzaron la calle. Se dieron cuenta, simultáneamente, de que no habían preparado palabras para abordar con aplomo la situación, pero antes que pudiesen improvisar el desconocido los saludó con una sonrisa.

—No los imaginaba tan jóvenes.

Balcarce y Simpson le devolvieron la sonrisa: sólo a un anciano podían no importarle los veinticinco años que separaban al comisario del periodista. El hombre acaso no tuviera más de setenta; lo avejentaban los tucanes y las palmeras estampados en la camisa y una campera de cuero con tachas metálicas. Fue el comisario quien avanzó prudentemente en el diálogo.

—No estábamos seguros de la hora.

—Es martes y el templo cierra temprano. Además, con este frío somos pocos los que nos animamos a salir —rio como si festejara su propio ánimo juvenil mientras manipulaba una llave maestra para abrir el candado que cerraba la reja. Con inesperada energía, corrió uno de sus lados lo suficiente para permitirles entrar.

Simpson, habitualmente locuaz y seguro, había enmudecido. Balcarce no le dirigió la mirada mientras seguía al desconocido. El hombre ya había guardado la llave maestra y ahora extrajo del bolsillo una linterna a pilas; sus movimientos eran precisos y rápidos, parecía saber exactamente qué necesitaba y dónde encontrarlo. El comisario empezó a entrar en confianza. Improvisó sin vacilar.

—La ventaja de estos templos es que no han destruido el viejo cine: conservan las filas, los asientos, el escenario.

—Tiene razón... —el desconocido no parecía convencido del todo—. Pero la pantalla ya no vive. ¿Cuánto hace que no recibe luz, imágenes? Pero para eso estamos nosotros...

Volvió a reír mientras avanzaba por el pasillo central de la sala. El círculo de luz proyectado por la linterna iluminaba una moquette raída, que silenciaba los pasos. De algún lugar invisible les llegó un murmullo, como de arañazos rápidos, intermitentes, sobre madera.

—Ratas, siempre. Estos predicadores son mugre, créanme.

El hombre les señaló asientos separados y ocupó, una fila más adelante, el que quedaba entre ellos de modo que formaran un triángulo.

—Podemos empezar —dijo mientras apagaba la linterna.

Pasaron minutos interminables en la oscuridad, sin una palabra, sin un movimiento. De lejos llegaba, intermitente, el rasguño veloz que el desconocido había atribuido a ratas. Balcarce escuchaba la respiración cada vez más regular y profunda de ese hombre que les había tenido confianza inmediatamente y del que, más que desconfiar, él había empezado a temer algo oscuro, sin nombre. Intuía que no debía hablar ni moverse y sin embargo soportaba cada vez menos ese silencio inmóvil. Buscó a su izquierda la silueta de Simpson, pero la oscuridad era perfecta; tampoco podía oír su respiración. De pronto lo asaltó una sospecha, como si necesitase aferrarse a una explicación, aun irracional: ¿Y si el periodista fuera cómplice de ese desconocido, si lo hubiesen atraído a una celada para hacerlo culpable de algo que no podía entrever, acaso para liquidarlo por algo de lo que se hubiese enterado, aun cuando no pudiese entenderlo?

Oía respirar cada vez más sonoramente al hombre inmóvil sentado frente a él. ¿Sería posible que se hubiese quedado dormido? Pensó en gritar, en golpearlo o sacudirlo, cualquier cosa que quebrase esa espera vacía. De pronto advirtió que esa respiración se estaba transformando en un gemido, algo que no sabía si atribuir a la angustia o al placer. Ese gemido se hizo más fuerte y entonces creyó reconocer la proximidad de un orgasmo. Balcarce no pudo contenerse y extendió una mano en la oscuridad; chocó con el hombro del desconocido, que se sacudió en una serie de espasmos y gritó algo incomprensible; súbitamente brilló en su mano la luz de la linterna.

—¡Imbécil! —sollozó—. Era el casino de Shanghái...

Pero el llanto le impidió continuar.

* * *

Balcarce no tuvo más remedio que arrestarlo. Simpson había depuesto su arrogancia juvenil, parecía francamente atemorizado y los siguió sin una pregunta.

La luz indiferente de la seccional mostró al desconocido muy distinto de lo que habían prometido el alumbrado nocturno en una calle de barrio o el círculo movedizo de una linterna de bolsillo: sobre el cráneo las canas surcadas de amarillo habían sido prolijamente peinadas y manchas propias de la edad le invadían las sienes y la frente; la cabeza caída sobre el pecho y la mirada fija en el piso anunciaban un mutismo que Balcarce preveía difícil de quebrar. El comisario decidió no humillarlo haciéndole pasar la noche en una celda; le señaló en su despacho un sillón amplio, vencido, pero que estimó propicio para el sueño. Horas más tarde le hizo servir un café con leche y una medialuna crujiente.

Cuando finalmente respondió a una nueva invitación del comisario, hacia las ocho de la mañana, el hombre habló con inesperada claridad. Simpson pareció despertarse y amagó con poner en funcionamiento el grabador del que nunca se separaba; Balcarce lo disuadió con un gesto. El comisario tomó bolígrafo y papel pero prefirió no anotar nada durante la hora siguiente.

—Somos muchos —explicó—, y en muchas ciudades del mundo, pero sólo recientemente hemos llegado a afinar nuestra disciplina, a obtener resultados. Lo que teníamos desde el principio era la certeza de llegar. Cuándo, no lo sabíamos. Empezamos con la respiración, una prolongación del yoga; seguimos con la concentración de la mirada en la oscuridad. Es difícil, pero si logramos vaciarnos de pensamientos y sensaciones poco a poco vamos entrando...

Sus palabras fueron confirmando gradualmente la hipótesis de Simpson. La intuición inicial era que en la pantalla, o donde había estado la pantalla en los cines hoy abandonados, rebajados a otro comercio, persisten, a la vez como hologramas impalpables y como napas geológicas concretas, todas las imágenes que alguna vez se posaron allí. Y había que hallar el método, la disciplina para penetrar en ese archivo invisible y rastrear aquellas ficciones desvanecidas, para recuperar, si no el film, por lo menos el momento preferido, el gesto o la mirada que la memoria había guardado.

—Anoche usted dijo algo sobre un casino, en Shanghái...

El hombre se animó. Con una sonrisa condescendiente les explicó que nunca podrían entender de qué se trataba si no sabían quiénes habían sido Gene Tierney y Joseph von Sternberg.

A Simpson, la confirmación de lo que alguna vez Balcarce había llamado su novela no lo había dejado ufano, por el contrario: parecía haberlo condenado a la pasividad; el comisario, en cambio, había asumido con energía su papel de investigador, lo gozaba como un chico con un juguete nuevo. Quedaba un misterio por dilucidar, el de las muertes. Sobre este tema el hombre no pudo aclarar mucho. Aventuró que un momento de felicidad intensa, de éxtasis, a cierta edad podía ser terminal. En cambio, recibió con asombro no fingido la información sobre los ojos quemados.

Se lo veía muy cansado. Cuando el comisario le propuso acompañarlo hasta su casa, asintió, sumiso, como la noche anterior había obedecido la orden de seguirlo hasta la seccional. El sol ya estaba alto en esa gélida mañana de agosto. Simpson anunció su intención de ir a dormir, pero Balcarce le impuso una visita al laboratorio donde se había realizado la autopsia.

—Pensaba llamarlo más tarde, hay algo de lo que necesito hablar con usted. —En la voz del forense, Balcarce oyó tanta perplejidad como alivio—. En un primer momento le hablé de retinas quemadas, de quemaduras de cuarto grado: era la impresión que tuve ante ese negro carbonizado, irregular, que las cubría. Pero lo incongruente de los párpados intactos me persiguió durante semanas. Volví a examinar los cadáveres, ahora con un oftalmólogo que tomó fotografías y radiografías de los ojos. El resultado es algo... inexplicable. No puedo describirlo, prefiero que lo vea.

Desplegó una pantalla, bajó las persianas y puso en funcionamiento un proyector de diapositivas. En silencio, con el respeto reservado para una ceremonia fúnebre, vieron desfilar imágenes inmóviles, en un blanco y negro fuertemente contrastado, que evidentemente correspondían a escenas de viejos films: una mujer bellísima, de piel muy blanca y pelo negro, corto, con flequillo, riendo en primer plano; una muchacha muy joven, desnuda, alejándose hacia un lago; otra mujer, de expresión inescrutable, parecía mirar el horizonte desde la proa de un barco; por fin, la más misteriosa, una cara de mujer parcialmente reflejada en una superficie brillante, que no era un espejo, se pintaba la boca.

—Esto es algo para Charlie Donoso —murmuró Simpson.

Este coleccionista de documentos históricos sobre el cinematógrafo, les explicó, era conocido por su extraordinaria memoria visual así como por no retacear sus conocimientos; a menudo había auxiliado a más de un periodista. En efecto: Donoso respondió al llamado con entusiasmo y celeridad: media hora más tarde llegaba al laboratorio e identificó inmediatamente, sin vacilar, esas imágenes.

—La primera es Louise Brooks en *Lulú*, la segunda Harriet Andersson en *Un verano con Mónica*, la tercera, me extraña que no la hayan reconocido, es la Garbo en la última toma de *Reina Cristina* y la última, bueno, no es fácil, lo reconozco, pero cualquiera que haya visto *Fatalidad* recuerda que antes de que la fusilen Marlene Dietrich le pide al jefe del pelotón que desenvaine para retocarse el maquillaje usando el sable como espejo... Lo que pasa es que en el film no se ve el reflejo de su cara en la hoja del sable, esta imagen fue soñada por el espectador que deseó verla.

* * *

Los diarios no se ocuparon de estas revelaciones, para sorpresa de Balcarce que esperaba de parte de Simpson una comprensible ocasión de lucimiento. Varios días después de archivado el caso decidió llamar al periodista e invitarlo a un trago.

—Nada ha terminado —argumentó Simpson—. Tarde o temprano aparecerá otro muerto en un local que alguna vez fue cine...

—La publicación de nuestras conclusiones, aunque puedan parecer fantasiosas, sería una manera de disuadir a otros miembros de esta secta.

—¿...y de impedirles terminar una vida triste, apagada, con un relámpago de placer? Vamos, Balcarce, no los prive de un final feliz...

—Usted es joven, no hace mucho que se ha iniciado en el periodismo. Se me ocurre que una serie de artículos sobre el tema podría serle útil.

Simpson sonrió. Su respuesta tardó un momento en llegar.

—Más de una vez usted habló con ironía de mi novela. Mis hipótesis no lo convencían. ¿Sabe que poco a poco lo fui tomando en serio? Ya empecé a escribirla. No me pida que arruine mi primera obra literaria quemando el tema en un artículo de diario...

In memoriam Anselmo Ripley

No es de extrañar que el deceso de Anselmo Ripley haya sido ignorado por una abrumadora unanimidad periodística. Ni siquiera *El imparcial* de Arroyo Seco, Catamarca, donde se había iniciado como linotipista en su adolescencia para luego hacer sus primeras armas como redactor, consideró necesario comunicar la noticia a sus lectores. La labor de Ripley, dispersa más tarde en diversos periódicos de su provincia natal, de La Rioja y de Santiago del Estero, merecía, merece, aún una atención que, ya en vida, se le retaceó; recuérdese que no pudo realizar su mayor ambición, la de publicar en *La Gaceta* de Tucumán.

Sus inicios, como solía ocurrir en aquellos lejanos días del periodismo, se debió al azar. Se hallaba manipulando los plomos del taller, componiendo la edición del día siguiente, cuando en medio de la noche le llegó la noticia del fallecimiento de doña Domecq de Bustos, benefactora e ilustre vecina de Arroyo Seco. A esa hora, ningún redactor se hallaba presente como para componer una necrológica a la altura del prestigio de la difunta. Fue Ripley, con diecisiete años, quien consultó rápidamente los archivos del periódico, redactó un obituario y con audacia propia de su edad tomó la iniciativa de insertarlo suprimiendo una columna de la sección Sociales, a decir verdad poco nutrida en esa localidad. Su elogio de la figura de la señora de Bustos, el resumen de sus obras de caridad, el silencio sobre su accidentada vida conyugal, todo estaba redactado con un lenguaje que hoy sería poco apreciado pero en la época despertaba admiración: se le decía florido.

Al día siguiente se supo que la señora de Bustos no había abandonado este mundo sino, en términos jurídicos, hecho abandono del hogar conyugal. El escándalo sacudió a Arroyo Seco y el linotipista habría sido despedido de su humilde puesto si no hubiese intervenido con entusiasmo el señor Bustos, encantado con esa noticia que prestaba objetividad a su sentimiento más sincero. Su mujer, para él, había muerto y antes de la tarde del día en que apareció la necrológica se presentó en la redacción de *El Imparcial* para felicitar al director y recomendar un ascenso para el joven Ripley.

Muy pronto resultó evidente que la prosa del flamante redactor se lucía mejor en la evocación de desaparecidos, ya recientes, ya en efemérides, que en la crónica de una actualidad poco nutrida. Ripley se descubrió una veta generosa en la evocación del origen local, a menudo familiar, siempre inverificable, de algunos muertos notorios, escritores, políticos, aun meros ídolos de la radio. Este vuelo de la imaginación pronto cobró altura. Ya no era la genealogía de algún muerto real sino la identidad misma de un muerto inexistente lo que le permitió inventar, con libertad creciente, un relato biográfico que, de no haber florecido en la estrechez de la provincia, lo hubiese consagrado discípulo, *toute proportion gardée*, de Marcel Schwob.

Lectores atentos, sin embargo, apreciaron su talento y lo recomendaron a diarios de circulación menos confidencial. Es así como fue solicitado para colaborar en periódicos tradicionales de capitales de provincias vecinas. El tema nunca dilucidado es si los directores de esos diarios creían enriquecer sus páginas con la noticia de un muerto ilustre, para ellos ignoto, o si intuían la creación de un género nuevo, la "necrológica imaginaria".

Durante más de una década Ripley perfeccionó su arte hasta que una coincidencia, fruto del azar, truncó su carrera. Había publicado un obituario muy lúcido del pintor Carmelo Troisi, nombre inventado al que prestó una brillante carrera europea, cuando surgió, imprevisible, en lo más profundo de Chubut, una señora de Troisi, a quien su marido había abandonado décadas atrás para perseguir una dudosa vocación artística en el viejo mundo. Con el más legítimo interés, la señora estaba impaciente por verificar derechos hereditarios; su abogado no tardó en descubrir, y publicar, la superchería.

A partir de ese episodio, la prosa de Ripley desapareció de las páginas que solía visitar. No hay, en estos tiempos pródigos en revaluaciones y exhumaciones, quien proponga una colección, una antología de sus mejores necrológicas. Ripley se mudó a San Juan y borró prolijamente toda huella que permitiese ubicarlo. Su deceso no mereció una sola línea impresa, tal vez injustamente, acaso irónica justicia para quien había cultivado en los márgenes de la muerte un género de su invención.

Este libro se terminó
de imprimir en
Barcelona (España),
en el mes de
agosto de 2019